LA REVANCHE DE SANDOKAN

Emilio Salgari

A REVANCHE DE SANDOKAN

Tradução
Maiza Rocha

Apresentação
Regina Rocha e Maiza Rocha

livros da ilha
ILUMINURAS

livros da ilha
divisão infantojuvenil

Copyright © 2012 desta edição e tradução
Editora Iluminuras Ltda.

Capa e projeto gráfico
Michaella Pivetti

Revisão
Leticia Castello Branco
Jane Pessoa

CIP-BRASIL. CATALOGAÇÃO-NA-FONTE
SINDICATO NACIONAL DOS EDITORES DE LIVROS, RJ

S159r

Salgari, Emilio, 1862-1911
   A revanche de Sandokan / Emilio Salgari ; tradução Maiza Rocha. — São Paulo : Iluminuras, 2012.
   368p. : il. ; 23 cm

   Tradução de: Sandokan alla riscossa
   Cronologia do autor
   ISBN 978-85-7321-349-2

   1. Piratas - Literatura infantojuvenil. 2. História de aventuras. 3. Literatura infantojuvenil italiana.I. Rocha, Maiza. II. Titulo.

10-0787.　　　　　　　CDD: 028.5
　　　　　　　　　　　CDU: 087.5

11.06.10　21.06.10　　　　　　　　　　　019708

2013
EDITORA ILUMINURAS LTDA.
Rua Inácio Pereira da Rocha, 389 - 05432-011 - São Paulo - SP - Brasil
Tel./Fax: 55 11 3031-6161
iluminuras@iluminuras.com.br
www.iluminuras.com.br

Índice

Apresentação, 9
Regina Rocha e Maiza Rocha

1. O ataque à *kotta*, 15
2. Os piratas daiaques, 29
3. A volta ao litoral, 44
4. A traição do *chitmudgar*, 53
5. Um morto que ressuscita, 62
6. Os mistérios das florestas virgens, 76
7. O ataque dos gaviais, 91
8. A perseguição aos *maias*, 105
9. A surpresa noturna, 119
10. Os búfalos selvagens, 132
11. O reaparecimento do grego, 148
12. Uma fuga milagrosa, 164
13. A caverna dos pítons, 177
14. O ataque, 193
15. Entre o fogo e os pítons, 206
16. A revanche dos malaios, 217
17. A aldeia dos negritos, 229
18. Os sargentos de instrução, 241
19. O ataque dos rinocerontes, 248
20. Cargas furiosas, 259
21. O ataque ao Kaidangan, 270
22. A retirada para o Kini Balù, 283
23. No Kini Balù, 297
24. Outra armadilha do grego, 310
25. Nas pontas das flechas envenenadas, 322

26. O lago misterioso, 332
27. A tomada da capital, 344
Conclusão, 354

Emilio Salgari – uma cronologia, 357

Apresentação

Regina Rocha e Maiza Rocha

Escrever é viajar sem o aborrecimento da bagagem.
Emilio Salgari

A UNIFICAÇÃO DA ITÁLIA, *apesar de representar uma importante luta histórica ao longo do século XIX, não conseguiu criar imediatamente uma identidade cultural do povo italiano. Além das diferenças de caráter histórico, linguístico e social, a desigualdade do desenvolvimento econômico observado nas regiões norte e sul foi outro entrave na consolidação do país.*

A popularização de livros e revistas, até então acessíveis apenas à elite, propagou os ideais nacionalistas entre a população. Grupos de ativistas republicanos, com o objetivo de resgatar o passado nacional e colocá-lo em evidência para o maior número possível de pessoas, a fim de estabelecer o desenvolvimento da consciência de sua história, divulgavam os princípios do nacionalismo através de publicações.

É nesse contexto que nasce Emilio Salgari, em Verona, no dia 21 de agosto de 1862, em uma família de comerciantes modestos. Seu tio, um marinheiro dálmata que gostava de narrar aventuras e histórias do mar e de piratas, despertou no sobrinho o entusiasmo e a curiosidade pelas viagens e pelos lugares exóticos da Terra. Além disso, Salgari passou grande parte da juventude lendo os romances de aventuras de Thomas Mayne-Reid, Gustave Aimard e James Fenimore Cooper. Logo percebeu que também queria ser um escritor de histórias emocionantes como aquelas que lera e, como aqueles autores que admirava, quis que essas histórias fossem baseadas em experiências reais. Planejou então ser, um dia, o capitão de seu próprio navio, o que o levou, nos anos de 1878 a 1882, a frequentar o curso náutico no "Regio Istituto Tecnico e Nautico Paolo Sarpi" de Veneza, porém não conseguiu as notas necessárias para obter o título de capitão.

Como "homem do mar" fez poucas viagens de treinamento a bordo de um navio-escola e uma viagem, provavelmente na qualidade de passageiro, no navio mercante Italia Una, que navegou pelo Adriático durante três meses, abordando a costa dálmata e indo até o porto de Brindisi.

Vendo naufragar a esperança de conhecer o mundo, Emilio Salgari decidiu escrever, começando a trabalhar como escritor na revista ilustrada La Valigia, de Milão, em 1883. No mesmo ano, foi contratado como editor do jornal La Nuova Arena, de Verona. Nesse jornal foram publicados em folhetins os primeiros romances salgarianos: "Tay-See" (que só mais tarde se tornou La Rosa del Dong-Giang, depois de passar por diversas modificações), uma aventura que se desenrolava na Cochinchina. O sucesso dessa primeira obra marcou seu estilo: muita ação, mudanças drásticas de situações, personagens fortes e cenários exóticos. De acordo com o escritor italiano Vittorio G. Rossi, "acima de tudo, ele proporcionou excitação e estimulou a imaginação dos leitores italianos, ao produzir um forte contraste com a literatura estagnada da época".

Depois do primeiro romance, veio La Tigre della Malesia (primeira edição de Le Tigri di Mompracem), cujos protagonistas, o sanguinário pirata Sandokan, o português Yanez, seu fiel amigo e companheiro, e a amada, Marianna, a Pérola de Labuan, inspiraram filmes e desenhos animados e ainda hoje arrebanham uma legião de fãs incondicionais, com direito até a sites e blogs na Internet.

Após a publicação do terceiro livro, La favorita del Mahdi, o jornal La Nuova Arena foi comprado pelo concorrente, L'Arena, e Salgari ficou trabalhando na nova redação até 1893.

Em 1892 casou-se com Ida Peruzzi, que por toda a vida será chamada por ele afetuosamente de "Aida", em referência à heroína da ópera de Verdi. Apesar das frequentes mudanças e das enormes dificuldades financeiras, foi um casamento feliz a seu modo, até o dia em que ela morreu internada em um manicômio. No mesmo ano em que se casaram, nasceu a primeira filha, Fátima, e depois vieram três meninos: Nadir, em 1894, Romero, em 1898, e Omar, em 1900.

Em 1898 o editor Donath o convence a se mudar para Gênova. Foi lá que Salgari fez amizade com Giuseppe "Pipein" Gamba, que será o seu primeiro grande ilustrador. Foram anos bons, interrompidos por uma nova mudança, dessa vez para Turim, em 1900, onde trabalhou para a Speirani, editora de livros infantis. As condições da família ficaram precárias, apesar do trabalho incessante para manter um decoro burguês respeitável; ele acabou rompendo o contrato com Donath e passou a trabalhar para Bemporad, para o qual escreveu dezenove romances de 1907 a 1911. O sucesso continuava, principalmente entre as crianças, e diversos títulos chegaram ao número de cem mil cópias, apesar de os críticos ignorarem a sua produção.

Considerado o pai do romance de aventuras e da ficção científica na Itália, Salgari foi um dos mais produtivos escritores já vistos. Sua imaginação *não conhecia limites. Inspirando-se nos jornais estrangeiros, nos livros e diários de viagens e nas enciclopédias, construiu os enredos que marcaram os quatro primeiros ciclos da sua produção: Piratas da Malásia, Corsários das Antilhas, Corsários das Bermudas e Faroeste.*

Depois de algum tempo, Salgari criou uma aventura para ele mesmo: adotando o título de capitão, espalhou o boato de que as suas histórias eram baseadas em experiências reais. Afirmava ter viajado pelas florestas do Ceilão, ter explorado o Sudão e ter conhecido Búfalo Bill durante uma viagem ao Nebraska.

Os heróis que criou eram geralmente bárbaros, foras da lei ou exilados, perseguidos por colonizadores europeus e vencedores de lutas e batalhas sanguinárias, conquistadores do oeste americano, exploradores da África, da Índia, da Austrália e dos Polos Norte e Sul. Se muitas vezes faltou precisão geográfica na descrição das distâncias percorridas ou na localização exata de um ou outro acidente, sobrou capacidade de provocar expectativa nos leitores. Mesmo marginalizado pela crítica e considerado um escritor menor, foi lido apaixonadamente por sucessivas gerações de jovens, entre os quais se encontram Federico Fellini, que adorava as aventuras salgarianas, Umberto Eco, Gabriel García Márquez, Isabel Allende, Carlos Fuentes, Jose Luis Borges e Pablo Neruda, para citar apenas alguns. Paco Ignácio Taibo II, biógrafo de Che Guevara, observou que o anti-imperialismo do revolucionário poderia ser considerado de origem salgariana, já que Che Guevara leu, pelo menos, sessenta e dois romances desse autor. Suas obras também agradaram a família real da Itália e, em 1897, o Rei Umberto o consagrou Cavaleiro da Coroa.

A enorme produção de Emilio Salgari acabou sendo ultrapassada por centenas de títulos falsos, publicados por editores muitas vezes inescrupulosos, preocupados apenas com o enriquecimento rápido, que se aproveitavam da popularidade de Salgari e do fato de que muitas de suas obras saíam com pseudônimos. Até hoje, muitos textos ainda estão sendo analisados para que se possa afirmar se foram efetivamente escritos por ele. Mas cerca de oitenta romances são unanimemente atribuídos a esse escritor; alguns foram divididos por ciclos, enquanto outros representam romances únicos.

Paralelamente ao grande número de romances de Salgari, existe uma produção menos lembrada, mas também interessante. Trata-se dos quase cento e cinquenta contos publicados em várias editoras, sempre sob pseudônimos para escapar dos contratos assinados, e dos artigos publicados em jornais. Na realidade, Salgari foi jornalista antes de ser um romancista, trabalhando como redator para os dois jornais de Verona, La Nuova Arena e L'Arena, e dirigindo o jornal Per Terra e Per Mare na época em que trabalhou para a editora Donath, de Gênova.

Vale lembrar ainda a sua incursão no universo da ficção científica, com um de seus livros mais interessantes: As maravilhas do ano 2000 [Le meraviglie del duemila], que fez voar a imaginação de muitas gerações de leitores. Muitas das previsões feitas por ele, como a velocidade das viagens aéreas, ocorreram muito tempo antes do profetizado. Outras, como a transmissão de notícias pela televisão em tempo real, acabaram se revelando bastante corretas. A história termina em Lisboa, com heróis enlouquecidos pela "saturação elétrica" de um mundo dominado pelas máquinas.

Apesar de ter criado personagens quase imortais e de ter conquistado milhões de leitores, Salgari nunca conseguiu obter sucesso financeiro e estabilidade. Aproveitando-se da sua falta de tino comercial, seus editores o deixaram praticamente na miséria. Após a morte da esposa, oprimido por dívidas e pelo sofrimento dos filhos, ele se suicidou em Turim, no dia 25 de abril de 1911, cometendo esse ato de forma dramática, como se possuído por um de seus personagens: rasgou o pescoço e o ventre com uma faca, de acordo com o cerimonial suicida dos samurais japoneses. Na carta que deixou para os editores, desabafou:

> Aos meus editores: A vocês que enriqueceram com a minha pena, mantendo a mim e à minha família em uma contínua quase penúria, ou mais do que isso, só peço que, para compensar os lucros que lhes proporcionei, se encarreguem do meu funeral. Despeço-me, quebrando a minha pena.
>
> Emilio Salgari

Logo após a sua morte, seus romances começaram a ser adaptados para as telas de cinema e seu estilo se propagou. Foram feitas mais de cinquenta adaptações cinematográficas e muitas outras histórias de corsários, de aventuras na selva e de capa e espada foram inspiradas em sua obra.

As obras de Salgari estão sendo revisitadas. A editora italiana Fabbri publicou em 2001 sua obra completa. A primeira tiragem, uma nova edição de Os mistérios da Selva Negra [I misteri della Jungla Nera], vendeu, sozinha, mais de cem mil cópias. Também estão sendo produzidas novas traduções na França, em Portugal, na Espanha e nos países da América do Sul, inclusive esta primeira tradução no Brasil.

Como ele certa vez escreveu a um amigo: "Meus livros triunfam em todos os cantos do mundo." E continuam triunfando quase um século depois da sua morte.

A revanche de Sandokan

Aldeia de Bornéu.

1. O ataque à *kotta*[1]

UM RAIO OFUSCANTE mostrou por alguns instantes as nuvens tempestuosas empurradas por uma ventania furiosa e iluminou a baía de Malludu, umas das maiores enseadas que se abrem na costa setentrional de Bornéu, além do canal de Banguey. Veio em seguida um trovão assustador que durou vários segundos e ribombou como a explosão de vinte canhões.

As laranjeiras com frutas enormes, as fantásticas palmeiras de leque, os upas com sumo venenoso, as gigantescas folhas das bananeiras e das palmeiras serrilhadas, se dobraram e se contorceram furiosamente sob uma rajada terrível que entrou com um ímpeto irresistível pela imensa floresta.

A noite caíra já havia muitas horas, uma noite escuríssima, sem estrelas e sem lua, que apenas de quando em quando os raios iluminavam, a longos intervalos.

Parecia estar a ponto de explodir um daqueles assustadores ciclones tão temidos por todos os ilhéus das grandes terras da Sonda. Mesmo assim, sem se preocupar com a fúria do vento, trovões e com a iminente queda-d'água, alguns homens velavam sob as escuras florestas que circundavam toda a profunda enseada de Malludu.

Quando um raio rompia as trevas, era possível avistar sombras humanas se levantando no meio dos arbustos para lançar os olhares a uma distância maior e, quando o trovão parava de rumorejar no meio das nuvens tempestuosas, se ouviam palavras na floresta:

— Nada ainda?

— Não!...

— O que será que o Sambigliong está fazendo?

---

[1] *Kotta* em malaio é uma fortaleza (grafia salgariana).

— Ele não volta.

— Será que o mataram?

— Não é homem de se deixar pegar. Um velho malaio como ele!...

— O Tigre da Malásia vai acabar ficando impaciente.

— Imagine. Você sabe muito bem que mais cedo ou mais tarde ele vai pegar aquele cachorro do Nasumbata!... E depois, desconfie sempre dos daiaques de terra!... Eles são mais traidores do que os negritos!...

Uma voz autoritária dominou aquela conversa.

— Silêncio!... Cubram as baterias das suas carabinas!

Outro raio fortíssimo rompeu a escuridão naquele momento, fazendo brilhar por alguns instantes sob as folhas gigantescas os canos das carabinas e o aço magnífico dos *parangs* e dos *kampilangs* presos nos cintos daqueles homens de emboscada.

Uma rajada furiosa soprou pela floresta naquele instante, dobrando não só os galhos, mas até mesmo os troncos mais finos e flexíveis das palmeiras e fazendo dançar desordenadamente os cipós e as longuíssimas nepentes, cujas belas flores em forma de vaso já haviam sido levadas pelo vento.

Estava começando a chover. Mas não se tratava de simples gotas caindo. Eram verdadeiros jatos de água que produziam um fragor parecido com o dos grandes granizos quando caíam nas folhas.

De repente, no meio dos aterrorizantes ruídos da tempestade, ouviu-se uma voz seca:

— Estou aqui, Tigre da Malásia!

Um velho malaio, com o rosto enrugado, vestindo um simples sarongue de algodão vermelho que lhe envolvia os quadris e descia até os joelhos, e empunhando uma esplêndida carabina indiana com a coronha marchetada de lâminas de prata e de madrepérola, desembocou inesperadamente de um arbusto fechado.

— Sambigliong!... — exclamaram diversas vozes. — Finalmente!...

Outro homem saiu de um grupo de troncos de pimenteiras-silvestres e avançou.

Era um tipo esplêndido de bornéu, com cerca de cinquenta anos, rosto bastante bronzeado, olhos muito negros e ainda cheios de fogo.

A barba e os cabelos compridos estavam apenas começando a ficar grisalhos.

Estava vestido como um rajá malaio ou indiano, com um casaco de seda azul com bordados de prata, aberto na frente de forma a mostrar a camisa de seda branca, calções largos, à la turca, apertados nos quadris por uma faixa larga de veludo preto com franjas douradas e botas altas de marroquim vermelho com a ponta levantada.

Tinha nas mãos uma carabina de dois tiros e, na faixa, duas pistolas e uma cimitarra curta, em cuja empunhadura brilhava um diamante do tamanho de uma noz.

— Já estava na hora de você chegar, Sambigliong — disse ele, enquanto enfiava melhor na cabeça o turbante de seda amarela para que o vento não o levasse.

— A floresta que temos pela frente é muito fechada, Tigre da Malásia — respondeu o velho malaio —, e eu tive de avançar com muito cuidado. Você sabe, patrão, que em frente às *kottas* dos daiaques sempre há fossos cheios de pontas de flechas envenenadas com o suco de upas.

— Quantos fossos você atravessou?

— Três, patrão.

— Viu sentinelas nas paliçadas das *kottas*?

— Apenas duas.

— Quantos homens você acha que há dentro da aldeia?

— Não mais de duzentos.

— Viu alguma peça de artilharia?

— Vi, um *mirim*.[2]

— Esses canhõezinhos de latão não valem grande coisa — respondeu o Tigre da Malásia depois de um breve silêncio. — Nós já os conhecemos bem, não é verdade, Sambigliong?

— E podemos afirmar também que as balistas são infinitamente melhores — disse o velho malaio.

— Vamos esperar até a tempestade passar e depois atacaremos. Não podemos deixar que Nasumbata consiga fugir e se una ao rajá de Kini Balù. Além disso, gostaria de estar com ele nas minhas mãos antes que Yanez e Tremal-Naik cheguem.

— Eles devem chegar logo?

— Não devem estar muito longe agora — respondeu Sandokan. — Pegue vinte homens e prepare uma emboscada atrás da *kotta*, para que ninguém consiga escapar para as florestas. Agarre todos pelos cabelos,

---

[2] Pequeno canhão malaio.

pois tenho certeza absoluta de que Nasumbata vai ser o primeiro a fugir.

— Quando é que você vai atacar, patrão?

— Antes do que você imagina. Mas estou preocupado com uma coisa...

— Com o *mirim*?

— Não, com os fossos — respondeu o Tigre da Malásia. — Os meus cinquenta homens estão todos descalços, e se puserem um pé numa flecha envenenada, nada será capaz de salvá-los. Os upas não perdoam, e os daiaques das florestas usam e abusam deles.

— Mande construir pontes volantes, patrão.

Sandokan, ou seja, o Tigre da Malásia, como o chamavam os bornéus das costas ocidentais da imensa ilha, fez um gesto como que dizendo: "Já pensei nisso, não se preocupe".

Em seguida, acrescentou:

— Ao seu posto, velho Sambigliong. Poupe apenas as mulheres e as crianças. Vá buscar seus vinte homens e me deixe tranquilo por enquanto. Vamos esperar esta chuva passar.

Fez um gesto de despedida e voltou para o meio do arbusto fechado que, felizmente, era protegido por um grupo de bananeiras, cujas folhas tinham quase quatro metros de comprimento por um metro e meio de largura, se não mais.

Em vez de acalmar, a tempestade estava aumentando assustadoramente. Raios fortíssimos alternavam com trovões assustadores e pancadas de água.

De vez em quando, uma rajada de força inacreditável que parecia se elevar da água da baía de Malludu se abatia com milhares de assobios sobre a floresta, com uivos medonhos, arrancando galhos, despedaçando troncos e massacrando as densas redes de cipós e de cálamos.

Os malaios permaneciam imóveis, absolutamente impassíveis sob aquele dilúvio. Só tinham uma preocupação, a de manter bem cobertas as baterias das suas carabinas sob o sarongue dobrado, para que as balas não ficassem molhadas.

Transcorreu mais meia hora, durante a qual os raios, trovões e rajadas prosseguiram sem interrupção, perturbando a floresta, e depois outro homem apareceu e se precipitou para o local em que se abrigara o Tigre da Malásia.

— Patrão Sandokan — disse ele —, Sambigliong me enviou.

— Os homens estão a postos?

— Estão, patrão. Fizeram uma emboscada em corrente atrás da *kotta* e eu garanto que ninguém consegue passar por ali.

— Não precisava vir me avisar — continuou Sandokan, o terrível chefe dos piratas de Mompracem.

— Mas eu vim trazer outra notícia.

— Fale, Sapagar.

— Entre dois trovões ouvimos um disparo que parecia ter sido provocado por um canhão.

Sandokan se levantou depressa, dominado por uma forte ansiedade.

— De onde veio esse tiro de artilharia? Da *kotta*?

— Não, patrão, da baía.

— Será que nossa chalupa a vapor foi atacada? Acho que isso seria impossível numa noite como esta.

— Aquele tiro deve ter sido disparado de muito longe, patrão.

— Será que Yanez e Tremal-Naik já chegaram e quiseram nos avisar com esse disparo?

— Não sei, Tigre da Malásia — respondeu Sapagar.

Sandokan refletiu por um momento e disse:

— Pegue dois homens, não mais do que isso, pois a minha coluna já está bem enfraquecida, vá até a praia e embarque na chalupa. Deixem os *prahos* ancorados.

— E depois, patrão?

— Explore a baía e, se vir um iate parado em algum lugar, venha me avisar na mesma hora. Eu já estarei dentro da *kotta*. Vá sem perda de tempo.

Em seguida, enquanto o malaio saía correndo, retirou a cimitarra e gritou:

— Avante, filhotes de tigre de Mompracem!... Sambigliong está à nossa espera atrás da *kotta*...

Trinta homens seminus, armados de carabinas e cris, aqueles terríveis punhais de lâmina serpenteante com cerca de trinta centímetros de comprimento, que normalmente têm a ponta envenenada, além de *parangs*, sabres pesadíssimos que terminam em forma de calha e com apenas um golpe são capazes de decapitar até mesmo um touro, saíram dos arbustos e se dispuseram em duas fileiras.

— As suas carabinas estão carregadas? — perguntou Sandokan.
— Estão, chefe.
— As pontes volantes para os fossos estão prontas?
— Estão, chefe.
— Em frente, e olhem bem onde põem os pés. Sambigliong me avisou que tem flechas envenenadas fincadas em volta da *kotta*.

Os trinta homens se puseram em marcha no mais profundo silêncio, precedidos pelo chefe.

Continuava trovejando, e os raios também ainda não haviam cessado. Mas não chovia mais.

O vento, contudo, de vez em quando entrava pela imensa floresta virgem, ululando sinistramente e arrancando folhas, frutas e galhos das árvores.

A pequena coluna avançou por cerca de dez minutos, deslizando cautelosamente entre os troncos, e a voz do chefe foi ouvida:

— Alto!... A *kotta* está bem à nossa frente.

À luz fortíssima de um raio surgiu a aldeia a uma distância de apenas duzentos passos.

Os daiaques que habitam os grandes bosques de Bornéu não constroem suas aldeias com simplicidade, como fazem os malaios e javaneses.

Estando quase sempre em guerra com uma ou outra tribo ou contra os negritos do interior, pois não têm outra preocupação além de aumentar as coleções de cabeças humanas, abrem no meio da floresta fechada uma clareira mais ou menos grande e, depois de construir as cabanas, se apressam em muni-la de fortes paliçadas, normalmente de três ou quatro metros de altura.

Para dificultar os ataques surpresa, também cavam dois ou três fossos profundos, dentro dos quais acumulam montes de galhos espinhosos, obstáculos quase intransponíveis para aquela gente que nunca teve o costume de usar sapatos.

Além disso, fincam em certas zonas de terra pontas de flechas envenenadas com o suco de upas. Essas fortalezas, pois podem realmente ser chamadas assim, não são nada fáceis de ser capturadas.

Mas os malaios que estavam prestes a atacar a aldeia eram homens que conheciam muito bem as *kottas* bornéus. Por isso, após a ordem dada pelo Tigre da Malásia, se adiantaram com oito pontes volantes construídas com tábuas leves, a fim de atravessar com segurança as zonas perigosas salpicadas com aquelas terríveis flechas envenenadas.

— Quando estiverem colocando as pontes, observem atentamente o terreno — disse Sandokan. — Vocês têm bambus para a escalada?

— Temos, capitão.

— Podem avançar, então.

As pontes, que mediam quatro metros de comprimento por dois de largura, foram colocadas no terreno, e trinta malaios, agora em segurança, graças àquele modo engenhoso de ultrapassar o último trecho e poder chegar sem correr perigo algum até os fossos, começaram a avançar no mais profundo silêncio.

O furacão cessara. Nas regiões equatoriais as tempestades chegam com uma violência tremenda, mas demoram muito pouco tempo. A quantidade de água que derramam na terra durante aquelas duas ou três horas é incalculável, e ai se não fosse assim. Como as tempestades são muito raras, as florestas não seriam capazes de resistir ao calor e queimariam.

Apenas o vento continuava uivando entre as grandes árvores, encobrindo assim os fracos ruídos produzidos pelos malaios durante o avanço.

Depois que a coluna passou, os trinta homens examinaram atentamente o terreno e carregaram as pontes mais para a frente, pois teriam necessidade delas para atravessarem os fossos. A zona que poderia esconder as flechas foi assim atravessada, sem que as sentinelas que vigiavam das paliçadas da *kotta* percebessem nada.

O primeiro fosso estava diante dos malaios, bastante profundo, com três metros de largura e cheio de galhos espinhosos. Pobres dos atacantes se tivessem de atravessá-lo de pés descalços!... Certamente nenhum teria conseguido chegar perto das paliçadas, e, depois desse, havia mais dois.

— Tragam as pontes — comandou Sandokan, mantendo os olhos fixos na cerca. — Não façam barulho.

Naquele exato momento, ouviu uma voz aguda gritar:

— Às armas!...

Uma das sentinelas que vigiavam as paliçadas devia ter ouvido o barulho produzido pela primeira ponte ao ser jogada por cima do fosso e estava chamando os guerreiros daiaques à defesa.

— Não se movam — disse Sandokan. — Joguem-se no chão e preparem-se para disparar.

Habituados às guerras de emboscada, os malaios obedeceram no mesmo instante, deitando-se sobre as pontes.

Pouco depois, diversos homens armados de zarabatanas e *parangs* apareceram no alto das paliçadas, com tochas nas mãos.

Perguntas e respostas se cruzavam.

— Onde estão?

— Escondidos na floresta.

— Será que você não se enganou?

— Ouvi alguma coisa caindo no fosso.

— Podia ser uma babirussa ou um porco selvagem?

— Ou um *maias*.

— Não vi nenhum gorila por lá.

— O *mirim* está carregado?

— Está.

— Dê um tiro ali.

Alguns homens correram para um canto da *kotta*, onde se levantava um pequeno telhado, destinado certamente a proteger a pequena peça de artilharia.

— Deixe que atirem — sussurrou Sandokan aos homens que estavam ao seu lado. — Passe a ordem.

Transcorreram alguns instantes e um raio rompeu as trevas, seguido por uma detonação bastante forte que repercutiu demoradamente na floresta.

Atiraram com o *mirim*.

Fora disparado ao acaso, mais com a esperança de assustar os atacantes do que atingi-los, pois os malaios, protegidos pela escuridão fechada projetada pelas gigantescas folhas de palmeiras, estavam absolutamente invisíveis.

O *mirim* foi disparado três vezes, lançando suas balas de quase um quilo através da floresta a várias alturas, e o fogo foi suspenso, sem produzir nenhum resultado significativo.

Percebendo que os daiaques da *kotta* não estavam com a menor vontade de desperdiçar a munição, que com toda probabilidade não era abundante, Sandokan mandou jogar duas pontes através do primeiro fosso.

— Passem!... — comandou ele em voz baixa.

Uma dúzia de malaios atravessou o fosso carregando consigo mais quatro pontes volantes.

Pela quarta vez o *mirim* disparou e a bala não foi perdida dessa vez, pois cortou ao meio um malaio da retaguarda.

Gritos terríveis ecoavam sobre as paliçadas:

— Venham!... Para baixo!... *Kampilangs* em punho!...

— E nós também para baixo!... — gritou Sandokan. — Retaguarda, fogo!... Avancem as pontes!...

Uma carga assustadora de mosquetes respondeu ao comando. Enquanto os malaios da vanguarda jogavam rapidamente as pontes volantes, o grosso dos homens abriu fogo na direção da peça de artilharia, para obrigar os canhoneiros a abandoná-la.

As carabinas indianas, consideradas ótimas armas por serem muito precisas, não demoraram a massacrar os artilheiros.

Sobre as paliçadas, no entanto, os guerreiros da aldeia estavam se reagrupando em grande número, ululando assustadoramente e lançando nuvens de dardos com suas zarabatanas.

Sandokan, que continuava com a vanguarda, atravessou rapidamente os três fossos cobertos pelas pontes volantes e se abrigou sob as paliçadas.

— A mecha está pronta? — perguntou ele aos homens que o seguiam.

— Está, capitão.

— Coloquem o petardo aqui. Esta parede de madeira vai cair como um castelo de cartas.

Enquanto um dos seus homens se arremessava contra os troncos que formavam as paliçadas, Sandokan levantou a carabina e, vendo dois homens passarem carregando tochas acesas, fulminou-os com um magnífico tiro duplo.

Realizado aquele ato, enquanto a retaguarda continuava disparando para pôr em fuga os guerreiros que não paravam de atirar flechas envenenadas, Sandokan voltou a atravessar as pontes, seguido imediatamente pelos homens da vanguarda, para não correr o perigo de saltar pelos ares junto com as paliçadas.

Embora alvejados pelas carabinas dos malaios, os daiaques se defendiam furiosamente, disparando de vez em quando alguns tiros de *mirim* e outros de arcabuz.

Aqueles selvagens habitantes dos bosques bornéus são homens de grande valor, que desprezam a morte. Nem mesmo o canhão os assusta, pois estão acostumados a tripular os *prahos* costeiros, que sempre estão armados, se não de grandes peças de artilharia, pelo menos de grandes balistas.

Sandokan e os malaios que voltaram pelas pontes correram de novo para a floresta à espera da explosão.

Acreditando que aqueles misteriosos inimigos haviam decidido bater em retirada, assustados pela acolhida que tiveram, os daiaques pararam de atirar flechas e disparar o *mirim*.

— Chefe — disse, aproximando-se de Sandokan, um velho malaio de aparência feroz que empunhava orgulhosamente um pesadíssimo *parang* —, você acha que as paliçadas vão ceder? Os daiaques usam tábuas de teca, e você sabe como essa madeira é resistente.

— O petardo vai derrubar as pranchas e as travessas de uma vez só — respondeu o Tigre da Malásia.

— Será que o Nasumbata está mesmo dentro da *kotta*?

— Você vai ver que em algumas horas ele estará nas minhas mãos. Diga aos homens para se lançarem imediatamente ao ataque assim que acontecer a explosão. Mas é verdade que Sambigliong está preparado para impedir a passagem dos fugitivos. Ah!... Já ia esquecendo uma coisa. Os homens ainda têm tochas?

— Têm, chefe.

— Bem secas?

— Espero que sim.

— Acendam e ponham fogo logo nas cabanas.

— Suas ordens serão seguidas.

Naquele instante ouviram uma explosão violentíssima e uma labareda se ergueu na base das paliçadas.

O petardo explodiu com uma violência fora do comum, despedaçando pranchas e travessas e lançando para o ar três ou quatro guerreiros daiaques.

A voz de Sandokan trovejou imediatamente:

— Ao ataque, filhotes de tigre de Mompracem!...

Os malaios atravessaram correndo as pontes, se lançaram com um ímpeto irresistível na direção das paliçadas desconjuntadas pela explosão e se precipitaram pela *kotta* com os *parangs* e *kampilangs* em punho, berrando a plenos pulmões:

— Rendam-se!...

Duas dúzias de guerreiros daiaques tentaram impedi-los, enquanto mulheres e crianças saíam correndo e gritando das cabanas, tentando fugir pelas portas opostas e se pôr a salvo na floresta que circundava a pequena fortaleza.

Aqueles daiaques eram todos homens bonitos, de alta estatura, cor amarelada, enfeitados com braceletes de latão e cobre e armados de *kampilangs* de aço natural, um metal só encontrado em Bornéu. Como defesa, usavam grandes escudos de couro de búfalo ou de babirussa.

Mas era preciso muito mais do que isso para segurar os filhotes de tigre de Mompracem, os mais terríveis piratas do mar da Sonda.

Um combate feroz foi empenhado com golpes de *kampilangs* e *parangs*, enquanto alguns malaios, munidos de tochas, punham fogo nas cabanas já esvaziadas pelas mulheres e crianças.

Ao ver que os fortes guerreiros daiaques resistiam tenazmente aos ataques incessantes dos seus homens, Sandokan chamou a retaguarda, ocupada em retirar as pontes, e, com alguns tiros de carabina, decidiu o destino da luta a seu favor.

Embora houvessem recebido reforços de outros guerreiros, os daiaques cederam terreno e começaram a fugir precipitadamente por entre as cabanas incendiadas.

Os malaios não se deram ao trabalho de persegui-los, sabendo que Sambigliong estava esperando por eles na orla da floresta com um forte pelotão de filhotes de tigre.

— Revistem as cabanas que ainda não foram incendiadas — comandou Sandokan, avançando cuidadosamente com a carabina nos braços. — Em algum lugar vamos descobrir o cachorro do Nasumbata. Se ele conseguiu fugir, vai cair nas mãos de Sambigliong.

Os malaios correram pelas ruas da fortaleza iluminadas pelas chamas e começaram a vasculhar febrilmente as habitações.

De vez em quando, disparavam alguns tiros de fuzil contra os daiaques que, provavelmente, descobrindo a emboscada que estava esperando por eles na floresta, haviam ocupado as paliçadas opostas e despejavam nuvens de flechas com as zarabatanas.

De repente, um grito ecoou.

— Lá está ele!... Vai fugir!...

— Quem? — perguntaram várias vozes.

— Nasumbata!...

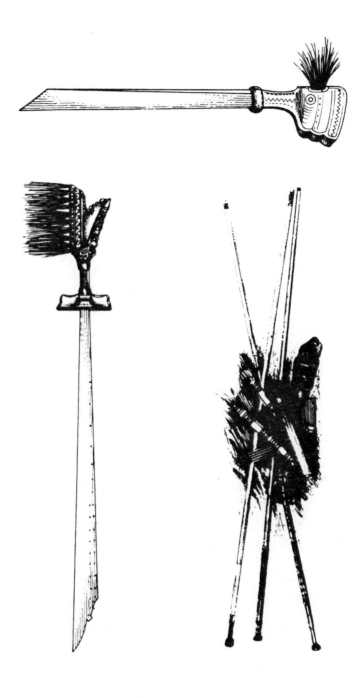

*Armas dos daiaques: no alto, o parang;
à esquerda, o* kampilang *de Bornéu; e à direita, as zarabatanas longas.*

— Atrás dele!... Atrás dele!... Agarrem o homem!...

— E vivo!... — trovejou a voz do Tigre da Malásia.

Um homem vestindo um *padjan*, uma espécie de roupa de algodão que vai da cintura até os pés, saltara para fora de uma cabana, empunhando uma grande pistola de cano longo e um cris com a lâmina serpenteante.

Ágil como um tigre, ele passou diante dos malaios da vanguarda com a velocidade de uma flecha, tentando chegar a uma das portas da *kotta* e fugir para o bosque.

Sandokan o viu.

— Parem todos!... — gritou ele. — Esse homem é meu.

Levantou sua magnífica carabina de dois tiros. O fugitivo continuou a correr através da praça central da *kotta*, saltando ora para a direita, ora para a esquerda, a fim de não ser um alvo fácil para os malaios.

Um tiro de fuzil ribombou e o homem caiu, levando uma mão à perna esquerda.

O Tigre da Malásia atirara.

Os malaios estavam prestes a se precipitar para cima do ferido, mas o chefe imediatamente os deteve com um gesto enérgico.

— Ocupem-se dos daiaques, vocês — disse ele. — Ainda não saíram da aldeia e poderão voltar para a revanche. Deixem que eu cuido sozinho desse assunto.

De fato, percebendo que outros inimigos estavam esperando por eles, os defensores da *kotta* haviam se reunido em cima das paliçadas que ficavam a oeste e eram munidas de uma espécie de deques, e pareciam estar se preparando para impedir desesperadamente a passagem dos primeiros atacantes.

Sandokan se aproximou do ferido com a carabina apontada, pronto para fulminá-lo com um segundo tiro caso ele opusesse alguma resistência.

— Jogue a pistola e o *kampilang* — disse ele. — Agora você está nas minhas mãos e não vai conseguir escapar mais.

O daiaque continuava no chão, segurando com força a perna que devia ter sido quebrada pela bala.

Ao ouvir a intimação de Sandokan, respondeu com um grito de fúria e levantou a grande pistola.

— Jogue-a!... — repetiu o chefe dos malaios. — Você ainda pode salvar a pele.

— Você não vai me poupar — respondeu o ferido, cerrando os dentes.

— Isso vai depender das respostas que me der.

O daiaque hesitou por um instante e jogou a arma para longe.

Sandokan retirou do cinto um apito de ouro e soprou uma nota estridente.

Três ou quatro malaios que estavam saqueando as cabanas que escaparam do incêndio acorreram.

— Amarrem este homem, enfaixem a perna ferida da melhor forma que puderem e transportem-no para a casa do chefe da aldeia.

Recarregou tranquilamente a carabina e se dirigiu às paliçadas ocupadas pelos defensores da *kotta*.

Os malaios haviam recomeçado a atirar, decididos a tirá-los de lá e obrigá-los a se render.

Também do outro lado da cerca os homens de Sambigliong disparavam alguns tiros de vez em quando.

— Larguem as armas e prometo poupar suas vidas — gritou o chefe dos malaios aos vencidos. — Se não se renderem, vou incendiar a *kotta* e fuzilar do primeiro ao último. Palavra do Tigre da Malásia.

Quando ouviram aquele nome tão conhecido e ao mesmo tempo tão temido em todo o litoral norte de Bornéu, os daiaques deixaram cair os *kampilangs*, as zarabatanas e os cris.

— Prendam esses homens — disse Sandokan aos malaios. — Ai de quem tocar em um fio de cabelo deles! Soltem as mulheres e crianças e chamem Sambigliong e sua tropa.

Pôs a carabina a tiracolo e se dirigiu para a cabana do chefe, murmurando:

— Agora vou acertar as contas com você, Nasumbata, seu canalha. Vou fazer você suar frio.

2. Os piratas daiaques

A CABANA DO CHEFE da *kotta* se erguia na praça, completamente isolada das outras, e não tinha diferença de tamanho ou altura.

Como todas as residências dos povos selvagens, tinha forma cônica e era construída com galhos estreitamente entrelaçados e cobertos de folhas de bananeiras e palmeiras dispostas em camadas, de forma a impedir a passagem da chuva.

O interior consistia em um único cômodo circular com o chão coberto de belas esteiras pintadas de vermelho.

A mobília era muito simples, constando de alguns vasos de cerâmica, cascos de tartaruga marinha e duas camas feitas de camadas de folhas.

Perto, havia uma espécie de palco apoiado contra a parede, cheio de crânios humanos, o museu da tribo.

Os daiaques do interior são todos grandes caçadores de cabeças, ainda mais porque um jovem não pode se casar sem presentear a noiva com pelo menos um par de crânios humanos.

Pouco importava se haviam pertencido a pobres mulheres surpreendidas na floresta, a moças, rapazes ou a verdadeiros guerreiros.

Bastava que a coleção da tribo fosse aumentada por um novo par de cabeças. Ninguém iria tentar descobrir como o jovem guerreiro os conseguira.

Nasumbata jazia em uma camada de folhas, vigiado por quatro malaios, com os braços amarrados estreitamente atrás das costas e a perna quebrada envolvida em um pedaço de *padjan*.

Era um homem de uns trinta anos, formas ágeis e ao mesmo tempo vigorosas, com a pele meio amarelada e as feições finas e belíssimas, sendo os daiaques os homens mais bonitos de toda a ilha da Malásia.

Ao ver Sandokan entrar, teve um sobressalto e nos seus olhos muito negros passou como que um lampejo de terror.

— Agora é conosco, amigo — disse o chefe dos malaios, sentando em um rolo de esteira e pondo a carabina entre as pernas. — Certamente você não estava esperando me ver tão rápido assim, não é? Por que desertou depois de ter vindo à ilha de Gaya e me suplicar que eu o alistasse no meu bando?

— Porque eu queria voltar para os meus grandes bosques e rever a minha tribo — respondeu o ferido.

— Mentira!... — gritou Sandokan. — Naquela sua fuga precipitada, você esqueceu na cabana uma folha de palmeira na qual estavam desenhados sinais que um daiaque do meu bando conseguiu decifrar.

Nasumbata fez uma careta e teve um estremecimento nervoso.

— Uma folha... — balbuciou ele, fixando o Tigre da Malásia com terror.

— Quanto o rajá do lago ofereceu para você vir espionar meus movimentos e descobrir meus planos?

— O rajá do lago... — balbuciou o ferido.

— Isso mesmo, do lago de Kini Balù, o rajá branco que há tantos anos está sentado no trono dos meus pais sem ser perturbado, talvez esteja pensando que eu renunciei para sempre a vingança da morte do meu pai, minha mãe, dos meus irmãos e irmãs. Se aquele aventureiro miserável, fugido de não sei qual penitenciária inglesa, não tivesse levantado os daiaques contra o meu velho pai por meio de não sei que artes diabólicas, eu não teria me tornado o terrível pirata de Mompracem, você entendeu, Nasumbata?

— E por que você esperou tanto tempo? — perguntou o prisioneiro. — Eu era um rapaz quando a sua família foi exterminada por aquele aventureiro.

— Não tinha forças suficientes.

— No entanto, você tinha se tornado o terror dos mares da Malásia, e fez até mesmo o sultão de Varauni tremer. Você não derrotou até James Brooke, o poderoso rajá de Sarawak?

— Como você sabe de tudo isso?

— De vez em quando chegavam ao lago notícias das suas grandes ações.

— Trazidas pelos espiões daquele miserável, enviados ao longo da costa até Labuan, não é verdade? — disse Sandokan. — Eu sei que ele me mantinha vigiado de perto, e talvez tenha sido ele que incitou os ingleses para tomarem de mim a minha ilha.

— Não sei, Tigre da Malásia — respondeu Nasumbata, cuja fronte, contudo, estava se anuviando.

— Quanto é que aquele infame pagou para você me espionar?

— Você está enganado, senhor.

— É inútil continuar negando. Aquela folha foi a sua perdição. Tinha nela o número dos meus homens e dos meus navios, além do nome de Yanez. Em alguma noite você deve ter escutado minhas conversas com meu lugar-tenente e na primeira oportunidade fugiu para avisar o rajá branco.

— Você não tem provas de que fui eu quem fiz aqueles sinais na folha de palmeira.

— Os daiaques do mar e os malaios não usam aquele sistema, e você era o único daiaque do interior no meu bando — respondeu Sandokan. — Além disso, meus velhos filhotes de tigre de Mompracem são muito leais a mim para planejar uma traição dessas. Você viu com seus próprios olhos que eles me adoram. Para eles, eu sou uma divindade guerreira, e não um simples mortal.

O ferido fez uma careta pela segunda vez, mas logo respondeu com voz bastante firme:

— Eu não sei de nada. Como já disse, senhor, saí da ilha de Gaya porque havia muito tempo estava com saudade do meu país. Eu sou um daiaque do interior e não do mar, e prefiro muito mais os meus grandes bosques e a minha pequena cabana. E quanto à folha, ela pode ter sido escrita por outra pessoa qualquer.

— Onde fica a sua aldeia? — perguntou Sandokan.

— Longe, muito longe, no meio das grandes florestas que se estendem além do grande lago.

— Então você conhece o caminho para Kini Balù.

— Não tem caminho nenhum.

— Eu sei, mas você seria capaz de nos guiar pelo meio da floresta até chegarmos ao lago.

O ferido olhou para ele com olhos semicerrados e, depois de um instante de silêncio, acrescentou:

— Seria, se eu sarar, mas só vou guiar você e um pelotão pequeno.

— Por quê? — perguntou Sandokan.

— Os grandes bosques são guardados pelas tribos dos Kaidangan, que são as mais numerosas e mais ferozes de todas que existem no norte. Se

31

você avançar com um pelotão grande, dificilmente vai conseguir escapar dos ataques deles, e a sua cabeça acabaria indo fazer companhia a muitas outras.

— Não se preocupe com isso. Eu nunca tive medo dos cortadores de cabeças.

— Mas estou preocupado com a minha e não tenho a menor vontade de perdê-la.

— Você é esperto como um verdadeiro selvagem — disse Sandokan. — Está querendo me enganar, mas é você que está redondamente enganado, amigo. Mais tarde a gente continua essa conversa.

Virou então para os quatro malaios e disse:

— Ponham uma tala na perna deste homem, construam uma maca e o transportem para a costa.

Estava prestes a sair, quando entrou Sapagar, um dos seus lugares-tenentes, o mesmo que ele enviara à baía de Malludu para tentar descobrir de que lado haviam ribombado aqueles tiros de canhão.

— Estão atacando a nossa flotilha? — perguntou Sandokan imediatamente.

— Não, patrão. A chalupa a vapor e os *prahos* não estão ameaçados por ninguém, e as nossas tripulações estão de vigia ao longo da costa.

— Mas então quem disparou aqueles tiros de canhão?

— Ouvimos mais dois, chefe, e parece que vinham de fora da baía. Eu vasculhei por umas duas milhas, embora a água estivesse muito agitada e investisse furiosamente contra a grande chalupa, mas não vi nenhum farol ao norte.

— Mesmo assim, ainda tenho a esperança de que esses tiros tenham sido disparados pelo iate de Yanez — respondeu Sandokan, pensativo. — Bah!... Daqui a uma hora o sol vai nascer e aí veremos o que vai acontecer na embocadura da baía. Avise Sambigliong para ficar aqui com vinte homens para guardar os prisioneiros, reúna os outros e vamos nos pôr em marcha agora mesmo para o litoral. Não vejo a hora de chegar lá.

O lugar-tenente partiu às pressas enquanto os quatro malaios construíam rapidamente uma maca com bambus e galhos entrelaçados para transportar o ferido.

Sandokan retirou da larga faixa um cachimbo riquíssimo, enfeitado de pérolas e pequenas esmeraldas, o encheu de tabaco e acendeu com um tição que ainda queimava em frente a uma cabana arruinada.

Havia acabado de aspirar cinco ou seis bocados de fumaça quando Sapagar reapareceu guiando duas dúzias de homens.

— Estamos prontos, chefe — disse ele ao Tigre da Malásia.

— Sambigliong colocou sentinelas? Esta *kotta* pode vir a ser muito valiosa para nós.

— Estão todos a postos.

— Fiquem em volta da maca do ferido e cuidado para não deixar que ele escape. Mesmo com uma perna quebrada esse bandido ainda pode preparar uma bela surpresa para nós. Agora vamos, em marcha!...

A pequena coluna atravessou novamente a brecha aberta pelo petardo e entrou na floresta escura, apertando o passo.

Quatro homens caminhavam à frente de Sandokan, que não apagara o cachimbo, para assinalar o caminho e evitar qualquer surpresa por parte dos habitantes da floresta.

A travessia foi feita rapidamente e sem encontros problemáticos. Apenas alguns animais surgiram diante da vanguarda e logo desapareceram entre os arbustos, talvez um tigre, talvez uma pantera negra ou talvez uma inofensiva babirussa.

As trevas estavam apenas começando a rarear quando Sandokan e seus homens chegaram a uma pequena enseada que se abria na extremidade meridional da ampla baía de Malludu.

Ancorados perto da praia havia uma grande barcaça a vapor de mais de duzentas toneladas, armada com uma metralhadora instalada na proa sobre um eixo giratório, a fim de cobrir diversos pontos do horizonte, e de duas enormes balistas postas a bombordo e a boreste da barra do leme, e quatro *prahos* de guerra com pontes e mastreamentos enormes, armados de *mirins* e balistas longuíssimas.

Sandokan tirou do seu apito de ouro uma nota comprida, e quase no mesmo instante o malaio que estava de vigia na barcaça saltou em terra.

— Você ouviu mais tiros de canhão? — perguntou a ele o Tigre da Malásia.

— Só quatro.

— Quando?

— Há duas horas.

— E depois mais nada?

— Não, chefe.

— De que direção vieram as detonações?

33

Guerreiros daiaques.

— Do norte da baía.
— E você não viu mais nada?
— Absolutamente nada.
— A máquina da barcaça está com pressão?
— Como sempre, chefe.
— A bordo!... — gritou Sandokan, virando para seus homens. — Vamos ver quem disparou aquela canhonada.

Num piscar de olhos os malaios saltaram para a coberta da grande chalupa, já ocupada por outra dezena de homens, que saíram apressadamente das escotilhas de proa e de popa.

— Acionar máquinas!... — comandou o chefe dos filhotes de tigre de Mompracem.

Um silvo agudo ecoou e a barcaça se pôs ao largo com uma velocidade de catorze ou quinze nós por hora, dirigindo-se ao norte. O sol estava começando a surgir naquele momento, lançando seus raios sobre a imensa floresta que se estendia ao longo da costa oriental da ampla baía.

As aves marinhas se elevavam em grande número, voando sobre as águas cintilantes de reflexos cor de púrpura, e grandes peixes-cães saltavam, mostrando suas assustadoras caudas e bocas enormes, sempre escancaradas e com fileiras de dentes terríveis.

Sandokan estava apoiado na metralhadora que, como foi dito, se encontrava no pequeno castelo de proa, e estendia o olhar para o norte, com a esperança de descobrir a nave que disparara aquela canhonada durante a noite.

Acendera novamente o seu magnífico *cibuc*, mas não estava fumando com a calma habitual. Parecia tragar a fumaça com raiva.

Sapagar, o lugar-tenente, estava ao seu lado, mastigando uma noz-de-areca e cuspindo de vez em quando um jato de saliva avermelhada.

Todos os outros homens estavam apoiados nas amuradas de bombordo e boreste, com as carabinas apontadas para o mar, como se esperassem ser atacados de um momento para o outro.

Transcorrera apenas um quarto de hora quando uma detonação seca ribombou na direção da entrada da baía, logo seguida de um vigoroso fogo de fuzilaria.

Sandokan pôs o *cibuc* em cima do pequeno cabrestante.

— Era desse canhão que vocês estavam falando? — perguntou ele a Sapagar.

— Era, chefe — respondeu o lugar-tenente.

— De que distância você acha que veio o disparo?

— De umas seis milhas.

Sandokan molhou o polegar direito com um pouco de saliva e o levantou.

— Vento oeste — disse ele. — Aposto a minha cimitarra contra um cris como está havendo um combate na baía de Kudat. Será que os daiaques de terra atacaram os do mar para reabastecer os seus museus de cabeças humanas? Também vou participar dele, meus caros, e a metralhadora vai esquentar direitinho as costas deles. Meu caro Sapagar, mande carregarem as balistas com meio quilo de pregos. Não matam, mas espantam.

Em seguida, virando para o timoneiro, gritou:

— Barra a barlavento!... Naveguem direto para a baía de Kudat!...

Outro tiro de canhão ribombou naquele instante, seguido também de uma descarga de fuzis.

— Parece que a coisa está ficando séria — disse Sandokan a Sapagar. — Isso não é apenas um sinal. Está havendo um combate por lá, e bem acirrado. Será que estão atacando Yanez e Tremal-Naik? Com mil demônios!... Ai deles, se estiverem!...

— Eles já deviam ter chegado?

— Acho que sim.

— Com os indianos do Assam?

— Yanez não virá sozinho. Um rajá tem milhares e milhares de guerreiros, e tenho certeza de que vai nos trazer um reforço considerável. Outro tiro!...

— E outra descarga, chefe.

— Maquinista, alimente o fogo! Estou com pressa!...

Aquela ordem, na realidade, foi inútil, pois maquinistas e foguistas estavam competindo para ver quem despejava o maior número de pás de carvão nos fornos.

A barcaça deslizava como um peixe-voador, resfolegando e estremecendo. Um frêmito sonoro sacudia os flancos e, sob a popa, a água borbulhava, espumando, agitada pelos fortes golpes da hélice.

— Todos aos seus postos de combate!... — gritou Sandokan no instante em que outra canhonada ribombou.

Subiu então no cabrestante para poder abranger com o olhar um espaço maior e fixou atentamente o norte, no local onde se abria a baía de Kudat.

— Nada ainda, patrão? — perguntou Sapagar depois de alguns instantes.

— Acho que estou vendo fumaça ali — respondeu o Tigre da Malásia. — Tem um promontório que impede que eu veja o que está acontecendo do outro lado.

— E *prahos*?

— Nenhum até agora. Vá buscar a minha carabina. Eu também quero dar uns bons tiros.

Durante mais quinze minutos a barcaça continuou sua corrida furiosa, bufando e lançando pela chaminé imensas nuvens de fumaça escuríssima. A voz de Sandokan foi ouvida mais uma vez:

— Maquinista, diminua a velocidade!... E você, timoneiro, preste atenção. Tem arrecifes à frente. Dois homens para sondagem, rápido!...

A barcaça chegou perto de outro promontório, que impedia que a entrada da pequena baía de Kudat fosse avistada.

Exatamente atrás daquele alto penhasco arborizado trovejava o canhão e ribombavam as descargas da mosqueteria.

Um combate devia estar ocorrendo a uma distância muito pequena.

— Para a metralhadora, Sapagar!... — trovejou o Tigre da Malásia. — Seis homens nas balistas, e não economizem os pregos!...

Armou a carabina e a apontou para o promontório.

Disparos se sucediam a disparos, alternando-se com violentíssimas descargas da fuzilaria. De vez em quando havia também detonações secas, que pareciam ser produzidas ou por balistas ou por *mirims*.

— Trata-se de um verdadeiro ataque contra alguma nave encalhada — disse Sandokan a Sapagar. — São armas modernas e antigas combatendo juntas. Quem serão os atacantes?

— Será que dois bandos de piratas estão se atacando? — perguntou o lugar-tenente. — Você sabe que os combates são frequentes entre os daiaques do mar, meu senhor.

Sandokan sacudiu a cabeça.

— Não — disse ele. — Tem armas indianas em jogo, ou pelo menos europeias. Eu consigo distinguir muito bem um tiro de *mirim* ou de balista de um tiro de uma verdadeira peça de artilharia, e também os disparos de uma carabina dos de um antigo arcabuz. Onde será que podem estar escondidos que ainda não conseguimos enxergar nada?

— Estou vendo fumaça, senhor.

— Onde?

— Saindo de trás do promontório — respondeu Sapagar.

Naquele momento se ouviram clamores assustadores. Parecia que centenas e centenas de homens estavam se encorajando à vitória reciprocamente para tentar uma abordagem arriscada.

— Esses são os daiaques — disse Sandokan. — Ah!... Canalhas!... Vão ter de se ver com a gente!...

Naquele instante, a barcaça estava contornando o promontório, uma língua de terra bastante elevada coberta de palmeiras imensas, com um número infinito de arrecifes agudos e perigosíssimos para qualquer embarcação à frente dele.

Os tiros de canhão aumentavam rapidamente e a fuzilaria cascateava com fúria.

Os tigres de Mompracem aspiravam avidamente o cheiro da pólvora e tinham um sobressalto a cada descarga.

O instinto feroz e guerreiro da raça malaia despertava poderosamente neles.

Era possível dizer que frêmitos terríveis passavam em seus rostos naquele momento.

Navegando lentamente para não colidir contra aquela enorme quantidade de arrecifes, a barcaça finalmente dobrou o promontório e se viu diante da entrada da baía.

Uma terrível batalha estava se desenrolando naquele momento, perto da fenda aberta a oeste da vastíssima enseada de Malludu.

Próximo a uma ilhota estava parado um magnífico iate equipado como uma escuna, de duzentas ou trezentas toneladas de capacidade. Da coberta, cerca de trinta homens disparavam terrivelmente contra os quinze ou vinte *prahos* que já o haviam cercado.

Gritos assustadores se levantavam das pontes dos pequenos e velocíssimos veleiros, e grupos de homens quase nus, armados de *parangs*, *kampilangs* e grandes mosquetões, se agitavam com ferocidade, tentando subir para a abordagem.

Os homens do iate se defendiam desesperadamente, alternando tiros de canhão e descargas de mosqueteria.

No meio deles, de pé na pequena ponte de comando, um homem branco, de alta estatura, uma espessa barba grisalha, vestindo um costume meio europeu e meio indiano e com um grande turbante na cabeça disparava de vez em quando as suas longas pistolas, mantendo um cigarro apagado na boca.

Avistando-o, imediatamente, Sandokan deu um grito altíssimo:

— Yanez!... O meu irmãozinho branco!... Filhotes de tigre de Mompracem, atacar!... Atacar!...

Percebendo imediatamente a presença da barcaça a vapor, em lugar de fugir, os *prahos* daiaques formaram rapidamente pequenas esquadras para enfrentar o duplo inimigo.

Os sete ou oito maiores se fecharam perto do iate de Yanez, lançando na coberta nuvens de flechas e disparando alguns tiros de arcabuz. Os outros se puseram novamente a velas e correram ao encontro da barcaça.

— Atire com a metralhadora! — comandou Sandokan. — Balistas, prontas!

Uma série de detonações rasgou o ar, logo coberto de gritos assustadores. O terrível instrumento de destruição começava o seu trabalho, fulminando os pequenos veleiros e suas tripulações.

Os filhotes de tigre de Mompracem tornavam o fogo ainda mais mortífero com as carabinas.

A batalha foi empenhada com grande ímpeto de ambas as partes, pois parecia que os daiaques estavam bem decididos a abordar, seguros de que se chegassem às pontes seriam bem-sucedidos, já que estavam em número três ou quatro vezes maior.

Tinham à sua frente, porém, os dois mais terríveis campeões da pirataria malaia, que já haviam participado de centenas de combates, alguns bem mais sanguinários.

O iate e a barcaça opunham uma resistência fantástica e, com detonações tremendas, mantinham longe os atacantes e os impediam de subir para a abordagem.

Três vezes os *prahos* se atiraram com grande ímpeto contra a barcaça, desafiando os tiros de metralhas e de balistas, bem como as carabinas dos filhotes de tigre, e três vezes foram obrigados a recuar.

Vendo um espaço livre à frente, Sandokan decidiu tentar um ataque para se juntar ao iate.

— A todo vapor!... — gritou ele. — Afastem todos!...

A barcaça tomou impulso e avançou em meio aos pequenos veleiros que estavam batendo em retirada, rechaçados pelo fogo infernal da metralhadora e das duas balistas.

Mas uma das embarcações maiores, tripulada por vários homens, não demorou a voltar à carga, tentando barrar a passagem da barcaça.

— Para cima deles!... — gritou Sandokan.

A grande chalupa a vapor, que tinha casco de ferro, investiu furiosamente contra o veleiro, rasgando-lhe o flanco direito.

Os daiaques, porém, nem assim desanimaram. Ao contrário, tentaram se agarrar aos bordos da barcaça para abordar, mas a metralhadora fulminou sete ou oito deles quase à queima-roupa.

Ao ver os malaios chegando armados de *parangs*, os outros saltaram na água enquanto o *praho* virava e ficava com a quilha para o ar, mergulhando seu imenso mastreamento.

O caminho estava livre, pelo menos naquele momento.

A barcaça deslizou como uma flecha entre os outros veleiros, disparando a bombordo e a boreste, e parou perto do iate, que estava encalhado na extremidade de um pequeno banco de areia.

O homem branco que vestia o costume meio indiano e meio europeu se inclinou sobre a balaustrada da pequena ponte de comando, imitado por outro homem que estava vestido completamente de indiano e tinha a pele bronzeada com uma tonalidade amarelada.

— Bom dia, Sandokan!... — gritaram eles ao mesmo tempo, enquanto os seus homens não paravam de atirar.

— Bom dia, Yanez!... Saudações, Tremal-Naik, meu amigo!... — respondeu o Tigre da Malásia. Vocês estão ancorados ou encalhados?

— Encalhados — respondeu Yanez. — Mas não se preocupe, a maré alta vai nos tirar daqui.

— Estou com a minha barcaça e será muito fácil colocá-los de novo na água. Vocês precisam de ajuda a bordo?

— Por enquanto, não, irmãozinho.

— Então vamos unir as nossas forças para nos livrar desses bandidos. Eles vão se lembrar por muito tempo da lição que vamos dar a eles. Cuidado para não deixar que subam a bordo. Se puserem os pés aqui em cima, nós é que passaremos por um mau quarto de hora.

Embora já houvessem sofrido muitas perdas e mais de um de seus navios tivessem sido destruídos, os daiaques voltaram à carga mais furiosos do que nunca, decididos a acabar com a luta num golpe desesperado.

No início foi um duelo a tiros de balista, de metralhadora e de canhão, pois o iate transportava duas pequenas peças instaladas a bombordo e a boreste do tombadilho de popa. Depois, os daiaques, que não tinham nada a perder, pois só contavam com péssimas armas de fogo, começaram a formar uma linha de aproximação para cercar os dois navios inimigos e acabar com as tripulações a golpes de *kampilangs*.

— Yanez!... — gritou Sandokan, que não abandonou a barcaça, embora estivesse com muita vontade de abraçar os dois amigos. — Varra o caminho a bombordo que eu defendo a abordagem do meu lado. Quer um bom canhoneiro? Eu tenho aqui sobrando.

— Estou com o Kammamuri nas peças. Imagine que eu fiz dele o meu general da artilharia assamesa.

— Ah!... Ele veio também?

— Ele não consegue viver longe de Tremal-Naik.

— Caramba!... Nós aqui conversando e os outros continuam avançando.

— Mas esses selvagens aí gritam como uns gansos!...

— Vamos fazer com que calem a boca, Yanez.

— Fogo de bordada, Kammamuri!... Dê um tiro duplo!... Ei, vocês aí, é melhor molhar um pouco o cano das suas carabinas ou vão queimar os dedos.

Yanez subiu novamente à pequena ponte de comando seguido por Tremal-Naik, e começou a olhar tranquilamente para os *prahos*, que já haviam começado a apertar o cerco.

A barcaça e o iate recomeçaram a música infernal, aumentando terrivelmente a intensidade.

Quando as duas peças, a metralhadora e as balistas se calavam, eram as carabinas dos malaios e dos indianos que entravam em ação, sem deixar tempo para que os daiaques pudessem rir.

De vez em quando, alguns mastros dos *prahos* desabavam com um enorme estrondo, despedaçando as amuradas e matando ou estropiando vários homens, ou então caíam velas e aparelhos na coberta, soterrando os homens.

Enormes nuvens de fumaça envolviam a barcaça e o iate, ameaçando sufocar malaios e indianos. E no meio daquela nuvem, disparavam raios de todos os lados e se erguiam detonações aterrorizantes.

Os daiaques, porém, não interromperam a manobra de aproximação nem pararam de fazer suas balistas trovejar.

Já estavam prestes a abordar a barcaça que, por ter bordo mais baixo, se prestava melhor a uma abordagem, quando ouviram alguns disparos ribombando bem atrás das popas dos pequenos veleiros.

— Ei, Sandokan, quem é que está nos trazendo reforço? — gritou Yanez, que estava atirando com uma magnífica carabina de cano duplo.

— Você está mais alto. Nem assim consegue ver? — perguntou o Tigre da Malásia.

— A fumaça não deixa.

— Sapagar!...

— Patrão!...

— Mande suspenderem o fogo por um instante.

— Mas os daiaques estão chegando perto, patrão.

— Pois deixe que encostem. Não vão ganhar grande coisa!... Quero experimentar os nossos *parangs*.

— Parem tudo!... — gritou Sapagar. — Empunhem os sabres!... Vamos ser atacados!...

Em seguida, saltou sobre o cabrestante de proa, emergindo da fumaça que o vento dispersava lentamente.

— Os nossos *prahos*!... — gritou ele. — Estão atirando com os canhões por trás dos daiaques!...

— Recomecem a música! — trovejou Yanez, que o escutara. — Cubram de pregos e chumbo esses canalhas!...

O fogo foi retomado com mais fúria.

Um *praho* daiaque tentou abordar a barcaça pela proa, despejando os seus vinte homens.

Sandokan se lançou contra os atacantes como um verdadeiro tigre, seguido por uma dúzia dos seus homens, e impediu a passagem deles.

Bastaram alguns golpes de *parangs* e alguns tiros de pistola para convencer os daiaques a bater imediatamente em retirada.

No mesmo instante, dois mastros do *praho* caíram pela coberta, derrubados por dois tiros de canhão disparados do iate.

Aquele foi o sinal da derrota completa. Os pequenos veleiros, na maioria destruídos, romperam a manobra de aproximação, viraram de bordo mais do que depressa e, aproveitando um ligeiro vento norte, recuaram para o leste, saudados por uma última bordada disparada pela barcaça.

Interior de uma cabana de daiaques.

3. A volta ao litoral

A BATALHA DUROU MAIS de uma hora, com perdas importantes para ambas as partes e grande desperdício de munição.

Mas quem levou a pior foi a flotilha dos daiaques, que perdeu dois navios e ficou com outros quatro ou cinco completamente arruinados.

Muitos piratas também caíram, e era possível ver diversos corpos flutuando em volta dos destroços, à espera que os peixes-cães, sempre muito numerosos nas águas da Malásia, viessem devorá-los.

Enquanto os filhotes de tigre de Mompracem se apressavam para jogar os mortos na água e cuidar dos feridos, Sandokan subiu rapidamente à coberta do iate, onde Yanez e Tremal-Naik o esperavam com grande ansiedade.

Aqueles três homens aterrorizantes, que haviam realizado juntos tantas façanhas audaciosas em Bornéu e na Índia, se abraçaram com enorme afeto.

— Eu nunca imaginei que iria ver vocês tão depressa, meus queridos amigos — disse o Tigre da Malásia.

— E nós não estávamos esperando encontrar você aqui — respondeu Yanez. — Afinal, você ouviu as nossas canhonadas?

— Desde a meia-noite me avisaram que estava havendo um combate. O ataque durou tanto tempo assim?

— Só começou quando o sol nasceu — respondeu Yanez. — Mas atiramos várias vezes durante a noite para manter alguns *prahos* suspeitos a distância. Você sabe como eu conheço bem esses piratas costeiros.

— E Surama?

— Está governando tranquilamente o Assam. Ela é adorada pelo povo e pelos nobres. Ficou muito aborrecida quando eu, o príncipe consorte, parti, mas como você a ajudou a conquistar o trono, eu não podia ficar surdo ao seu chamado. Trouxe quarenta guerreiros assameses, escolhidos entre os melhores. Valem tanto quanto os seus malaios.

— E eu respondo por isso — disse Tremal-Naik, rindo. — Sou o ministro da guerra e generalíssimo das tropas.

— Enquanto eu, senhor Sandokan, sou o generalíssimo de todos os guerreiros assameses — disse uma voz alegre atrás deles.

— Ah!... Kammamuri!... — exclamou Sandokan, apertando a mão do fiel marata de Tremal-Naik. — Onde seu patrão está, você também sempre pode ser encontrado.

— Os acontecimentos terríveis da Selva Negra nos ligaram para sempre, Tigre da Malásia — respondeu o marata.

— Ah!... Explique uma coisa para mim — disse Yanez naquele momento, acendendo de novo o cigarro. — Você tinha marcado um encontro na ilha de Gaya. Por que não esperou a gente chegar? Felizmente, teve a ideia de deixar instruções bem claras para nós.

— Porque aconteceram algumas coisas que poderiam comprometer a retomada do trono dos meus ancestrais — respondeu Sandokan. — Mais tarde a gente fala sobre isso. Por enquanto, vamos nos ocupar do nosso iate, que está começando a dar sinais de movimento. Caramba!... E Darma? E sir Moreland?

— Minha filha está em Colnibo com o marido — disse Tremal-Naik. — Mas prometeram vir nos visitar na corte do Assam, não é verdade, Yanez?

— E nesse dia vou pôr fogo no meu trono — respondeu o português, rindo.

— Você está entediado, então? — perguntou Sandokan.

— Se eu não amasse tanto Surama, voltaria para cá e abandonaria o Assam e todos os assameses com o maior prazer. Não somos homens feitos para uma vida tranquila. Envelhecemos entre os gritos de guerra dos malaios e daiaques e a fumaça da artilharia. Eu ainda não consegui parar de lamentar Mompracem.

— Quieto, irmãozinho!... — disse Sandokan com voz rouca. — Quieto!...

Uma forte emoção se desenhou em seu rosto másculo e ele cerrou os punhos, enquanto a fronte se anuviava.

— Mompracem!... — recomeçou ele, com um soluço surdo. — Não abra de novo a ferida que nunca parou de sangrar!... Mas quem sabe um dia eu não volte a pensar também na minha ilha. Agora chega. Não vamos mais falar nisso. Agora não é o momento certo.

Passou a mão na testa duas ou três vezes, como se quisesse afugentar recordações distantes, em seguida se inclinou sobre a amurada de bombordo, gritando:

— Sapagar, a máquina está sob pressão?

— Está, patrão.

— Prepare um cabo, o mais grosso que tivermos. Faça isso logo. Os daiaques podem voltar com reforços e nós estamos quase sem munição.

— É para já, patrão.

Depois virou para Yanez e disse:

— Você mandou sondar a água?

— Tem apenas um metro. Foi só a proa que encalhou, a popa está flutuando.

— Quando vocês encalharam?

— Às onze horas, mais ou menos.

— Vocês moveram o lastro?

— Mandei levar pelos menos três toneladas para a proa.

— A maré está subindo.

— Há pelo menos duas horas.

— Também acho que o casco está começando a se movimentar. Agora vamos ver — disse Sandokan. — Fico com receio que aqueles malditos daiaques resolvam sair ao largo de novo. Aqueles patifes dificilmente se conformam com uma derrota e são muito vingativos. Vamos tentar.

Desceu rapidamente a escada e saltou para a barcaça, que trepidava com força sob os golpes precipitados dos pistões e da hélice.

Uma corda forte foi atirada do tombadilho de popa do iate e amarrada à popa da barcaça e, em seguida, a máquina começou a resfolegar com força e a tracionar, devagar no começo e depois com grande ímpeto.

Yanez estava observando a operação do alto da ponte, na companhia de Tremal-Naik e Kammamuri.

O cabo estava rigidamente esticado, mas o iate ainda resistia à tração da barcaça, embora seus homens houvessem aberto as duas velas de carangueja para ajudar o desencalhe.

De repente, uma voz se ergueu entre a tripulação da barcaça. A máquina estava prestes a vencer a resistência da areia.

Primeiro o iate se inclinou levemente a boreste e depois deslizou com suavidade para o mar. Ele agora estava flutuando perfeitamente e podia se pôr a velas de novo.

— Tem algum buraco na proa, Yanez? — gritou Sandokan.

— Nenhum — respondeu o português. — Antes de os daiaques nos atacarem, eu já tinha mandado fazer uma vistoria na sentina.

— Mande virar de bordo e sigam-nos sem demora. Já estou vendo alguns *prahos* se reunindo ali na praia.

— Agora eles não nos pegam mais — respondeu Yanez. — Meu iate é um veleiro de primeira, capaz de desafiar qualquer navio malaio e daiaque.

Continuava soprando uma brisa leve do norte, mas suficiente para um veleiro com velas e contravelas de carangueja abertas.

Em poucos instantes o iate virou de bordo e retomou a corrida, escoltado a uma pequena distância pela barcaça a vapor e pelos dois *prahos* malaios.

Sandokan ficou observando junto com Sapagar. Alguma coisa devia estar acontecendo nas aldeias daiaques alinhadas ao longo da costa e quase totalmente enterradas sob uma vegetação fantástica.

Ouviam-se gritos muito agudos explodindo de vez em quando no meio de um ou outro grupo de cabanas, e também tiros de arcabuz, que certamente deviam ser algum tipo de sinal.

Em uma profunda rachadura da costa outros *prahos* estavam velejando devagar, fazendo estranhas evoluções, e não se tratava dos mesmos que haviam sido derrotados algum tempo antes, pois vinham do oeste.

— Tem a mão daquele maldito inglês por aqui — disse Sandokan. — Já fomos traídos, meu caro Sapagar, apesar de todos os cuidados que tomamos para manter o nosso segredo. Tenho certeza absoluta de que a essa hora já sabem do nosso avanço em Kini Balù.

— No entanto, nós capturamos Nasumbata — respondeu o malaio.

— Talvez a gente tenha chegado tarde demais. Antes de conseguirmos chegar ao lago vamos ter de passar por poucas e boas. Bah!... Estamos em bom número e não nos faltam armas e munições. Vamos combater os daiaques de terra deles com os nossos daiaques dos mares de Tiga e os nossos malaios, acompanhados dos guerreiros do Yanez. Veremos!...

Sentou-se sobre a balista de bombordo, tirou o seu *cibuc*, encheu e, depois de acendê-lo, começou a fumar tranquilamente.

Na popa do seu iate, Yanez também estava fumando seu eterno cigarro, sem se preocupar, pelo que parecia, com os daiaques que haviam dado tanto o que fazer durante as últimas horas.

Ao meio-dia a barcaça e o iate chegaram ao ancoradouro situado na extremidade meridional da baía de Malludu.

Depois de afundarem as âncoras e colocarem as chalupas no mar, as tripulações desembarcaram diante de uma dúzia de cabanas construídas da melhor forma possível com galhos e folhas de bananeiras e palmeiras.

Sandokan, Yanez, Tremal-Naik e Kammamuri foram ocupar a maior delas, que estava sendo vigiada por um pelotão de malaios fortemente armados.

Dentro dela, em uma maca de folhas secas, estava deitado Nasumbata, com as mãos amarradas e a perna ferida cuidadosamente enfaixada.

— Quem é este homem? — perguntou Yanez, observando-o com grande atenção.

— O homem que me traiu e me obrigou a levantar âncoras de Tiga sem esperar você chegar — respondeu Sandokan.

— Como?... Tem traidores entre os seus homens?

— Ele não é um dos velhos filhotes de tigre de Mompracem.

— É verdade, nunca o vi antes.

— Por enquanto, vamos comer alguma coisa. Depois a gente pode cuidar deste homem.

No meio da cabana fora estendida uma belíssima esteira multicolorida feita de folhas e fibras de ratã, com algumas almofadas de seda vermelha em volta.

Sandokan bateu palmas e Sapagar apareceu na mesma hora, acompanhado de alguns malaios que traziam deliciosos peixes assados, biscoitos e garrafas.

— Ofereço tudo o que eu tenho por enquanto — disse o Tigre da Malásia. — Estamos com falta de víveres.

— E nós também — disse Tremal-Naik. — A nossa viagem durou mais do que a gente esperava. A Índia não fica tão perto de Bornéu.

— Vocês embarcaram em Calcutá?

— Embarcamos, sim, Sandokan — respondeu Yanez. — Não tivemos tempestades durante a travessia, mas demoramos muito.

— Onde vocês compraram o iate?

— Em Rangon, para não despertar as suspeitas das autoridades inglesas.

— Agora façam bom proveito da refeição. Não é muito variada, mas pelo menos é farta.

A comida foi devorada em poucos minutos e copiosamente regada com as excelentes garrafas que foram desembarcadas do iate.

Estavam acendendo os cachimbos e cigarros quando Sambigliong, o velho filhote de tigre de Mompracem, entrou e foi alegremente cumprimentado por Yanez, Tremal-Naik e Kammamuri.

— Quais são as novidades — perguntou Sandokan, ficando inesperadamente preocupado.

— Durante a sua ausência, aconteceram umas coisas que eu não consigo explicar.

— Devoraram meia dúzia dos seus homens? — perguntou Yanez, brincando. — Você sabe que, além de serem terríveis colecionadores de cabeças humanas, os daiaques do interior não costumam desdenhar nem sequer as bistecas dos seus inimigos.

— Os meus malaios ainda não viram nenhum antropófago — respondeu Sambigliong.

— Então conte o que aconteceu — disse Sandokan.

— Nós ouvimos bem umas três vezes um rufo prolongado na floresta que se estende atrás da *kotta*. Se eu ainda estivesse na Índia, diria que eram pessoas tocando alguns daqueles enormes *hauks*.[1]

— É só isso? — perguntou Yanez. — A gente podia mandar algumas garrafas para esses tocadores recuperarem um pouco das forças.

— Tem mais uma coisa, senhor Yanez.

— Você viu o diabo, então.

— Não brinque, irmãozinho — disse Sandokan. — Nós ainda não sabemos que surpresas o cachorro daquele aventureiro que está sentado há mais de quinze anos no trono dos meus ancestrais pode estar preparando para nós. Continue, meu velho Sambigliong.

— Quando o sol estava começando a nascer e meus homens estavam se preparando para descansar um pouco, depois de terem colocado várias sentinelas sobre as paliçadas, foi como se uma tempestade violentíssima tivesse desaguado na floresta. Ouvimos uns barulhos assustadores, que pareciam produzidos pela queda de um número infinito de plantas,

---
[1] Tambor indiano.

enquanto brilhavam umas luzes fugidias entre as redes fechadas de cipós e nepentes.

— E o tempo estava calmo?

— Calmíssimo, patrão. A tempestade já tinha acabado de uma vez, e não tinha uma nuvem no céu.

— Você não ouviu algum tiro de fuzil? — perguntou Tremal-Naik.

— Nenhum.

— E gritos humanos? — perguntou Sandokan.

— Também não.

— Era um novo gênero de serenata — disse Yanez, acendendo de novo um cigarro e enchendo um copo.

— Os prisioneiros ficaram tranquilos? — retomou Sandokan, depois de um rápido silêncio.

— Nem se mexeram. Eu bem que tentei interrogá-los, mas todos me responderam que não tinham ouvido nada.

— Pegue mais vinte homens, mande desembarcar duas balistas dos nossos *prahos* e volte à *kotta* — disse o Tigre da Malásia. — Aquela fortaleza é pequena, mas forte, e vai ser absolutamente necessária para nós.

— E o que eu devo fazer com os prisioneiros?

— Por enquanto vigie-os com atenção e tome cuidado para que nenhum deles consiga fugir, embora eu agora tenha certeza de que o rajá de Kini Balù já está sabendo de tudo. E agora vamos nos ocupar do nosso caro Nasumbata. Kammamuri, acho que você vai ter de trabalhar um pouco. Você sempre teve a fama de saber como obrigar um prisioneiro a falar.

— Se não fosse assim, eu não seria um marata — respondeu o indiano com um sorriso cruel.

— Você nos deu muitas provas da sua valentia na Índia — disse Yanez. — Aquele pobre ministro assamês que nós raptamos é testemunha disso.

Eles se sentaram em volta de Nasumbata, continuando a fumar.

O pobre-diabo continuou em silêncio, mesmo depois de ouvir tudo aquilo, já que a língua malaia que Tremal-Naik e Kammamuri agora falavam fluentemente era tão familiar a ele quanto a daiaque.

Mas seus olhos preocupados se fixaram com alguma angústia no Tigre da Malásia.

— Está disposto a confessar? — perguntou Sandokan a ele. — Quero avisar desde já que tem um homem aqui que vai obrigá-lo a falar, vencendo sua resistência com a maior facilidade.

— Eu já disse o que sabia, senhor — respondeu o daiaque. — Fui embora da sua ilha porque fui tomado por um desejo muito forte de rever minha aldeia e meus compatriotas do interior.

— Você já me contou essa história, mas eu não sou estúpido de acreditar nela. É uma coisa muito diferente que queremos saber, meu caro, se não quiser experimentar as mordidas do fogo ou do aço, ou sentir o estômago explodir de tanta água. A escolha é sua.

— Como você pode ver, o meu amigo Sandokan é um homem generoso — disse Yanez ironicamente. — Vamos lá, desembuche logo, antes que a gente perca a paciência.

— Nunca vi o rajá do lago — disse o ferido. — Eu juro por todas as divindades das florestas.

— Então deve ter visto algum dos seus mensageiros — disse Sandokan.

— Também não.

— Kammamuri, este homem não está querendo soltar a língua. Ele agora está nas suas mãos.

— Patrão — disse o marata, virando para Tremal-Naik. — Você se lembra do Manciadi,[2] aquele que nós obrigamos a gritar na Selva Negra? Aquele lá também não queria começar a falar, mas como gritou depois, quando o fogo estava queimando os pés dele!...

— Faça como quiser — respondeu o indiano.

O marata agarrou o ferido pelos braços, arrastou-o para um canto da cabana e cobriu os pés dele com folhas secas.

— O que você está fazendo? — perguntou o infeliz, fazendo esforços desesperados para sufocar a dor causada pela ferida.

— Vou queimar as suas pernas — respondeu friamente o marata. — Assim a sua ferida vai cicatrizar mais depressa.

Já acendera um fósforo e estava se preparando para pôr fogo nas folhas quando o daiaque o deteve com um grito.

— Não!... Não!... — disse ele. — Eu ficaria arruinado para o resto da minha vida.

— Vai falar, então? — perguntou Sandokan.

---

[2] Um tugue, personagem de Os mistérios da Selva Negra.

— Vou, sim.
— E vai confessar tudo?
— Tudo.
— Afinal, foi o rajá do lago que pagou para você trair os meus segredos.
— Não tenho mais como negar.
— Kammamuri, encha um copo de gim para que ele recupere um pouco as forças.

O marata jogou o palito de fósforo fora e obedeceu na mesma hora.

Quando Nasumbata acabou de esvaziar o copo, apoiou-se na parede da cabana, enquanto Sandokan e seus companheiros voltavam a circundá-lo para não perder nenhuma palavra de sua confissão.

4. A traição do chitmudgar

NASUMBATA FICOU SÉRIO por um momento, talvez ainda meio em dúvida entre falar a verdade ou tentar uma nova mentira. Depois finalmente se decidiu, com medo de que Kammamuri pusesse em execução a ameaça fatal.

— Já que agora estou completamente em seu poder — disse ele afinal —, vou ser franco, com a condição de que prometam poupar a minha vida.

— Você está pondo o carro na frente dos bois, meu caro — disse o Tigre da Malásia. — Você pode ter tudo o que quiser, mas só depois de termos a prova de que não nos enganou. E, agora, comece a pôr para fora tudo o que está escondendo.

— Quando disse a vocês que não conhecia o rajá branco, eu estava mentindo — retomou Nasumbata.

— Eu imaginei — disse Sandokan. — Quando esteve com ele?

— Cinco meses atrás.

— Onde?

— Na margem do lago.

— Ele envelheceu?

— Envelheceu. Está com uma barba comprida e grisalha e o rosto muito enrugado, mas me pareceu ainda bastante forte.

— É verdade que ele tem dois filhos?

— É. Dois jovens de sangue mestiço, altos e fortes como touros, que teve com uma princesa daiaque de Labuk.

— Qual foi a missão que ele deu a você?

— De ir à ilha de Gaya para me alistar no seu bando, pois ficou sabendo que vocês tinham acabado de chegar de uma longa viagem.

— E como ele soube que eu e os meus amigos tínhamos embarcado para a Índia?

— Isso eu não sei — respondeu Nasumbata.

— O que ele temia de minha parte? — perguntou Sandokan.

— Que você e os seus malaios surgissem de repente na margem do lago.

— No entanto, eu o deixei tranquilo por tantos anos, embora a ideia de reconquistar o trono dos meus ancestrais e vingar os meus pais, os meus irmãos e irmãs tivesse me atormentado constantemente durante o meu longo exílio.

— Dá para ver, senhor, que ele não se enganou, porque agora você está aqui e não acho que vocês tenham desembarcado aqui apenas para me perseguir.

— Como você ficou sabendo dos meus planos, que a maioria dos meus homens ainda não conhecia?

— Uma noite eu ouvi a sua conversa — respondeu Nasumbata. — Você estava com Sambigliong e Sapagar.

— Espião canalha — murmurou Yanez.

— Você teve o tempo necessário para avisar o rajá? — perguntou Sandokan.

Nasumbata teve uma breve hesitação, mas depois, vendo os olhos ameaçadores do Tigre da Malásia, não demorou a responder.

— Enviei um mensageiro — disse ele.

— Para o rajá?

— Sim, senhor.

— Qual era a missão dele?

— Avisar sobre a sua chegada e desembarque.

— Por que não foi você mesmo ao lago?

— Queria vigiar mais um pouco os seus movimentos.

— Você acha que o rajá do lago tomou alguma providência para nos impedir de atravessar as grandes florestas?

— Certamente, e não sei se vão conseguir ver as margens do lago.

— Deixe que a gente se encarrega totalmente disso — falou Yanez. — Já derrubamos outros tronos, e certamente não vai ser esse homem que conseguirá deter a nossa marcha. Você conhece o caminho?

— Conheço, sim.

— Quanto tempo vai levar para este homem ficar bom? — perguntou ele a Sandokan.

— A ferida não é grave. E depois, se for preciso, ele poderá ser transportado.

— Sigam-me, amigos — disse Yanez. — Por enquanto é melhor que este homem fique na ignorância de algumas coisas.

Esvaziaram outra garrafa, acenderam os cachimbos e cigarros e saíram enquanto dois malaios entravam para vigiar de perto o prisioneiro.

Na praia, os malaios e os assameses indianos estavam desembarcando os poucos víveres que haviam sobrado na estiva do iate e abaixando as imensas velas, as velas e as contravelas de caranguejo dos *prahos*.

Somente a barcaça continuava sob pressão, como se de um momento para o outro fosse voltar ao largo.

— Vamos todos para o iate — disse Yanez. — Pelo menos assim ninguém vai ficar sabendo dos nossos planos.

— De quem você está desconfiando? — perguntou Sandokan.

— Eh!... Nunca se sabe!... Desde que me tornei o príncipe consorte, desconfio de tudo e de todos.

Embarcaram em uma chalupa e foram até o iate, que estava ancorado a apenas vinte braças da praia, porque naquele local a água era muito profunda.

Após atravessarem a coberta desceram ao quadro, onde havia um belíssimo salão com paredes cobertas de seda azul e duas amplas janelas que abriam para a popa, a bombordo e a boreste do timão.

Em toda volta havia pequenos divãs de veludo também azul e, no centro, uma mesa ricamente esculpida com entalhes de mármore e prata.

Do alto pendia um candeeiro de bronze, de estilo indiano, cujos candelabros tinham a forma de trombas de elefante entrelaçadas com muito gosto.

Um indiano alto, bastante escuro, magro, de olhos negros e ardentes e o rosto emoldurado por uma barba negra e levemente crespa, completamente envolvido em um dotim de percalina florida, estava de pé no canto do salão, como que esperando por alguma ordem.

— Pode ir, Sidar — disse Yanez a ele, cumprimentando com um gesto da mão. — No momento não precisamos de você.

— Quem é esse homem? — perguntou Sandokan, depois que o indiano passou pela porta.

— O nosso mordomo, ou melhor, o nosso *chitmudgar*.

— De confiança?

— Total.

— Então podemos conversar. O que você estava querendo me dizer?

— Queria perguntar se você também acha que tem forças suficientes para conquistar um trono.

— Quantos éramos quando derrubamos o feroz rajá do Assam? Nem mais nem menos, ou talvez até menos. No entanto, com a nossa astúcia, fomos muito bem-sucedidos na tarefa de dar a Surama a coroa que lhe cabia.

— Quais são seus planos, afinal?

— Atravessar os grandes bosques, nem que isso duplique a distância, chegar à margem do lago e pegar de surpresa aquele miserável, que tem uma dívida de sangue terrível comigo.

— E, com certeza, matá-lo — disse Tremal-Naik.

— Esse homem não pode esperar nenhuma misericórdia — respondeu Sandokan com voz sombria.

— Eu conheço vagamente essa história sangrenta — disse Tremal-Naik. — Mas gostaria de saber de todos os detalhes. Não vamos partir hoje, suponho.

— Antes de tudo, preciso me assegurar da neutralidade do rajá de Labuk para deixar os nossos navios a salvo. Um dia fiz um favor àquele pequeno príncipe pirata e espero que ele não tenha esquecido. Não devemos nos pôr a caminho antes de três dias, mesmo porque quero ter certeza das intenções obscuras do meu inimigo. Tenho certeza de que ele já farejou alguma coisa. O ataque dos daiaques é uma prova irrefutável.

— Então você tem tempo suficiente para contar sua história macabra — disse o indiano. — Algumas vezes, de um detalhe insignificante pode surgir uma grande ideia.

Sandokan se levantou com a fronte anuviada, o rosto alterado por uma cólera terrível, os punhos fechados.

Seus olhos magníficos lançavam raios e parecia que todo o seu corpo era sacudido por um frêmito.

— Este é o Tigre da Malásia de quinze anos atrás — murmurou Yanez. — Parece que ainda posso vê-lo quando, do alto do penhasco de Mompracem, lançou seu desafio ao leopardo inglês. O rugido do Tigre da Malásia fazia Labuan tremer naquela época.

— Mande trazer alguma coisa para bebermos, Yanez!... — gritou ele com voz rouca. — Preciso apagar a chama que está devorando o meu sangue!...

Kammamuri se levantou e escancarou a porta.

— Sidar!... — gritou ele. — Garrafas e taças!...

O indiano, que estava sentado no primeiro degrau da escada, sempre à espera das ordens, se levantou depressa e pouco tempo depois entrou no salão trazendo o que lhe fora pedido.

Kammamuri destampou uma garrafa contendo uma bebida cor de rubi e encheu quatro taças de cristal com arabescos de ouro.

Sandokan esvaziou de um só gole o copo que Yanez lhe estendeu e disse:

— Já transcorreram quase vinte anos desde aquela época sinistra, quando os Sandokan, que pertenciam a uma casta guerreira do leste de Bornéu, reinavam no trono de Kini Balù por dois séculos. Os meus ancestrais haviam conquistado um vastíssimo reino no coração da grande ilha, agregando todas as tribos dos daiaques independentes do norte, e se estabeleceram em Kini Balù, o maior e mais bonito lago que existe aqui. O meu pai, um grande guerreiro também, estendeu as suas conquistas até o mar, e quem sabe até onde teria ido se não fosse o aparecimento inesperado de um homem branco, uma raça fatal para a raça malaia e tantas outras também. De onde vinha ele? Nunca soube exatamente, mas tenho sérios motivos para acreditar que fosse um bandido, alguém que tinha fugido de alguma penitenciária inglesa. Disseram que ele tinha abordado na baía de Labuk durante uma noite de tempestade e que os daiaques do litoral, em vez de decapitá-lo e colocar a cabeça branca nas paliçadas da *kotta*, o pouparam, provavelmente acreditando que ele fosse um gênio do mar por causa daquela cor desbotada. Não sei se essa história é verdade ou mentira, mas o fato é que aquele bandido, não sei com que artifícios, conseguiu conquistar a simpatia de uma grande tribo de daiaques que estava tentando ser independente. Um belo dia, uma revolução violenta estourou no litoral e avançou ameaçadoramente para as grandes florestas. Meu pai, avisado de que um homem branco estava à frente de várias tribos, reuniu um exército e se pôs em campanha com seus guerreiros mais famosos. Eu e os meus irmãos os acompanhamos. Várias vezes as grandes florestas ficaram ensanguentadas. A luta era furiosa nas margens dos rios e no meio dos pântanos, com massacres medonhos de ambos os lados. Mas o homem branco exercia uma estranha influência sobre os nossos daiaques. Provavelmente o ouro inglês estava entrando naquela rebelião, pois nossos adversários estavam armados de fuzis, coisa que até então nunca haviam possuído, enquanto os nossos guerreiros contavam apenas com *kampilangs* e *sumpitans*, ou seja, zarabatanas. Não passava um dia sem que um pelotão desertasse e passasse para o inimigo, seja por ter sido seduzido pela presença daquele miserável, seja por ter sido corrompido com promessas de armas de fogo e presentes valiosos. As derrotas não demoraram a se suceder umas após as outras, apesar dos ataques terríveis comandados pelo meu pai, e uma noite acabamos ficando cercados na *kotta* que servia de capital. A resistência durou catorze dias; depois, uma noite, as paliçadas foram derrubadas e os rebeldes se lançaram na aldeia, dando início a um massacre assustador. O meu pai tinha ido para dentro de uma pequena cerca com a minha mãe, minhas irmãs e irmãos, junto com um pequeno núcleo de guerreiros armados de velhos arcabuzes. Havia cinco cabanas, uma das quais servia de depósito de pólvora, pois tínhamos conseguido obter cerca de sete quilos de pólvora com o rajá de Labuk. A defesa foi solidamente organizada, enquanto à nossa volta os rebeldes, embriagados de sangue e de massacres, atiçados pelo homem branco, trucidavam e decapitavam os habitantes e incendiavam as cabanas. Terminado o massacre, voltaram-se para nós, achando que cairíamos com facilidade nas mãos deles. Éramos poucos, mas todos valentes e bem decididos a vender caro a vida. O primeiro ataque fracassou. Recebidos com um fogo infernal, apesar dos estímulos e das promessas do bandido, os daiaques se puseram em fuga e durante muitos dias não tentaram um retorno ofensivo. A presença de meu pai, que tinha a fama de ser o guerreiro mais famoso de Kini Balù, devia ter reduzido bastante a coragem deles. Durante três semanas resistimos valorosamente. Até minha mãe e minhas irmãs participaram da defesa, fuzilando os miseráveis às vezes, principalmente à noite, quando eles tentavam incendiar as paliçadas do minúsculo fortim. Um dia, perdendo a esperança de nos capturar pela força, o homem branco mandou um parlamentário, propondo ao meu pai a divisão do reino. Estávamos exaustos por tantas noites em claro e a munição estava começando a faltar. Além de tudo, uma parte dos nossos guerreiros tinha caído sob as balas dos adversários. Decidimos nos render para salvar ao menos as mulheres e abrimos as portas ao vencedor para discutir as cláusulas da divisão do reino. O maldito inglês nos convidou para um grande banquete, durante o qual realizou o terrível massacre. Estávamos no fim do banquete quando vários guerreiros armados de cris vieram para cima de nós como feras selvagens. Eu vi meu pai cair degolado, depois a minha mãe, os meus irmãos e irmãs, e vi as suas cabeças ensanguentadas enfiadas nas pontas das lanças... Você entendeu?... Você entendeu?...

Um grito selvagem, que parecia o rugido de um verdadeiro tigre malaio, dilacerou o peito de Sandokan, o terrível pirata da Malásia, que por tantos anos fizera tremer ingleses e holandeses e empalidecer até mesmo o sultão de Varauni, o mais poderoso de Bornéu.

Ele se curvou como um animal feroz, com os braços esticados, o rosto assustadoramente alterado por um ódio impossível de descrever e os olhos chamejantes. Parecia estar querendo se atirar contra alguma sombra vagando à sua frente.

— Meu irmão, o que você está fazendo? — perguntou Yanez, levantando-se depressa e pousando a mão no ombro dele.

Ao ouvir aquela voz, o pirata se ergueu e passou diversas vezes a mão na testa úmida de suor.

— Que visão! — disse ele com voz rouca. — Parecia que ele estava bem ali, na minha frente... um dia eu o verei, ah, se verei!... E nesse dia, ai dele e dos seus filhos!... Da mesma forma que ele foi implacável com meu pai, minha mãe, meus irmãos e irmãs, o Tigre da Malásia também será cruel e impiedoso com ele. Yanez, quero beber alguma coisa!... Você se lembra quantas noites eu passei na nossa cabana de Mompracem, no nosso ninho de águia, do alto do qual dominávamos todo o mar que banha a maldita Labuan?... Quanto eu bebia naquelas noites? Era a lembrança da minha família assassinada que me atormentava!... Anos e anos se passaram e eu continuei surdo ao tremendo grito dado por meu pai, no momento em que o cris de um daiaque miserável afundava no seu pescoço, obedecendo à ordem daquele aventureiro. Agora chega!... Antes que a velhice me surpreenda, quero vingar minha família. Ah! Vou fazer esse homem em pedaços assim!...

Retirou da parede uma carabina indiana e depois de apoiar o cano no joelho, com um esforço hercúleo a partiu ao meio e jogou um pedaço para a direita e o outro para a esquerda, com um ímpeto irado.

— Acalme-se, irmãozinho — disse Yanez, com voz tranquila.

Sandokan quase lhe arrancou das mãos a taça que ele estava estendendo e a esvaziou de um só gole, como se não passasse de água.

Tremal-Naik e Kammamuri estavam olhando para ele sem falar, profundamente emocionados com a cólera terrível que inflamava o coração do orgulhoso pirata.

— Continue — disse Yanez, quando achou que ele se acalmara um pouco.

— Eu era o mais ágil e o mais treinado dos meus irmãos — retomou Sandokan depois de uma longa pausa. — Instintivamente fiquei desconfiado e avisei meu pai para ficar em guarda e não deixar que minha mãe e irmãs participassem do banquete. Quando vi os assassinos do maldito inglês se precipitando com gritos ferozes para a mesa, na mesma hora entendi o que ia acontecer. Eu tinha levado o *kampilang* e duas pistolas indianas. Quando vi meu pai cair, atirei contra os assassinos e, desembainhando o meu pesado sabre, abri caminho com grandes golpes, com a esperança de ao menos chegar a tempo de salvar a minha mãe e irmãs e massacrar o traidor. Era tarde demais e, além disso, tinha uma muralha de homens armados à minha frente. Como consegui derrubá-la e chegar à floresta? Nunca serei capaz de saber. Mas não me deixaram tranquilo, pelo contrário. Aquele bandido queria a vida do futuro Tigre da Malásia, para não ver aparecer um dia diante dele o vingador dos assassinados. Foi uma corrida furiosa para atravessar as imensas florestas do oeste, pois eu tinha pensado em chegar às fronteiras do sultanato de Bornéu, as únicas que continuavam abertas para mim, porque todas as margens do lago já estavam nas mãos do usurpador e todo o norte, fechado para mim. Vivi como os *maias*, os nossos gigantescos símios da ilha central, muitas vezes seguindo pelas trilhas aéreas entre as árvores das selvas infinitas para fazer com que os caçadores que estavam me perseguindo sem trégua perdessem minha pista, alimentando-me de frutas e raízes, algumas vezes até mesmo de cobras. Em três ocasiões estive prestes a cair nas mãos dos homens que me perseguiam ferozmente, como se eu, em vez de um príncipe, fosse um animal selvagem, e a caça terminou. Provavelmente acharam que eu tinha morrido no meio da floresta por causa do esforço, mas estavam enganados. Atravessei o sultanato, desci para o litoral e, depois de ficar amigo de uma turba de malaios já dedicados à pequena pirataria, levantei voo para Mompracem, que na época estava deserta. O resto vocês já sabem.

Sandokan parou. O fogo intenso que um pouco antes brilhava em seus olhos aos poucos se apagou.

Apenas um tremor fortíssimo ainda sacudia os seus braços.

Esvaziou uma terceira taça e em seguida, virando-se para Yanez, disse com voz quase calma:

— A barcaça está pronta para se pôr ao largo. Você acha que os daiaques que nos atacaram estão cruzando na direção da saída da baía?

— Acho que eles receberam o suficiente e já teriam chegado aqui se estivessem se sentindo fortes.

— Eu também acho — disse Tremal-Naik. — Além disso, meu caro Sandokan, a sua barcaça tem condições de desafiar qualquer *praho* ou *giong* para uma corrida. Se os daiaques ainda quiserem nos perseguir, vão ter de correr muito e, mesmo assim, vão ser um ótimo alvo para nós. As suas balistas valem por vinte das dos piratas.

— É meio-dia — disse o Tigre da Malásia depois de olhar para um pêndulo magnífico colocado em um console de ébano filetado de ouro. — Antes do pôr do sol estaremos na baía de Labuk. Vamos, amigos, a barcaça continua sob pressão.

— Quando você acha que estaremos de volta? — perguntou Yanez.

— Amanhã estaremos aqui.

— Os nossos homens não estão correndo perigo? Você me disse que pode ter muitos daiaques nas florestas.

— Enquanto Sambigliong mantiver a *kotta*, não tem perigo. Ela é bem fortificada e não será possível tomá-la de assalto enquanto trinta piratas de Mompracem estiverem na defesa. Sigam-me. Eu me responsabilizo por tudo.

5. Um morto que ressuscita

A BARCAÇA PARTIRA HAVIA poucos minutos quando Sidar, o mordomo de Yanez, desceu ao quadro, depois de ordenar que a tripulação do iate descesse em terra para começar a construir outras cabanas.

Uma chama estranha brilhava nos olhos do indiano, enquanto no rosto transparecia uma profunda preocupação.

Parou por alguns minutos no salão, tomou um copinho da bebida que ainda sobrara na garrafa e em seguida abriu a porta de uma das cabines laterais, dando um assobio agudo, parecido com o que é lançado pela cobra-de-capelo, a terrível serpente das selvas indianas, quando está brava.

Um assobio igual, que parecia vir de baixo do assoalho, respondeu no mesmo instante.

— Não está dormindo — murmurou Sidar. — Então deve ter ouvido tudo. Isso vai me poupar mais uma explicação.

Pegou uma cavilha de ferro, introduziu-a em uma fenda e com um pequeno esforço fez correr uma tábua do piso, abrindo um buraco de cerca de meio metro quadrado.

— *Sahib*, pode sair agora — disse o indiano. — Até que enfim estamos sozinhos.

— Já era tempo — respondeu uma voz que veio de baixo do assoalho. — Eu não estava aguentando mais.

— Acredito, *sahib*. Nem um faquir teria conseguido resistir tanto tempo.

— E eu não sou faquir.

Uma cabeça apareceu, seguida por um corpo humano, e um homem saltou para fora do buraco com uma agilidade mais do que extraordinária.

Não se tratava de um indiano, mas de um europeu alto, com a pele muito branca, cor ainda mais ressaltada por causa da longa barba negra que emoldurava seu rosto.

Tinha feições bastante regulares, nariz aquilino, olhos negros e brilhantes, que continham, no entanto, um não sei quê de duro e cruel.

Como todos os europeus que habitam as regiões quentíssimas da Ásia Meridional, estava vestido com uma roupa de flanela branca muito fina. Mas na cabeça, em vez da concha de miolo de bambu, tinha uma calota vermelha com grandes flocos de lã azul, parecida com aquelas que os gregos do Mediterrâneo costumam usar.

Assim que saiu por aquela abertura, esticou os membros, piscando várias vezes os olhos, como se as pupilas não fossem capazes de enfrentar imediatamente a luz intensa que entrava pela escotilha escancarada, e disse:

— Esta é uma daquelas vinganças que custam caro!... Vinte e dois dias de prisão, e sempre na maior escuridão!... Só mesmo um grego como eu seria capaz de resistir a uma provação dessas.

— O que posso lhe oferecer, *sahib*? — perguntou Sidar, contemplando-o estaticamente.

— Eu bem que gostaria de beber um daqueles cafés, do jeito que são preparados em Esmirna e Constantinopla, mas você não tem a menor ideia do que pode ser isso. Traga algum líquido infernal para me reanimar. O seu patrão deve ter algumas garrafas, imagino. Um rajá nunca viaja sem antes se abastecer muito bem.

— Gim?

— Que seja gim!...

O indiano abriu um pequeno armário e apresentou ao europeu uma taça e uma garrafa quase cheia.

— Aonde eles foram? — perguntou ele, depois de esvaziar umas duas taças.

— Ver um certo sultão de Labuk — respondeu Sidar.

— Quem é esse?

— Parece que é amigo do homem terrível que comanda os piratas malaios.

— Ninguém pode vir nos perturbar?

— Não, porque eu mandei toda a tripulação para terra e retirei a escada. Estamos sozinhos, *sahib*.

— Ninguém desconfiou da minha presença a bordo deste iate?

— E como iriam desconfiar, *sahib*? Quando me enviaram a Rangon para comprar este barco, mandei preparar secretamente o esconderijo para você, e ninguém ficou sabendo de nada. Você poderia ficar a bordo até durante anos inteiros com a maior tranquilidade.

— Que bela cadeia você está me oferecendo, *chitmudgar*!... — berrou o europeu, que parecia exasperado. — Eu não sou um rato para viver no fundo de uma estiva!... Mas, então, na corte do Assam acreditam que eu estou mesmo morto?

— Ninguém mais tocou no seu nome.

— Imbecis!... Nem se preocuparam em mandar procurar o meu corpo?

— Não teriam encontrado nada, pois assim que eu vi você caindo, aproveitei a confusão que reinava no palácio naquele instante e o levei embora.

— Estúpidos!... Seria preciso muito mais do que duas ou três balas para matar o favorito do rajá!... Os gregos têm a pele dura, e a de Teotokris é a mais dura de todos os gregos do Arquipélago e do Levante. Ah!... Acham que eu morri!... Meu caro senhor Yanez, príncipe consorte de Surama, um dia você vai ver que ainda estou vivo. Por todas as fúrias do inferno!... Vou dar um golpe atrás do outro e vingarei o desgraçado do antigo rajá do Assam, que está se acabando aos poucos, sempre delirando e achando que é o marido de Surama. Quando eu tiver liquidado esses homens, vai ser brincadeira de criança tirar aquela mulher do trono. Ah!... Ah!... Eles ainda não sabem quem é Teotokris, o grego!... Sidar, um charuto. Faz vinte dias que não fumo.

O *chitmudgar* tirou do armário uma caixa de laca cheia de cigarros de diversos tipos e de charutos. O grego pegou um *rokok*, um charuto minúsculo enrolado em uma folha de nipa, muito cheiroso. Depois se estendeu em uma confortável poltrona de bambu, pondo uma perna sobre a outra.

— Agora vamos conversar sobre os nossos negócios, Sidar — disse ele, depois de lançar no ar duas ou três baforadas de fumaça perfumada.

— Estou às suas ordens, *sahib* — respondeu o indiano. — Você ouviu o que o Tigre da Malásia contou agora há pouco?

— Não perdi nem uma palavra — respondeu o grego. — Até parece que esses homens resolveram ser conquistadores de tronos.

— E o que está achando de tudo isso?

— Que nunca mais vai surgir uma oportunidade tão boa para eu me vingar desses aventureiros, principalmente daquele Yanez. Você conseguiu descobrir quem é o adversário deles?

— O meu patrão não tem segredos para mim, e por isso nada me escapa. Eles estão indo para bem longe, pelo que parece, até um lago chamado Kini Balù. Eu nunca tinha ouvido esse nome até agora.

— Você é um estúpido, Sidar. Bornéu não é a Índia nem o Assam. Eu também não sei onde ele fica, mas, apesar de não sabermos, certamente os selvagens que habitam esta ilha sabem. É apenas uma questão de confabular com um deles, conquistar a sua confiança com presentes ou dinheiro e convencê-lo a me levar ao rajá branco, que esses canalhas, certos ou errados, pretendem destronar, como fizeram com o pobre Sindhia.

— É bem capaz que eu já esteja com esse homem na minha mão — disse Sidar.

— Você?...

— Isso mesmo, *sahib*. Eu soube que esses piratas capturaram um daiaque que estava encarregado de espioná-los para o rajá do lago, pelo que pude entender.

— Você tem certeza do que está dizendo?

— Eu estava presente quando o Tigre da Malásia contou isso ao meu patrão.

— E você viu esse daiaque?

— Vi, *sahib*.

— Qual é o jeito dele?

— Parece ser um homem muito malicioso e bem inteligente.

— Por todas as fúrias do inferno!... Será que estou com tanta sorte assim? Como é que eu posso ver esse homem?

— É uma coisa muito simples — respondeu Sidar. — Quando meu patrão está fora, sou eu que dou as ordens. O que me impede de dizer aos malaios que estão tomando conta dele para trazê-lo a bordo do iate para maior segurança?

— E quando o Yanez voltar?

— Decerto não estarei mais aqui, patrão. Se você partir, eu vou junto. Você prometeu que vingaria o antigo rajá do Assam, que sempre foi muito generoso tanto comigo quanto com você. Mate o usurpador e eu serei seu de corpo e alma, *sahib*.

— Quem está tomando conta daquele homem?
— Tem dois malaios na cabana — respondeu Sidar.
— Eles também vão querer vir a bordo.
— E daí?
— Vão ser um estorvo.

O indiano tirou de uma orelha uma argola grande e tocou em um pequeno talho, mostrando um buraquinho.

— Aqui tem o suficiente para fazer dez homens dormirem — disse ele.
— Será que o prisioneiro vai nos entender? — perguntou o grego.
— Todos os homens do Tigre da Malásia falam inglês — respondeu o indiano. — Se aquele prisioneiro, como eu ouvi dizer, fez parte do bando do pirata, bem ou mal ele deve entender também, imagino eu.
— Você está propondo uma cartada arriscada — disse o grego. — É possível perder a partida toda em uma só mão.

Pegou outro *rokok*, acendeu e ficou fumando em silêncio por alguns minutos, franzindo a testa de vez em quando e agitando nervosamente a perna que estava apoiada sobre a outra.

— Quando eles devem voltar? — perguntou de repente ao indiano, que continuava em frente a ele em uma atitude bastante respeitosa.
— Amanhã à noite, *sahib*.
— Você tem certeza de que pode trazer o daiaque para cá?
— Suponha que o meu patrão e o Tigre da Malásia tenham me dado essa ordem antes de partir. Quem iria duvidar disso?
— Você é tão esperto quanto os levantinos.
— Não sei quem são esses.
— Pessoas que realmente não são importantes neste momento. Que horas são?
— Três horas, *sahib*.
— Vá tentar dar o golpe.
— Está decidido, *sahib*?
— Sem esse homem eu não vou poder fazer nada, e sem um guia seguro e fiel não sei se conseguiria chegar até o rajá do lago, e eu preciso falar com ele a qualquer preço. É lá que o usurpador do trono do Assam vai acertar as contas comigo.
— Preciso avisar uma coisa, *sahib*. Aquele homem está com uma perna quebrada, e não sei como vai fazer para nos guiar no interior desta terra imensa.

— Quem a quebrou?

— O Tigre da Malásia.

— Vamos contratar gente para nos ajudar a transportá-lo. Mais tarde teremos tempo para pensar nisso. Feche a porta com duas voltas da chave, mande trazerem esse homem para uma cabine próxima e não se preocupe porque eu cuido do resto. Deixe a garrafa e os charutos aqui também, e volte logo.

Enquanto o indiano se apressava em sair, trancando a porta com duas voltas, o grego acendeu o terceiro *rokok*, abaixou a cortina de seda vermelha de boreste para não se expor ao perigo de ser visto por algum homem da tripulação, e começou a andar pela cabine estreita.

— Já era mais do que tempo de esticar as pernas — murmurou ele. — Vinte e três dias, quase sempre imóvel e o tempo todo no escuro, como uma toupeira!... É verdade que às vezes temos de pagar muito caro pela vingança!... Meu caro senhor Yanez, você tinha certeza de que eu estava morto e não poderia mais causar problemas!... Você não conhece os gregos do Arquipélago, meu senhor!... Eu perdi a terrível partida que foi jogada no Assam, aquela partida que me privou dos favores do pobre rajá e que lhe deu a coroa, mas agora o jogo será aqui. Vou ser um adversário implacável e duplamente perigoso, porque você não vai saber de que lado virá o perigo. Que destino estranho!... Nasci como pescador de esponjas e termino a minha existência entre os príncipes mais ou menos selvagens.

Visivelmente satisfeito, o grego alisou sua longa barba negra e acendeu de novo o terceiro ou quarto charuto, semicerrando os olhos como se tivesse a intenção de tirar um cochilo.

Transcorrera cerca de meia hora quando um violento choque contra as tábuas do costado do iate o fez saltar. Parecia uma chalupa abordando o navio.

Jogou fora o *rokok* agora apagado, encostou silenciosamente na escotilha, levantou a cortina e deu uma rápida olhada para fora.

Não se enganara. Uma baleeira se chocara com o iate perto da escada que fora deixada abaixada.

Continha apenas quatro homens: o indiano, dois malaios munidos de remos e um selvagem de uma cor amarela bronzeada, que estava deitado em uma espécie de palanquim apoiado nos dois bancos do meio.

— Esse Sidar é mais esperto e mais decidido do que eu pensava — murmurou Teotokris. — É preciso entender bem esses indianos!... Parecem estátuas de bronze impassíveis, enquanto têm um sangue tão bom quanto o dos levantinos nas veias. Ele está nas minhas mãos, e eu posso fazer o que quiser com ele.

Recuou lentamente, deixando a cortina cair com cuidado e voltou a sentar, dizendo:

— Agora é só esperar.

Ouviu as roldanas girando, pessoas caminhando na ponte, passos descendo a escada do quadro e finalmente a voz de Sidar, dizendo:

— Aqui, nesta cabine... Ele vai ficar mais seguro do que em terra. É um homem precioso demais, e o meu patrão faz questão absoluta de mantê-lo prisioneiro. Além disso, aqui tem duas peças de artilharia, e se os amigos dele tentarem vir buscá-lo, vão ter de acertar as contas com a metralha.

— Mas ele é muito esperto mesmo — murmurou o grego. — Se aquele pobre Sindhia tivesse dez homens como esse, com toda probabilidade não teria perdido a coroa do Assam de forma tão estúpida.

Ouviu uma batida na porta e em seguida a chave girando na fechadura.

— É você? — perguntou ele em voz baixa.

— Sou, *sahib* — respondeu Sidar, também em voz baixa.

— Entre.

A porta foi aberta em silêncio e Sidar apareceu, dizendo:

— Está feito, patrão.

— Não fizeram nenhuma objeção?

— Não, *sahib*. Pelo contrário, aprovaram plenamente as minhas precauções.

— Que imbecis!... O ferido está muito fraco?

— Até parece que está melhor do que você e eu — respondeu Sidar. — Esses selvagens possuem uma força de vontade excepcional.

— Você tentou falar com ele em inglês?

— Tentei, e ele me entendeu perfeitamente.

O grego respirou como se tivesse tirado um peso enorme do peito.

— Essa era a minha maior preocupação — murmurou ele. — Agora é entre nós dois, príncipe consorte do Assam. Veremos o que você vai fazer para atravessar as grandes florestas que levam até o lago misterioso.

Em seguida, virando para Sidar, perguntou:

— O que estão fazendo os dois malaios que tomam conta do prisioneiro?

— Bebendo — respondeu o indiano, piscando o olho.

— Vai ser a morte ou o sono?

— O sono.

— Tanto faz — murmurou o grego. — Quanto tempo será preciso antes que durmam?

— Só meia hora.

— Enquanto isso, encha o meu copo e me dê outro charuto.

Sem fazer ruído, levou a cadeira para perto da escotilha, levantou um pouco a cortina de seda, acendeu o *rokok* que Sidar lhe estendeu e pareceu mergulhar em profundos pensamentos, olhando distraidamente para a distância infinita do mar cintilante de luzes.

Sidar estava atrás dele, sempre à espera de ordens. Era fácil perceber que o grego exercia uma influência ilimitada sobre o indiano.

Depois de aproximadamente meia hora, ambos foram arrancados de suas meditações por um golpe surdo, que parecia ter sido produzido pela queda de um corpo humano no pavimento da cabine ao lado.

O grego ficou em pé de um salto.

— Um já está estatelado — disse ele.

— Vamos esperar o outro cair, *sahib* — respondeu Sidar.

— Será que ele não vai dar o alarme?

— Não vai estar nem sequer em condições de se levantar. O narcótico que eu uso age muito depressa e corta não só as forças como também a voz. Pronto!... O outro também caiu. Venha, *sahib*. Agora estamos seguros de que não haverá testemunhas incômodas.

Abriu a porta, subiu a escada e foi até a coberta para se certificar de que ninguém mais viera a bordo, em seguida desceu depressa e entrou na cabine vizinha.

O grego o seguiu no mesmo instante, trazendo na mão um punhal comprido e afiadíssimo por precaução.

Em cima de uma maca, fortemente amarrado, estava Nasumbata. No chão, um ao lado do outro, com as mãos em torno de duas garrafas agora completamente vazias, estavam os dois malaios de guarda.

O narcótico devia ser muito poderoso, pois ambos mostravam uma rigidez cadavérica.

— Não vão acordar nem se nos ouvirem falando? — perguntou Teotokris a Sidar.

— Contamos com vinte e quatro, talvez trinta horas até que acordem — respondeu o indiano. — Você pode cantar, dançar e tocar tambor, se quiser.

O grego olhou para Nasumbata, que parecia bastante impressionado com aquela visita inesperada e com a queda dos dois malaios da guarda.

— Você entende inglês? — perguntou ele.

— Muito bem — respondeu o daiaque.

— Sabemos quem é você.

Nasumbata arregalou os olhos, manifestando um vivo estupor.

— E fomos nós que mandamos que você fosse trazido para cá, para libertá-lo — continuou o grego —, porque somos inimigos dos homens que o prenderam.

— Vocês!... — exclamou o selvagem.

— Nós sabemos que você é o homem encarregado de avisar o rajá do lago sobre a expedição que o Tigre da Malásia está organizando para prejudicá-lo.

— Quem disse isso, senhor?

— Não se preocupe com isso. Sabemos, e basta. Você quer ficar livre e retomar a sua marcha para o misterioso lago?

— Você ainda pergunta? Você está salvando minha vida, porque tenho certeza absoluta de que o Tigre da Malásia não vai perdoar minha traição.

— Mas eu tenho algumas condições.

— Pode falar, senhor.

— Você conhece esse rajá?

— Conheço, fui um dos guerreiros dele.

— É verdade que é um homem branco?

— É, um inglês.

— Você saberia me levar até ele?

— Nasumbata conhece bem o caminho dos grandes bosques.

— Se você me prometer marcar uma audiência com o rajá do lago, esta noite estará livre.

— Eu juro por Datara.

— Quem é esse?

— O meu Deus.

— Então que seja pelo senhor Datara — disse o grego ironicamente. — Mas você está ferido?

— O Tigre da Malásia me quebrou uma perna.

— E como vamos fazer para transportá-lo pelas florestas?

Nasumbata sorriu.

— Todos os daiaques da costa me conhecem — disse ele. — Levem-me até a aldeia que eu indicar, senhor, onde tenho vários parentes, e nós vamos organizar uma pequena caravana de carregadores.

— Seus guerreiros podem também ser convocados?

— O daiaque nasceu para a guerra — sentenciou Nasumbata.

— Quer dizer que, se pagarmos, podemos conseguir uma escolta?

— Do tamanho que quiser, ainda mais com o meu apoio.

— Então vamos fazer os inimigos do rajá do lago suar frio. Mas quero que saiba que eu, num país muito distante, do qual você talvez já tenha ouvido falar, a Índia, fui um grande guerreiro.

— Basta olhar para você para acreditar, sem que seja preciso provar — respondeu o daiaque.

— Então você aceita a minha proposta? — perguntou o grego.

— Quem é que recusaria a liberdade e a vida, senhor?

— Essa sua aldeia fica muito longe?

— A apenas duas horas.

— Você conseguiria descer até uma chalupa?

— Os braços bastam para isso.

— Vamos esperar o sol se pôr e a escuridão cair e envolver o mar. Até então, você pode descansar.

— Obrigado, senhor. E esses dois malaios? Não vão acordar?

— Finja que estão mortos. Mais tarde voltaremos a nos ver.

O grego saiu seguido por Sidar, que não pronunciara uma palavra, e voltou à sua cabine.

Ergueu um momento a cortina e olhou para a praia. Os malaios e a tripulação do iate estavam terminando a construção das cabanas, sem se preocupar com os veleiros que dançavam suavemente em suas âncoras a menos de quarenta metros do atracadouro.

— Está tudo indo muito bem — murmurou ele.

Passeou durante alguns minutos em volta da cabine com o rosto anuviado, em seguida parou bruscamente diante de Sidar e perguntou:

— O iate tem um pequeno depósito de pólvora, não é verdade?

— É, *sahib* — respondeu o indiano. — Por que está me perguntando isso?

— Onde fica? — perguntou o grego em vez de responder.

— Embaixo do quadro.

— Com quem está a chave?

— Comigo.

— Deixe-me ver.

— O que você está pretendendo fazer, *sahib*?

— Deixar ao príncipe consorte da rani do Assam uma bela lembrança da minha fuga. Que diacho!... Você estava achando que eu ia embora como um ladrão sem o butim? Vocês, indianos, às vezes são completamente estúpidos, e se gabam de ser muito espertos. Você precisa ter algumas lições com os gregos do Arquipélago. Vamos lá, mostre onde fica o depósito de pólvora.

Sidar se curvou sem responder. Retirou do pequeno armário uma chave e fez um sinal para que o grego o acompanhasse.

Saíram do quadro, passaram pela estiva, deslocando uma tábua, e desceram à sala de popa, que estava iluminada por uma lanterna para que a tripulação, em caso de um retorno inesperado dos daiaques que haviam atacado na baía de Kudat, pudesse se abastecer rapidamente de munição para as duas peças de artilharia.

— É aqui — disse Sidar, indicando uma porta.

— Abra — ordenou o grego, pegando a lanterna.

O indiano obedeceu e logo se viram em uma cabine escura, cheia de barriletes guarnecidos de ferro e de caixas quase cheias de projéteis e metralha.

— Será que tem mechas por aqui? — perguntou Teotokris.

Sidar indicou um barrilete quase cheio.

O grego pegou uma das mais compridas, colocou a lanterna no chão para não correr o perigo de saltar pelos ares, e bateu em diversos recipientes com os nós dos dedos.

— Este aqui — disse então. — Aqui dentro deve ter pelo menos dez quilos de pólvora para canhão. Que bela fogueira!...

Retirou com cuidado o parafuso inferior e deixou cair uns cem gramas do terrível explosivo.

— O que você está fazendo, *sahib*? — perguntou Sidar, assustado.

— Estou preparando a minha mina — respondeu o grego, enterrando no montinho de pólvora uma das pontas da mecha. — Você vai ver o espetáculo!... Mas vamos assistir de longe.

— A nave vai explodir?

— É o que eu estou querendo.

— E aqueles dois malaios?

— O diabo que os leve para o meio do inferno. Não tenho tempo de me preocupar com eles.

Mediu cuidadosamente a mecha, usando os dedos.

— Vai durar cinco ou seis minutos — disse ele. — Quando o iate saltar pelos ares, estaremos bem longe daqui, e essa vai ser minha primeira saudação aos canalhas que me fizeram perder uma posição invejável junto ao rajá do Assam.

Deu uma risada estridente e zombeteira, saiu do depósito de pólvora e voltou à sua cabine. Sidar o seguiu.

— Veja se tem alguma coisa para comer — disse Teotokris. — Não conte com a minha reserva de víveres. Estão quase no fim.

O indiano saiu e logo depois voltou trazendo um cesto com um maravilhoso presunto salgado, biscoitos e uma garrafa de vinho.

O grego sentou a uma mesinha, pegou uma faca e começou a cortar fatias grossas, dispondo-as em camadas sobre alguns biscoitos que encontrou no fundo do cesto.

Começou então a comer sem pressa, regando a refeição com copos de vinho espanhol. Quando terminou, o sol já desaparecera e a escuridão caíra no mar e no litoral bornéu.

— Quer mais alguma coisa, *sahib*? — perguntou o indiano.

— Mais um *rokok*, depois pode ir preparar a chalupa.

— Já está pronta.

— Fixe um cabo de reboque grosso na grua do cadernal de âncora de boreste para que o prisioneiro possa descer.

— E depois?

— Leve armas para a chalupa, o máximo que conseguir encontrar.

— Tem muitas armas por aqui.

— E um barril de pólvora e um ou dois sacos de balas. Nas florestas isso vai ser muito necessário.

— Suas ordens serão obedecidas.

O grego o despediu com um gesto e voltou a desabar na poltrona de bambu, aspirando o charuto.

Pela escotilha aberta entravam correntes de ar fresco e perfumado. A distância os malaios e os indianos do iate cantarolavam, misturando suas vozes ao rumor da ressaca.

Umas faíscas estranhas, que às vezes ficavam mais intensas e às vezes se esvaíam bruscamente, apareciam no mar. Miríades e miríades de medusas e noctilucas subiam à superfície, clareando a água que estava da cor do nanquim.

O grego continuava a fumar, respirando de vez em quando o ar noturno a plenos pulmões.

De repente ele se levantou.

A distância surgiu uma luz pálida, mudando a cor da água. Era o primeiro quarto da lua que subia suavemente no horizonte.

— Sidar!... — chamou ele.

O indiano, que provavelmente estava sentado perto da porta da cabine, entrou depressa.

— Está tudo pronto? — perguntou.

— Está, *sahib*.

— Vamos pegar o ferido.

— Venha comigo.

Entraram na cabine contígua.

Nasumbata estava acordado e agitado, impaciente para ir embora.

O grego cortou as cordas, pegou o ferido nos braços e o levou para a coberta com a mesma facilidade com que carregaria uma criança.

— Desça você primeiro, Sidar — disse Teotokris. — Tem armas na chalupa?

— Não está faltando nada.

— Prepare três carabinas. Talvez a gente precise delas.

Em seguida, pousou com cuidado o daiaque na amurada, dizendo:

— Agarre a corda e deslize. Cuidado para não dar nenhum grito.

— Mesmo que eu perca a minha perna quebrada, vou ficar quieto.

— E você, *sahib*? — perguntou Sidar.

— Só preciso de meio minuto — respondeu o grego. — Aquela mecha está me esperando há umas duas horas.

— Cuidado para não saltar pelos ares também, *sahib*.

— Eu e as mechas somos velhos amigos — respondeu o grego.

Desceu rapidamente até o quadro, entrou no pequeno depósito de pólvora, abriu a lanterna que pegara ao passar e pôs fogo na mecha.

Quando viu que ela estava brilhando e crepitando, lançando no ar alguns pontos luminosos, se levantou, apagou a lanterna e subiu correndo a escada.

Nasumbata e Sidar já haviam descido para a chalupa.

O grego agarrou o cabo de reboque e com um salto se reuniu a eles.

— Para os remos, Sidar, e trate de remar com força — disse ele. — A explosão certamente vai ser muito violenta.

A baleeira logo se pôs ao largo em direção ao oeste.

Na praia, malaios e indianos cantavam em volta das fogueiras, sem desconfiar de nada. Haviam terminado a refeição e provavelmente estavam se preparando para uma dança noturna.

Empurrada por dois pares de remos manobrados com muita energia, a baleeira já estava a uma distância de três ou quatro cabos quando um raio cegante rompeu inesperadamente a escuridão, seguido de um ribombar assustador.

Uma enorme nuvem de fumaça se ergueu para o céu e se abateu sobre o mar sob um golpe de vento.

O iate de Yanez explodira!...

6. Os mistérios das florestas virgens

PRÓXIMO AO PÔR DO SOL do dia seguinte, a barcaça a vapor voltou à baía de Malludu, conduzindo Sandokan, Yanez, Tremal-Naik, Kammamuri e os quinze malaios.

Foi um golpe tremendo para todos eles saber que o iate saltara pelos ares junto com Nasumbata, o *chitmudgar* e os dois malaios da guarda, pois não podiam saber exatamente como as coisas haviam acontecido.

Depois de interrogar os malaios e indianos, os quatro homens se reuniram na praia, olhando para o local que o iate ocupara vinte e quatro horas antes.

— Vamos lá, Yanez — disse Sandokan, parecendo meio preocupado. — O que você acha desse desastre inesperado?

— Por Júpiter!... — exclamou o português, que parecia tão impressionado e surpreso quanto o Tigre da Malásia. — Eu estava me perguntando neste exato momento se você está realmente seguro dos seus homens?

— Quando você estava com os filhotes de tigre de Mompracem, você nunca achou que poderia haver traidores entre eles?

— Nunca, irmãozinho. Para eles, você sempre foi uma espécie de semideus.

— Então, se havia um traidor, não poderia ser encontrado entre os meus malaios — disse Sandokan.

— Exatamente o que eu estava pensando — respondeu Yanez.

— Você confiava no seu *chitmudgar*?

— Desconfie sempre desses indianos! Quando você acha que são totalmente leais, eles aprontam uma boa!...

— Então eu prefiro os meus malaios e daiaques.

— Ei!... Mas parece que um daiaque já andou dando dor de cabeça.

— Era um falso daiaque.

— Eu não sei se era falso ou não. Só sei que o iate explodiu e que o nosso querido Nasumbata desapareceu.

— Explodiu com o iate.

— Quem disse, Sandokan?

— Você tem alguma dúvida?

Yanez colocou uma mão no ombro direito do Tigre da Malásia e disse, sorrindo:

— Irmãozinho, há algum tempo, você era mais desconfiado.

— O que você está querendo dizer com isso, Yanez?

— Que aquele canalha do *chitmudgar* e Nasumbata nos aprontaram um belo golpe.

— Qual o motivo para isso? — perguntou Tremal-Naik. — O seu mordomo gostava de você ou, pelo menos, parecia gostar.

— Pelo menos parecia — disse Yanez. — Muito bem dito.

— Afinal você tinha alguma dúvida dele? — perguntou Sandokan.

— Nenhuma até ontem de manhã, mas vá você tentar entender o coração dos hindus. Já tentei várias vezes, mas só consegui entender dois, o de Tremal-Naik e o de Kammamuri.

— Ah!... Yanez!... — exclamou Tremal-Naik, rindo.

— Você tem razão — disse Sandokan. — Então o que se pode concluir daí?

— Que realmente não estou enxergando com clareza esse caso do iate.

— Mas eu estou.

— O que você quer dizer, Sandokan?

— Que ele saltou pelos ares e agora está quinze metros abaixo da água.

— Uma conclusão bem magra, irmãozinho.

— Mas muito evidente.

— Isso eu não nego — respondeu Yanez.

— Você tinha muito dinheiro em caixa?

— Só umas sete ou oito mil rúpias.

— Que devem ter passado para o bolso do seu fidelíssimo *chitmudgar*.

— É bem provável, Sandokan.

— Então vamos chegar a uma conclusão.

— Estou esperando.

— Agora que o seu iate não existe mais, podemos dispensar a proteção do sultanato de Labuk, pois a minha barcaça e os meus *prahos* podem subir confortavelmente o Marudu. Vamos cortar caminho e ficaremos mais seguros.

— Você sabe aonde acaba esse rio?

— Nem os daiaques sabem. Mas eu sei que entra na ilha e que o curso dele é bem comprido. A bordo dos nossos barcos podemos nos defender melhor e evitar surpresas desagradáveis. Se o rajá do lago, como eu desconfio, foi informado dos nossos planos, não vão faltar obstáculos no nosso caminho, de todas as maneiras possíveis, e você sabe muito bem como as florestas fechadas podem ser perigosas.

— As emboscadas nunca foram o meu tipo de luta preferido — disse Yanez. — Eu sempre achei melhor combater em campo aberto.

— E eu, um filho da selva, penso exatamente como você — acrescentou Tremal-Naik.

— Então podemos partir — disse Sandokan. — Não quero deixar que o rajá tenha tempo de organizar a defesa.

— E a *kotta* conquistada?

— Não vai mais ter utilidade para nós, Yanez — respondeu o Tigre da Malásia. — Fica muito longe do lago.

— Acho que ela pode nos servir de ponto de apoio no caso de sermos forçados a bater em retirada. Cinquenta homens comandados por nós e bem armados podem ser suficientes para mandar os súditos daquele patife pelos ares.

— Talvez você esteja certo. Vamos encarregar Sambigliong de manter a fortaleza com vinte homens. Depressa! Temos de andar logo.

As ordens foram imediatamente dadas aos malaios e aos indianos, e foi enviado um mensageiro a Sambigliong para pedir que ele enviasse à costa dez dos seus homens e mantivesse a posse da *kotta* até o retorno da expedição.

Ao meio-dia, depois da refeição, a barcaça levou os *prahos* a reboque, indo rapidamente para o Marudu, um amplo curso de água ainda não explorado, mas que se sabe que entra na imensa ilha por várias centenas de quilômetros.

Sandokan, Yanez e Tremal-Naik haviam se instalado na barcaça que, sendo munida de ponte, não tinha falta de cabines, enquanto os *prahos*, que eram pequenos veleiros, não contavam com nada disso.

Subindo o rio Marudu.

Os malaios normalmente se contentavam com o *attap*, um pequeno telhado erguido entre os dois mastros de traquete e o principal, que é mais do que suficiente como proteção naquele clima de forte calor interrompido apenas por aguaceiros furiosos que só costumam durar meia hora.

Às duas horas, a esquadrilha chegou à foz do rio; uma foz bastante larga, embora salpicada de inúmeros bancos de areia cobertos de uma fantástica vegetação, e começou a subi-lo sem observar nada de extraordinário.

Os daiaques que haviam atacado o iate não estavam mais à vista, talvez com medo de sofrer outra derrota ainda mais desastrosa do que a primeira. Mas a ausência deles não tranquilizou de fato Sandokan, muito menos Yanez. Os dois tinham quase certeza de que os encontrariam logo, logo, conhecendo bem a índole vingativa daqueles indomáveis ilhéus.

— Se Nasumbata não voou pelos ares junto com o iate, certamente vai incitá-los contra nós — disse Sandokan.

Tendo atravessado o vau sem avistar nenhuma alma viva, já que as costas setentrionais de Bornéu eram muito pouco habitadas por causa das incessantes batidas dos piratas, a flotilha avançou rio acima.

O curso de água, com mais de duzentos metros de largura, corria magnificamente, apresentando duas margens cobertas por imensos bosques que formavam como que duas paredes impenetráveis, tão fechadas eram as plantas.

À direita e à esquerda se elevavam imensas palmeiras-de-leque, bananeiras monstruosas que lançavam suas enormes folhas em todas as direções, couves-palmeiras, laranjeiras carregadas de frutas do tamanho da cabeça de uma criança, mangostões, cedros gigantescos e muitos upas, aquelas árvores que escondem embaixo da casca um veneno que não perdoa e é utilizado pelos daiaques para banhar a ponta de suas flechas.

Araras-vermelhas, cacatuas muito brancas com um belíssimo topete amarelo, esmeraldas de cauda azul, com o dorso da cor da esmeralda, o ventre amarelo dourado e a cauda azulada saltitavam entre os galhos e os cipós, enquanto no alto dos topos tagarelavam ruidosamente bandos de papagaios de penas multicoloridas.

— Aqui é o verdadeiro paraíso dos caçadores — disse Yanez, que estava sentado na proa da barcaça, massacrando os cigarros. — Pena estarmos com tanta pressa.

— Você vai ter tempo para descontar isso mais tarde — respondeu Sandokan, que estava ao seu lado. — Este rio não deve ser muito longo, e vamos ser obrigados a fazer um longo passeio nas florestas. O lago está longe.

— E o que vamos fazer com os *prahos* e a barcaça?

— Este país não é muito populoso, sempre se pode encontrar um local para escondê-los. Você não se lembra das vezes em que abordamos em Labuan? Sempre conseguimos encontrar os nossos navios.

— Tomara que não estejam nos vigiando.

— Quem estaria?

— Aquele maldito Nasumbata não sai da minha cabeça.

— Não temos provas de que ele ainda esteja vivo.

— Mas a explosão do iate não me convenceu nem um pouco. Não é possível que tenha explodido sozinho.

— Nasumbata estava com uma perna quebrada, Yanez.

— Pode ter sido ajudado por um cúmplice.

— É, pelo seu *chitmudgar*.

— No entanto, custo a acreditar que esse homem tenha me traído. E depois, por que razão? Ele não pode conhecer o rajá do lago, pois nunca esteve em Bornéu antes.

— Isso é um mistério, meu caro, que talvez um dia a gente possa esclarecer. Mas tenho certeza absoluta de que tem um traidor nessa história. Se é Nasumbata ou algum outro, isso eu não sei. É esperar para ver.

Naquele momento um grito estridente se elevou na margem esquerda, seguido por um ribombar que parecia produzido pela batida em um enorme tam-tam. Sandokan e Yanez se levantaram no mesmo instante, pegando as carabinas que estavam apoiadas na amurada, ao alcance das mãos.

Os malaios e indianos os imitaram depressa, apontando as balistas para as duas margens ao mesmo tempo.

— O que está acontecendo, amigos? — perguntou Tremal-Naik, correndo para a proa. — Será que foi um animal que deu aquele grito?

— É, um animal que depois se diverte tocando o tam-tam — disse Yanez. — Você nunca viu esse tipo de animal tão extraordinário na sua Selva Negra?

— Não, realmente — respondeu o indiano. — Deve ter sido algum sinal.

81

— Certo — disse Sandokan. — Eu aposto um *praho* contra uma simples canoa como os daiaques que nos atacaram desembarcaram na foz do Marudu antes da nossa chegada, e agora estão nos seguindo, marchando pelos bosques.

— Isso não me espantaria muito — disse Yanez. — Mas se quiserem nos atacar, vão ter de vir a nado.

— Vão nos esperar nas margens.

— Não temos a menor necessidade de desembarcar.

— Você está enganado, Yanez.

— Por quê, Sandokan?

— O nosso estoque de carvão não vai durar mais de quarenta e oito horas e, se quisermos continuar, seremos obrigados a descer em terra para catar lenha.

— Por Júpiter! Eu não tinha pensado nesse problema! Felizmente estamos em bom número, e mesmo depois de perdermos o iate, não nos faltam armas pesadas.

— Silêncio — disse Tremal-Naik naquele momento.

O grito estridente ecoou novamente, também dessa vez seguido de um ribombar estranho que parecia ser produzido por um martelo enorme batido com toda força em uma laje de cobre ou bronze.

— Agora o barulho está vindo da margem direita — disse Yanez. — Esses bandidos estão conversando.

— E enviando sinais — acrescentou Sandokan.

— Será que estão preparando uma armadilha? — perguntou Tremal-Naik.

— Decerto não vamos ter uma noite tranquila — respondeu Sandokan. — Parecem estar totalmente decididos a travar combate conosco antes de entrarmos nas terras do rajá do lago. Por sorte os daiaques só têm péssimas armas de fogo, e as zarabatanas têm um alcance muito limitado. Ei, maquinista, se for possível, aumente a velocidade!... Não economize muito carvão. Aqui há florestas intermináveis para queimar sem precisarmos pagar uma rúpia sequer.

A barcaça estava avançando com uma velocidade discreta, embora trouxesse os *prahos* a reboque, mantendo-se sempre no meio do rio para evitar alguma surpresa, mas não demorou a aumentar a marcha.

As duas margens continuavam cobertas de árvores de dimensões extraordinárias enroladas em compactas redes de cipós e nepentes, no meio das quais de vez em quando apareciam alguns *sciamangs*, os macacos mais horrorosos das grandes ilhas da Malásia, que possuem a testa baixa, olhos extremamente encovados, nariz grande e chato, boca enorme e a garganta munida de um papo monstruoso que se dilata apenas quando o seu dono começa a gritar.

Em compensação, têm um pelame lindíssimo, preto e brilhante, que se alonga bastante sob as ancas.

Tão insolentes quanto muitos outros quadrúmanos, se divertiam fazendo caretas e atirando na coberta da barcaça e dos *prahos* frutas podres e galhos que arrancavam com os dentes agudíssimos.

Também os pássaros marcavam presença de vez em quando, atravessando o rio com uma velocidade fulminante. Na maioria eram tucanos fantásticos, com enormes bicos amarelos e uma espécie de vírgula em cima, cumprimentando os navegadores com gritos estridentes que faziam Tremal-Naik e Kammamuri saltar.

O sol já estava prestes a desaparecer por trás das árvores altíssimas que formavam uma barreira quase intransponível a oeste quando pela terceira vez ouviram o grito e o ribombar que haviam alarmado Sandokan e Yanez.

Símios e pássaros fugiram rapidamente, desaparecendo nas profundezas da floresta.

— Por Júpiter!... — exclamou Yanez. — Será que os daiaques estão querendo nos oferecer um concerto?

— Estão, mas a base de tiros de carabinas — disse Sandokan, observando atentamente as duas margens. — Esses bandidos estão nos seguindo, correndo como babirussas.

— Será que estão pensando que vão nos assustar com esses buns? Nós também temos instrumentos musicais, mas os nossos arrancam gritos de dor de quem os ouve. E se a gente tentasse fazer a sua metralhadora cantar um pouco, irmãozinho? Atire em leque para podermos varrer as duas margens.

— Para massacrar inutilmente os cipós e nepentes? Não, Yanez, não vamos desperdiçar munição.

— Mas esses sinais estão me irritando.

— Antigamente você era mais cuidadoso.

— Mas naquela época eu não era um rajá — respondeu o português, rindo.

— Então é tão fácil assim irritar os príncipes indianos?

— É o que parece, irmãozinho. Provavelmente é uma questão de ambiente.

— Então finja que ainda é um filhote de tigre de Mompracem e...

Sandokan interrompeu bruscamente o que ia falar ao ver o português saltar com o ímpeto de uma pantera para cima da amurada de proa da barcaça.

— O que aconteceu, irmão? — perguntou Sandokan, vendo Yanez atirar rapidamente o cigarro que estava fumando no rio e abraçar o fuzil.

— Está querendo nos oferecer um macaco assado? — perguntou Tremal-Naik.

Yanez não respondeu. Parecia estar acompanhando com o cano da carabina alguma coisa que deslizava pelas plantas da margem direita.

— Sumiu — disse ele de repente, abaixando a arma. — Como esses daiaques são espertos. Em matéria de agilidade, seriam capazes de ganhar dos símios.

— Mas o que você viu afinal, Yanez? — perguntou Sandokan, que armara rapidamente a sua carabina de dois tiros, enquanto quatro malaios corriam para a metralhadora.

— Uma sombra deslizando no meio dos cipós.

— Uma sombra humana?

— Por Júpiter!... Não tenho olhos de lince!... O sol já se pôs, e não é fácil enxergar o que está acontecendo nas margens do rio.

— Então você pode ter confundido um *maias* com um homem — disse Sandokan.

— O que é isso? — perguntou Tremal-Naik.

— Um orangotango, quase tão alto quanto um homem e perigosíssimo. Deve ter muitos nestas florestas.

— E eles também são tocadores — disse Yanez. — Esses bosques são maravilhosos!... As folhas tocam, as frutas, os troncos e até as flores!... Estou começando a ficar cansado desses concertos misteriosos.

— Eu também estou, Yanez — continuou Sandokan.

— Enquanto se contentarem em assobiar e tocar os tam-tans, vamos deixá-los em paz — disse Tremal-Naik. — Não são perigosos.

— E esse tiro? — perguntou Yanez.

Um tiro de arcabuz ecoou no meio da floresta da margem esquerda e ouviu-se no alto o sibilar da bala.

Sandokan deu um grito.

— Soltem as âncoras e estejam prontos para atirar com as balistas e a metralhadora!...

A barcaça a vapor parou subitamente, descrevendo uma meia-volta a bombordo.

Malaios e assameses haviam saltado para as amuradas, nas quais estavam dispostos os colchões fortemente enrolados.

As âncoras foram baixadas com rapidez fulminante e um profundo silêncio caiu a bordo dos navios imobilizados no meio do rio.

Só se ouvia o murmúrio da corrente que espumava suavemente entre as plantas palustres que cresciam ao longo das margens.

— Esse silêncio não me deixa nada tranquilo — disse Yanez a Sandokan.

— Tem razão, amigo. É como se estivesse escondendo algum tipo de traição.

— Mesmo assim não tem nenhum barco ou *praho* se aproximando.

— Vão esperar o momento ideal para nos atacar.

— Estes malditos rios de Bornéu são sempre perigosos. Passei maus momentos quando estava subindo o Kabatuan para ir libertar Tremal--Naik e Darma, e lá também eram traições atrás de traições.

— Este é o verdadeiro país das traições — respondeu Sandokan.

— O que vamos fazer, afinal?

— Esperar.

— Vai ser um tédio, Sandokan.

— Não quero arriscar a minha barcaça com essa escuridão e correr o perigo de despedaçá-la contra alguma pedra.

— Silêncio!...

— O grito de novo?...

— Não, preste atenção. Agora são latidos de um cachorro.

— E esse barulho, o que é então?

Na direção do alto curso do rio ouviram um ruído que parecia ter sido produzido pela queda de uma árvore gigantesca.

— Vocês ouviram isso? — perguntou Tremal-Naik, aproximando-se dos dois piratas.

— Pode não significar nada — respondeu Sandokan. — Nas grandes florestas, muitas vezes caem grandes números de árvores por velhice.

— Hum!... — fez Yanez, sacudindo a cabeça. — Será que elas caem exatamente no rio?

Sandokan já ia responder quando ouviram mais dois ou três baques.

— Será que florestas inteiras vão cair no Marudu? — perguntou Yanez a si mesmo. — A coisa está parecendo muito estranha.

— Sapagar!... — gritou Sandokan.

— Estou aqui, capitão — respondeu o malaio, saltando para a proa.

— Pegue dois homens e vasculhe atentamente o rio.

— Vamos partir? — perguntou Yanez.

— Vamos avançar a pouco vapor — respondeu o Tigre da Malásia. — Não devemos ficar aqui sem fazer nada, enquanto nossos inimigos talvez estejam nos preparando sabe-se lá que tipo de surpresa. Aquelas árvores devem ter sido cortadas pelos *parangs* e *kampilangs* dos daiaques.

— Com que objetivo? — perguntou Tremal-Naik.

— Talvez com a intenção de impedir a nossa passagem ou construir jangadas. Maquinista!... Avance devagar. Enquanto isso vocês, malaios, e vocês também, indianos, fiquem preparados para fazer fogo.

— Então é melhor fumar mais um cigarro — disse Yanez, sentando na amurada com a carabina entre os joelhos. — Quem sabe se vou ter tempo depois!

A barcaça estava novamente em marcha, rebocando os *prahos*. Mas avançava com muito cuidado, enquanto Sapagar e os seus dois homens sondavam o fundo do curso de água. A única voz ouvida a bordo era a do lugar-tenente do Tigre da Malásia.

— Sete pés... nove pés... timoneiro, dê uma guinada à direita... bancos a bombordo... em frente....

Enquanto isso, na direção do alto curso, os baques continuavam aumentando assustadoramente. Era como se centenas de *parangs* e *kampilangs* estivessem trabalhando com raiva contra as árvores das duas margens.

De vez em quando aqueles ruídos ensurdecedores cessavam por alguns minutos, e os grandes troncos voltavam a cair em maior quantidade do que antes.

— Mas, afinal, o que esses patifes estão pretendendo fazer? — perguntou Yanez, começando a perder a sua calma habitual. — Eu gostaria muito de saber.

— Estão tentando impedir a nossa passagem. Pelo menos essa é a minha opinião — disse Tremal-Naik.

— O rio é muito largo, amigo, e seriam necessárias muitas árvores para impedir a navegação de um barco a vapor. Nós vamos passar de qualquer jeito e também daremos a eles...

Um comando seco lançado por Sapagar interrompeu o que ele estava dizendo.

— Maquinista!... Pare!...

A hélice parou de funcionar imediatamente, enquanto a barcaça desviava a bombordo, ameaçando investir contra os *prahos*.

— Baixar âncora!... — gritou Sandokan, percebendo o perigo.

Uma ancoreta foi lançada a proa, afundando solidamente no leito lamacento do rio.

— Ei, Sapagar, você viu o diabo? — perguntou Yanez, saltando para a coberta.

— Estão começando a aparecer troncos descendo o rio em grande quantidade, senhor — respondeu o malaio.

— Larguem os fuzis e peguem as manivelas e remos!... — gritou Sandokan. — Cuidado com as batidas!...

As tripulações apoiaram as carabinas contra os costados e se muniram de hastes de madeira e remos para empurrar as árvores que a correnteza, fortíssima naquele local, estava arrastando.

Um tronco enorme capitaneava uns vinte outros menores, ameaçando destruir a barcaça e os pequenos veleiros, que também haviam ancorado.

Dez ou doze malaios correram para a proa da chalupa a vapor para repelir aqueles obstáculos perigosíssimos, quando uma nuvem de flechas passou sobre as pontes, seguidas de alguns tiros de arcabuzes.

— Ah!... Os canalhas!... — gritou Yanez, abrigando-se imediatamente atrás da amurada. — Realmente eu não estava esperando por esse ataque!...

Agarrados aos galhos das árvores, com os corpos mergulhados até a cintura, numerosos daiaques tentavam se aproximar dos pequenos veleiros para abordá-los de surpresa.

Passado o primeiro momento de espanto, os malaios e indianos correram para as carabinas, enquanto a metralhadora manobrada com rapidez fulminante pelo Tigre da Malásia começava a fazer ouvir suas detonações secas.

Gritos assustadores ecoavam por todos os lados, no meio do rio, nas margens e na orla das florestas, acompanhados de tiros.

Os daiaques estavam tentando um ataque completo.

— Levantar âncoras!... — gritou Sandokan, dominando com sua voz metálica e vibrante aquele pandemônio infernal. — A todo vapor, maquinista!... Sapagar, continue sondando!...

— Está começando a esquentar — disse Yanez, armando a carabina. — Ah!... Malditos demônios!...

Os troncos continuavam chegando em uma quantidade extraordinária. Eram na verdade árvores inteiras, na maioria laranjeiras, palmeiras, mangostões e casuarinas de dimensões colossais. Escondidos entre os galhos vinham os atacantes, prontos para abordar a flotilha.

Enquanto a barcaça continuava a rebocar os *prahos*, descrevendo bruscos zigue-zagues para evitar o choque daqueles colossos e manter os daiaques a distância, indianos e malaios disparavam como loucos e as balistas trovejavam, arremessando nuvens de pregos.

A metralhadora também não ficava quieta um só instante e quebrava os galhos das plantas, fulminando os homens escondidos no meio deles.

A batalha estava ficando cada vez mais sanguinária, e diversos malaios e indianos também caíam a bordo da barcaça e dos pequenos veleiros.

Um enorme tronco descendo bem pelo meio do rio, provavelmente guiado por daiaques meio submersos, num determinado momento investiu contra a chalupa a vapor, barrando completamente a passagem.

Rapidamente trinta ou quarenta homens subiram na embarcação e mostraram os rostos ameaçadores sobre as amuradas de proa.

— Ei, Sandokan!... — gritou Yanez, que não parava de atirar com sua calma habitual, abatendo um homem a cada tiro, valorosamente imitado por Tremal-Naik e Kammamuri, dois atiradores fantásticos também. — Tem muita carne para a sua metralhadora.

Uma descarga aterrorizante se sucedeu às suas palavras. Vomitados em enormes quantidades pela terrível boca de fogo, os projéteis fulminaram os atacantes à queima-roupa e atiraram na água os sobreviventes.

Mas, naquele instante, o enorme tronco investiu com grande ímpeto contra a barcaça, fazendo a bordagem metálica ressoar sinistramente.

O casco se inclinou depressa para a proa e passaram jatos de água, rumorejando sob a coberta. Yanez e Tremal-Naik empalideceram. Se a água estava entrando, isso significava que o choque provocara uma abertura.

O português correu para perto de Sandokan, que não parava de atirar com a metralhadora contra os outros troncos que desciam em grande número pelo rio e atrás dos quais gritavam os atacantes, sem nunca deixar de lançar nuvens de flechas, provavelmente envenenadas, e de disparar tiros de arcabuzes.

— Estamos afundando!... — gritou ele.

— Como? — perguntou o Tigre da Malásia.

— A barcaça foi arrebentada!...

— Não é possível!...

— Está fazendo água!...

Um grito ecoou embaixo da coberta:

— A máquina está apagando!...

Em seguida, o maquinista e os dois foguistas saíram correndo da estiva e foram na direção de Sandokan.

— O que está acontecendo afinal, Urpar? — perguntou o terrível pirata com voz alterada.

— Uma das chapas cedeu, Tigre da Malásia, e o fogo está sendo apagado — respondeu o maquinista.

— A estiva está inundada?

— Está, capitão.

— E esses vermes da floresta estão nos cercando por todos os lados!... Yanez, fique com a metralhadora.

— O que você pretende fazer, irmão?

— Só nos resta bater em retirada.

— Até onde?

— Até a ilhota que ultrapassamos há meia hora. Avise as tripulações dos *prahos* para que cortem os cabos de reboque e cuidem das próprias peles.

Em seguida, elevando a voz, trovejou:

— Firmes, filhotes de tigre de Mompracem. Trabalhem duro com as balistas e com as carabinas!... Eu me responsabilizo por tudo. Comigo, Sapagar. Traga com você os homens da sonda!...

Com um salto, entrou na estiva, cuja escotilha ficara aberta, enquanto seus homens redobravam o fogo e tentavam afastar os troncos

89

que os daiaques, nadando furiosamente, teimavam em arremessar contra a barcaça.

Como um raio, ele atravessou a estiva cheia de barris e de grandes pacotes de provisões e munição e chegou à proa, seguido por Sapagar e pelos dois sondadores, que acenderam rapidamente duas tochas.

A água entrava pela bordagem em grande quantidade com um murmúrio sinistro.

— É um verdadeiro rombo!... — exclamou o Tigre da Malásia.

Pegou a tocha de um dos homens e avançou decididamente, enquanto na coberta os tiros da metralhadora, das balistas e das carabinas se alternavam, fazendo o casco inteiro tremer, e os gritos alcançavam uma intensidade assustadora.

Um forte jato de água irrompeu a bombordo da roda de proa. Uma chapa foi estraçalhada pelo choque da árvore colossal, e a barcaça ameaçava encher rapidamente.

— Uma ferida mortal — murmurou Sapagar. — E não há hospitais por aqui, como em Labuan.

— Vamos fazer o possível para consertar isso — respondeu Sandokan. — Tem colchões nas quatro cabines de popa. Vão buscar imediatamente.

— Não vão aguentar muito, capitão.

— Um quarto de hora vai ser suficiente. E andem logo.

O lugar-tenente e os dois sondadores atravessaram correndo a estiva, entraram às pressas nas cabines do pequeno quadro e pouco tempo depois voltaram, cada um deles trazendo um colchão e cobertores.

Sandokan logo pegou um, enrolou rapidamente e o forçou para dentro do rombo. Os três homens o ajudaram da melhor forma possível e empurraram por trás barris e cabos.

— Deu certo? — perguntou Sandokan.

— A água está entrando com menos violência, capitão — respondeu Sapagar. — Podemos resistir por algum tempo.

— Para a coberta, amigos. A nossa presença agora é mais necessária lá em cima do que aqui. Depressa. A batalha está cada vez mais acirrada!...

7. O ataque dos gaviais

A BATALHA ESTAVA FICANDO realmente mais acirrada e ameaçava até acabar não muito bem para os tigres de Mompracem e para os assameses que Yanez trouxera da Índia.

O ataque dos daiaques, oportuníssimo, contra aqueles navios que haviam tentado inutilmente abordar na baía de Kudat continuava a todo vapor por parte dos ilhéus, que pareciam decididos a vingar a derrota sofrida.

Os troncos continuavam descendo e se chocando, não só contra a barcaça, mas também contra os *prahos*, cujos madeiramentos não seriam capazes de oferecer muita resistência.

Centenas de homens protegidos pela escuridão os empurravam, tentando destruir os costados dos pequenos navios. E não estavam pensando apenas em destruí-los, pois de vez em quando disparavam diversos tiros de arcabuzes e nunca deixavam de atirar um grande número de dardos.

Percebendo que a barcaça estava correndo o risco de afundar, os malaios e assameses haviam cortado os reboques, e como não havia vento nenhum, andavam à deriva, defendendo-se com fúria.

As balistas não paravam de trovejar com um fragor ensurdecedor, e as carabinas faziam eco, massacrando não poucos atacantes.

Infelizmente os troncos continuavam descendo, como se milhares e milhares de lenhadores estivessem derrubando trechos de florestas sem parar, e choques se sucediam a choques.

A barcaça, agora meio cheia de água, com a máquina apagada, navegava à deriva como um corpo morto. A metralhadora, contudo, continuava ecoando, pois Yanez não perdera ainda nem um átomo da sua calma, e Tremal-Naik também não.

Cada tronco que tentava encostar era fulminado por uma verdadeira bordada de pregos e um bom número de inimigos caía na água entre gritos que não tinham nada de humano.

A obstinação dos daiaques, porém, era extraordinária. Apesar das perdas enormes, estavam se encarniçando furiosamente contra a pequena flotilha, como se houvessem jurado destruí-la antes que ela pudesse chegar à nascente do Marudu.

— Como estão as coisas, Yanez? — perguntou Sandokan, aparecendo na coberta.

— Por Júpiter!... — exclamou o português. — O rajá do lago deve ter enfeitiçado esses selvagens. No Kabatuan também me fizeram suar frio, mas não desse jeito. O que será que aquele bandido prometeu a esses canalhas?

— As nossas cabeças, provavelmente.

— Ainda não estão fechadas nos cestos deles.

— E amanhã também não estarão, espero.

— Mas estamos totalmente derrotados. Um dos *prahos* está com o costado destruído.

— Dá para ver a ilhota?

— Ainda não, Sandokan.

— Mas ela não deve estar muito longe. Você não acha?

— Espere um pouco que eu preciso metralhar esses outros bandidos. Parece até que juraram subir a bordo e fazer a dança dos *kampilangs* com as nossas cabeças. Tomem esta, canalhas!... Isso vai acalmar um pouco sua fúria sanguinária!...

A metralhadora recomeçou a sua música infernal, apoiada por cinco ou seis tiros das balistas e por uma descarga das carabinas.

Os daiaques correram para se proteger atrás dos troncos gigantescos que a corrente arrastava para cima da flotilha, mas um grande número daqueles atacantes furiosos desapareceu para não voltar mais à superfície.

Os gaviais do rio iam fazer refeições colossais e abundantes.

— E agora eles gritam como macacos-vermelhos!... — gritou Yanez. — A metralha está quente, e aqui fora também, meus caros. Com balas e com pregos não se brinca.

O ataque foi interrompido por um momento. Parecia que os daiaques estavam começando a ficar cansados daquela tempestade de chumbo e de ferro e hesitavam.

Guiados pelos nadadores, os troncos que estavam prestes a esmagar a flotilha se deslocaram para o lado, seguindo o curso da corrente.

Mas não passou de uma breve pausa, porque mais três árvores desceram, também elas cheias de atacantes impacientes para lutar e conhecer as pontadas dos pregos.

— Sandokan, parece que as coisas estão começando a piorar para nós — disse Yanez. — Esses patifes são piores do que vampiros.

— Mas eu ainda não perdi a esperança de mais cedo ou mais tarde vencer esses piratas de água doce — respondeu Sandokan.

— A barcaça continua afundando, amigo.

— Vou mandar enfiarem outro colchão no rombo.

— Os *prahos* estão se distanciando de nós. São mais leves e derivam mais rápido.

— As carabinas e as balistas serão suficientes para cobrir a distância. Fique na metralhadora, eu vou voltar à estiva para reforçar o enchimento que enfiei na abertura do casco. Não economize chumbo. Lá embaixo tem trinta caixas de cartuchos e pólvora suficientes para explodir uma flotilha inteira.

Como se houvessem percebido que as presas estavam prestes a escapar, os daiaques voltaram à carga, empurrando furiosamente os troncos.

Enfrentavam a morte com uma coragem admirável, nem um pouco assustados com as pesadas perdas sofridas e que ainda deveriam sofrer.

A mosqueteria crepitava sem cessar a bordo da barcaça e dos pequenos veleiros, e as balistas não paravam de arremessar terríveis bordadas de metralhas que, contudo, não obtinham muito sucesso, pois os espertos daiaques só se deixavam avistar quando estavam atirando com as zarabatanas.

Os troncos recomeçaram a bater assustadoramente contra os costados da flotilha, quando gritos altíssimos se ergueram a bordo do último *praho*, que já estava tão cheio de água quanto a barcaça, pois o madeiramento fora despedaçado.

— Terra!... A ilhota!...

— Finalmente!... — exclamou Yanez, disparando outra bordada de metralha. — Contanto que não morramos todos afogados!...

— O que assinalaria o nosso fim — disse Tremal-Naik que, junto com Kammamuri, o ajudava no manejo da metralhadora.

Sandokan reapareceu na coberta naquele instante, seguido por Sapagar e pelos sondadores.

Conseguira enfiar mais um colchão no rombo do casco, retirando o primeiro, já ensopado de água.

— É a ilhota? — perguntou ele.

— É — respondeu Yanez.

Ele correu para a popa e subiu na amurada, sem ligar para as flechas que de tempos em tempos atravessavam a ponte com longos assobios.

A ilhota surgia a quatrocentos metros, um pedaço de terra que não devia ter mais de dois cabos de comprimento por meio de largura e era coberto por uma vegetação cerrada, muito adequada a sustentar uma longa defesa.

O último *praho* já encalhara nos bancos de areia que contornavam a ilhota e virara sobre um dos lados, despedaçando-se completamente.

Mas a tripulação conseguiu levar as duas balistas e diversas caixas de munição para a margem da ilhota e já estava abrindo fogo novamente.

Os outros *prahos*, contudo, não teriam a mesma sorte.

Arrastados pela corrente, privados de qualquer direção, foram subir em bancos de areia, colidindo uns com os outros e se despedaçando.

— Desastre completo!... — exclamou Yanez. — Isso é que é um belo início para se conquistar um reino!... Tivemos mais sorte no Assam!...

Sandokan assistiu impassível à destruição de sua flotilha. Para ele bastava que seus homens tivessem se salvado e que, ao mesmo tempo, houvessem recuperado as armas e, principalmente, as balistas, com as quais estava contando para enfrentar as hordas bárbaras do rajá do lago.

A barcaça, que conseguira deter novamente os daiaques com a sua metralhadora, derivava depressa, girando de vez em quando sobre ela mesma por causa do peso excessivo.

Apesar do colchão enfiado à força na fenda do casco, a água não parara de entrar em grande quantidade, alagando totalmente a máquina, que, como foi dito, havia algum tempo parara de funcionar.

Já estava prestes a se chocar contra os bancos, próximo aos *prahos* naufragados de forma lamentável, quando um turbilhão a pegou, atirando-a para fora da sua rota.

Sandokan deu um grito.

A ilha estava fugindo deles.

— Pulem na água!... — comandou ele. — Depressa!... A corrente está nos levando!...

Os indianos e malaios que formavam a tripulação se jogaram como um raio sobre a amurada, saltando para os bancos.

Sandokan, Yanez, Tremal-Naik e Kammamuri estavam prestes a imitá-los quando um novo turbilhão afastou bruscamente a barcaça, impelindo-a para a margem esquerda.

— Pule!.. Pule!... — gritou Tremal-Naik.

Yanez, que estava ao seu lado, rapidamente o segurou.

— Olhe... Os gaviais!...

Mandíbulas enormes, armadas de dentes aterrorizantes dispostos em duas longas fileiras, haviam aparecido perto da barcaça, prontas para agarrar os descuidados que ousassem deixar aquele refúgio periclitante.

Havia vinte ou trinta gaviais, aqueles parentes próximos dos crocodilos e jacarés, de cinco a seis metros de comprimento e dotados de uma voracidade mais do que extraordinária.

Em todos os rios das grandes ilhas malaias pululam esses ferozes sáurios, e ai do infeliz que for obrigado a provar a força dos seus dentes de aço.

Tremal-Naik e Kammamuri, que já haviam subido à amurada, pularam para trás, assustados com o aparecimento inesperado daqueles monstros.

— Só faltava essa!... — exclamou o antigo caçador da Selva Negra.

— Não reclame — disse Sandokan a ele. — Neste momento eles são os nossos aliados.

— Por quê?

— Vão para cima dos daiaques e deterão o ataque deles.

— Mas estamos quase afundando.

— Podemos nos segurar por mais meia hora, espero.

— E aonde vamos chegar?

— Vamos encalhar em alguma praia. Deixe os daiaques e vamos ver a resistência dos arremessos dos gaviais. Temos de obrigá-los a subir o rio. Lá encontrarão presas mais abundantes do que aqui.

Enquanto se preparavam para fuzilar os sáurios, as tripulações dos *prahos*, depois de chegar à ilhota, enfrentavam animadamente os

95

adversários. Haviam levado para terra todas as balistas e, protegidos sob árvores e no meio dos arbustos, mantinham um fogo fortíssimo, colocando à dura prova a coragem dos atacantes.

Sapagar, o lugar-tenente do Tigre da Malásia, que tivera tempo de descer em terra com a tripulação da barcaça, os organizou rapidamente para resistir aos adversários até a chegada de seus chefes.

Mas aquele retorno seria muito problemático, pois a barcaça, embora estivesse cheia de água quase até a coberta, continuava o seu curso, sempre seguindo a direção da corrente.

Às vezes parecia que estava afundando, mas em seguida voltava à superfície por mais algum tempo, ora à proa, ora à popa, e depois de alguns giros sobre ela mesma, voltava a descer.

Não vendo mais as cabeças medonhas dos gaviais ao redor das amuradas semissubmersas, Sandokan, Yanez e os dois amigos suspenderam o fogo para não gastar inutilmente a munição, embora tivessem tido a precaução de retirar da área inundada uma caixa de cartuchos e de colocá-la em cima do cabrestante de proa.

De pé nas amuradas, escutavam atentamente as descargas que ribombavam na ilhota, perguntando-se com profunda angústia se os daiaques, batidos de frente pelas carabinas e balistas e atacados pelos flancos por aquela tropa de sáurios vorazes, haviam finalmente decidido abandonar a luta.

— Parece que a mosqueteria está diminuindo — disse Yanez de repente. — Será que é por causa da distância ou porque os daiaques já tiveram o suficiente?

— As balistas quase não disparam mais — respondeu Sandokan.

— E se, ao contrário, os nossos homens foram massacrados? — perguntou Tremal-Naik.

— Os maus malaios são feitos do aço de Bornéu, que é o melhor do mundo — respondeu o Tigre da Malásia. — Enquanto tiverem uma carabina e um *parang* nas mãos não se deixarão assassinar nem mesmo por mil daiaques.

— Os meus assameses também são homens de grande valor — acrescentou Yanez. — Foram escolhidos entre os montanheses.

— Então os daiaques estão em retirada — disse Kammamuri. — Agora só estou ouvindo alguns tiros isolados.

— Não tenho receio pelos meus homens — disse Sandokan. — Ninguém vai conseguir tirá-los da ilhota. Em compensação, estamos em péssimos lençóis.

— Você poderia falar em péssima água — disse Yanez. — Estou com água até os joelhos. Quando será que esta carcaça vai resolver parar? E se a gente jogasse uma âncora?

— As duas sumiram.

— Então vamos acabar na baía.

— Esta barcaça não aguenta tanto tempo assim, Yanez.

— Mesmo assim continua flutuando, por mais que esteja quase explodindo de tanta água.

— São as caixas de víveres e os barris de munição que estão nos sustentando. Quando se despedaçarem, o que não vai demorar muito para acontecer, iremos para o fundo.

— E os gaviais vão devorar nossas pernas — acrescentou Kammamuri.

— Por enquanto não estou vendo nenhum à nossa volta — disse Yanez. — Devem ter corrido todos para roer os pés dos daiaques. Opa!...

A barcaça teve um sacolejo brusco e se ergueu na direção da popa, derramando a água que cobria a coberta para a proa, com o ímpeto de um riacho que transborda.

A corrente a arremessou naquele momento para a margem esquerda, da qual estava agora a menos de vinte metros.

— Batemos — disse Sandokan. — Preparem-se para chegar à margem.

— Tem umas pedras atrás da popa!... — gritou Kammamuri, que se equilibrou sobre a amurada de bombordo até chegar ao pequeno tombadilho de popa.

— Na superfície da água? — perguntou Yanez.

— É, patrão.

A barcaça ficou parada por um momento, batendo e rebatendo contra aqueles obstáculos e, pela décima vez, girou sobre ela mesma e escapou ao aperto das pedras.

— Nem essas aí querem saber de nós — disse Yanez, que já estava pronto para pular na água antes que a embarcação desaparecesse.

— Será que essa corrida vai durar muito tempo ainda? — perguntou Sandokan a si mesmo, parecendo muito irritado. — Estamos nos afastando cada vez mais da ilhota e dos nossos homens.

— Já devemos estar a pelo menos sete ou oito milhas deles — disse Yanez.

— E não temos um remo sequer para levar esta carcaça para a margem!...

— Até o timão já se foi!... Aposto que mesmo o hélice está girando no fundo do rio.

— Para fazer os gaviais correrem mais — acrescentou Kammamuri.

— E se aventurarem contra nós — gritou Tremal-Naik, avançando para a amurada de popa. — Tem outra tropa chegando, e esta não deve ter experimentado ainda as bistecas dos daiaques.

— Cuidado para não pôr os pés na coberta!... — trovejou Sandokan.

— E nem nas amuradas estamos seguros, irmãozinho — disse Yanez. — Se eles usarem as caudas, estamos perdidos!...

Sete ou oito gaviais vindos das profundezas do rio haviam circundado a barcaça, tentando subir à coberta.

Deviam estar com muita fome para tentar um ataque daqueles, pois normalmente eles fogem do homem quando não são importunados.

Tão estúpidos quanto seus parentes africanos, giravam sem parar em volta da barcaça, mostrando as mandíbulas assustadoras e batendo nas laterais com aquelas escamas ósseas extraordinariamente grandes.

Haviam passado duas vezes diante da abertura na amurada que ficava no meio da coberta sem sequer perceber.

Mas poderiam descobri-la de um momento para outro e subir a bordo com facilidade.

— Amigos — disse Yanez —, já que ainda não estão aos nossos pés, vamos tratar de nos pôr a salvo.

— Você está querendo pular na água? — perguntou Sandokan. — Já vou avisando que nunca vou fazer uma loucura dessas.

— Também não tenho a menor vontade de ser apresentado a esses gaviais. Eu sei bem como eles ficam quando estão com fome.

— O que você quer fazer, então?

— Nós somos uns imbecis.

— Obrigado.

— Nós temos a chaminé e quatro tubos de ar que vão nos servir perfeitamente de apoio e ainda estamos aqui, esperando que um golpe de cauda nos atire na boca desses sáurios nojentos!...

— Yanez, você é um gênio — disse Tremal-Naik.
— Eu sei disso faz tempo.
— Todos para cima!... — gritou Sandokan.

Os quatro homens saltaram para a coberta e correram para a chaminé que se erguia por mais três metros, circundada por quatro tubos de ar e sustentada por cinco cabos metálicos.

Eu um instante, Sandokan e seus companheiros subiram e se puseram completamente a salvo das rabadas dos gaviais.

Foi bem a tempo!... Um sáurio conseguiu descobrir afinal a passagem aberta na amurada central de bombordo e com um impulso da cauda subiu a bordo.

No mesmo instante, outro subiu pelo lado oposto.

— Boa noite, senhores — disse Yanez, retirando cortesmente o chapelão de palha. — Gostaria de avisá-los que chegaram tarde demais para participar da ceia, porque agora as nossas costeletas estão seguras na despensa da máquina.

Uma explosão de gargalhadas acompanhou aquelas palavras.

— Senhor Yanez — disse Kammamuri —, convide os cavalheiros para outro dia.

— Você ficou louco, marata!... Eu pretendo oferecer a eles um aperitivo à base de chumbo e em menos de meio minuto.

As duas feras haviam parado uma de frente para a outra, como se estivessem espantadas por se verem naquela superfície oscilante e por não encontrarem mais as presas que haviam visto antes de pé nas amuradas.

Enquanto isso, mais seis ou sete subiram à coberta, batendo ruidosamente as terríveis caudas na ponte metálica da barcaça.

— Parecem estar de muito mau humor — disse Yanez. — Desconfio por quê!... Ver desaparecerem de repente costeletas da Europa, da Malásia e da Índia!... Um antropófago também ficaria muito frustrado!...

— Você fica brincando — disse Sandokan — e não pensa que se a barcaça for a pique vamos parar no meio dessas mandíbulas.

— Mas ela continua flutuando perfeitamente!...

— Mesmo assim, estamos indo cada vez mais para longe dos nossos homens.

— Estão em bom número e por isso não estou nem um pouco preocupado com eles. Em terra, entrincheirados no meio das árvores e com as balistas, podem resistir a todos os daiaques sem sofrer muitas perdas. Quando esta aventura cômica acabar, vamos nos encontrar com eles e voltar à nossa marcha.

— Pelo meio das selvas? — perguntou Tremal-Naik.

— Na minha opinião, são mais seguras do que os rios — respondeu o português que, mesmo nas situações mais difíceis, mantinha o seu inalterável bom humor. — E, além disso, não temos reforços na costa? Sambigliong está com uns trinta homens e uma fortaleza na mão, não é verdade, Sandokan?

— Não estou nem um pouco preocupado com Sambigliong — respondeu o Tigre da Malásia. — A *kotta* é muito sólida e ele está com trinta malaios de uma coragem a toda prova.

— Então está tudo bem — concluiu Yanez. — Vamos dar umas balinhas a esses animais, só para acalmar a fome deles. Se tiverem uma indigestão, azar deles.

Plantou solidamente os pés no tubo de ar, apoiou-se na chaminé, retirou a carabina de dois tiros que levava a tiracolo e, depois de se assegurar que as cápsulas estavam no lugar, mirou atentamente o gavial maior.

— Se eu não o matar, prometo que vou comê-lo vivo e inteiro — disse ele.

— Então vai ser você que vai ter uma bruta indigestão — respondeu Tremal-Naik, que também estava se preparando para atirar.

— Um rajá do Assam não pode sofrer indigestões — disse Sandokan seriamente.

— Então nem o meu patrão pode, porque ele é o primeiro-ministro — acrescentou Kammamuri.

— Fiquem quietos, seus tagarelas!... — exclamou Yanez. — Enquanto vocês ficam me fazendo dar risada, não consigo mirar direito o meu alvo.

— Mire no olho que a bala vai entrar no cérebro dele — disse o Tigre da Malásia.

— Nada disso, prefiro que coma uma bala cônica. Vocês vão ver o pulo que ele vai dar. Caramba!... Está olhando para mim como se já estivesse saboreando as minhas bistecas. Agora é a sua vez, canalha!...

O líder dos sáurios, um monstro com mais de cinco metros de comprimento e provavelmente mais faminto do que os outros, dado o seu volume, se aproximou do tubo de ar em que o português se mantinha quase de pé, mostrando o seu enorme maxilar e dando um relincho rouco de vez em quando.

— Como você é feio — disse Yanez. — Você não merece viver.

Abaixou a carabina e mirou no meio da goela escancarada.

Uma detonação seca ecoou, seguida de um viva.

Atingido em plena boca, o gavial se elevou de uma vez sobre a cauda monstruosa, chegando quase ao nível da boca de ar, escancarando assustadoramente as terríveis mandíbulas cheias de dentes, e depois desabou na coberta da barcaça, como que fulminado por uma descarga elétrica. Mas não estava morto, pois esses animais, da mesma forma que os crocodilos e os jacarés, e mesmo os peixes-cães, gozam de uma vitalidade extraordinária.

Ficou alguns minutos parado, parecendo surpreso e impressionado com aquela refeição insólita, depois se ergueu quase verticalmente sobre a cauda e começou a dar uma série de saltos estranhos, capazes de fazer até o homem mais sério da esfera terrestre explodir na gargalhada.

Ora desabava na coberta, escancarando suas enormes mandíbulas, ora se levantava e se contorcia como um píton monstruoso. Em seguida voltou a cair, permanecendo imóvel por alguns minutos.

Mas ainda não morrera, pois, depois de um momento de descanso, recomeçou a dar solavancos como se houvesse sido picado por uma tarântula, voltando a fazer aquelas contorções ridículas.

— Por Júpiter!... — exclamou Yanez, que ria a não mais poder, apesar da gravidade da situação. — Ele não é capaz de digerir aquele maldito pedacinho de chumbo que ganhou de presente. Se eu tivesse um pouco de bicarbonato de sódio eu lhe daria com o maior prazer, porque me dá muita pena ver esse animal pinotear desse jeito. Infelizmente os daiaques têm uma falta absoluta de farmacêuticos.

— Vamos ver se aquele outro que está perto dele, olhando meio pasmado, tem o estômago mais forte — disse Tremal-Naik. — Vai ser uma experiência interessantíssima.

— Vocês ficam brincando e não pensam que se a barcaça afundar de uma hora para outra, esses animais vão experimentar os dentes na nossa carne em vez de no chumbo — disse Sandokan, que era o único que não estava rindo, mais preocupado do que os outros com a sorte de seus homens.

— Enquanto ela estiver flutuando, está tudo bem — respondeu o português. — O que mais você quer, homem, que nunca fica contente?

— Se as caixas e os barris se quebrarem, esta massa de ferro vai a pique, e o rio aqui deve ser profundo.

— Mas ainda não quebraram, irmãozinho. Sua vez, Tremal-Naik. Depois é o Kammamuri que vai tentar.

O indiano por sua vez apontou a carabina, uma arma magnífica de Panjabe, de dois tiros, com incrustações de madrepérola na coronha, e mirou cuidadosamente o sáurio indicado por Yanez. O animal estava observando, entre surpreso e espantado, os sobressaltos endiabrados do seu companheiro, talvez pedindo ao seu cérebro obtuso uma explicação para aquelas contorções surpreendentes.

Aquele também estava com as mandíbulas escancaradas, à espera de alguma presa.

Dois disparos ribombaram quase ao mesmo tempo e duas balas cônicas entraram pela garganta do sáurio junto com as buchas ardentes.

O monstro fechou as mandíbulas na mesma hora, agitou furiosamente a cauda, pareceu diminuir de tamanho e ficou imóvel.

— Foi um belo tiro — disse Sandokan. — Você o matou na hora, meu caro Tremal-Naik.

— Eu e os crocodilos nos conhecemos bem — respondeu o indiano. — Era assim que eu cuidava deles quando era caçador da Selva Negra. Uma bala na garganta e uma no céu da boca, de forma a fazer que entre no cérebro, e o negócio está feito.

— Depois de um tiro desses, temos de nomeá-lo para uma posição muito importante — disse Yanez.

— Qual? A de matador de gaviais? Obrigado, mas eu renuncio desde já — respondeu Tremal-Naik, rindo.

— Talvez sejam bons para os daiaques, mas não para nós.

— E então?

— Nomearemos você grande caçador da nossa caravana.

— Aceito.

Naquele instante, a barcaça sofreu um novo choque e fez outro giro sobre ela mesma.

— Opa!... — gritou Yanez. — Estamos afundando?

— Não parece — respondeu Tremal-Naik.

— Mas seria um bom momento para pararmos — disse Sandokan. — Já estamos mesmo longe demais dos nossos homens. Estamos descendo o rio há quatro horas.

— Com um passeio pelo bosque chegaremos até eles — disse Yanez.

A barcaça continuava girando sobre ela mesma sem parar, balançando assustadoramente também por causa dos movimentos dos gaviais.

Os malditos animais pareciam ter enlouquecido. Corriam por toda a coberta, derrubando tudo de supetão, ora a bombordo, ora a boreste, desequilibrando bruscamente a embarcação.

— Esses imbecis querem nos mandar para o fundo — disse Yanez. — Ei, Kammamuri, atire você também alguns cartuchos.

— Agora mesmo, capitão.

— E você também, Sandokan. Neste momento esses gaviais são mais perigosos do que todos os daiaques que habitam o Bornéu, tanto os de terra quanto os de mar.

— Se isso vai deixá-lo feliz, estou pronto.

— Feliz!... Estou falando de salvar as nossas bistecas, meu amigo. Ande, vamos abrir fogo antes que a barcaça se despedace e afunde. Se isso acontecer, todos nós vamos parar nas mandíbulas eternamente escancaradas desses bichos.

Depois de ter se chocado contra algum banco escondido sob a água, a barcaça retomou sua marcha, muito lenta, contudo, visto que a corrente já devia estar sentindo a influência da maré alta, que frequentemente é percebida mesmo a algumas centenas de milhas, e até mais, da foz dos cursos de água, em especial nas regiões equatoriais.

No entanto, continuava balançando assustadoramente por causa dos saltos terríveis dos gaviais, que pareciam espantados por se encontrar fechados entre as amuradas da embarcação.

Sendo quase completamente privados de inteligência, como os seus parentes da África e da América, embora estivessem correndo em torno da chaminé e dos tubos de ar, de novo, como quando subiram a bordo, não conseguiam descobrir as duas passagens abertas entre as amuradas de bombordo e de boreste.

Impacientes para se livrar daqueles vizinhos perigosos, que no momento do naufrágio agora iminente poderiam se jogar contra eles e devorá-los, Sandokan, Yanez e seus companheiros abriram um fogo terrível.

Mas nem todas as balas produziram feridas mortais, pois várias vezes ricocheteavam nas escamas e se perdiam.

Mas a glória continuava sendo de Tremal-Naik, o famoso caçador de tigres da Selva Negra. Ele ficava esperando pacientemente até o bicho escancarar as mandíbulas e então o fulminava com uma descarga dupla.

Mais quatro sáurios foram fazer companhia aos dois primeiros; só sobravam três a bordo quando a barcaça, que estava passando rente à margem esquerda, tombou a boreste com um barulho ensurdecedor, parando de uma vez.

— Batemos numa rocha!... — gritou Yanez, que tivera tempo apenas de agarrar as bordas superiores da chaminé.

— E vamos afundar — acrescentou Sandokan. — Felizmente a água não parece ser profunda.

— Mas os gaviais estão nos esperando.

— Só que eu também estou — disse Tremal-Naik. — São só três. A barcaça vai resistir?

— Está afundando aos poucos — respondeu Yanez. — Só temos um minuto agora.

— Vai ser suficiente.

Um gavial estava fazendo grande esforço para subir a uma boca de ar com fortes golpes da cauda, escorregando, contudo, no ferro, que não oferecia apoio algum para suas enormes patas.

Tremal-Naik o fez engolir de uma só vez as duas balas da sua carabina, as buchas, o fogo e a fumaça.

O pobre animal rolou duas ou três vezes, dando uma espécie de relincho rouco, e depois não se mexeu mais.

— Para você, patrão. Está carregada!... — gritou Kammamuri, estendendo a arma que estava na sua mão.

O antigo caçador da Selva Negra atirou no segundo gavial, fulminando-o, depois pegou a carabina que Yanez estava estendendo e disparou no terceiro com a mesma sorte.

— O serviço está feito — disse ele em seguida. — Agora podemos descer.

— Você é um caçador fantástico — disse Yanez a ele. — Com você aqui, a nossa caravana vai ter comida de sobra.

— Pulem!... — gritou Sandokan naquele momento. — A barcaça cansou de flutuar.

8. A perseguição aos maias

A BARCAÇA DE FATO ESTAVA afundando, se não depressa, ao menos continuamente. Ameaçava tombar a boreste, para onde gravitavam os longos corpos dos sáurios fulminados pelas terríveis descargas dos quatro corajosos aventureiros.

Yanez foi o primeiro a saltar para a coberta, sobre a qual já havia pelo menos trinta centímetros de água, e rapidamente se apoderou da caixa de munição colocada em cima do cabrestante de proa.

Os outros não demoraram a segui-lo.

— Não vai afundar, afinal? — perguntou Yanez. — É uma barcaça realmente maravilhosa.

— A água continua subindo! — respondeu Tremal-Naik.

— Mas muito devagar — disse Sandokan. — Os barris ainda não se esfacelaram, pelo que parece.

— Mas estamos descendo — acrescentou Kammamuri. — As amuradas já estão bebendo água.

— Estamos a apenas quinze metros da margem — respondeu Yanez. — Por acaso você está com medo de atravessar um riachinho?

— Se a gente estivesse do outro lado você não diria isso, Yanez.

— Agora você não me chama mais de rajá, seu malandro? Eu sou o príncipe consorte da rani do Assam!...

Uma explosão de gargalhadas foi a resposta.

— Nossa, irmãozinho, você está ficando incrível — disse Sandokan.

— Por Júpiter!... O general da artilharia assamesa está me chamando...

Um novo choque, acompanhado de um ruído metálico, interrompeu a frase que ele ia dizer, sem dúvida brincalhona.

— Sua Majestade está afundando — gritou Kammamuri. — Vamos salvar o rajá do Assam!

— Que o diabo o carregue — respondeu Yanez. — Um filhote de tigre de Mompracem não precisa de ajuda de nenhum hindu do Hindustão. Ainda não esqueci que sou um pirata da velha estirpe. Está na hora? Para a água, amigos.

— Espere um pouco, Yanez — disse Sandokan. — Ainda não chegamos ao fundo.

A barcaça ergueu um pouco a proa, oscilou por alguns instantes, girou uma última vez sobre ela mesma, rangendo sinistramente sob o peso das máquinas e caldeiras, depois a água invadiu a coberta, correndo por cima dela como uma torrente e levando embora os cadáveres dos gaviais.

Mas a imersão durou poucos segundos. Sem dúvida havia um banco embaixo dela e o casco devia estar apoiado no fundo arenoso, deixando metade das amuradas de fora.

— Isso é o que se pode chamar de um naufrágio tranquilo — disse Yanez. — Se todas as naves que afundam tivessem de acabar assim, seria possível dizer que os marinheiros são homens sortudos.

— Sim, quando não tem peixes-cães ou gaviais por perto — disse Sandokan. — Vamos pegar a munição e tentar chegar à margem. Tem alguns bancos que chegam até boreste.

— Vamos andar logo — disse Tremal-Naik. — Já ficamos tempo demais a bordo desses destroços.

— Em companhia nada alegre — acrescentou Yanez. — Ainda me parece impossível termos conseguido salvar as pernas. Ah!... Esses rios de Bornéu!... Detesto todos eles!...

— Mas continua vivo — disse Tremal-Naik.

— Meu caro, os tigres de Mompracem têm a pele muito dura. Você não sabia que a nossa pele é à prova de crocodilos, serpentes e gaviais?

— Mas vocês falam como uns tucanos — disse Sandokan.

— Está enganado, meu irmão — respondeu Yanez, explodindo numa risada ruidosa. — Os tucanos chiam como rodas que nunca foram lubrificadas.

— Pois então vocês chiam como rodas mal lubrificadas e sem uso.

— Você sabe que eu sempre fui fleumático como um inglês.

— Vamos ver se conseguimos chegar à margem sem molhar as armas e as caixas de munição. Estou impaciente para encontrar os meus malaios.

— E eu, os meus súditos — acrescentou Yanez. — O que eles vão fazer sem o rajá deles?

Haviam se aproximado da amurada de boreste, saltando sobre os corpos dos gaviais para encontrar uma passagem.

A sorte decididamente estava protegendo os quatro aventureiros, pois uma série de bancos lodosos, cobertos por apenas uns trinta centímetros de água, se estendia do outro lado do grande banco que fizera a fragata naufragar.

— Podemos desembarcar — disse Kammamuri. — Será que não tem mais gaviais escondidos no meio dos caniços da margem?

— A essa hora todos já escaparam para o alto curso — respondeu Sandokan. — Esses bichos farejam comida de longe. Não vai encontrar nenhum num raio de vinte milhas.

Esperaram até Tremal-Naik terminar de recarregar sua carabina e depois desceram para o banco, que era formado por um trecho de areia batida que não cedia sob o peso de um homem.

Saltando as valetas entre as quais a água corria fazendo um murmúrio surdo, os dois tigres de Mompracem e os dois indianos conseguiram chegar sem problemas à margem que, depois de um pequeno trecho de caniços, era coberta de árvores altíssimas que entrelaçavam estreitamente seus galhos e folhas imensas.

O dia estava começando a amanhecer. As estrelas desapareciam rapidamente e as trevas ainda mais densas sob a enorme abóbada de plantas desvaneciam como por encanto, enquanto uma luz rosada se difundia no céu.

Os pássaros começavam a acordar, saudando com uma gritaria divertida o aparecimento iminente do astro diurno.

Os maravilhosos pombos coroados de penas de um azul dourado passeavam pelos galhos. No meio das folhas de bananeiras circulavam bandos de papagaios, e as lindíssimas cacatuas com topete amarelo ou carmesim faziam sua higiene matinal. No topo dos altíssimos duriões os tucanos-gigantes, chamados pelos indígenas de *calaos*, agitavam estranhamente seus bicos monstruosos com uma ridícula excrescência cartilaginosa por cima em forma de uma pera alongada, dando gritos estridentes que faziam os dois indianos darem saltos.

Quando chegaram às primeiras árvores, Yanez e Sandokan pararam e se puseram à escuta.

A floresta de Bornéu.

— Parece que está tudo tranquilo — disse o primeiro, que, por precaução, armara a carabina. — Você estava achando que os daiaques podiam ter seguido a rota da barcaça?

— Estava — respondeu Sandokan. — Você sabe como esses daiaques são teimosos, principalmente os de terra. Para acrescentar mais uma cabeça à sua coleção não ligam para o cansaço nem para os perigos.

— Nós os conhecemos há muitos anos.

— Não vale a pena começarmos a andar imediatamente. Primeiro eu quero observar bem para ver se a floresta está deserta.

— Aprovo plenamente a sua prudência, irmãozinho. Antigamente você teria se arremessado com a cabeça abaixada, como um touro sedento de massacre, pelo meio dessas árvores.

— Eu era jovem — respondeu Sandokan, sorrindo.

— Senhores — disse Kammamuri —, já que vamos parar aqui, seria bom procurar a refeição. Os tucanos são deliciosos. Eu comi vários quando meu patrão tinha a fazenda de Kabatuan.

— Mas eu não quero tiros de fuzil, amigo — disse Sandokan. — Seria arriscado atrair a atenção dos daiaques para nós.

— Então vamos nos contentar em nos empanturrar de frutas. Vou procurá-las.

— Não vá muito longe — disse Yanez. — Aqui deve estar cheio de tigres, panteras-negras e cobras grandes.

— Eu conheço muito bem essas senhoras e senhores — respondeu o marata.

Enquanto os dois tigres de Mompracem e Tremal-Naik improvisavam na margem do rio um minúsculo acampamento, construindo um pequeno *attap*, ou seja, uma leve cobertura composta de alguns bastões e coberta de enormes folhas de bananeiras, o indiano entrou decididamente na floresta, mantendo a carabina embaixo do braço para ser capaz de reagir depressa se fosse preciso.

Do outro lado da primeira zona, formada quase exclusivamente de bananeiras silvestres que lançavam suas folhas enormes a seis e até sete metros sobre o tronco, as árvores frutíferas eram muito abundantes.

Havia grupos de *bua mangusta*, ou seja, mangostões carregados de frutas muito saborosas que derretem na boca como um sorvete e parecem reunir o aroma de milhares de flores; matas de duriões, cujos galhos se curvavam sob o peso da sua fruta, grande como a cabeça de uma criança, mas cheias de ferrões terríveis que causam feridas muito dolorosas e às vezes até fatais; laranjeiras carregadas de frutas colossais, além de *nepheliums*, que produzem frutas com uma polpa branca, meio transparente, agridoce, em volta de uma grande semente.

O marata estava prestes a escolher a árvore mais bonita quando, ao virar, pareceu ver uma sombra humana passar rapidamente por entre os troncos das árvores e desaparecer com uma velocidade fulminante no meio de um montão de pimenta-do-reino.

— Será que foi um daiaque? — perguntou o bravo homem a si mesmo, armando depressa a carabina. — O capitão tinha razão em querer parar.

Estava prestes a dar alguns passos à frente quando ouviu um assobio estranho. Instintivamente abaixou a cabeça e se atirou para trás do tronco de um *glugo*, achando que uma flecha fora atirada.

Depois de alguns minutos, não ouvindo mais nenhum barulho, saiu de trás do tronco protetor e olhou ao redor.

— Nada — disse ele. — Mas eu podia jurar por Xiva e Brahma que passou um dardo por cima da minha cabeça.

Observou atentamente os troncos vizinhos e se convenceu de que nenhuma flecha fora lançada.

— Que estranho! — disse então. — É melhor bater em retirada e avisar os capitães.

Começou a recuar lentamente, sempre mantendo os olhos fixos no enorme arbusto de pimenta-do-reino, com receio de ver surgir de um momento para o outro um bando daqueles ferozes cortadores de cabeças, e chegou à orla da floresta.

Sandokan, Yanez e Tremal-Naik estavam sentados embaixo do *attap*, fumando e conversando tranquilamente.

— Encontrou a nossa refeição, afinal? — perguntou o português quando viu o marata aparecer.

— Estou voltando sem uma banana sequer — respondeu Kammamuri.

— Mas não deve faltar fruta nesta floresta enorme.

— Realmente são abundantes, senhor, mas os daiaques não me deixaram colher.

— Os daiaques?... — exclamou Sandokan, ficando em pé de um salto. — Eles já chegaram aqui, Kammamuri.

— Eu vi a sombra de um homem passar diante de mim, a menos de cinquenta passos, e ouvi também o sibilo de uma flecha, provavelmente dirigida a mim.

— Onde?

— Do outro lado desta mata.

— Por Júpiter!... — exclamou Yanez, que também se levantara. — Será que foi algum espião da tribo que nos combateu? Não podemos deixá-lo escapar.

— O lugar é longe? — perguntou Sandokan.

— Só uns quinhentos metros.

— Pegue a caixa de munição e nos leve até lá depressa, Kammamuri. Se aquele patife der o alarme, antes desta noite vamos ter centenas de cortadores de cabeças caindo nas nossas costas.

Derrubaram o *attap* para não deixar vestígios daquela parada e avançaram pela floresta, parando de vez em quando atrás dos troncos das árvores para observar e escutar.

Raízes monstruosas saíam do solo e, serpenteando em todas as direções, entrelaçando-se com os cipós e cálamos, tornavam a caminhada difícil.

De todas as plantas escapavam enxames de *dracos*, aqueles bonitos lagartos voadores, de no máximo vinte centímetros de comprimento, com a cauda achatada, que infestam as selvas de Bornéu.

Munidos de uma espécie de paraquedas laterais, feitos de uma membrana, que tendem a se dobrar no ato do impulso, são capazes de percorrer trechos de vinte e cinco a trinta metros.

Sandokan, que estava à frente do pequeno grupo, observava atentamente, além dos lagartos, também os pássaros, como os papagaios, cacatuas e *argus* gigantes, aquelas aves belíssimas da família dos faisões, com uma cauda imensa, e parecia estupefato ao vê-los tão tranquilos.

— Se tivesse homens de emboscada por aqui, eles não ficariam cantando — murmurava ele. — O que será que você viu, Kammamuri?

Avançando lentamente, tomando mil precauções, chegaram afinal diante da gigantesca mata de pimenta-do-reino, em meio à qual devia estar escondido o daiaque avistado pelo indiano.

Aquelas plantas que produzem a pimenta silvestre, tão boa quanto qualquer outra, são trepadeiras como as videiras, com as quais se parecem bastante, e formam arbustos enormes, cheios de cachos que dão bagos vermelhos do tamanho de uma ervilha, e são tão fechadas que às vezes fica difícil atravessá-las.

— O seu homem estava ali dentro? — perguntou Sandokan a Kammamuri.

— Estava, capitão — respondeu o marata.

— Vamos contornar a mata e desentocá-lo. Você, Yanez, vá pela esquerda junto com Tremal-Naik. Eu vou pela direita com Kammamuri. Se o homem tentar fugir, atirem sem pena.

— Eu preferia pegá-lo vivo — disse Yanez. — Poderíamos fazê-lo falar e descobrir se foi o rajá do lago que mandou essa legião completa de demônios furiosos para cima de nós. Venha, Tremal-Naik, e cuidado para não levar uma flechada. Os upas não perdoam, e ninguém é capaz de salvar o homem que levar um dardo envenenado. Cinco minutos de agonia e, depois, direto para o outro mundo.

Os quatro homens se separaram indo em direções contrárias.

A mata cobria uma superfície com cerca de uma centena de metros quadrados e no meio se elevavam quatro ou cinco duriões, com o tronco enorme e altíssimo, já carregados de frutas imensas cobertas por aqueles terríveis espinhos, perigosíssimos até para os homens que usavam chapéus de palha largos e bem fechados.

Depois de ter percorrido trinta ou quarenta passos, Yanez parou na orla daquela enorme mata de sarmentos e começou a vasculhar dentro dela.

De repente, Tremal-Naik, que parara alguns metros antes, abraçando a carabina, preparado para dar cobertura se fosse preciso, viu o português recuar bruscamente.

— O que é que você viu lá? — perguntou ele.

— Kammamuri não se enganou — respondeu o português, empunhando depressa o fuzil.

— Tem mesmo um homem aí dentro?

— Vi os sarmentos se agitarem perto dos duriões.

— Será que o daiaque está tentando fugir?

— Sandokan e Kammamuri estão vindo pelo outro lado e não vão deixar que ele escape sem cumprimentá-lo com uma fuzilada.

— Era um homem?

— Não consegui ver.

— O que você pretende fazer?

— Ir para dentro da mata — respondeu Yanez decididamente — e encontrá-lo ou matá-lo.

— Não vai ser muito fácil atravessar este caos de plantas. Nem uma selva indiana seria tão fechada.

— Com um pouco de paciência a gente consegue. A guerra de emboscada não é muito agradável, nem muito fácil, mesmo assim é só desse modo que se combate aqui. O Bornéu é o país das armadilhas e surpresas. Cuidado onde põe o pé. Pode ter cobra dentro desta mata.

— Eu sou amigo das cobras — respondeu o indiano.

Yanez passou sob as plantas sarmentosas, mantendo uma mão sobre o gatilho da carabina para evitar que um galho disparasse um tiro, e avançou cuidadosamente no meio daquela massa de plantas entrelaçadas.

Tremal-Naik o seguia dois passos atrás, girando os olhos sem parar, ora para a direita, ora para a esquerda, a fim de proteger os flancos e evitar algum tiro de zarabatana.

De vez em quando Yanez parava e ficava à escuta, depois retomava a marcha, tentando não fazer barulho.

Acostumado a correr no meio dos bosques fechados da grande ilha que atravessara tantas vezes junto com Sandokan e os filhotes de tigre de Mompracem, era capaz de levar vantagem até mesmo em relação aos sanguinários daiaques.

Percorreu quatrocentos ou quinhentos metros e parou, retendo com grande esforço uma exclamação.

— Que belo engano! — sussurrou ele.

— O que você disse? — perguntou Tremal-Naik.

— Que Kammamuri se enganou.

— Por quê?

— Nós estamos caçando um homem da floresta em vez de um daiaque.

— Não entendi.

— É um *maias* que ele viu, e não um homem.

— Um daqueles orangotangos medonhos?

— Isso mesmo, Tremal-Naik.

— É fácil confundi-los com selvagens de verdade.

— Concordo com você.

— Já o viu?

— Ele se escondeu no meio daquele grupo de duriões que fica no centro da mata.

— Vamos voltar e avisar Sandokan e Kammamuri — disse o indiano. — Não temos tempo a perder, e não devemos nos expor a perigos inúteis, ainda mais numa hora dessas.

— Também acho — respondeu o português. — Podemos ser mortos pelos daiaques.

Estavam prestes a voltar, não tendo nada a ganhar em uma luta contra aqueles macacos assustadores, quando um grito chegou aos seus ouvidos:

— Socorro, capitão!...

— Kammamuri!... — exclamaram ao mesmo tempo o português e o indiano, empalidecendo bastante.

Ouviram um tiro de carabina, logo seguido de outro, disparados do outro lado da gigantesca mata, e, depois, nada.

— Corra, Tremal-Naik!... — gritou Yanez.

Tentaram se correr, mas logo foram obrigados a reduzir a fúria, porque os sarmentos, ligados aos cipós, opunham uma resistência inacreditável e não cediam diante de nenhuma pancada.

Felizmente aqui e ali havia pequenas passagens que permitiam que uma pessoa entrasse sem muita dificuldade, contanto que não estivesse com muita pressa.

Rogando pragas contra todos aqueles obstáculos, em menos de um minuto os dois aventureiros conseguiram chegar perto do grupo de duriões.

Um espetáculo terrível imediatamente se ofereceu aos seus olhos.

Sobre um dos galhos baixos daquelas enormes árvores estava Kammamuri brandindo um daqueles facões indianos de lâmina curva e larga chamados *tarwar* e, em frente a ele, um símio monstruoso, de quase um metro e meio, cara enorme, peito muito desenvolvido, pescoço curto e enrugado, dotado de uma bolsa gutural que ele conseguia inflar a seu bel-prazer, olhos pequenos, nariz proeminente e o corpo coberto de um pelo meio ralo, desgrenhado e de cor marrom-avermelhado.

Com as pernas bem apertadas em volta do galho, o marata ameaçava o monstro, dando golpes tremendos para todos os lados e gritando no focinho dele:

— Canalha!... Você vai morrer!...

A luta de Kammamuri com o orangotango.

O *maias* dava assobios agudos que às vezes se transformavam em uivos assustadores, parecidos com os de uma novilha apavorada, e esticava os enormes braços peludos, tentando agarrá-lo e plantar as longas unhas no rosto dele.

Seria um desastre se ele conseguisse pegá-lo, porque os orangotangos de Bornéu, da mesma forma que os gorilas do continente africano, possuem uma força tão grande que são capazes de lutar com vantagem contra vinte homens e arrancar com um único golpe as mandíbulas dos gaviais, dos quais são os inimigos mais mortais.

— Aguente firme, Kammamuri!... — gritou Yanez, o primeiro a chegar ao grupo de duriões.

Estava prestes a levantar a carabina quando dois disparos ecoaram a uma pequena distância.

Com toda certeza atingido, o *maias* se levantou de um pulo, dando um uivo horrível que ecoou longamente sob a abóbada de plantas, depois se agarrou ao tronco da árvore e desapareceu com uma rapidez fulminante no meio da densa folhagem.

— Sandokan!... — gritou Yanez.

— Estou aqui — respondeu o Tigre da Malásia, deslizando por entre as pimentas-do-reino e os cipós.

Ainda saía fumaça da sua carabina.

— Bem diferente dos daiaques!... — exclamou o chefe dos piratas de Mompracem. — Prefiro isso àquelas feras!... Ei, Kammamuri, pode descer agora!...

O marata já abandonara o galho e estava deslizando ao longo de um grupo de nepentes.

— Ah, patrão!... — exclamou o pobre-diabo, que estava cinza, ou seja, muito pálido. — Que bicho horroroso!... Várias vezes na Selva Negra eu enfrentei tigres, crocodilos, pítons e até *robira mandales*, cujas mordidas fazem uma pessoa suar sangue, mas nunca passei por nada como isso.

— Eu disse para você não se afastar de mim — disse Sandokan. — Estava meio desconfiado de que pudesse ser um *maias* em vez de um daiaque. Esses macacos são muito abundantes nestas florestas.

— Ele levou você para cima da árvore? — perguntou Tremal-Naik.

— Ele me pegou como se eu fosse uma pluma e me pôs embaixo do braço, mas não estava sozinho.

— Como assim?... Eram dois? — perguntou Yanez.

— Eram, capitão. Atirei em ambos, mas parece que não acertei, porque enquanto um carregou a caixa de munição, o outro me levou para a árvore. Perdi a carabina, mas ainda estava com o *tarwar* indiano. Quando sentiu que o braço tinha sido cortado, o monstro me largou e eu pude correr para aquele galho onde vocês me encontraram.

— E o que pegou a munição? — perguntou Sandokan.

— Escapou pelo durião e não o vi mais.

— Será que era a fêmea do *maias*, Sandokan? — perguntou Yanez.

— Tenho certeza que sim.

— Não podemos ficar sem aquela caixa. Hoje a munição vale mais do que diamantes para nós.

— Também acho — respondeu o Tigre da Malásia.

— Temos de recuperá-la.

— Vamos, Yanez. Somos quatro e podemos dispor de oito balas. Kammamuri, vá procurar a sua carabina.

— Não deve estar muito longe, patrão — respondeu o indiano.

— Cuidado para não ter outro encontro infeliz.

— Estou com o *tarwar*.

Enquanto o marata se afastava, Sandokan levantou os olhos para o durião no meio de cuja copa o orangotango desaparecera depois de levar os dois tiros.

Era uma árvore de dimensões mais do que extraordinárias, com o tronco reto e liso, pouquíssimos galhos na base, mas, em compensação, muitíssimos no topo, onde formavam uma espécie de guarda-chuva.

Essas árvores são encontradas com frequência nas florestas de Bornéu e, como foi dito, dão frutas do tamanho da cabeça de uma criança, cheias de pontas agudas, quase tão duras quanto o aço, que produzem feridas muito dolorosas e, algumas vezes, incuráveis.

Na maioria, essas frutas têm forma oblonga, casca verde-amarelada, reticulada, que se parte facilmente quando a fruta chega à maturação ideal, e se dividem em cinco partes, sendo que cada uma delas contém sementes enormes envolvidas em uma polpa branca coberta por película.

Essas sementes são comestíveis, mas na primeira vez que os europeus experimentam sentem uma repugnância invencível, pois exalam um cheiro insuportável de alho e queijo podre. Mas quando se consegue vencer a repugnância, que perfume e que gosto! O melhor sorvete do mundo não chega aos seus pés.

O mais estranho é que os cachorros são loucos por essas frutas, e mesmo as feras não as desprezam.

— Eu sabia que estava certo — disse Sandokan, depois de girar os olhos pela planta, aumentando cada vez mais a procura. — O ninho dos *maias* é lá em cima.

— Um ninho!... — exclamou Tremal-Naik.

— Mas está bem alto.

— Dá para ver?

— Dá, se você se afastar. Fica a uns vinte metros do solo.

— Será que vamos conseguir tirá-los de lá? — perguntou Yanez.

— Não pretendo deixar a caixa de munição nas mãos deles — respondeu Sandokan.

Naquele momento Kammamuri chegou.

— Encontrou a sua carabina? — perguntou Tremal-Naik a ele.

— Aqui está ela, patrão — respondeu o marata, mostrando a arma.

— Em bom estado?

O indiano estava prestes a responder quando Yanez deu um salto, gritando:

— Pernas para que te quero!... Em guarda!... Se nos acertarem, não vamos chegar muito longe.

9. A surpresa noturna

NO TOPO DA ÁRVORE gigantesca se ouviam uivos assustadores, acompanhados de chiados que iam aumentando de intensidade e de uma verdadeira tempestade de frutas enormes.

Os dois *maias*, o macho e a fêmea, sem dúvida percebendo a presença daqueles intrusos, estavam se agitando furiosamente, sacudindo os galhos carregados de frutas com a esperança de liquidá-los.

Yanez, Sandokan e seus companheiros, pressentindo a tempo aquela saraivada mortal, imediatamente se afastaram e se puseram a salvo sob os densos sarmentos das pimentas-do-reino.

— Será que essas feras estão com hidrofobia? — perguntou Kammamuri, que parecia bastante assustado depois da terrível aventura que tivera.

— Eu não desejaria a ninguém que ficasse em frente a eles neste momento — disse Yanez. — Normalmente, se não são perturbados, fogem dos homens e seguem o seu caminho. Mas quando os *maias* se veem acuados, ficam extremamente perigosos. Cuidado para que não peguem você de novo, porque eu não seria capaz de responder pela sua vida.

— Vamos tentar fuzilá-los a distância — disse Sandokan, com a carabina apontada para o alto. — Se o ninho não estivesse tão bem escondido pelas folhas, certamente a essa hora um deles já teria caído aos nossos pés com as pernas quebradas.

— Você disse ninho? — perguntou Tremal-Naik. — Os quadrúmanos não são pássaros, me parece.

— Os outros, talvez, mas não os orangotangos. Embora não sejam águias, constroem verdadeiras plataformas, de uma resistência a toda prova, bem em cima das árvores mais altas com os galhos mais grossos, que não cedem com facilidade e muitas vezes são impenetráveis até para balas.

— Acho que estou vendo um desses macacos horríveis — disse Yanez, apontando a carabina.

— Atire nele — respondeu Sandokan.

— Calma, irmãozinho. Quero ter certeza absoluta do meu tiro. Você sabe que se forem feridos apenas, ficam furiosos e são capazes de enfrentar uns dez homens juntos.

— Ainda está vendo?

— Não, sumiu. Estão se divertindo atirando os duriões em nós. Bah!... Mais tarde vamos fazer uma bela refeição. Mas o que é isso?... Ficaram loucos?

— Será que o macho de repente ficou com ciúmes da caixa de munição? — perguntou Tremal-Naik.

— Se a jogarem aqui para baixo, o problema acaba — respondeu Sandokan.

De fato, parecia que os dois orangotangos tinham ficado furiosos. Sacudiam os galhos com toda força, fazendo cair no chão uma verdadeira saraivada daquelas frutas deliciosas, e perigosas também. Pisoteavam a plataforma que servia de ninho, como se quisessem destruí-la, e davam ora assobios estridentes, ora uivos aterrorizantes, que repercutiam de forma muito estranha sob a abóbada infinita de vegetação da grande floresta.

Os quatro aventureiros, nem um pouco assustados com aqueles gritos, começaram a dar voltas e mais voltas em torno do gigantesco durião, esperando pelo momento ideal para dar um bom tiro.

Mas se mantinham afastados para não levar uma fruta na cabeça, pois de vez em quando os dois orangotangos, não contentes em sacudir os galhos, arremessavam algumas com as mãos, tentando atingir os adversários.

A mata de pimentas-do-reino, contudo, era tão fechada que dificilmente aqueles projéteis espinhosos conseguiam atingir o chão; ricocheteavam em todas as direções, abrindo-se e deixando cair as grandes castanhas que continham.

— Ei, Sandokan — disse Yanez, que já dera mais de vinte voltas —, estou começando a ficar cansado desse passeio em círculos, correndo o risco de que me quebrem a cabeça de uma hora para outra. Será que não tem um jeito de tirá-los de lá?

— É você que sempre tem as ideias mirabolantes. Pense numa agora — respondeu o Tigre da Malásia.

— Já sei.

— Bem que eu imaginei.

— Já que esses patifes não decidem aparecer, eu vou me encontrar com eles.

— Trepando no durião?

— Não sou tão louco assim, por Júpiter!... Pretendo conservar a cabeça no pescoço mais um pouco.

— Então explique melhor.

Em vez de responder, Yanez foi em direção a uma *bua nanghe*, árvore belíssima que crescia isolada a uns trinta metros do grupo de duriões, a qual produz uma fruta parecida com a fruta-pão, mas tão grande que muitas vezes são necessários dois homens para carregá-la em um bambu.

— Quer vir comigo, Tremal-Naik? — perguntou ele. — Tem bastante cipó e câlamos pendurados em vários galhos e, depois de chegarmos a uma boa altura, poderemos pôr no devido lugar esses dois orangotangos danados que teimam em não nos devolver o que roubaram. Você, que é um atirador fantástico, vai poder tirá-los de combate num instante.

— E nós vamos ficar aqui esperando para o caso de resolverem descer, não é verdade, Kammamuri? — disse Sandokan. — Com quatro balas bem colocadas é possível derrubar até um elefante.

Seguido por Tremal-Naik, o português agarrou um festão de cipó que pendia de um galho do *bua nanghe* e começou a subir com a agilidade de um gajeiro, enquanto Sandokan e Kammamuri se escondiam atrás do tronco, prontos para fuzilar os dois símios gigantescos.

A algazarra não dava sinais de parar no alto do durião.

Os dois orangotangos continuavam a berrar a plenos pulmões, batendo de vez em quando nos peitos, que retumbavam como tambores de madeira.

As frutas não paravam de cair, e algumas delas, arremessadas pelos dois macacos, chegavam perto da *bua*, mas sem deter a escalada do português e do indiano, que procuravam sempre se manter do outro lado do tronco.

Quando chegaram a um galho bem forte que se estendia horizontalmente a mais de trinta metros do solo, Yanez olhou para o alto do durião.

Os dois *maias* estavam perfeitamente visíveis àquela altura.

121

Pulavam na plataforma construída com grossos galhos dispostos em cruz com alguma habilidade, como se tivessem sido atingidos por um inesperado acesso de loucura, sem parar de assobiar e uivar.

De vez em quando se lançavam com um ímpeto furioso para o meio dos galhos da árvore e os sacudiam para derrubar as frutas que ainda restavam.

Tinham um pelo avermelhado desgrenhado, olhinhos fulgurantes e o papo extraordinariamente inchado.

— Como são feios! — exclamou o indiano, que alcançara o português.

— E como são perigosos! — acrescentou o último.

— Podemos matá-los com um tiro de carabina?

— Sim e não.

— Então esses animais são encouraçados?

— Na realidade, não, mas podem resistir a várias balas. Um dia eu vi um escapar, embora tivesse levado mais de dez tiros disparados de uma distância muito pequena.

— Ah!... Veremos!... — disse Tremal-Naik.

O macho, reconhecível por ser mais alto e mais forte, foi para o meio dos galhos do durião e não parava de sacudi-los, tentando quebrá-los para depois atirar na cabeça dos atacantes.

Uivava assustadoramente e inflava o papo para deixar o som mais agudo.

Tremal-Naik se acomodou bem em cima do galho, levantou a carabina, apoiando-a em outro galho um pouco acima dele, e mirou com muita atenção.

Um instante depois, houve dois disparos.

O *maias* deu um grito rouco, parecido com o rugido de um leão. Em seguida se lançou em um grande salto e caiu entre os galhos do durião que crescia a cinco ou seis metros da plataforma. Imediatamente começou a descer pelo tronco com uma velocidade fulminante, usando as mãos e os pés.

— Sandokan, cuidado!... — gritaram Yanez e Tremal-Naik ao mesmo tempo.

— Estamos esperando por ele — respondeu o Tigre da Malásia.

— Para baixo, Tremal-Naik!... — comandou o português.

Os dois homens agarraram o festão de cipós e deslizaram até o chão.

Quase no mesmo instante o orangotango também saltou para o meio das pimentas-do-reino.

Era espantoso ver aquilo. Estava com o peito completamente ensanguentado, o pelame eriçado e os olhinhos fulgurantes, como se tivesse brasas no lugar das pupilas.

Ergueu os dois braços fortíssimos, dando um urro cavernoso, e depois se atirou como um louco contra os quatro aventureiros que o esperavam, determinados, com as carabinas apontadas.

Com um salto gigantesco foi para cima de Tremal-Naik, que não tivera tempo de recarregar a arma, e tentou agarrá-lo, como se tivesse entendido que as feridas haviam sido produzidas por ele.

Com um movimento fulminante, Sandokan barrou a passagem do animal e atirou duas vezes quase à queima-roupa.

Novamente ferido, o orangotango girou três ou quatro vezes sobre si mesmo com uma rapidez vertiginosa, escapando dos tiros de Kammamuri. Depois, vendo Yanez, que estava a apenas três ou quatro passos de distância, correu raivosamente para ele.

Mas encontrou um osso duro de roer.

Exatamente como o Tigre da Malásia, não era a primeira vez que o português se via em uma caçada perigosíssima, e ele foi depressa para trás do tronco de um durião para evitar o choque.

Cada vez mais enlouquecido por causa das balas recebidas, o animal correu para persegui-lo, mas encontrou o caçador com a carabina apontada na altura da sua cabeça.

Abriu as mandíbulas e mordeu os dois canos, achando que iria esmagá-los como duas canas-de-açúcar.

Subitamente duas detonações ribombaram.

O *maias* engoliu as duas cargas e a sua cabeça enorme explodiu como uma abóbora.

Ficou de pé por um momento, olhando para seu matador com os olhinhos brilhantes, ainda mordendo os canos da carabina, depois abaixou a cabeça para o peito, ficaram inertes os braços compridos e desabou.

As duas balas haviam atravessado o cérebro do animal e destruído completamente a laringe.

— Golpe de mestre!... — exclamou Sandokan, recarregando depressa sua carabina, imitado por Tremal-Naik e Kammamuri. — Você, irmãozinho, tem um sangue-frio realmente maravilhoso.

— Era uma questão de salvar a pele do meu rosto — respondeu o português. — Se ele chegasse perto de mim com aquelas patas, me arrancaria o nariz, os olhos, a boca e, talvez, até as orelhas.

— Está fugindo!... — berrou Kammamuri naquele momento.

— Quem? — perguntaram todos ao mesmo tempo.

— A *maias*!... E está fugindo com a nossa caixa!...

— Por Júpiter!...

— Caramba!...

— Por Xiva!...

Aproveitando o momento em que ninguém estava prestando atenção nela, a fêmea do orangotango deslizou pelo tronco do durião e estava fugindo a toda a velocidade pelas pimentas-do-reino.

Menos mal se tivesse fugido sozinha, mas, ao contrário, por capricho ou simpatia inexplicável, estava se afastando com a caixa de munição que Sandokan tanto queria reaver, e não sem motivo.

Um único grito escapou dos quatro homens:

— É agora! Vamos pegá-la!...

Entraram correndo pela mata, disparando um tiro de carabina que teve como único efeito fazer a *maias* aumentar a velocidade da fuga.

— Está escapando!... — berrou Yanez, fazendo esforços sobre-humanos para despedaçar os cipós e cálamos que atrapalhavam a passagem.

— Não a percam de vista!... — gritou Sandokan. — Não podemos perder a nossa reserva de munição!...

— Corte os cipós, Kammamuri — berrou Tremal-Naik. — Use o *tarwar*!... Abra uma passagem para nós!...

O marata estava fazendo todos os esforços possíveis para abrir uma trilha no meio da mata, dando golpes terríveis nos sarmentos intricados das pimentas-do-reino, cipós e cálamos e nos galhos dos arbustos que cresciam por toda parte sob os cachos avermelhados, mas não atingia o seu objetivo.

Seria preciso o machado de um titã para derrubar aquelas paredes de plantas que opunham uma resistência tenaz de todos os lados.

Enquanto isso, a *maias* se afastou sem abandonar a carga preciosa.

Subia com uma velocidade fulminante pelas plantas, saltava de sarmento em sarmento como se fosse uma bola de borracha, passava por cima dos festões de plantas parasitas como se fossem pontes volantes e se distanciava cada vez mais. Sandokan, Yanez e Tremal-Naik dispararam vários tiros contra ela, sem conseguir acertar.

A agilíssima símia se movimentava com tanta velocidade que desafiou a mira dos melhores caçadores do mundo.

— Pare, bicho maldito!... — berrou Yanez.

— Ladra!... Devolva a caixa que você roubou!... — gritou Kammamuri, desesperado.

Puro desperdício de fôlego. A *maias* continuava a sua corrida rápida, sem abandonar a caixa de munição.

Chegando à orla da mata, subiu por uma árvore e desapareceu dos olhos dos perseguidores.

— Agora ela é nossa!... — gritou Kammamuri.

— Quem disse?... — perguntou Sandokan, ele também cortando os sarmentos e fibras vegetais com golpes de cimitarra.

— Eu vi em que árvore ela subiu.

— E você acha que ela vai ficar lá em cima? Há milhares e milhares de outras árvores atrás daquela. A essa hora aquele animal entrou na floresta e não vai ser fácil desentocá-la. Os *maias* pulam de uma árvore para outra melhor do que os símios mais ágeis, e sabe-se lá que vantagem ela tem sobre nós agora.

— E nós vamos deixar as coisas assim?

— Ah!... Isso veremos.

Eles conseguiram também chegar à orla da mata e pararam embaixo da árvore sobre a qual a *maias* se refugiara.

Era uma laranjeira muito alta, de folhas verde-escuras e muito fechada.

Sandokan deu duas ou três voltas ao redor do tronco, olhando para o alto, e não viu nada.

— Bem que eu imaginei — disse ele.

A poucos metros da árvore começava a grande floresta. O orangotango devia ter pulado para qualquer outra árvore e se distanciado sem deixar vestígios.

— Estamos numa bela enrascada — disse Yanez, parecendo muito aborrecido. — Vamos ter de deixá-la ir embora, Sandokan?

— Quantas balas você ainda tem?

— Uma meia dúzia.

— E você, Tremal-Naik?

— As minhas últimas duas já estão na carabina.

— As minhas também — disse Kammamuri.

— E eu não tenho mais do que vocês. Quem é que teria coragem de atravessar esta floresta habitada por feras selvagens e muito provavelmente por daiaques? Aquela caixa era vital para nós, amigos.

— Os nossos homens devem ter bastante munição — observou Tremal-Naik.

— Espero que sim, mas eles estão a pelo menos trinta quilômetros daqui — respondeu Sandokan. — Vai levar tempo até nos encontrarmos com eles. Você não conhece as nossas florestas.

— E as surpresas que elas escondem! — acrescentou Yanez.

— Será que ainda conseguimos desentocar aquela ladrona? — perguntou Kammamuri.

— Ainda não perdi a esperança — respondeu Sandokan. — Tenho certeza de que esta noite ela vai voltar ao ninho.

— E nós vamos perder dez ou doze horas preciosas — disse Tremal-Naik.

— Não se preocupe com os homens. Enquanto não chegarmos, não vão sair da ilhota.

— E, depois, eles estão em bom número e conseguiram desembarcar as balistas — acrescentou Yanez. — Os daiaques têm muito medo daquela arma.

— E estão chefiados por um dos meus mais valentes piratas. Sapagar vale tanto quanto Sambigliong. Vamos nos esconder ou a *maias* não volta mais.

— Vamos acampar na margem do rio — disse Yanez. — Lá pelo menos teremos alguma probabilidade de encontrar o que comer.

Depois de ficarem alguns minutos à escuta, contornaram a mata por fora e foram depressa para o rio, que não estava muito longe. Um calor sufocante reinava sob a infinita abóbada de vegetação, pois não soprava a mais leve brisa. Parecia que saíam labaredas do solo.

Todos os pássaros haviam desaparecido. No meio das folhas, somente os lagartos estavam cantando, os *gek-ko*, assim chamados por causa dos gritos que dão, e meio mergulhados nas poças cochilavam os *beroah*, outra espécie de lagarto que muitas vezes atinge o comprimento de dois metros e, na verdade, é inofensivo, apesar do seu volume.

Depois de um quarto de hora, os quatro aventureiros chegaram à margem do curso de água, quase em frente ao local em que a barcaça se encontrava meio submersa.

— Está vendo alguém? — perguntou Sandokan a Yanez, que chegara antes.

— Tudo tranquilo por aqui — respondeu o português.

— Parece que os daiaques desistiram mesmo de nos perseguir.

— Devem ter ficado perto da ilhota. Vamos procurar a refeição.

— Era exatamente o que eu ia propor, senhor Yanez — disse Kammamuri.

Mas a refeição acabou sendo muito magra, pois só tinha laranjas enormes, *bua mamplam*, mangas de péssima qualidade, que exalam um horrível cheiro de resina, e duriões.

Depois de matar a sede no rio, construíram outro *attap* e foram para baixo dele, para tirar uma soneca sob a guarda de Kammamuri, que declarara não estar realmente precisando fechar os olhos e preferia se divertir ouvindo cantar as centenas de *gek-ko* que havia ao redor deles.

O sono dos aventureiros não foi perturbado por nenhum acontecimento e se prolongou quase até o pôr do sol.

Mas o marata não ficou ocioso durante todas aquelas horas e preparou uma refeição que nenhum deles estava esperando, uma maravilhosa tartaruga que ele descobriu entre os caniços do rio e assou com grande habilidade.

— Está na hora de irmos vigiar — disse Yanez, depois que a tartaruga desapareceu no estômago dos quatro homens. — A *maias* pode já ter voltado para o ninho.

— Mas temos de agir com a maior cautela — sugeriu Sandokan. — Se ela fugir de novo, nunca mais a encontraremos.

Pela segunda vez derrubaram o *attap*, jogando as estacas e as folhas no rio, e se puseram em marcha no momento em que o sol começava a desaparecer atrás das grandes árvores e a escuridão ficava mais densa sob as folhas.

Sandokan ia à frente dos homens e estava avançando bem devagar, passando entre os enxames de vaga-lumes, uma espécie de *lampyris* que as mulheres malaias e daiaques costumam encerrar dentro de umas bolas de vidro finíssimo para usar como lampadazinhas.

Um silêncio profundo reinava sob a floresta, interrompido apenas de vez em quando pelo grito rouco lançado por algum *kubang*, um grande galo voador com duas grandes membranas nos flancos ligadas às patas, que permitem que deem voos de vinte e cinco a trinta metros.

Ainda era muito cedo para os animais predadores, qu só costumavam sair para caçar bem mais tarde.

Passo a passo, o pequeno grupo atravessou a distância que separava a mata do rio e finalmente chegou às pimentas-do-reino.

— Será que ela já chegou? — perguntou Tremal-Naik em voz baixa.

— Tenho certeza que sim — respondeu Sandokan.

— Como vamos descobrir?

— Vamos esperar a lua. Não deve demorar a aparecer.

— Devemos tomar nossa posição na laranjeira? — perguntou Yanez.

— É exatamente de lá de cima que abriremos fogo — respondeu Sandokan.

— Patrão — disse Kammamuri —, quer que eu vá ver se aquela fera está mesmo lá em cima? Esses animais roncam muito alto?

— Altíssimo.

— Tem cálamos pendurados em toda a volta do durião, e eu ainda sou muito ágil.

— Tem coragem para isso?

— Não vou subir até o ninho.

— Contanto que a *maias* não perceba e jogue frutas em você.

— Eles já acabaram com tudo o que tinha, senhor.

— Então vá, se quiser, e nós ficamos preparados para atirar — disse Sandokan.

Kammamuri se desembaraçou da carabina, pôs o *tarwar* entre os dentes e agarrou um feixe de cálamos que pendia dos ramos mais altos do durião.

Em Bornéu e em todas as outras ilhas da Malásia, os cálamos servem de cipós, embora pertençam à família das palmeiras.

Têm poucos centímetros de diâmetro, mas atingem comprimentos absolutamente extraordinários. Há alguns que chegam a trezentos metros! Além disso, são de uma resistência a toda prova e aguentam vários homens sem se quebrar.

Como todos os indianos, Kammamuri era um habilíssimo escalador, capaz de competir com os melhores gajeiros dos mares da Malásia.

Em poucos momentos ele chegou ao galho em que o cálamo estava pendurado e se içou para cima dele, mexendo nas folhas com extremo cuidado para não atrair a atenção do perigoso animal.

O ninho ficava dez metros mais alto. Como foi dito, tratava-se de uma espécie de plataforma de três ou quatro metros quadrados, construída com galhos muito resistentes dispostos com alguma arte.

Kammamuri esperou algum tempo, aguçando os ouvidos, e depois, tranquilizado pelo profundo silêncio que reinava no alto do durião, agarrou outro cálamo e recomeçou a subida.

Embaixo, na base da árvore gigantesca, Sandokan, Yanez e Tremal-Naik estavam vigiando atentamente, com as carabinas apontadas para o ar.

O marata subiu mais quatro ou cinco metros quando chegou aos seus ouvidos um resmungo surdo.

— A malandra está lá em cima — murmurou ele. — Isso já chega.

Estava prestes a deslizar, pois já sabia o suficiente, quando ouviu um galho da plataforma ranger.

O marata se enrijeceu contra o tronco da árvore, sem ousar se mexer mais. Estava assustado, com medo de que a fera de um momento para o outro caísse em cima dele e o atirasse no vazio.

Os galhos continuavam rangendo, como se a *maias* estivesse andando de um lado para o outro, e os resmungos não paravam. Talvez o animal houvesse farejado a presença do inimigo e começado a ficar inquieto.

Kammamuri mantinha os olhos fixos, arregalados, na beira da plataforma e não ousava mais respirar.

De repente, achou ter visto uma cabeça se inclinar entre as folhas que se estendiam embaixo do ninho, mas foi uma visão rapidíssima.

Os galhos gemeram mais um pouco e depois o silêncio voltou.

— Achei que tinha chegado a minha hora — murmurou o pobre marata. — O *tarwar* teria sido praticamente inútil.

Deslizou suavemente, tentando não sacudir nenhum galho, e chegou sem mais problemas ao segundo festão de cálamo.

Agora já não tinha nada a temer, pois estava bem próximo ao solo. Com mais um escorregão, caiu entre os três amigos, que estavam esperando ansiosos por ele.

— Está lá? — perguntou Sandokan.

— Está, patrão, lá em cima — respondeu Kammamuri.

— Eu tinha certeza de que ela ia voltar ao ninho. Talvez tenha levado o cadáver do macho para lá também. Vamos ver se desce.

— Não vamos para cima da laranjeira? — perguntou Yanez.

— Mais tarde, se não conseguirmos desentocá-la. Kammamuri, você vai ter a honra de dar o primeiro tiro, já que foi o primeiro a desafiar o perigo. Está vendo a plataforma?

— Sei onde ela fica, senhor. Basta atirar ao longo do tronco.

— Atire.

O marata levantou a carabina e atirou na direção da plataforma.

A detonação nem bem terminara quando eles ouviram no alto um urro agudíssimo e depois o rangido de galhos.

Parecia que uma massa enorme estava se precipitando pela folhagem da gigantesca árvore.

— Para trás!... — gritou Sandokan.

Haviam acabado de se afastar quando um corpo caiu com um ruído sinistro diante da árvore e ficou imóvel.

— Morreu!... — exclamou Kammamuri.

— Você ficou louco — disse Sandokan. — Ela ainda está lá em cima. Não está ouvindo os rugidos?

— O que foi que caiu, então? — perguntou Tremal-Naik.

— Ela jogou o cadáver do companheiro — disse Yanez. — E agora vai descer, fiquem preparados!... Deve estar louca de raiva!...

Ouviram uma série de urros assustadores, e depois uma grande sombra apareceu na beira da plataforma.

— Não atirem!... — gritou Sandokan, vendo Tremal-Naik e Kammamuri levantando precipitadamente as carabinas. — Só atirem à queima-roupa!...

A *maias* devia ter avistado seus adversários, pois a lua estava começando a aparecer naquele instante.

Saltou para um galho mais baixo e depois começou a descer pelos festões de cipós e cálamos com a velocidade de um raio.

— Está com a caixa!... — gritou Kammamuri.

— Esperem até ela estar no chão!... — comandou Sandokan. — Se ela deixar cair, vamos perder a metade da nossa munição. Fiquem perto de mim!...

A *maias* continuava descendo, ora urrando, ora guinchando. Chegando a dez metros do solo, deslizou e caiu de pé.

Levantou a caixa para usar como um projétil, mas não teve tempo de finalizar sua ameaça.

Quatro tiros de carabina partiram, logo seguidos por mais três.

Crivada de balas, pois os aventureiros haviam disparado quase à queima-roupa, o pobre animal caiu de joelhos, pondo as mãos na cabeça.

Mesmo assim tentou se levantar de novo, mas as forças faltaram e ela desabou perto do cadáver esmigalhado do companheiro.

— Essas caçadas são realmente emocionantes — disse Tremal-Naik, enquanto Kammamuri se apossava da preciosa caixa. — A dos tigres não mexe tanto com os nervos.

— É verdade — disse Yanez. — Esses homens das florestas são piores até do que os rinocerontes. Durante as nossas andanças pelas florestas do sultanato de Varauni, várias vezes eu e Sandokan demos de frente com esses orangotangos, e mesmo assim nunca consegui me manter calmo no momento de atirar.

— Amigos — disse o Tigre da Malásia —, agora que recuperamos a nossa munição, temos que pensar em nos reunir aos nossos amigos o mais rápido possível. A noite está bem clara e vamos fazer uma caminhada magnífica.

— É, se as feras nos deixarem tranquilos — observou Kammamuri. — Estou achando que tem mais por aqui do que na selva indiana.

— Tem quatrocentos cartuchos na caixa — respondeu Sandokan. — Temos o suficiente para fazer elefantes, rinocerontes, tigres e panteras-negras baterem em retirada. Abra e vamos nos reabastecer.

O indiano desenfaixou as tábuas com o *tarwar*, todos se abasteceram abundantemente de munição e deram as costas para a mata das pimentas-do-reino, indo depressa para o rio, depois de decidir costeá-lo até a ilhota.

10. Os búfalos selvagens

A NOITE ESTAVA MAGNÍFICA.

A lua já aparecera e projetava torrentes de luzes azuladas sob aquela imensa massa de plantas, formando grandes manchas cintilantes sob as aberturas das gigantescas abóbadas.

Uma brisa fresca soprava, vindo do rio, fazendo murmurar as gigantescas folhas das palmeiras, dos coqueiros e das bananeiras silvestres.

Naquele oceano de luz, como que cegos por tanto esplendor, voavam enormes morcegos com asas extraordinariamente desenvolvidas, nariz de raposa e corpo peludo.

A distância, o Marudu murmurava, quebrando contra as margens e pelo meio dos caniços que cobriam as ilhotas.

Habituado a percorrer as florestas desde menino, Sandokan se orientou rapidamente e guiou os companheiros para o leste.

Nem meia hora havia transcorrido ainda quando se encontraram novamente na margem do Marudu, algumas milhas acima do local em que a barcaça naufragara.

O rio brilhava como um gigantesco curso de bronze derretido, com um brilho magnífico que, de vez em quando, era interrompido pelo brusco aparecimento de bandos de gaviais esfomeados.

— Está tudo tranquilo — disse Sandokan. — Vamos tentar seguir o rio enquanto pudermos.

Descansaram durante alguns minutos e depois retomaram a marcha, margeando a imensa floresta.

Sob as grandes árvores não reinava mais o silêncio. Os animais haviam deixado os covis e estavam começando a caçar.

De tempos em tempos, um urro agudo ecoava sinistramente na profundidade do gigantesco bosque e se propagava sob as abóbadas de plantas, seguido por sons estranhos e impressionantes.

Ora eram assobios estridentes que se sucediam com uma rapidez prodigiosa, ora latidos, como se legiões de cães estivessem perambulando sob as árvores, ora barridos fortíssimos que anunciavam a presença de alguns bandos de paquidermes gigantescos.

Já acostumados com aqueles barulhos, Sandokan e Yanez não ficaram muito preocupados. Em compensação, Tremal-Naik e Kammamuri, embora houvessem vivido alguns anos nas margens do Kabatuan, não conseguiam esconder algum receio, e a todo instante armavam as carabinas, imaginando um ataque inesperado.

— Deixem suas armas em paz — disse Yanez. — Enquanto estiverem urrando e berrando desse jeito, não vão nos atacar. Se tivesse alguma pantera-negra ou tigre por aqui, não anunciariam a presença, isso eu garanto, amigos.

Já haviam percorrido alguns quilômetros, sempre acompanhando a margem do rio, quando Sandokan, que continuava à frente do grupo, parou de repente e pegou rapidamente a carabina que estava a tiracolo.

A uma pequena distância se ouviam bramidos estridentes e umas pancadas, como se um enorme corpanzil estivesse se debatendo nas águas do Marudu.

— Ei, Yanez — disse Tremal-Naik —, parece que tem algum animal meio agitado por perto.

— Quero que um crocodilo me coma uma das pernas se esse animal que está bramando desse jeito não for um rinoceronte. O que você acha, Sandokan?

— Também acho, só pode ser um rinoceronte — respondeu o Tigre da Malásia. — Avancem com cuidado e sem barulho. Essas feras são extremamente perigosas quando ficam bravas.

— Eu que o diga — respondeu Yanez. — Faltou muito pouco para uma delas acabar comigo no Assam.

Os bramidos continuavam, cada vez mais estridentes, acompanhados de algumas notas que soavam como um *niff-niff* agudíssimo.

Com certeza, algum drama devia estar se desenrolando às margens do Marudu.

Sandokan diminuiu o ritmo da caminhada e foi para perto da orla da grande floresta, para se pôr a salvo no alto das árvores, caso um perigo grave ameaçasse os seus companheiros.

Ele conhecia bem demais a brutalidade feroz daqueles gigantescos animais para não tomar as precauções necessárias.

Depois de percorrer mais cento e cinquenta metros, o pirata parou pela segunda vez diante do tronco de um durião que estendia seus imensos galhos até a margem do rio.

— Aí está ele!... — disse o pirata. — Dá par perceber que não está numa boa situação.

— Quem? — perguntou Yanez.

— O rinoceronte.

— Então eu estava certo?

— Estava, Yanez.

Um animal enorme, troncudo, com um chifre longuíssimo plantado no focinho, todo manchado de lama, estava se debatendo desesperadamente no meio dos caniços que cobriam os baixios do rio.

Em volta dele havia oito ou dez gaviais monstruosos, tentando morder as pernas afundadas na areia.

— Pobre animal!... — exclamou Kammamuri. — Ficou preso na lama.

— Areia movediça — disse Sandokan. — Não vai mais sair do rio. Vai afundar devagar, mas sem parar.

— E nós vamos deixar isso acontecer? — perguntou o marata?

— Tente tirá-lo de lá — respondeu Tremal-Naik, rindo. — Iríamos precisar de dois elefantes.

— Então vamos acabar com essa agonia, pelo menos.

— Espere aí, Kammamuri — disse Yanez. — Os cartuchos são preciosos demais numa hora dessas, e não devemos atirar para não chamar atenção.

O pobre rinoceronte caíra sobre um banco de areia sem fundo, e os gaviais, percebendo sua situação crítica, o atacaram com fúria para devorar um pouco de carne antes que ele desaparecesse definitivamente.

As feras vorazes arrancavam pedaços de couro que engoliam de uma só vez, apesar da enorme grossura, e enfiavam os focinhos nos flancos gotejantes de sangue, sem se preocupar com as terríveis chifradas que o pobre mutilado tentava dar em todas as direções. Estavam devorando-o vivo, pedaço por pedaço, procurando arrancá-lo da tumba de areia que o engolia.

— Que o diabo os leve — disse Yanez. — Não vamos perder o nosso precioso tempo assistindo à agonia desse monstro. Ele vale tanto quanto os tigres e as panteras-negras.

— Ele que se safe dessa situação, se for capaz — disse Sandokan. — Eu também não gosto desses animais horrorosos. Vamos embora, amigos, e fiquem de olhos bem abertos. Os daiaques de terra não devem estar muito longe.

Deixaram o infeliz rinoceronte na sua luta contra os vorazes gaviais, que redobravam o ataque, e retomaram a marcha, sempre acompanhando a margem do rio.

Árvores se sucediam a árvores, cada vez mais frondosas, obrigando o pequeno grupo a se afastar do Marudu de quando em quando.

A floresta continuava sacudida por urros. Era como se centenas de feras houvessem começado a caçar e estivessem lutando furiosamente entre si.

Ora eram uivos assustadores que ecoavam sinistramente sob a abóbada infinita de vegetação, ora assobios estridentes misturados com barridos poderosos, ou então silvos e estranhos gorgulhos.

Os insetos certamente tinham uma participação naquele concerto ensurdecedor.

Os quatro aventureiros haviam percorrido mais alguns quilômetros, sempre se mantendo na beira da floresta, quando Sandokan parou de novo.

— Outro rinoceronte sendo devorado vivo? — perguntou Tremal-Naik, brincando.

Em vez de responder, o Tigre da Malásia se inclinou até o chão e começou a escutar.

— Você não está ouvindo nada, Yanez? — perguntou ele depois de alguns instantes de silêncio.

— Parece uma massa de água caindo do alto — respondeu o português, que também estava escutando atentamente.

— No entanto, nós não vimos nenhuma catarata no Marudu — respondeu Sandokan.

— É verdade — confirmou Kammamuri.

— O que poderia estar produzindo esse barulho estranho? — perguntou o Tigre da Malásia a si mesmo.

— Não pode ser água caindo — disse Yanez. — Acho que parece mais uma multidão de animais atravessando a floresta, desembestados.

— Elefantes?

— Como eu vou saber?

Tremal-Naik e Kammamuri também estavam à escuta, trocando algumas palavras em voz baixa.

— O que vocês dois indianos estão falando? — perguntou Yanez. — Vamos ver se são mais espertos do que nós.

— São animais correndo pela floresta — respondeu Tremal-Naik.

— Que animais? — perguntou Sandokan.

— Certamente não são elefantes. O passo é mais leve.

— Então são macacos.

— Não brinque, amigo — disse Tremal-Naik. — Estamos correndo perigo e, talvez, muito grave. Deve ter uns dez ou quinze animais avançando.

— Melhor assim. Vamos ter uma refeição mais do que abundante.

— Que diabo de homem!... Sempre rindo!...

— E você quer que eu chore com uma carabina tão boa nas mãos?

— Vamos procurar uma árvore — disse Sandokan naquele instante. — Se não sabemos que tipo de animal são esses que estão vindo pela floresta, é bom tomarmos as nossas precauções enquanto há tempo. Não acho que sejam ratos voadores.

Infelizmente, na orla da floresta não havia árvores suficientemente fortes. Todo aquele trecho era coberto de *giunta-wan*, uma espécie de trepadeira enraizada uma sobre a outra, de modo a formar montes enormes, mas pouco consistentes.

— Bah!... — disse Sandokan. — Se não são elefantes que vêm vindo, isso vai ser suficiente para nós. Não acho mesmo que sejam paquidermes. Depressa, amigos, para o alto!...

O fragor surdo estava se aproximando lenta e continuamente. Como dissera Yanez, parecia mesmo uma multidão de animais marchando sob a imensa floresta.

De vez em quando, os quatro aventureiros ouviam estranhos ruídos, como ondas quebrando em uma praia.

— E então, Yanez? — perguntou Sandokan, parecendo um pouco preocupado.

— Sem a menor dúvida são animais se aproximando — respondeu o português. — Eu também não acho que sejam elefantes, embora esses paquidermes gigantescos sejam bastante numerosos nas florestas de Bornéu.

— Acabei de me lembrar de uma coisa.

— Do quê?

— Uma vez eu assisti a uma imensa migração de búfalos.

— São tão perigosos quanto os indianos? — perguntou Tremal-Naik.

— Mais selvagens ainda, se é que isso é possível — respondeu Sandokan. — Os búfalos desta ilha não têm medo sequer de uma coluna de guerreiros.

— Eu também conheço um pouco sobre isso — disse Yanez. — Tive uma experiência nas selvas de Labuan.

— Para o alto — disse Sandokan.

Agarrados nas plantas gomíferas que se retorciam umas sobre as outras, eles subiram vários metros e se puseram a salvo.

A mata se estendia por mais de cem metros quadrados, fechada por sólidos cipós e nepentes, que exibiam seus vasos multicoloridos cheios de água mais ou menos limpa, mas sempre potável.

O único problema é que ela não oferecia muita resistência à invasão de animais de grande porte.

— Espero que não nos vejam — disse Yanez. — Se os animais que estão chegando forem elefantes, pobres das nossas costelas.

— Você acha mesmo que são paquidermes, então? — perguntou Tremal-Naik pela segunda vez.

— Só vou poder dizer quando eles aparecerem — respondeu o português. — Por enquanto, mantenha os cartuchos preparados.

— Pelo contrário. Se for possível, vou economizá-los.

— Silêncio — disse Sandokan naquele momento. — Estão forçando a passagem.

O estrondo estava aumentando rapidamente. Era possível ouvir árvores caindo e galhos quebrando por causa de pancadas certamente poderosíssimas.

Volumes enormes deviam estar atravessando o bosque cerrado.

De repente, Yanez deu um grito.

— Já sei!...

— Sabe o quê? — perguntou Sandokan.

— Ouvi um mugido.

— Onde?

— Nossa!... Mais um!... É um bando de búfalos selvagens que vem chegando.

— Animais perigosos — disse Sandokan. — Se perceberem a nossa presença, vão atacar com tanta fúria que derrubarão de uma vez só todo esse aglomerado gigantesco de plantas. Ninguém atira, é uma ordem. É a nossa pele que está em jogo.

— Então eles são piores do que os indianos? — perguntou Tremal-Naik.

— Certamente não são melhores — respondeu Yanez. — Os daiaques têm mais medo deles do que dos rinocerontes.

— Eles costumam migrar de vez em quando?

— Costumam, e migram em quantidades enormes. Ai da caravana que encontrarem pelo caminho!... Atacam com uma fúria inacreditável e não deixam nem sequer um homem com vida.

— Aí vêm eles — disse Sandokan naquele instante. — Fiquem bem perto das plantas, porque decerto vamos levar umas pancadas fortíssimas.

Uma manada de animais, formada de uns cinquenta búfalos gigantescos, de formas mastodônticas, com a cabeça grande armada de dois chifres que se curvavam para trás e o focinho curto, avançava lentamente pela floresta, abrindo passagem com fortes cabeçadas.

Devia ser a vanguarda, pois a distância se ouviam mais mugidos ressoando, bem como árvores caindo, provavelmente derrubadas pelos vigorosos chifres daqueles animais pesadíssimos e fortíssimos.

— São quase tão grandes quanto os rinocerontes — disse Tremal-Naik. — Os indianos não atingem esse tamanho.

Ao chegar diante do monte de plantas gomíferas, a vanguarda parou durante alguns instantes para procurar uma passagem. Em seguida, não encontrando nenhuma, recuou um pouco para tomar impulso.

— Fiquem firmes!... — disse Sandokan. — Não respondo pela vida de quem cair.

— Ainda precisava acontecer isso com a gente — resmungou Yanez. — Quando é que vamos conseguir nos reunir aos nossos homens e ir para o lago?

Naquele momento os búfalos selvagens estavam vindo com carga total com uma fúria inacreditável, a cabeça baixa e os chifres apontados.

Parecia um ciclone assustador passando pela mata.

Aqueles volumes imensos, arremessados como gigantescas catapultas, derrubavam as plantas gomíferas, traçando um enorme sulco e dilacerando tudo o que encontravam pela frente.

Giunta-wan, cálamos, cipós e nepentes cediam de todos os lados, sendo arrancados pelas raízes, e se enrolavam como serpentes monstruosas.

A carga foi dirigida ao local em que os quatro aventureiros haviam se refugiado.

Foi um momento terrível. Embora fortemente agarrados, os quatro homens se sentiram arremessados para o ar como se uma mina tivesse explodido embaixo deles.

Três deles, Yanez, Sandokan e Tremal-Naik, caíram novamente sobre as redes compactas formada de plantas trepadeiras. O quarto, o pobre Kammamuri, ao contrário, não teve tempo de agarrar de novo os sarmentos e caiu montado em um gigantesco búfalo com o pelame totalmente negro.

Ouviram um grito ecoar, misturado ao mugido dos animais.

— Patrão!... Socorro!...

Outro grito respondeu no mesmo instante:

— O marata caiu!...

— Onde? — gritaram Sandokan e Tremal-Naik.

— Lá!... Olhem!...

A mesma voz de antes chegou até eles.

— Patrão!... Socorro!...

Naquele instante eles viram no meio do bando o pobre marata montado no búfalo, agarrando desesperadamente os chifres compridos.

— Kammamuri!... — gritaram os três aventureiros. — Kammamuri!...

O indiano não teve tempo de responder. Surpreso ao sentir aquele peso insólito nas costas, talvez pensando que fosse um tigre ou uma pantera que o agredira, o búfalo se arremessou em uma corrida desenfreada pela floresta, seguido por toda a vanguarda.

Em um instante atravessaram a mata de plantas gomíferas e desapareceram na escuridão com um estrondo aterrorizante.

— Ele está perdido!... — exclamou Yanez. — Vamos descer!...

Sandokan o deteve na mesma hora.

— Não podemos cometer essa loucura — disse ele. — O grosso da horda está chegando. Você quer ser massacrado?

— E o pobre marata?

— Vamos deixar que galope por enquanto — respondeu Sandokan. — Kammamuri não é um nenhum bobo, na hora certa ele vai saber se safar dessa sem a nossa ajuda. O que você acha, Tremal-Naik?

— Eu não estou muito preocupado com o meu marata — respondeu o indiano, parecendo de fato muito tranquilo. — Tenho certeza de que ele não vai deixar que o levem para muito longe.

— Tomara que os companheiros do búfalo não o matem a chifradas — disse Yanez, que não se mostrava muito otimista.

— O animal a essa hora deve tê-los deixado muito para trás. Ele estava galopando como se tivesse fogo na barriga — respondeu Sandokan. — Por enquanto, vamos esperar o grosso do bando passar e mais tarde podemos nos ocupar de Kammamuri.

O grosso da manada, formada de no mínimo duas centenas de fêmeas com uns cinquenta filhotes, estava desembocando da floresta naquele instante, indo depressa na direção da mata, pois a passagem já estava aberta.

Eram animais magníficos, com um pelame negro e algumas manchas brancas, aparência selvagem, e também tinham chifres assustadores. Mas eram menores do que os machos que formavam a vanguarda, embora fossem também mais altos e mais compridos do que as nossas fêmeas de búfalos.

Desfilavam em grupos através do grande sulco aberto entre as plantas gomíferas, parando por alguns instantes para pastar aqui e ali as folhas e o mato. Em seguida, desapareciam na escura profundidade da imensa floresta, fazendo ecoar no ar seus surdos mugidos.

— A migração deve ter acabado — disse Sandokan depois de ter escutado atentamente por alguns minutos. — Podemos descer agora para ir procurar o Kammamuri.

— Será que ainda vamos conseguir encontrá-lo? — perguntou Yanez.

— Só precisamos seguir a passagem aberta pelos búfalos da vanguarda. Não tem perigo de errarmos.

— E se aquele maldito búfalo tiver pegado outra direção?

— Mesmo assim, cedo ou tarde ele vai voltar a se juntar ao grosso do bando. Esses animais sabem muito bem que não é prudente andar sozinho por essas florestas, pois elas servem de refúgio para as panteras-negras e os tigres. Vamos, amigos. Por enquanto, não temos nada a temer.

Abandonaram o seu refúgio aéreo e começaram a seguir a pista deixada pelos búfalos.

Búfalos selvagens.

Na sua carga impetuosa, a vanguarda abrira uma trilha confortável a partir do rio. É verdade que estava entulhada de árvores novas quebradas, galhos, folhas enormes e festões de plantas parasitas, mas ainda assim era totalmente praticável e permitiu que os três aventureiros avançassem com alguma velocidade.

Temendo, contudo, o retorno dos migrantes, como pessoas prudentes que eram, de vez em quando faziam uma parada e se punham a escutar.

Já estavam caminhando havia uma boa meia hora, sempre apressando o passo, quando ouviram um disparo inesperado, logo seguido de outro.

— A carabina do Kammamuri!... — exclamou Tremal-Naik, parando de súbito.

— É verdade, você está certo — acrescentou Yanez. — Foi o seu marata que atirou.

— Deve ter matado o búfalo — disse Sandokan — para impedir que ele o levasse para muito longe.

— Vamos avisar que estamos aqui — disse Tremal-Naik. — De que distância ele pode ter atirado?

— Não mais de oitocentos metros — respondeu Yanez. — Responda logo.

O indiano levantou a carabina e disparou um primeiro tiro e depois outro, com intervalo de vinte e cinco ou trinta segundos.

Um momento depois, para enorme espanto dos três aventureiros, ouviram-se cinco disparos, um depois do outro, muito fracos.

— Cinco tiros?... — exclamou Sandokan. — O que significa isso? Quem pode ter atirado?

— E eu aposto que são tiros de pistola, e não de carabina — acrescentou Yanez, parecendo extremamente preocupado.

— E o Kammamuri não estava com nenhuma arma de cano curto — disse Tremal-Naik.

— Experimente dar um tiro você também, Yanez — disse Sandokan. — Vamos ver se respondem de novo, e você, Tremal-Naik, recarregue depressa a sua arma. Temos um mistério pela frente.

O português obedeceu, mas aquele terceiro tiro de carabina ficou sem resposta.

— O que será que aconteceu? — perguntou Tremal-Naik com voz angustiada. — Será que o Kammamuri foi surpreendido pelos daiaques?

— Os daiaques de terra não possuem armas de fogo — disse Sandokan. — Preferem as zarabatanas e as flechas envenenadas com suco de upas.

— Não vamos ficar conversando à toa aqui, amigos — disse Yanez. — Agora já temos uma ideia aproximada do local de onde vieram os disparos. Vamos até lá.

— Sem muita pressa, irmãozinho. Podem ser os daiaques e cairíamos muito depressa na emboscada deles. Vamos tomar as nossas precauções e, principalmente, precisamos tomar o maior cuidado para não fazer barulho.

— Tem razão, Sandokan — respondeu Tremal-Naik. — Esta floresta enorme se presta bem demais a uma armadilha.

Voltaram a caminhar, sempre seguindo a abertura feita pelos búfalos, mesmo porque ela levava exatamente para o local de onde haviam sido disparados os sete tiros.

Sandokan olhava para a frente, enquanto Yanez e Tremal-Naik vigiavam as duas margens da floresta, um à direita e outro à esquerda.

O silêncio voltara a reinar sob as grandes árvores. Apenas de vez em quando um urro o rompia e, mesmo assim, a grande distância.

Os três homens continuavam avançando depressa, com os olhares e ouvidos em guarda e os dedos nos gatilhos das carabinas, receando a todo instante ver surgir diante deles algum pelotão daqueles terríveis habitantes dos bosques, os sanguinários colecionadores de cabeças humanas.

Uma grande preocupação turvava o ânimo deles, embora fossem homens já há muito tempo acostumados a todas as aventuras e a todas as surpresas.

Aqueles cinco tiros de pistola, quem os teria disparado? Os daiaques certamente, não foram, pois só costumavam usar balistas, *mirims* e *lilàs*[1] instalados em seus *prahos*, armas que os habitantes das ilhas vizinhas, Java e Sumatra, já usavam havia trezentos anos.

Será que foi algum europeu perdido no meio da floresta infinita que correu em ajuda do marata?

Sandokan começou a diminuir a velocidade. Instintivamente sentia que alguma emboscada esperava por eles, talvez preparada com muita habilidade.

— Cuidado, Yanez — disse ele. — Que tal começarmos uma daquelas famosas caminhadas aéreas que enganavam tão bem os ingleses de

---

[1] Canhão de pequeno calibre.

Labuan? Ainda temos prática nessas manobras tão audaciosas, não é verdade? E eu acho que Tremal-Naik, acostumado a atravessar a selva fechada dos *Sunderbunds*, não vai ter problema nenhum para nos seguir.

— Vamos nos aventurar pelos cálamos? — perguntou o indiano.

— E atravessar a floresta sem chamar a atenção dos inimigos, caso estejam por aí.

— Não sou mais jovem, mas acho que ainda tenho bastante agilidade.

— Mas temos de ir sem pressa e sem fazer nenhum barulho.

— Eu acompanho os seus movimentos.

— Para cima, Yanez — disse Sandokan. — É o único jeito de enganar as pessoas que prepararam a armadilha. Lembre-se das nossas marchas aéreas de Labuan.

— Deixe comigo.

Naquele local, a floresta era formada na maior parte por plantas gomíferas e parasitas, entrelaçadas de modo a formar redes gigantescas que constituiriam, sem a menor dúvida, a delícia de um bando de crianças.

Sandokan, em primeiro lugar, e depois os outros dois subiram rapidamente e começaram a marcha aérea no mais profundo silêncio.

Antes de avançar davam umas batidinhas para testar a resistência dos galhos e das plantas e depois se lançavam para agarrar as mais próximas.

Alguns mugidos, vindos da mata fechada, os avisaram que haviam finalmente chegado aos búfalos migrantes.

— Será que o búfalo que raptou Kammamuri ainda está com o bando? — perguntou Sandokan a si mesmo. — O mistério está ficando cada vez mais complicado, pelo que parece.

— Se os búfalos pararam, isso quer dizer que não tem daiaques por aqui — disse Yanez.

— Mesmo assim, aqueles cinco tiros de pistola não devem ter sido disparados pelas árvores.

— São exatamente eles que estão me deixando preocupado, meu caro Sandokan.

— Vamos continuar a nossa marcha. Se os daiaques estivessem aqui, os búfalos selvagens, que são animais tremendamente desconfiados, não teriam parado.

— É exatamente o que eu acho — disse Tremal-Naik.

Sandokan agarrou um monte de lianas e voltou a avançar, deslizando de cipó em cipó.

Haviam percorrido mais cem metros quando um leve grito escapou da sua boca.

— Está aqui!...

— Quem? — perguntaram Yanez e Tremal-Naik ao mesmo tempo.

— O búfalo.

— Onde?

— Aqui, bem embaixo de nós.

— Não é possível!...

— Olhe pela abertura que a vanguarda fez. Eu não estou enxergando coisas!...

Yanez e Tremal-Naik se inclinaram no meio de um festão de cálamos muito resistentes e avistaram, de fato, um enorme volume escuro esparramado perto de um grupo de plantas gomíferas,

— Será que é o mesmo animal que carregou Kammamuri? — perguntou o português.

— Tenho certeza que sim — respondeu Sandokan.

— Será que foi Kammamuri que o matou?

— Acho que sim — disse Tremal-Naik. — As balas de carabina produzem ferimentos bem mais profundos do que as de pistola, e nós, gente de guerra, sabemos muito bem disso. Vamos descer? — perguntou ele.

Sandokan estava prestes a responder, mas se deteve e pôs uma mão no ombro do indiano, sussurrando rapidamente:

— Parado!... Não se mexa!...

— O que foi agora? — perguntou Yanez em voz baixa.

— Olhe como fizemos bem em vir pelas árvores. Estão chegando.

— Quem?

— Exploradores daiaques. Ninguém se mexe ou atira sem uma ordem minha.

Duas sombras humanas estavam avançando, quase rastejando, sob aqueles gigantescos montes de plantas, deslizando pelas raízes que serpenteavam como cobras imensas pelo solo.

Não era preciso muito para reconhecê-los como filhos da floresta, como dois daqueles terríveis colecionadores de cabeças humanas, pois estavam quase totalmente nus e armados com longos tubos de bambu chamados *sumpitans* que, com um simples sopro, lançam flechas envenenadas com upas.

Estavam andando com infinitas precauções, fazendo uma pausa de vez em quando para encostar a orelha no chão e poder ouvir melhor os ruídos mais fracos.

Pararam de novo sob os cálamos e nepentes que ocultavam os três aventureiros, talvez para descansar um pouco.

— Nada ainda!... — exclamou um dos dois, batendo raivosamente no chão com a zarabatana, que era munida de um ferro de lança na extremidade superior. — Mesmo assim, eles têm de passar por aqui.

— Contanto que já não tenham passado — respondeu o outro. — São três?

— São, porque um nós já capturamos.

— Será que seguiram a marcha dos búfalos selvagens?

— Por que motivo?

— Para tentar conseguir carne.

— Nós não ouvimos mais nenhum tiro de fuzil.

— Vamos desviar para o rio. O objetivo deles deve ser a ilhota na qual o resto dos homens se refugiou. Em algum lugar vamos conseguir pegá-los de surpresa e atingi-los com as nossas flechas.

— Mas trate de poupar o homem branco.

— Já me avisaram. Não vamos perder mais tempo.

Depois de olharem para a direita e para a esquerda, os dois daiaques voltaram a entrar na floresta, indo para fora da abertura feita pelos búfalos selvagens.

— Ele foi preso!... — exclamou Tremal-Naik, quando acabou todo o barulho. — Meu pobre Kammamuri!...

— Bem que eu tinha imaginado — disse Yanez.

— O que nós vamos fazer agora?

— O quê? E você ainda pergunta? — respondeu o Tigre da Malásia com espanto. — Já que nossos homens continuam na ilhota, vamos nos ocupar do seu fidelíssimo servo, meu caro Tremal-Naik. Nós não temos o hábito de abandonar os amigos.

— Para onde será que o levaram?

— Esses dois daiaques deixaram pistas. Vamos segui-las e ver onde elas vão parar. Agora temos de descer e ver do que morreu esse búfalo. Antes de tudo, quero esclarecer o mistério daqueles cinco tiros de pistola.

— Eu também — disse Yanez.

Ficaram durante mais alguns instantes à escuta e, em seguida, tranquilizados pelo profundo silêncio que reinava na imensa floresta, deslizaram ao longo dos cálamos, chegando sem problemas ao chão.

O búfalo jazia sobre o lado direito, meio apoiado em um grupo de plantas. Estava com a língua para fora, e um filete de sangue escorria pela sua boca.

— Deve ser este mesmo — disse Yanez. — Todo preto com uma mancha branca nas costas.

— Vamos ver os ferimentos — respondeu Sandokan. — Dois, quatro, cinco buracos, e todos no lado esquerdo, um perto do outro. Esses ferimentos foram produzidos por balas redondas de pistola, e não por projéteis cônicos de carabina. Quem será que o matou? Esse é o mistério.

— E não tem ferimentos produzidos pela carabina de Kammamuri? — perguntou Tremal-Naik.

— Não vi nenhum.

— Então em quem ele atirou?

— Provavelmente nos daiaques que estavam tentando capturá-lo.

— Mas não estou vendo nenhum morto.

— Ah! Esses selvagens têm o costume de levar os mortos embora para sepultá-los nas *kottas* — respondeu Yanez.

— Será que decapitaram o meu pobre servo?

— Acho que não, Tremal-Naik — disse Sandokan, que parecia estar refletindo intensamente. — Sabem o que eu estou achando neste momento, meus caros amigos?

— O quê? — perguntaram o português e o indiano ao mesmo tempo.

— Que deve ter um homem branco com os daiaques.

— Isso é impossível!... — exclamou Yanez.

— E por quê, irmãozinho? Ouvi dizer que o rajá do lago tem dois filhos. Um deles pode ter vindo para cá para impedir a tempo o nosso avanço. Vamos seguir a pista desses dois espiões para ver aonde vai dar. Não sairemos dela enquanto não descobrirmos o que aconteceu ao nosso bravo Kammamuri.

— E os nossos homens? — perguntou Tremal-Naik.

— Enquanto não nos virem chegando não vão sair da ilhota, eu garanto — respondeu o Tigre da Malásia. — Eles têm armas e munição. Vão saber se defender muito bem. Agora, em marcha!...

11. O reaparecimento do grego

COMO DITO, KAMMAMURI FOI atirado para o ar pelo choque terrível da vanguarda dos búfalos, sem ter tido a mesma sorte dos companheiros de conseguir se manter agarrado às lianas e nepentes.

Passando através de um grande buraco na rede vegetal, caíra de uma altura de cerca de doze metros, depois de umas duas cambalhotas, felizmente montando em um belo animal.

Sem perder o sangue-frio, e percebendo que dificilmente sairia vivo se fosse derrubado no chão, agarrou depressa os chifres com toda energia.

Acreditando que certamente fora atacado por algum tigre ou pantera-negra, o animal disparou numa corrida precipitada, mugindo desesperadamente e seguido por toda a vanguarda.

Aquela fuga seria, pelo menos por enquanto, a salvação do indiano. Com a carabina a tiracolo e a munição segura, ele se estendeu no largo dorso do búfalo, deixando-se transportar naquela corrida desenfreada.

O animal galopava furiosamente, derrubando com um ímpeto irresistível os arbustos que impediam a sua passagem e fazendo saltar de uma só vez cipós e nepentes.

Violentamente arrancados, os galhos açoitavam com crueldade o pobre indiano, mas aquele corajoso homem evitava ao máximo abandonar aquela estranha cavalgadura para não despedaçar o crânio nas árvores da floresta.

Um salto com aquela velocidade seria certamente fatal.

— Ele vai acabar se cansando de correr — murmurava o indiano. — Não é possível que tenha uma máquina a vapor na barriga.

A vanguarda já ficara para trás, e talvez houvesse se desviado, abandonando o companheiro à própria sorte.

Kammamuri não estava mais ouvindo os mugidos de todos aqueles animais a galope. Ouvia apenas os galhos e arbustos sendo quebrados ao serem derrubados, ou melhor, quase estraçalhados pelo animal furioso.

Aquela correria já estava durando mais de meia hora, cada vez mais animada, e Kammamuri, espantado, começava a se perguntar aonde ela iria acabar e como seria possível detê-la, quando o búfalo se atirou em uma grande bacia de água que formava uma espécie de pântano, talvez unida ao Marudu ou a algum canal.

— Para onde este bicho infernal está querendo me levar? — perguntou o indiano a si mesmo. — Se eu não acabar com ele com dois tiros de carabina, sabe-se lá onde vou acabar quebrando o pescoço.

Estava prestes a pegar o fuzil quando viu que o búfalo começara a nadar.

— Oh!... — murmurou. — Aqui é muito fundo, e pode ter areia movediça também. É melhor eu esperar até ele sair.

O búfalo avançava rapidamente, revigorado por aquele banho. Mas continuava dominado por uma forte agitação e de tempos em tempos sacudia as costas para tentar se livrar daquele cavaleiro, embora não tivesse recebido nenhum ferimento de garras até então.

De súbito, Kammamuri viu o animal parar e dar um longo mugido.

— Será que ele está se afogando? — perguntou a si mesmo.

Levantou a cabeça, olhando em volta com alguma ansiedade, pois lhe viera à cabeça a suspeita de que pudesse haver naquele pântano os vorazes gaviais que conhecera no Marudu, o que não era improvável, pois aqueles parentes dos crocodilos africanos costumam habitar até mesmo lagoas lamacentas, além dos grandes rios.

Mas logo se tranquilizou, pois não viu aparecer nenhum daqueles focinhos finos e compridos armados com dentes aterrorizantes.

— Mesmo assim, este búfalo deve ter farejado algum perigo — murmurou ele. — Desde que me leve até a terra e depois se vá com Xiva ou Vixnu, para mim tanto faz.

O animal de fato não parecia tranquilo. Ora se aventurava, nadando furiosamente, com a cabeça erguida para não engolir a água lamacenta do pequeno pântano, ora, ao contrário, parava de súbito, dando coices para todos os lados e mugidos cada vez mais roucos.

De tempos em tempos algumas manchas de sangue subiam à superfície ao lado dos flancos do pobre animal, tingindo a água de um rosa pálido.

— Agora eu entendi — disse de repente Kammamuri, tomando muito cuidado para não deixar as pernas penduradas. — São as sanguessugas que estão atormentando este animal. Vamos, cavalinho, continue andando se quiser salvar a pele. Eu não posso fazer nada para aliviar as suas dores. Vamos, vamos depressa para a terra.

Retirou o *tarwar* do cinto e espicaçou o animal perto das orelhas.

O búfalo sacudiu a cabeçorra, deu um mugido rouco e acelerou a corrida, ou melhor, o nado.

Cinco minutos depois, chegou à margem oposta e voltou a correr desesperadamente pela floresta.

Dos seus flancos ensanguentados caíam aos montes enormes sanguessugas, que imediatamente iam se esconder no meio do mato alto, à espera de uma nova presa, pois os espécimes de Bornéu estão acostumados a viver tanto no fundo dos pântanos como nas florestas.

Revigorado por aquele longo banho, o búfalo retomara aquela corrida endiabrada, como se suas forças houvessem aumentado extraordinariamente, apesar da sangria sofrida.

Encontrando diante de si uma trilha, provavelmente aberta por algum rinoceronte ou elefante, deslizou por ela com a velocidade de uma tromba-d'água.

Aquele galope já durava vinte minutos quando Kammamuri, que estava prestes a tirar a carabina para fulminar aquele terrível corredor que não dava sinais de parar, ouviu uma voz gritar em puríssima língua indiana:

— Alto!...

Virou rapidamente para trás e viu diversos indivíduos saindo da floresta armados de *kampilangs*, zarabatanas e *parangs*.

— Os daiaques!... — gritou ele.

Já estava com a carabina nas mãos. Apontou depressa para aqueles selvagens que corriam ululando e atirou, sem sequer mirar direito.

Ouviu dois gritos e em seguida cinco disparos, um após o outro.

Crivado de balas, o búfalo selvagem empinou de repente e depois caiu de lado, batendo a cabeça em uma grande árvore.

Atirado para o ar, Kammamuri deu duas cambalhotas para a frente e finalmente caiu no chão, desacordado.

Quando o pobre marata voltou a si, não estava mais ao lado do búfalo.

Sete ou oito homens o carregavam em uma espécie de maca feita de galhos e gravetos de árvore entrelaçados.

Estava com os braços e as pernas fortemente amarrados com cordas vegetais e em volta do corpo uma espécie de rede de fibra de coco o envolvia totalmente, impedindo que ele fizesse o menor movi-mento.

Atrás do palanquim vinham trotando uns trinta daiaques, usando enormes brincos de galhos presos nas orelhas e saiotes de tecido turquesa nos quadris.

Todos eles estavam armados com zarabatanas e *parangs* pesadíssimos, com a ponta em forma de calha.

Kammamuri conhecia muito bem a língua daqueles selvagens. Permaneceu por muito tempo em Kabatuan junto com Tremal-Naik, que desenvolvera naquele local uma fazenda grandiosa, mais tarde destruída por aqueles ferozes filhos das florestas. Levantou a cabeça e perguntou a um dos carregadores da maca:

— Para onde vocês estão me levando?

O daiaque sacudiu a cabeça, esboçou um sorriso, mas não respondeu à pergunta.

— Você é surdo? — berrou Kammamuri exasperado. — Eu perguntei para onde vocês estão me levando.

— Pergunte ao *orang-kaja* (senhor) — respondeu o selvagem.

— E quem é esse senhor?

— Um homem branco.

— O rajá do lago?

— Não. Esse aí está muito velho para se mexer.

— Onde está esse *orang-kaja*?

— Vem vindo com a retaguarda.

— Vá chamá-lo.

— Estamos com muita pressa agora — respondeu o selvagem.

— E eu vou ter de ficar assim durante muito tempo?

— Não sei de nada.

— Você é um estúpido.

— Vá dizer isso ao *orang-kaja*.

— Deve ser um orangotango, isso sim. Os seus chefes são muito parecidos com os *maias*.

O daiaque deu de ombros e não respondeu.

Na realidade, Kammamuri estava mentindo, pois os daiaques são os homens mais bonitos e bem-feitos de corpo de todos os que habitam as grandes ilhas do arquipélago malaio.

De estatura alta, feições belíssimas, formas quase sempre hercúleas, cor levemente bronzeada, têm enorme vantagem sobre os malaios, *bughisos*, macaenses e, principalmente, sobre os negritos e *etas*.

Os selvagens aceleravam cada vez mais a corrida, entrando na grande floresta. Parecia que estavam se mantendo longe do rio; pelo menos era o que supunha o prisioneiro.

Estava começando a amanhecer quando chegaram diante de uma pequena aldeia fortificada, uma *kotta*, cercada por altíssimas paliçadas e defendida por fossos profundos cheios de sarmentos espinhosos, obstáculos quase intransponíveis para as pessoas que têm o péssimo hábito de andar descalças.

Passaram por uma ponte volante jogada sobre uma daquelas perigosas aberturas e entraram na fortaleza, sempre correndo, parando diante de uma grande cabana erguida em uma ampla praça circundada de habitações menores.

Tiraram a rede de Kammamuri, desamarraram as cordas que prendiam suas pernas e o empurraram com brutalidade para dentro da casa, berrando nos ouvidos dele:

— Ande logo, seu vagabundo!... Carregamos bastante você, mas daqui a pouco a sua cabeça vai fazer uma bela figura na nossa coleção.

— Que Antu e Buan[1] levem todos vocês para o inferno — respondeu o pobre indiano.

A cabana estava quase vazia, tendo no interior apenas algumas esteiras multicoloridas e alguns vasos, mas Kammamuri avistou imediatamente, não sem uma grande angústia, uma espécie de palco, no qual três ou quatro dúzias de cabeças humanas habilmente dessecadas formavam uma exibição macabra.

— Que beleza de lugar — disse ele. — Será que só estão tentando me assustar ou a minha cabeça mais cedo ou mais tarde vai fazer companhia a esses crânios?... Como se trata da cabeça de um indiano, certamente iria provocar furor e deixar as outras tribos morrendo de inveja.

Estava contemplando aquela coleção sinistra quando ouviu atrás de si uma voz dizendo em língua puramente assamesa:

[1] Gênios do mal dos daiaques. (Nota de Salgari.)

— Podemos acertar as nossas contas, senhor secretário do generalíssimo do Assam? Você deve estar meio espantado por me encontrar aqui.

Realmente, Kammamuri deu um enorme salto para trás, reconhecendo-o no mesmo instante.

— Por Xiva!... — exclamou ele, ficando cinzento, ou seja, muito pálido. — O favorito do antigo rajá do Assam!...

— Isso mesmo, o grego Teotokris!

O estupor de Kammamuri foi tão grande que durante alguns minutos não foi capaz de articular uma única palavra.

O grego estava olhando para ele. Sorrindo com ironia, feliz com o espanto que transparecia nas feições alteradas do marata, mantendo as mãos na coronha de duas pistolas fantásticas, marchetadas de madrepérola, de cano duplo, que apareciam na alta faixa vermelha.

— O senhor!... — exclamou ele finalmente, com voz estrangulada.

— Ficou espantado por me encontrar em Bornéu?

— Como chegou até aqui?

— Esse é um segredo que só pertence a mim.

— Será que estou sonhando?

— Acho que não, porque eu sou realmente o grego Teotokris, o antigo favorito do rajá do Assam.

— Mas ainda acho que estou sonhando.

— Vamos ver isso daqui a pouco.

— O que o senhor quer dizer com isso?

Em vez de responder, o grego foi até um canto da cabana, pegou um enorme casco de tartaruga, virou-o de cabeça para baixo, sentou em cima e disse:

— Agora podemos conversar, senhor secretário do generalíssimo do Assam. O senhor também quer uma cadeira?

— Não precisa — respondeu o marata.

— Onde é que deixou o seu patrão e senhor?

— Na foz do rio.

— Não comece com mentiras, senhor secretário — disse o grego, sempre irônico. — Embora seja verdade que a sua barcaça a vapor conseguiu escapar do ataque dos meus daiaques e que a corrente a levou, mesmo assim eu não acredito que ela tenha chegado ao fim do Marudu. Eu não o teria encontrado aqui, em plena floresta, senhor secretário do generalíssimo.

Kammamuri olhou para o grego, que continuava sorrindo ironicamente, e depois disse com voz irada:

— Parece que está gostando bastante de brincar, não é verdade, senhor Teotokris?

— Por acaso eu não era o favorito daquele infeliz rajá que gostava tanto de pessoas alegres? Mas não tente desviar a conversa, senhor secretário do generalíssimo. Eu perguntei onde está o seu patrão.

— Precisa muito saber disso?

— Hum!... eu não estou nem um pouco preocupado com ele. É o outro que me interessa.

— Qual?

— O novo rajá, aquele português canalha, aquele aventureiro miserável que quis entrar em luta comigo. Aquele cachorro ainda não conhece direito os gregos do Arquipélago, e não tem ideia do quanto eles são vingativos. Podem morrer, mas antes disso sempre deixam uma lembrança terrível.

— O senhor o chamou de aventureiro miserável, me parece — disse Kammamuri, que aos poucos ia recuperando o sangue-frio. — Então o senhor ignora completamente a força que aquele homem possui, e quantas batalhas ele já travou junto com seu companheiro, tanto aqui como na Índia.

— Ah!... Afinal está querendo falar, senhor secretário do generalíssimo, daquele que se faz chamar pomposamente de Tigre da Malásia? Também pretendo acertar as contas com aquele canalha, não tenha dúvidas.

— Se aqueles dois bravos homens estivessem aqui, o senhor não se atreveria a falar desse jeito.

— Oh!... Não tenho medo daqueles dois aventureiros.

— Mas teve, no dia em que o senhor Yanez enfiou mais de cinco centímetros de lâmina no seu peito — respondeu Kammamuri. — Ainda se lembra disso, senhor Teotokris?

Nos olhos do vingativo filho do Arquipélago grego passou como que uma chama sinistra e suas feições se alteraram assustadoramente.

Com um gesto rápido, ele abriu a jaqueta, rasgou a camisa com raiva e pôs o peito a descoberto.

— Aqui está a cicatriz — disse depois, com a voz estrangulada pela ira, mostrando um sinal esbranquiçado que se destacava estranhamente na pele morena do pescador de esponjas. — Ela só vai desaparecer com a minha morte, mas com a minha morte deverá desaparecer também o homem que a fez.

— Isso vai ser meio difícil — respondeu Kammamuri. — O senhor Yanez e o Tigre da Malásia são homens capazes de derrubar o mundo.

O grego explodiu em uma risada.

— Ah! Acredita mesmo nisso, senhor secretário do generalíssimo?

— Pode me chamar apenas de Kammamuri — respondeu o marata, melindrado com aquela ironia constante. — E pode deixar de lado o senhor também, porque todo mundo sempre me tratou por você, já que eu nunca fui um rajá, nem do Assam, nem de Bengala, e muito menos das grandes ilhas malaias.

— Tem razão. Assim podemos falar mais depressa. Essas patetadas às vezes atrapalham uma boa conversa.

Tirou de um bolso uma magnífica cigarreira de ouro com iniciais de brilhantes e esmeraldas, certamente um presente do antigo rajá do Assam, pegou um cigarro e o acendeu com toda calma.

— Vamos conversar — disse ele em seguida, soprando no ar uma baforada de fumaça perfumada.

— Nós já estamos tagarelando aqui há meia hora, senhor Teotokris, sem chegar a lugar nenhum.

— Porque você não quis — respondeu o grego. — Além disso, não estou com a menor pressa.

— Mas o que o senhor quer de mim, afinal?

— Saber onde está escondido o novo rajá do Assam e por que motivo ele saiu do reino e veio se embrenhar nestas florestas.

— Mas se o senhor já sabe que ele está justamente nestas selvas.

— Isso não é suficiente — disse o grego. — Quero saber onde eles se refugiaram. Já sei que são apenas três.

— Que valem por trezentos.

— Mesmo que valessem por três mil, isso não me interessa nem um pouco, porque com um pequeno sinal eu posso movimentar até dez mil daiaques.

— E quem vai fornecê-los? — perguntou Kammamuri ironicamente.

— O rajá branco do lago de Kini Balù.

— O senhor foi nomeado generalíssimo dele?

— Pode ser — respondeu Teotokris. — Mas isso na realidade não lhe diz respeito. Hoje eu sou o mais forte, e isso basta.

— Ei!... O senhor poderia estar enganado. O rajá do Assam, o meu patrão e o Tigre da Malásia também têm um bom número de guerreiros, que não estão nem aí para os seus famosos daiaques.

— Eles que saiam da ilhota, se forem capazes!... Mais dia, menos dia, a fome vai obrigá-los a ir para uma margem ou para a outra, e lá encontrarão o seu túmulo.

— O senhor está correndo um pouco depressa demais, senhor Teotokris. O rio está cheio de gaviais e tartarugas, por isso eles não vão morrer de fome, eu garanto. E eu garanto também que aqueles homens são capazes de sobreviver à base de folhas de árvores.

— Mas quem são vocês, afinal? — berrou o grego furioso.

— Homens capazes de tudo.

— Pela minha morte!... Vamos ver se na cabana aérea você vai conseguir sobreviver à base das folhas que cobrem o telhado!...

— Vou tentar, embora eu saiba o que o senhor está querendo dizer, senhor ex-favorito do rajá do Assam.

— Com mil demônios do inferno!... Agora parece que é você que está querendo brincar e rir de mim.

— Eu?... — fez Kammamuri. — Claro que não, senhor. Sou um pobre servo e nada além disso. Não tenho o hábito de brincar com pesos-pesados, sejam eles indianos ou europeus.

— Você quer parar com isso? — urrou o grego.

— Com o quê, senhor Teotokris?

— Ficar mudando de assunto.

— Não sei o que o senhor quer dizer com isso.

— Pela morte de todos os rinocerontes da terra, eu quero saber onde está o rajá do Assam.

— Pergunte ao búfalo que me carregou. Como eu vou saber para onde ele me levou? Eu estava no alto de uma planta, caí montado em uma fera que estava derrubando a floresta a chifradas e acabei chegando não sei aonde.

— E os seus companheiros?

— Tomaram mais cuidado do que eu para não cair — respondeu Kammamuri. — Foram bem mais espertos, meu senhor. Não estou contando mentiras.

— Acredito, porque fui eu que matei o búfalo selvagem junto com Nasumbata. Ele caiu como uma fruta madura sob os tiros das nossas pistolas. Eu ficaria mais do que satisfeito se pudesse trazê-lo para cá para tirar uma boa costeleta para a minha próxima refeição. Mas vai ser outra pessoa que irá comê-lo e depois cair na armadilha.

— Quem? — perguntou Kammamuri.

— Calma, meu rapazinho. Os gregos do Arquipélago não costumam revelar todos os seus pensamentos ao primeiro indivíduo que cai em suas mãos. Então você não sabe onde se refugiou o rajá do Assam e os seus companheiros?

— Não. Eu já disse.

Teotokris jogou o toco do cigarro no chão, acendeu outro e depois de um breve silêncio voltou a falar.

— Você está se achando muito forte, mas não é verdade, não é. Daqui a três ou quatro dias vamos nos ver de novo, meu querido amigo. Mas já vou avisando que as folhas de bananeira e de palmeiras-de-leque que cobrem o telhado da cabana aérea são meio duras para os seus dentes.

Bateu palmas e quatro daiaques, que provavelmente estavam do lado de fora à espera de um chamado, entraram empunhando terríveis *parangs* de aço natural que brilhavam como espelho.

O grego fez apenas um gesto.

Os quatro guerreiros agarraram brutalmente o pobre Kammamuri e o empurraram para fora, dando gritos ameaçadores.

— Mas vocês não são nada gentis, espécies de marabus!... — disse o indiano, tentando se soltar.

Foi agarrado, jogado na maca, enrolado novamente na rede e levado para fora da *kotta* entre os gritos violentos das mulheres e crianças que entulhavam as ruas da pequena fortaleza.

— Será que aquele cachorro do grego mandou que cortassem a minha cabeça? — pensou Kammamuri. — Espero que não esteja tão bravo assim comigo, já que o meu único erro é ser o servo do meu patrão.

Quatro daiaques carregaram a maca, seguidos por mais dois que mantinham sobre os ombros dois forcados de cabo bem comprido que terminavam em uma espécie de "V", feitos de cipó e de galhos espinhosos.

Tratava-se do *brandil*, aquele forcado terrível que é colocado no pescoço dos prisioneiros ou dos loucos para impedir que façam o menor movimento.

Em todas as grandes ilhas da Malásia, há grande abundância de loucos que, frequentemente, abusam do ópio, o que desencadeia naqueles infelizes uma verdadeira fúria sanguinária, chamada de *amoc*. Para mantê-los sob controle, os indígenas inventaram aquele estranho tipo de forca, que acalma imediatamente os insanos, dilacerando o pescoço deles.

A tosca maca contornou as paliçadas da *kotta* e parou diante de uma estranha construção, que bem poderia ser chamada de observatório ou, no mínimo, de casa aérea.

Sobre uma fileira tripla de bambus, com mais de quinze metros de comprimento, entrelaçados e amarrados com cipós e solidamente plantados no solo, se erguia uma cabaninha construída de esteiras e folhas de bananeiras, com o telhado muito proeminente.

Cacatuas de topete vermelho e rosado berravam sobre os bastões plantados nos quatro cantos da cabaninha, presas, talvez, por cipós muito resistentes.

Um daiaque libertou Kammamuri da rede, desamarrou-lhe os braços e depois disse secamente:

— Suba.

— Para onde? — perguntou o marata aturdido.

— Para o alto.

— Para aquela gaiola?

— É, obedeça.

— Não sou um macaco.

— Tanto faz. Foi a ordem dada.

— E o que eu vou fazer lá em cima?

— Não sei.

— Domesticar aquelas cacatuas, talvez?

— Não tenho nada que ver com isso.

— Então eu vou ter de subir?

— E rápido, se não quiser que a gente teste os nossos *brandis* no seu pescoço.

— Pelo menos me diga onde está a escada, porque eu não estou vendo nada parecido com uma.

O selvagem mostrou dois bambus muito grossos e longos, marcados por entalhes profundos a uma distância de dois palmos uns dos outros.

— Entendi — disse Kammamuri. — Estes selvagens adoram fazer a ginástica dos orangotangos. Vamos ver o que tem naquela gaiola. Pelo menos a vista deve ser muito interessante.

O marata agarrou o bambu e começou a subir, enquanto os daiaques o acompanhavam com o olhar, agitando seus reluzentes *parangs-ilangs* e os *brandis* de modo pouco tranquilizador.

Talvez estivessem aborrecidos por não terem podido cortar aquela cabeça que, por ser muito diferente da cor amarelada dos seus compatriotas, certamente não deixaria de fazer um belo contraste na coleção deles.

Em menos de dois minutos Kammamuri chegou a uma espécie de plataforma que se estendia sob a cabana aérea, construída com bambus finos fortemente entrelaçados que serviam de piso. Depois, com um salto, alcançou a pequena varanda que contornava aquela estranha construção.

— Mas que espécie de prisão é esta? — perguntou a si mesmo. — Morei durante dois anos nas margens do Kabatuan com o meu patrão, mas nunca vi essas gaiolas suspensas entre o céu e a terra.

Deu um giro pela varanda e ao ver uma pequena porta entrou, não sem alguma apreensão.

O piso da cabana aérea estava coberto de folhas secas que formavam verdadeiros montículos. Não havia absolutamente nenhum móvel, nem sequer um vaso de argila para guardar água.

— Será que aquele canalha do grego está mesmo querendo me fazer morrer de fome e sede? — perguntou o infeliz, estremecendo.

Deu alguns passos à frente quando viu um dos montículos se levantando e um homem de pele quase negra apareceu, dizendo em língua daiaque meio deformada:

— *Tuan uropa?*

Todos os selvagens das grandes ilhas malaias designam os homens que não pertencem à sua própria raça por esse nome.

Kammamuri não respondeu. Estava olhando atentamente para aquele homem, que parecia ter acordado naquele momento, perguntando-se com que tipo de indivíduo estava lidando.

Não devia ser um daiaque porque, em lugar de ter uma estatura alta, era muito baixo, com um metro e meio no máximo, e em vez da pele amarelada, a sua era escuríssima.

Além disso, as feições também eram completamente diferentes. Tinha uma cabeça grande, enfaixada com ataduras ensanguentadas que deixavam entrever aqui e ali cachos de cabelo preto e crespo, nariz curto com narinas largas, boca grande de lábios grossos, sem ser proeminentes, queixo pequeno, olhos rasgados e bem abertos e o corpo delgado com ombros muito encurvados.

Não era preciso grandes conhecimentos das raças malaias para reconhecer naquele homenzinho feio um daqueles selvagens que vivem no interior das grandes ilhas malaias, no meio das florestas mais fechadas, chamados normalmente de negritos ou negritos *eta*.

Seja pelo tipo físico, seja pelos hábitos, eles são completamente diferentes dos *batiassos* de Sumatra, dos tagalos das Filipinas, dos daiaques de Bornéu e dos malaios, no entanto, sua raça é muito difundida, porque podem ser encontrados até na África meridional e central, bem como nas ilhas Andamanas, que ficam tão perto da Índia.

Como será que esses pigmeus, que não se parecem com nenhuma outra raça, se dispersaram pelo mundo? Mistério. Nenhum cientista até agora foi capaz de explicar como eles podem ser encontrados ao mesmo tempo nas grandes ilhas malaias e no continente negro, que fica tão longe.

Como foi dito, Kammamuri não respondeu logo, tão surpreso ficou ao encontrar na gaiola aérea aquele estranho personagem surgindo de um daqueles montes de folhas secas.

— Não *tuan uropa*? — perguntou o negrito, vendo que o indiano não se decidia a abrir a boca.

— Nada *uropa* — disse Kammamuri. — O que você está fazendo aqui?

— Esperando até ficar curado — disse o negrito, que parecia não ter muita dificuldade em responder na língua daiaque.

— Para poder ir embora?

O negrito fez uma careta horrorosa, tilintando raivosamente os anéis de cobre que enfeitavam seus braços magros.

— Quebraram a minha cabeça com um golpe de *parang-ilang* — disse ele depois. — Uma cabeça quebrada não vai fazer uma figura bonita no palco do chefe dos daiaques. Quando eu sarar, vão me decapitar.

— Quem?

— Os daiaques.

— Ah!... Canalhas!... — gritou Kammamuri. — Nunca pensei que a ferocidade deles chegasse a esse ponto. Onde você foi capturado?

A cabana aérea.

— Na floresta, enquanto estava seguindo uma anta.

— Quando?

O selvagem abriu as mãos, contou os dedos várias vezes, depois sacudiu a cabeça, como se quisesse renunciar àquele cálculo difícil demais para as raças primitivas.

— Não sei — disse ele finalmente.

— Esses imbecis não têm a menor noção de tempo — pensou Kammamuri. — Por outro lado, isso não me interessa nem um pouco.

Deu uma volta na cabaninha e em seguida, virando-se para o negrito, que o acompanhava atentamente com o olhar, perguntou:

— Eles sempre trazem alguma coisa para você comer?

— Não.

— E para beber?

— Nunca.

— E você conseguiu resistir sabe-se lá por quantos dias?

O negrito deu de ombros e não respondeu.

— Agora eu entendi — disse Kammamuri. — O grego não estava brincando quando me falou para devorar as folhas que cobrem o telhado da cabana. Por Xiva, Brahma e Vixnu! Eu vi cacatuas apoiadas nas vigas. Pelo menos por alguns dias a refeição está garantida. E o patrão? E o senhor Yanez? E o Tigre da Malásia? O que vão pensar que aconteceu comigo? Pela morte de Kali, eu não quero morrer de fome e sede neste pombal. Este macaquinho não parece ser estúpido. Eu pretendo salvar a minha pele, e ele também deve estar querendo pôr a sua cabeça a salvo, por isso vai me ajudar. Só precisamos descer, uma coisa facílima quando os guardas estiverem dormindo, se é que eles dormem.

Voltou a sair, enquanto o negrito começou a arrancar das paredes das cabanas as fibras de coco de que eram feitas as esteiras, de uma resistência a toda prova.

Na *kotta* alguns indígenas e muitas mulheres acompanhadas de grupos de crianças iam e vinham pelos estreitos caminhos da aldeia. Do outro lado, a uma distância de quinhentos ou seiscentos metros, serpenteava o rio, interrompido de tempos em tempos por ilhotas arborizadas.

Kammamuri olhou para baixo da cabana aérea e avistou quatro guerreiros sentados no chão, em volta de uma gigantesca caçarola circundada por alguns tições.

— Parece que estão fazendo a guarda direito — murmurou o marata. — Será que esses bandidos são piores do que os tugues dos *Sunderbunds*? Ah... Isso é o que nós vamos ver. Enquanto isso, preciso pensar na refeição. Já faz horas que eu comi e quem sabe quantos dias esse pobre selvagem está aqui olhando para o sol e para a lua.

Contornou novamente a pequena varanda e depois, encontrando um bambu mais alto do que os outros, que se estendia acima do telhado, começou a subir.

Sobre os bastões plantados nas folhas secas de bananeiras que formavam o teto, estavam apoiadas oito maravilhosas cacatuas de penas alvíssimas e topete ou amarelo-alaranjado ou delicadamente rosado, presas por cipós finíssimos.

— Será que são divindades? — perguntou o marata a si mesmo. — Bah, elas podem ser dispensadas. Vão ficar bem melhor nos nossos estômagos. Grego cachorro!... Não vou comer as folhas secas do telhado! Não vai dar para fazer um assado, mas durante alguns dias não vou passar fome como você estava esperando.

12. Uma fuga milagrosa

ESCALOU A CABANA ATÉ O telhado, correndo o risco de dar uma terrível cambalhota, se manteve bem firme nas travessas e amarras das grandes folhas de palmeiras-de-leque e de bananeiras amontoadas em camadas, e conseguiu chegar perto dos pássaros.

— Meus caros — disse ele —, sinto muito por vocês, mas a fome não raciocina e, além disso, vocês foram criados para encher as nossas barrigas.

As cacatuas protestaram veementemente, agitando as asas e tentando bicar o faminto.

Mas o marata não era homem de se assustar com tão pouco. Esticou as mãos, agarrou o pássaro maior e o estrangulou.

— Vai ser suficiente por hoje — disse ele depois, recuando com cuidado. — Não vamos comer de uma só vez todas as nossas reservas. E depois, o selvagem que está me fazendo companhia pode se contentar com a cabeça e as tripas, já que não foi ele que correu o risco de quebrar o pescoço.

Chegando à beira do telhado, pulou com suavidade para a pequena varanda, mantendo bem seguro o pobre pássaro.

Estava prestes a entrar na cabaninha quando ouviu golpes sonoros que vinham do solo e repercutiam nos bambus entrelaçados que formavam o arrimo.

Kammamuri se inclinou sobre o pequeno parapeito da varanda e viu os quatro daiaques de guarda cortando as duas longuíssimas varas que serviam de escada com fortes golpes de *parangs*.

— Estão tirando os nossos meios de descida — murmurou ele, fazendo uma careta. — Dá para perceber que o grego pretende me manter aqui em cima até a morte me levar para o *cailasson* de Xiva. Mas esses daiaques são uns estúpidos. Sempre vai ser possível descer, deslizando pelos bambus e pulando de uma trave para outra. Sem dúvida vai ser uma ginástica perigosíssima, mas, assim que chegar a hora, eu vou tentar sem pensar duas vezes. É absolutamente necessário que eu volte até os meus patrões para avisá-los da presença desse maldito grego.

Entrou então na cabaninha e ficou meio surpreso ao ver o negrito tirando pequenos insetos esbranquiçados da fissura de um grande bambu que servia, por assim dizer, de viga mestra da casa, e comê-los com um apetite invejável.

— O que você está fazendo? — perguntou ele.

— A minha refeição — respondeu o selvagem, rindo.

— O que você está comendo?

— *Laron*.

O marata não conseguiu segurar uma gargalhada.

— São essas larvas que você anda comendo?

— Os quatro bambus grandes estão cheios.

— Mas como é que esses cupins foram pôr os ovos aí dentro dessas vigas?

— Quem disse que foram os cupins? — perguntou o negrito.

— Quem você acha que foram então?

— Os daiaques.

— Para você não ficar sem ter o que comer?

— As larvas crescem depressa e, quando estão grandes, devoram homens e animais vivos. Certamente puseram ali dentro para que arrancassem a minha carne e eles conseguissem o meu crânio perfeitamente limpo sem muito trabalho.

— Ah!... Que canalhas!... — gritou Kammamuri.

— Mas eu não vou deixar que elas cresçam — acrescentou o negrito que, enquanto falava, não parava de engolir punhados de larvas. — Já que eu descobri, vou comer tudo. Quer um pouco, *orang*?

— Prefiro o meu pássaro — respondeu o marata, fazendo um gesto de repugnância.

— E eu, os meus *larons* — respondeu o negrito.

Os *larons*, que, como foi dito, não passam de larvas de cupins, constituem para os malaios e daiaques um prato excelente, e esses dois povos consomem a iguaria em enormes quantidades.

Para eles é como um arroz comido quase sempre cru. Algumas vezes, contudo, temperam com uma mistura de camarões salgados e moídos.

Enquanto o negrito armado com um pedaço de pau forçava as fissuras dos grandes bambus, preparados com antecedência pelos daiaques, e fazia que caíssem montes de larvas em uma folha, Kammamuri começou a depenar a cacatua, que era bem gorda. Ah! Se pudesse acender uma fogueira, que bela refeição ele teria feito! Infelizmente não estava nem com o estopim nem com a mecha. E, além disso, não teria tido coragem de se expor a um perigo tão grande.

Uma única fagulha seria suficiente para destruir em poucos instantes aquela cabana feita de folhas secas e de galhos também muito secos.

— Se você quiser, pode ficar com a cabeça e as tripas — disse ele, quando a ave estava bem limpa.

Dessa vez foi o negrito que fez um gesto de repulsa e espanto.

— Como? Ninguém come cacatuas no seu país? — perguntou Kammamuri.

— Comem, mas não essas aí — respondeu o negrito. — Elas são *antu*.

— Espíritos maus, você quer dizer. Por que vocês acham isso?

— Porque elas levam embora as nossas almas, acho.

— Então enquanto eu fico esperando que esta pegue a minha, aproveito para devorar o corpo dela — respondeu o marata.

Embora achando meio repugnante, Kammamuri, impelido pela fome, deu uma mordida no pássaro e começou a devorá-lo, mas não inteiro. Precisava pensar no jantar também, pois não havia muita abundância de cacatuas em cima da cabana.

— Agora — disse ele ao negrito, que também terminara a refeição — podemos descobrir um jeito de ir embora. Os daiaques também ficam de guarda durante a noite?

— Sempre.
— Quantos?
— Quatro.
— Eles mantêm a fogueira acesa?
— Mantêm, *orang*.
— Você nunca tentou fugir?
— É muito cedo.
— Como assim?

O negrito olhou para o marata com alguma desconfiança.

— Estou com a impressão de que você está escondendo alguma coisa de mim — disse o marata, percebendo. — Por acaso eu não sou um prisioneiro como você, condenado a morrer de fome?

— É verdade, *orang* — respondeu o negrito.

Ele se aproximou então de um monte de folhas secas, enfiou as mãos lá dentro e mostrou ao espantado marata uma corda branca, da grossura de um dedo, torcida de forma magnífica e extraordinariamente longa.

— Quem fez isso? — perguntou Kammamuri, incapaz de acreditar nos próprios olhos.

— Eu.

— Você fez isso? Mas é algodão!

— Areca — respondeu o negrito.

Para o indiano, aquilo foi uma revelação. As plantas que os daiaques e malaios chamam de areca são as mais preciosas de todas as que crescem naquele clima, depois dos coqueiros e das árvores de fruta-pão.

Trata-se de palmeiras magníficas, elegantemente plumadas, apreciadas principalmente porque quando se faz uma fissura no seu tronco se obtém um licor açucarado, chamado *todd*, claro, límpido, do qual se extrai um xarope muito apreciado que substitui muito bem o açúcar e, depois de fermentado, dá um licor embriagador conhecido pelo nome de *tuwak*.

Aquelas árvores preciosas não se limitam à produção de um litro de líquido por dia. Também prestam muitos outros serviços aos malaios e daiaques, pois seu tronco, da mesma forma que o dos sagus, contém uma substância farinhenta que pode ser usada para fabricar uma espécie de pão, enquanto de suas folhas se extrai uma espécie de algodão com fibras muito resistentes, que é usado na fabricação de cordas.

O marata nem precisou perguntar ao negrito como ele conseguira toda aquela matéria-prima, porque todas as folhas secas que entulhavam a cabana aérea e as que serviam de cama eram restos de folhas de areca, já privadas da sua fibra. Quanto esforço teria empregado o negrito para tecer aquela corda? E de quanta paciência precisara? Muito feliz por sentir nas mãos aquele cordão, Kammamuri nem se preocupou em saber disso.

— Chega até o chão? — perguntou ele ao negrito, que parecia muito orgulhoso do seu trabalho.

— Eu já testei duas vezes na noite passada.

— E os guardas não viram você?

— Eles teriam subido para levar a corda embora.

— Às vezes eu sou uma besta — disse Kammamuri. — Vamos esperar até a noite cair. Se você estiver com sono, pode dormir um pouco. Não vou precisar de você.

Pendurou a metade do pássaro em um galho que saía da parede e foi para a pequena varanda.

O pobre homem parecia estar muito preocupado e não parava de se perguntar com enorme angústia o que acontecera com os seus patrões.

Será que haviam conseguido escapar do ataque dos búfalos e dos daiaques postos no encalço deles pelo grego?

Aqueles pensamentos não paravam de atormentá-lo, embora soubesse muito bem do que eram capazes aqueles três homens tremendos, que haviam derrubado um reino, destruído a terrível federação dos tugues indianos e feito tremer até mesmo as frotas inglesas dos mares da Malásia.

Olhou para a *kotta* e não avistou ninguém. Parecia até que toda a população havia se lançado em busca de Sandokan, Yanez e Tremal-Naik antes que o dia amanhecesse.

Até mesmo as mulheres e crianças haviam desaparecido.

Somente embaixo da cabana aérea vigiavam quatro homens sentados sob um pequeno *attap*, construído com alguns bastões e três ou quatro enormes folhas de bananeiras.

— Será que os meus patrões foram pegos de surpresa? — perguntou ele com ansiedade.

— Não, não é possível — continuou ele um pouco depois, sacudindo a cabeça. — Não são homens de cair estupidamente numa armadilha, ainda mais sem usar as cargas das suas armas. Se eu não escutei nenhum tiro de carabina, isso quer dizer que eles ainda estão livres. Que expedição infeliz! A do Assam começou bem melhor.

Sentou na varanda e ficou esperando pacientemente que o dia passasse, sempre receando ouvir alguma descarga de fuzil de um momento para o outro.

O negrito, bem nutrido de larvas e cupins, já roncava tranquilamente sem se preocupar com a sua cabeça, que iria parar em um palco caso a fuga não fosse bem-sucedida.

Não aconteceu nada durante aquelas dez horas. Os quatro guardiões não pararam de conversar embaixo do *attap*, apenas lançando de vez em quando um olhar para aquela espécie de gaiola altíssima. Ninguém mais apareceu na aldeia.

— Tomara que demorem mais um pouco para podermos dar o golpe — disse Kammamuri. — Não pretendo voltar para a floresta sem armas.

O sol já se pusera e a escuridão caíra. Do lado do rio soprava uma brisa fresca carregada de milhares de perfumes deliciosos, e atrás dos caniços a corrente murmurava.

Kammamuri entrou na cabana e encontrou o negrito ocupado em se alimentar novamente de larvas.

— Deixe seus *larons* em paz — disse ele. — Está na hora de agir.

— Vamos embora?

— Passe a corda. Será que é suficientemente resistente?

— Fui eu mesmo que a teci, e isso basta, *orang* — respondeu o negrito.

— Ah!... Entendi. Você é o cordoeiro da tribo, pelo que parece.

— Os daiaques estão dormindo, *orang*?

— Três estão. O quarto está acendendo a fogueira.

Pegou a corda, testou a resistência por muito tempo e depois, satisfeito com o resultado, amarrou solidamente uma ponta a um dos quatro grossos bambus que formavam os quatro cantos da cabana.

— E as armas? — disse ele. — Vamos precisar pelo menos de um porrete. Ah!... Tem no teto. Vou arrancar aqueles que servem de poleiro para as cacatuas. Enquanto isso, você vigia o homem de guarda, amigo.

— Está certo, *orang* — respondeu gentilmente o negrito.

Kammamuri voltou a sair, agarrou-se aos bambus da varanda e subiu até o telhado. Estava prestes a avançar quando ouviu os pássaros fazerem uma algazarra e viu à meia-luz que agitavam as asas furiosamente.

— O que está acontecendo agora? Será que essas aves de mau augúrio foram colocadas aqui em cima para dar alarme aos homens de guarda? Por Xiva e Vixnu!... Estou com vontade de estrangular todas elas!...

Já se aproximara de uma cacatua quando sentiu uma mordida dolorosa em um joelho e depois outra na ponta de um dedo.

Parou subitamente, olhando entre as folhas enormes que cobriam o telhado, mas a escuridão, embora não fosse muito profunda, era espessa o suficiente para que fosse impossível descobrir um animal ou um inseto de pequenas dimensões.

De repente sentiu que a testa se cobria de um suor gelado.

— Os cupins!... Estão devorando as pobres cacatuas na esperança de arrancar a nossa carne aos poucos. Se não fosse a corda, amanhã nenhum de nós dois estaria vivo. Miseráveis!... Puseram mais insetos nos bambus.

Arrancou dois bastões com raiva, com alguns golpes fulminou os pássaros para que não atraíssem a atenção dos guardas com seus gritos e depois desceu depressa.

— Vamos fugir — disse ao negrito, que o esperava com a corda nas mãos. — A nossa casa está prestes a ser invadida pelos cupins.

— Bichos feios e maus — respondeu o negrito. — Sempre com fome.

— O que o guarda está fazendo?

— Está preparando o *siri*.

— Onde?

— Perto da fogueira.

— Vamos ver. Quero ter certeza de tudo antes de tentar a fuga. Ninguém voltou à *kotta*?

— Ninguém, *orang*.

— Ótimo.

Pôs a cabeça para fora do parapeito da varanda. Dos quatro guardiões, três estavam dormindo embaixo do *attap* e o quarto, acocorado em frente a uma fogueira, totalmente ocupado em preparar uma boa quantidade de *siri*.

O *siri* é uma espécie de tabaco boliviano, composto de uma folha aromática de *piper betel*, de noz de *pinang*, ou seja, de palmeira-betel, um pouco de suco concentrado de *uncaria gambir* e uma pitada de cal virgem.

Como os ilhéus não têm o mesmo costume de fumar dos habitantes das grandes terras malaias, eles mastigam aquela mistura fortíssima, cuja única propriedade é estragar os dentes e avermelhar a saliva.

O daiaque estava tão ocupado na preparação do seu *siri* que nem pensava em dar uma olhada de vez em quando na cabana aérea. Provavelmente tinha certeza da impossibilidade de uma fuga depois do corte das duas varas que serviam de escada.

— Este é o melhor momento — disse Kammamuri. — Se perdermos esta oportunidade, nunca mais encontraremos outra. A *kotta* ainda está deserta, e três guardas, dormindo. Vamos trabalhar com fortes bastonadas.

Deixou a corda escorregar pelo outro lado da cabana aérea, para evitar que fossem avistados repentinamente e atacados com tiros de zarabatanas ou com os *parang-ilangs*.

— Eu vou primeiro — disse ao negrito. — Sou muito mais forte do que você, e provavelmente mais ágil.

Enfiou o bambu na faixa larga que estava amarrada nos quadris, agarrou a corda e deslizou suavemente, procurando evitar as travessas e os sustentáculos de bambu que se entrecruzavam sob a casa aérea.

Na metade da descida, contudo, foi obrigado a parar, pois havia uma espécie de plataforma construída com uma treliça de nervuras de folhas que mantinha unidos todos os bambus da construção.

O daiaque de guarda, sempre ocupado em preparar a sua mistura, não percebeu nada, tamanho foi o cuidado com que o indiano executou a descida.

É sabido que os hindus são famosos tanto pelas escaladas e descidas que executam como pelos furtos que cometem. Nenhum ladrão poderia competir com eles, pois são capazes de roubar até mesmo a coberta sob a qual um homem dorme, sem que ele perceba coisa alguma.

Sendo um marata, Kammamuri valia tanto quanto seus outros compatriotas.

Ficou alguns segundos na treliça. Depois de constatar cuidadosamente que o daiaque não ouvira nenhum barulho, recomeçou a descer.

Após um quarto de minuto tocou o solo e se atirou na mesma hora para trás de um arbusto que crescia a poucos passos dali.

Agarrou o bastão com as duas mãos, decidido a se empenhar em uma luta contra os quatro guardiões.

Levantou os olhos para a casa aérea e percebeu confusamente uma forma humana que também descia pela corda.

Era o negrito que realizava a sua descida, tão decidido quanto o marata a se empenhar em uma batalha feroz para arrancar o seu crânio da coleção de cabeças da *kotta*, interessantíssima certamente, mas nada agradável para o pobre selvagem.

Escondido entre os bambus que se entrecruzavam fortemente na base da cabana aérea, Kammamuri começou a vigiar o guarda. Ele parecia não ter percebido nada, pois continuava preparando bocados de *siri*, provavelmente para oferecer aos companheiros. O negrito, por sua vez, enfim tocou o chão.

171

— Vamos fugir, *orang* — disse ele em voz baixa.

— Assim, armados só com os bastões? Você está louco. Quem teria coragem de entrar à noite na grande floresta cheia de animais ferozes? Venha comigo e bata com força!...

Atravessaram o gigantesco labirinto de bambus, avançando nas pontas dos pés e rastejando cuidadosamente entre as travessas, e chegaram a poucos passos da fogueira.

O daiaque estava de costas para eles, cortando nozes de areca. Ao seu lado estava o *parang-ilang*, um esplêndido sabre de aço natural com a ponta em forma de calha, e uma zarabatana com um feixe de flechas provavelmente envenenadas com upas ou com o suco do *cetting*, ainda mais mortal do que o primeiro, pois quando entra na corrente sanguínea interrompe no mesmo instante a circulação, produz tétano e mata em poucos instantes.

— Eu pego o *parang* — sussurrou Kammamuri ao negrito. — Você fica com a zarabatana.

Empunhou o bambu com força, caiu sobre o guardião e lhe aplicou uma bastonada tão forte na cabeça que o fez desabar desacordado, sem ter tido tempo de dar o menor grito.

Recolher as armas e as flechas e fugir em direção ao rio, seguido de perto pelo negrito, foi coisa de segundos.

Chegando perto das primeiras árvores que formavam como que uma faixa bastante profunda e muito intricada ao longo das margens do Marudu, pararam por um instante para ver se os outros três daiaques que dormiam embaixo do *attap* haviam começado a persegui-los.

Eles tinham acordado de fato, mas em vez de se pôr no mesmo instante em busca dos fugitivos, estavam escalando com agilidade de macacos os bambus que sustentavam a cabana aérea, saltando de vez em quando de uma travessa para outra.

Provavelmente queriam ter certeza de que os prisioneiros ainda estavam lá em cima antes de começar a perseguição.

— Deem lembranças às cacatuas por mim — disse o indiano, rindo. — Pernas para que te quero, negrito.

— Para onde você quer ir?

— Quero chegar ao rio antes de tudo. Sei aonde os meus companheiros estavam indo, e é mais provável que eu os encontre no Marudu do que no meio da grande floresta. E depois, preciso ir à ilhota.

Começaram a correr, um empunhando o *parang-ilang* e o outro, a zarabatana, na qual já havia introduzido uma flecha feita com um fino caniço de bambu de vinte centímetros de comprimento, armado com um espinho na extremidade, e que poderia ser lançado a distância nada pequena de quarenta metros com um poderoso assopro.

A escapada precipitada através daquele trecho de floresta fechada durou um quarto de hora e depois o marata parou.

O rio corria, murmurando a apenas alguns passos, comprimido entre duas margens cobertas de gigantescos caniços palustres.

— *Orang* — disse o negrito —, não pare aqui.

— Por quê?

— Os daiaques devem estar vindo atrás das nossas pegadas.

— Será que já descobriram a nossa fuga?

— Tenho certeza absoluta.

— Você sabe usar a sua *sumpitan*?

— Sou chefe de uma tribo.

— Essa não!... Pensei que você fosse um fabricante de cordas.

— Eu nunca erro quando aponto a *sumpitan*.

— O que você me aconselha a fazer?

O negrito apontou para os caniços.

— Lá — disse ele.

— E os gaviais?

— A água é baixa demais e a lama, profunda, por isso eles não poderão vir comer as nossas pernas.

— Esses selvagens são mais espertos do que os *cateros* (demônios indianos) — murmurou Kammamuri.

Desceram a margem, abrindo passagem entre os arbustos que a cobriam, e pararam em frente aos caniços.

O negrito quebrou um bambu, primeiro testou o fundo para se assegurar da resistência da lama e em seguida, satisfeito com aquela exploração, fez um sinal para que Kammamuri entrasse no meio deles.

— E você não vem? — perguntou o indiano, vendo que o negrito não o seguia.

— Volto para me encontrar com você mais tarde, *orang*. É preciso vigiar os movimentos dos daiaques. Eu conheço as florestas e vou conseguir passar a dois passos do inimigo sem ser descoberto.

— Se vir um homem branco com os daiaques, atire uma flecha nele antes de qualquer outro.

— Um *tuan uropa*?

— É.

— A primeira vai ser dele.

Dito isto, o negrito subiu novamente pela margem e desapareceu entre os arbustos, sem produzir o mais leve ruído.

Kammamuri, por sua vez, continuou a avançar pelo meio dos imensos caniços, testando o fundo com a ponta do *parang-ilang*.

A cada passo que o distanciava da margem, a espessura da lama e a água aumentavam, de forma que, chegando a determinado ponto, estava imerso até a cintura.

— Aqui está bom — disse ele.

Com alguns golpes de sabre, derrubou meia dúzia de caniços para que servissem de apoio e sentou naquela espécie de jangada, mantendo os olhos fixos na margem e aguçando bem os ouvidos. Às suas costas, o rio murmurava, infiltrando sua água entre os caniços. A distância, contudo, a correnteza livre não parava de rumorejar.

Aqueles eram os únicos ruídos que se ouviam na escuridão, pois até mesmo o grande bosque estava silencioso, como se todos os animais noturnos, por algum motivo misterioso, houvessem fugido para muito longe em busca de suas presas. Mas Kammamuri, que conhecia de longa prática que surpresas esperam por um homem na orla das grandes selvas e, principalmente, ao longo das margens dos rios desertos, não estava muito tranquilo com aquele silêncio. Continuava aguçando os ouvidos e arregalava os olhos o máximo que podia, como se receasse um ataque inesperado.

De repente, estremeceu.

Farejando o ar, sentiu um cheiro agudo de fera selvagem, aquele odor especial que emana dos animais ferozes e que nunca escapa dos velhos caçadores das regiões equatoriais. Chegara ao seu nariz nas asas da leve brisa que soprava, vindo do outro lado do rio.

— Este não é o cheiro dos daiaques — murmurou ele, descendo precipitadamente da jangada e apoiando os pés no fundo lamacento do rio. — Eu cacei durante muitos anos nos *Sunderbunds* indianos do Ganges para me enganar. A uma pequena distância daqui tem um tigre ou uma pantera manchada ou negra procurando a refeição no meio dos caniços. Se pelo menos o negrito estivesse aqui para me ajudar... As flechas envenenadas dele seriam melhores do que o meu *parang-ilang*.

Olhou para todos os lados, empunhando o pesado sabre com as duas mãos, mas não conseguiu ver nada.

— No entanto, tem algum animal tentando me pegar de surpresa — murmurou ele. — Meu olfato continua ótimo e senti perfeitamente aquele odor que eu conheço bem demais.

Ficou imóvel por alguns minutos, dominado por uma ansiedade facilmente compreensível, já que não tinha como saber de que lado viria o perigo, e depois começou a recuar em total silêncio para procurar um refúgio entre os arbustos da margem.

Já dera três ou quatro passos quando ouviu um agitar de asas e viu passar com uma velocidade fulminante sobre a sua cabeça uma daquelas grandes *pelargopsis* aquáticas munidas de um enorme bico, que depois desapareceu na floresta.

— Mau sinal — disse Kammamuri, cuja inquietação aumentava. — Aquele pássaro não teria levantado voo a essa hora se não tivesse sido perturbado. E o negrito que não chega!... Será que já foi decapitado pelos daiaques ou devorado por algum tigre?

Fez uma rápida parada, aguçando novamente os ouvidos, e ouviu à sua frente um ligeiro farfalhar. Parecia que algum animal estava tentando abrir passagem entre os caniços com a maior precaução.

A margem ainda estava longe demais para poder chegar até ela e, além disso, não convinha ao indiano dar as costas ao inimigo. Se houvesse um tigre ou uma pantera diante dele, como estava pensando, daria na mesma ficar na água, pois certamente não o deixariam escapar sem tentar um ataque vigoroso.

Procurou um fundo mais sólido com os pés para não correr o perigo de escorregar no momento mais delicado, flexionou bem as pernas para garantir o equilíbrio e esperou intrepidamente o aparecimento do seu misterioso e provavelmente muito faminto adversário.

O atrito, sempre levíssimo, continuava e não vinha sempre da mesma direção. Decerto o animal não podia avançar à vontade e estava procurando as passagens mais fáceis.

Inclinado sobre si mesmo para ser um alvo menor no caso de um ataque fulminante, Kammamuri mantinha o *parang* esticado diante dele, segurando-o com as duas mãos a fim de que pudesse lhe servir melhor de defesa e ataque.

Outro minuto transcorreu e depois ele avistou através dos altos caniços dois pontos luminosos, de uma fosforescência esverdeada, que logo se fixaram sobre ele.

— Olhos de pantera — murmurou ele. — Conheço bem!

Naquele exato momento, ouviu-se na margem o ruído de galhos quebrados e depois um baque, como se um homem tivesse se jogado na água. Logo os dois pontos luminosos desapareceram e Kammamuri viu claramente os caniços ondularem rapidamente para trás.

Será que, assustada por aquele barulho, a pantera batera em retirada na direção do curso livre do Marudu? Pelo menos era o que parecia.

Certo de que não seria atacado, pelo menos naquele momento, Kammamuri recuou rapidamente, saiu do caniçal e se viu face a face com o negrito, que lhe disse em voz ofegante:

— Estão chegando.

— Os daiaques? — perguntou o indiano.

— É. Descobriram as nossas pegadas e estão nos seguindo.

— Quantos são?

— Três.

— Aqueles que estavam dormindo embaixo do *attap*?

— Provavelmente.

— Será que vão nos descobrir?

— O caniçal é bem fechado, e eles não vão poder seguir a nossa pista na água.

— Mas os caniços não são mais seguros.

— Por quê? — perguntou o negrito, atônito.

— Se você tivesse demorado mais um pouco para chegar, eu teria sido atacado por uma pantera.

O selvagem ficou silencioso por um momento e depois, olhando para a sua zarabatana, disse:

— Prefiro as feras aos cortadores de cabeças. E, afinal, eu não estou com o *sumpitan*? As flechas são envenenadas e poderemos matar tanto uns quanto os outros. Depressa, *orang*! Para o caniçal.

13. A caverna dos pítons

NÃO HAVIA UM MINUTO a perder. Embora uma pantera, manchada ou negra, que fosse, estivesse andando no meio dos caniços à procura de alguma presa, certamente seria menos perigosa do que aqueles três daiaques, que agora poderiam ter se tornado dez ou quinze e até muito mais.

Os dentes das feras selvagens são perigosíssimos, sem dúvida, mas as flechas embebidas em suco de upas ou do *cetting*, contra o qual não há antídoto, são bem piores.

Dessa forma, o indiano e o filho das selvas atravessaram rapidamente o caniçal, indo na direção do grande curso do rio.

O negrito precedia o marata, mantendo a zarabatana na altura da boca, pronto para assoprar a sua flecha mortífera contra as terríveis e famintas feras.

Mas ele não se movimentava ao acaso. A cada dois ou três passos, parava para escutar, depois abria os caniços com cuidado e não dava um passo adiante sem antes ter se assegurado bem de que não havia nenhum ponto luminoso. Chegando perto da grande corrente do Marudu, o negrito, que não parara de revirar o fundo lamacento do rio, virou para Kammamuri e perguntou:

— *Orang*, você sabe nadar?

— Por que você está me fazendo essa pergunta? — indagou o indiano.

— Se os daiaques começarem a vasculhar o caniçal, seremos obrigados a entrar na água e atravessar o rio.

— Um curso de água, por mais largo que seja, nunca me assustou. Mas eu queria ficar nesta margem.

— Vamos ver, *orang* — respondeu o filho das selvas. — A água não deixa pistas. Vamos tentar não ser vistos.

— Nem devorados pela pantera.
— Já disse para deixar isso comigo, *orang*.

Prepararam um leito de caniços, quebrando-os em diversos pedaços, e sentaram um ao lado do outro, aguardando o aparecimento dos daiaques ou da fera. A lua estava começando a surgir, projetando sua luz azulada no rio e, levantando-se acima das árvores, despontava estranhamente entre os galhos.

A água brilhava com cada vez mais força, e da margem oposta continuavam chegando a curtos intervalos sopros de ar muito impregnado do perfume penetrante das flores belas-da-noite, ou seja, da *sunda matune*, que quer dizer também árvore triste, pois suas flores só abrem depois que o sol se põe.

Transcorreram quinze ou vinte minutos sem que nada acontecesse. Depois, de repente, o negrito bateu no cotovelo de Kammamuri, dizendo:

— Está vendo, *orang*?
— Quem?
— Os daiaques.
— Onde estão eles?
— Descendo pela margem.
— Você tem uma vista fantástica. Eu não estou vendo nada.
— Estão rastejando pelo meio dos arbustos e tentam não ser vistos, *orang*.

O indiano se levantou e olhou atentamente para a margem. De fato, viu três homens surgirem inesperadamente no meio dos últimos grupos de plantas e avançarem com cuidado para o caniçal.

— Espertinhos — murmurou ele. — Não perderam a nossa pista, nem sequer durante a travessia do bosque. Vamos ver se eles vão conseguir encontrá-las até no fundo do rio.

Os daiaques haviam parado e pareciam estar discutindo sobre o que deveriam fazer. Finalmente um deles entrou no rio, enquanto os outros dois mantinham as zarabatanas na altura do queixo, preparados para lançar suas flechas mortais.

Aquele que descera para a água logo começou a vasculhar o fundo, mergulhando várias vezes.

— Será que ele vai conseguir encontrar a nossa pista? — perguntou Kammamuri ao negrito, que abandonara a jangada, mergulhando até o peito.

— Não sei — respondeu o selvagem, que, contudo, parecia bastante preocupado. — Vamos ter de desperdiçar uma flecha.

— Explique melhor.

— Temos de matá-lo no momento em que estiver emergindo. Os seus companheiros poderão muito bem achar que um gavial o levou embora.

— Você tem certeza do seu tiro?

— Já disse que sou um chefe, *orang* — respondeu o negrito.

Estava prestes a se movimentar e se aproximar quando seus ouvidos foram atingidos por um leve rumor que vinha do lado do rio e não mais da margem ocupada pelos daiaques.

— Você ouviu? — perguntou ele a Kammamuri.

— Os caniços se mexeram, não é verdade?

— É isso mesmo, *orang*.

— Foi a pantera, tenho certeza. Aquela fera maldita vai atrapalhar nossa ação.

— Vou deixar o homem e me ocupar da pantera — disse o negrito. — No momento, ela é o maior perigo.

— Mas isso não vai trair nossa presença?

— As flechas do *sumpitan* são silenciosas. Abaixe o máximo que puder, *orang*.

Kammamuri ajoelhou no fundo, de forma a deixar somente a cabeça aparecendo.

O negrito o imitou imediatamente.

O ruído continuava. Pelo que parecia, a pantera não queria sair do rio sem garantir a sua refeição.

O negrito conservava uma imobilidade absoluta. Estava esperando o momento oportuno para lançar sua seta, antes que viesse o ataque. Era isso que ele queria evitar, pois o arremesso da pantera quase sempre é inevitável.

Kammamuri estava pronto para dar uma mão com seu pesado e afiadíssimo *parang*, solidamente empunhado.

De repente, o ruído cessou e os dois pontos luminosos reapareceram a menos de quinze passos.

— Aí está ela — sussurrou o indiano.

— Estou vendo — respondeu o negrito.

Encostou depressa a zarabatana nos lábios, mirou durante alguns instantes e em seguida ouviu-se um assobio quase imperceptível.

Duas panteras da Sonda.

A flecha envenenada partira.

Transcorreram alguns instantes, depois um urro rouco, furioso, rompeu o silêncio que reinava no caniçal. A pantera estava começando a provar os terríveis efeitos do *cetting*, veneno mais rápido e mais seguro do que o produzido pelo suco de upas.

— Acertou — sussurrou Kammamuri.

— Eu disse que sou um chefe — respondeu o negrito.

A pantera estava se debatendo furiosamente, estertorando e quebrando com ferocidade os caniços altos que estavam ao alcance das suas garras.

Por cerca de quinze segundos, os urros prosseguiram sem interrupção e depois se ouviu um mergulho. O animal devia ter se atirado no rio, talvez com a esperança de que a água acalmasse aquele sofrimento atroz.

— Não vai mais sair — disse o negrito, rindo. — Agora vamos nos ocupar dos daiaques.

— Você é um homem valente — respondeu Kammamuri. — Nunca imaginei que uma flecha pequena pudesse pôr uma fera tão terrível fora de combate.

Ambos viraram e dirigiram o olhar para a margem.

Os dois daiaques de guarda ainda estavam no mesmo lugar. O terceiro, no entanto, aquele que vasculhava o fundo, desaparecera.

— Você não está vendo onde ele está? — perguntou Kammamuri, olhando ao redor.

— Não, *orang*.

— Será que algum gavial o levou embora enquanto enfrentávamos a fera?

— Teríamos ouvido um grito.

— Será que ele já está no caniçal e vai tentar nos pegar de surpresa pelas costas?

— Olhe — disse o negrito.

— O quê?

— Os dois daiaques também estão entrando no rio, e não estão sozinhos.

— Estão acompanhados?

— Tem mais três homens rastejando entre os arbustos. *Orang*, vamos fugir ou então vamos ser pegos.

— Temos de atravessar o rio?

— Não temos outro jeito de nos salvar.

— E os gaviais?

— Talvez ainda estejam dormindo. Siga-me, *orang*, se é que você dá valor à sua vida.

Começaram a se movimentar através do caniçal para chegar ao outro lado e se precipitar na corrente livre.

Estavam prestes a abrir passagem pelo meio da última fileira quando o negrito deteve Kammamuri bruscamente e levantou o *sumpitan*.

— Outra pantera? — perguntou o indiano em um fio de voz.

— Não, o daiaque que estava vasculhando o caniçal — respondeu o negrito.

— Como ele fez para chegar pelas nossas costas se há pouco tempo estava na nossa frente?

— Silêncio, ele está vindo. Fique agachado, *orang*, e deixe comigo.

Kammamuri, que agora tinha total confiança na maravilhosa habilidade do seu pequeno companheiro, obedeceu sem dizer uma palavra.

De vez em quando eles ouviam a água murmurar em torno dos enormes grupos de caniços, mas de maneira diferente da produzida pela corrente quando se quebra.

Certamente era o daiaque que estava fazendo aquele barulho.

Escondido no meio dos caniços, o negrito parecia uma fera emboscada. Passara a terrível e silenciosa arma no meio de duas hastes e só esperava o aparecimento do odiado inimigo para agir decididamente.

Todos os seus membros estavam tensos, como se ele estivesse se preparando para dar um salto, e os seus olhos brilhavam como brasas.

Já havia colocado a zarabatana na boca e enchia lentamente as bochechas. Outro sibilar fraquíssimo rompeu o ar, seguido de dois gritos desesperados:

— *Apang!... Apang!...* (Pai! Pai!)

O infeliz devia ter sido atingido e nos últimos espasmos invocava seu pai, que talvez houvesse ficado perto da margem, junto com o outro guardião da casa aérea.

Um urro fez eco à desesperada invocação do moribundo.

— Para a água, *orang* — disse o negrito de repente. — O homem foi atingido e em pouco tempo estará acabado.

— Os outros estão vindo?

— Estão avançando pelos caniços.
— Tem lua, vamos ser descobertos, amigo.
— Tanto faz. Vamos pular.

Os dois homens atravessaram como um raio as últimas fileiras de caniços e se arremessaram no rio, começando a nadar vigorosamente na mesma hora.

— Não perca o sabre, *orang* — disse o negrito, aparecendo na superfície.

— Está preso no meu cinto. Em vez de se preocupar com ele, cuidado com o seu *sumpitan*, que é mais valioso do que o meu *parang-ilang*.

— Posso perder a vida, mas não a minha arma — respondeu o filho das selvas.

Naquele momento, gritos ferozes explodiram na direção do caniçal de onde eles haviam acabado de sair:

— Lá estão eles!...
— Armem os *sumpitans*!...
— Vamos vingá-lo!...
— Temos de pegar a cabeça deles!...

Quase instintivamente, Kammamuri e o negrito se esconderam debaixo da água para não levar uma meia dúzia de flechadas envenenadas no corpo.

Sendo ambos ótimos nadadores, percorreram um trecho de cinquenta ou sessenta metros, sempre por baixo da água, escapando assim à saraivada de dardos envenenados; engoliram um pouco mais de ar e voltaram a mergulhar. A água era profunda no meio do Marudu, de forma que puderam dar outra longa nadada até chegar a uma ilhota de areia que barrava a passagem deles.

— *Orang* — disse o negrito —, não pare aqui. Todos os daiaques estão na água nos perseguindo.

— Posso senti-los nadando — respondeu Kammamuri, respirando a plenos pulmões. — Aqueles patifes vão fazer todos os esforços para se apoderar das nossas cabeças.

— Corra, *orang*.

Atravessaram como um raio o banco de areia, passando pela cauda de um monstruoso gavial adormecido que nem sequer se dignou a abrir os olhos, e voltaram a se jogar na corrente com um magnífico mergulho de cabeça.

Apenas cem metros os separavam da margem oposta, que também parecia ser coberta de imensos bosques.

— Depressa, *orang* — disse o negrito, voltando à superfície. — Eles continuam nos perseguindo.

— Mas nós já temos uma boa vantagem.

Começaram a nadar novamente, com raiva, fazendo esforços prodigiosos para chegar à margem antes que os daiaques os alcançassem. A segunda travessia do último braço do Marudu foi realizada com uma velocidade fulminante, e, depois de atravessar uma linha tripla de caniços, os dois fugitivos subiram apressadamente a margem, atirando-se como loucos no meio da floresta.

— Para onde vamos? — perguntou Kammamuri.

— Continue me seguindo, *orang* — respondeu o negrito, que corria como um cervo. — Eu sei onde tem um esconderijo seguro.

— É longe?

— Siga-me — se limitou a responder o filho dos bosques.

A distância ecoavam os gritos dos perseguidores, mas depois de alguns minutos cessaram bruscamente.

Os daiaques deviam também ter atravessado o rio e entrado no bosque. Seria uma imprudência assinalar sua presença. Kammamuri e o negrito continuaram a sua corrida precipitada por cerca de vinte minutos, e em seguida o primeiro parou, dizendo:

— Eu não sou um negrito para continuar desse jeito. Não aguento mais, amigo.

— Já chegamos ao esconderijo.

— O que é? Uma cabana?

— Uma caverna imensa.

— Pelo menos vamos ficar em segurança lá dentro?

— Vamos, mas depois que eu tiver fabricado um *angilung*.

— O que é isso?...

— Uma coisa que toca — respondeu o negrito.

— E o que você vai fazer com esse *angilung*?

— Sem esse instrumento é impossível entrar na caverna.

— Por acaso tem gênios maus, os *cateros*, como nós, os indianos, os chamamos?

— Não estou entendendo, *orang*. Siga-me e não fale mais nada. Os daiaques já devem estar correndo.

— Você tem pernas de aço. E olhe que os indianos são corredores famosos.

— Passe o seu *parang-ilang* — disse o negrito. — Vou precisar dele.

A poucos passos dali havia um enorme grupo de bambus gigantescos. O filho dos bosques cortou um deles, examinou por alguns instantes e depois o cortou novamente.

— Está pronto — disse ele, recolhendo um pedaço de no máximo trinta centímetros de comprimento. — Aqui está um belíssimo *angilung*. Vamos correr, *orang*. Os daiaques não devem estar longe.

Os dois começaram a trotar furiosamente pelo meio da floresta, se jogando no meio dos cálamos e cipós.

O negrito, que parecia conhecer muito bem a floresta, ia correndo na frente, sem nunca se desviar.

Kammamuri fazia esforços prodigiosos para se manter atrás dele e não parava de dizer ao pequeno homem:

— Você está querendo que eu estoure? Diminua um pouco a velocidade, selvagem dos infernos!...

Era um desperdício de palavras, pois o negrito continuava sua corrida endiabrada, saltando sobre as árvores derrubadas pelas tempestades e por cima dos arbustos com a agilidade de um tigre. De repente ele parou e disse:

— Chegamos.

— Aonde? — perguntou Kammamuri com voz ofegante.

— Ao esconderijo.

— Só estou vendo árvores na nossa frente.

Em vez de responder, o negrito pegou o *parang* e começou a fazer incisões no pedaço de bambu que não largava por um só instante, cortando primeiro de um lado e depois fazendo vários talhos profundos em todo o comprimento.

— O que você está fazendo afinal? — perguntou Kammamuri, sem conseguir entender nada.

O negrito estava prestes a devolver o *parang* quando dois tiros de fuzil ecoaram a uma pequena distância, seguidos de clamores ensurdecedores.

O indiano deu um salto.

— Tiros de carabina!... — exclamou Kammamuri. — Os tigres de Mompracem!...

— Vamos fugir, *orang* — disse o negrito. — O meu *angilung* está pronto e vai adormecer os enormes pítons.

— Fuja você, se quiser, porque eu não vou — respondeu o indiano. — Os homens que atiraram são meus amigos. Os daiaques não têm armas de fogo.

Os berros cessaram bruscamente, como também os tiros. Dominado por uma excitação fortíssima, Kammamuri estava escutando com toda atenção. O negrito também se colocara à escuta, mas o pobre-diabo tremia como se estivesse ardendo em febre.

Aquelas detonações deviam tê-lo deixado muito assustado.

Estavam esperando havia alguns minutos, quando outro tiro foi ouvido a distância de trezentos ou quatrocentos metros e, após um rápido intervalo, mais dois disparos.

— São eles!... — gritou Kammamuri. — Temos de correr, negrito.

Ele se lançou então como um louco pelo bosque, berrando a plenos pulmões:

— Patrão!... Senhor Yanez!... Senhor Sandokan!...

Uma nova descarga respondeu aos seus gritos, seguida de um alarido ensurdecedor.

— Patrão!... Patrão!... — repetiu o marata, que se dirigia em uma corrida desenfreada para o local onde ribombavam os disparos.

Uma voz se elevou no meio de um grupo fechado de bananeiras.

— Quem está chamando?

— Sou eu, Kammamuri!...

Três gritos responderam e em seguida três homens pularam para fora das gigantescas folhas que cobriam a mata. Eram Tremal-Naik, Sandokan e Yanez, completamente ensopados de água e com lama até os cabelos.

— Achamos, e ele ainda está vivo!... — exclamou Tremal-Naik, precipitando-se para o seu servo fiel.

— Mas por um milagre, patrão — respondeu Kammamuri, que parecia enlouquecido pela alegria.

— Deixem os comprimentos para mais tarde — disse Yanez — e pernas para que te quero. Os daiaques estão nos nossos calcanhares!...

Kammamuri virou para o negrito, que encarava aqueles homens com enorme curiosidade.

— Leve-nos ao esconderijo depressa, amigo — disse a ele.

— Espere um instante até darmos outra descarga para segurá-los um pouco — disse Sandokan. — Estão perto demais.

No meio das plantas se ouviam homens correndo desenfreadamente, batendo com fortes golpes de *kampilang* nas plantas parasitas que impediam o seu avanço.

Sandokan e seus companheiros deram tiros ao acaso e em seguida se arremessaram atrás do negrito e de Kammamuri.

Atravessaram com um ímpeto irresistível sete ou oito matas e depois pararam diante de um penhasco colossal, que parecia se prolongar por várias centenas de metros para o meio da grande floresta.

O negrito correu para um amontoado de arbustos, abrindo rapidamente uma passagem.

— Venha, *orang* — disse ele a Kammamuri. — O esconderijo é aqui e eu ainda tenho o *angilung*.

Uma abertura altíssima e de apenas um metro de largura surgiu à vista dos fugitivos.

— Entrem — disse o negrito. — Podem deixar todo o resto comigo.

Gritos altos e ferozes estavam ecoando naquele momento entre a vegetação, a uma distância não muito grande. Os daiaques, detidos por alguns instantes pelas descargas, haviam recomeçado a perseguição, decididos a se apoderar da cabeça dos fugitivos.

— Kammamuri, para onde esse homenzinho está nos levando? — perguntou Yanez.

— Confie nele, capitão — respondeu o marata. — Já tive tantas provas da sua boa-fé que o seguiria até o *cailasson* de Xiva se ele me pedisse.

— Então não vamos fazer perguntas — disse Sandokan, que olhava sem parar por cima dos ombros. — Para nós, basta salvarmos as nossas cabeças, que neste momento correm um grande perigo.

O negrito já entrara, segurando na mão a flauta de bambu.

— Isto é uma caverna — disse Yanez.

— Também está me parecendo — respondeu Sandokan.

— Os daiaques não vão nos atacar aqui? Sua vez de responder, Kammamuri.

— Podem deixar com o negrito, senhores — respondeu o indiano.

— Deixar com ele?... Por Júpiter!... Que cheiro é esse? Parece que tem legiões de cobras aqui dentro!...

— Não precisa ficar assustado, senhor Yanez — respondeu o marata. — O negrito tem um *angilung*.

— O que vem a ser isso?

— Acho que é um instrumento meio parecido com a flauta que os nossos *sapwallah* hindus tocam.

— Será que aqui também tem encantadores de serpentes?

— Parece que sim, senhor Yanez.

— Eu preferia um belo maço de cigarros em vez disso.

— Para fumar uma cobra — disse Sandokan, rindo.

— Que péssimo tabaco você está me oferecendo, irmãozinho!... Eu não fumaria sequer um caçador de cabeças.

— Silêncio — disse Sandokan naquele instante, virando para Kammamuri.

Os cinco homens haviam entrado na caverna, avançando às apalpadelas, pois não havia nenhuma iluminação naquele antro tenebroso, embora a lua continuasse brilhando do lado de fora.

— Parece que estamos descendo para o inferno — disse Yanez, percebendo que o terreno declinava rapidamente.

— Eu falei para ficar quieto — disse Sandokan.

— Estou com a carabina carregada.

— Mas não sabemos que perigos nos ameaçam.

Naquele momento, algumas notas ecoaram na escuridão, notas muito suaves, que tinham um quê de estranheza.

— Quem está tocando? — perguntou Tremal-Naik.

— O negrito — respondeu Kammamuri.

— Por quê?

— Não sei.

— Será que ele está querendo atrair os daiaques? — perguntou Yanez. — Avise que eu tenho duas balas no cano da minha carabina.

— Deixe tudo com ele, senhor. Ele tem mais medo dos caçadores de cabeças do que nós, garanto.

As notas continuavam, cada vez mais suaves, mais lânguidas. Era possível afirmar que na caverna estava escondido um daqueles *sapwallah* hindus que sabem adormecer ou despertar, a seu bel-prazer, as terríveis cobras que infestam a selva indiana.

— Ei, Kammamuri — chamou o português, que desconfiava de tudo e de todos. — Afinal, o que seu selvagem está fazendo?

Um encantador de serpentes (sapwallah).

— Espere, senhor Yanez. Logo teremos uma explicação para esse mistério. O negrito é esperto, acredite em mim, e se está tocando, deve ter os seus motivos.

— Será que ele é algum tipo extraordinário de mago? — perguntou Yanez ironicamente. — Já que é tão poderoso, eu preferia que, em vez de tocar, ele secasse os meus cigarros.

— O meu tabaco também está molhado — disse Sandokan.

— E o meu também — acrescentou Tremal-Naik.

— Ei, Kammamuri, pergunte então ao seu homem misterioso se ele poderia encontrar um pouco de fogo para secar o nosso tabaco.

O marata estava prestes a responder quando Yanez se antecipou.

— Que cheiro é esse? — perguntou ele.

— Eu posso dizer — respondeu Tremal-Naik. — Afinal eu não fui por muito tempo um grande caçador de serpentes da Selva Negra? Esse é o perfume de cobras, e das grandes.

— Por Júpiter!...

— Com Júpiter e mesmo sem Júpiter — disse Tremal-Naik.

— Então não vou continuar em frente, principalmente com esta escuridão.

— Eu também não — acrescentou Sandokan, que tinha uma repugnância instintiva aos répteis, fossem da família que fossem.

Naquele instante, o negrito parou de tocar a sua flauta e se apoiou contra a parede da caverna.

— O que você está fazendo agora? — perguntou Kammamuri, que estava perto dele. — O que está acontecendo, afinal?

— Os pítons — respondeu o homem da floresta.

— Cobras grandes, você quer dizer?

— Isso mesmo, *orang*.

— Onde estão elas?

— Passando na nossa frente.

— E nós?

— Não corremos nenhum perigo, *orang*. Ainda tenho o *angilung* comigo.

— Você sabe mandar nas cobras?

— Sei, *orang*.

— Você é um homem fantástico — disse Kammamuri. — Fabrica cordas, mata homens e doma os répteis!... E o que vai acontecer agora?

— Vou impedir que os daiaques entrem na caverna.
— E se eles forçarem a passagem?
— Vão descobrir que estão diante de centenas de pítons gigantescos.
— Esses seus animais andam?
— Espere um pouco, vou guiá-los.

Colocou novamente a flauta de bambu entre os lábios e se dirigiu lentamente para a entrada da caverna, tocando de forma estranha.

— Eu poderia afirmar que isso é o *tomril* de algum *sapwallah* hindu — disse Tremal-Naik.

Kammamuri foi atrás do negrito, que continuava avançando para a entrada da caverna.

— Aquele homem está querendo atrair os daiaques — disse Yanez, meio contrariado. — Será que pretende nos trair?

— Deixe-o em paz — disse Sandokan. — Talvez esteja mais preocupado em perder a cabeça no fio de um *kampilang* do que nós.

— Mas com aquela maldita flauta vai atraí-los.
— Deve ter os seus motivos.
— É, o de acabar conosco.
— Espere um pouco, meu irmãozinho impaciente.

O negrito continuava tocando, mudando de tom de vez em quando. Um ruído estranho era ouvido sob a abóbada da caverna.

Parecia que os volumes pesados guarnecidos de escamas ósseas rastejavam no solo bastante sonoro daquele antro tenebroso.

Sandokan, Yanez e Tremal-Naik ficaram ouvindo, não sem alguma apreensão. É possível ser corajoso até a loucura, mas certos mistérios que se desenrolam na escuridão não podem deixar de produzir uma grande impressão e sacudir com força os corações mais resistentes.

— O que está acontecendo, afinal? — perguntou o português, que começava a perder a paciência. — Eu já estou cansado dessa música que mexe com os meus nervos, e desses ruídos. Você está entendendo alguma coisa, Sandokan?

— A única coisa que eu entendo é que deve ter um *sapwallah* diante de nós, se não indiano, pelo menos bornéu, já que estamos em Bornéu, e não em Bengala — respondeu tranquilamente o Tigre da Malásia.

— E você, Tremal-Naik?

— Eu só estou ouvindo uma espécie de *tomril* sendo tocado igualzinho ao dos meus compatriotas.

191

Naquele momento, as notas, que havia alguns instantes tinham ficado ainda mais suaves, com nuanças muito leves, pararam bruscamente. Depois uma sombra se aproximou dos três homens, dizendo:

— Estão dormindo perto da entrada da caverna. Que bela surpresa para os daiaques se tentarem entrar.

Era Kammamuri.

— Quem? — perguntaram Yanez, Sandokan e Tremal-Naik ao mesmo tempo.

— Os pítons — respondeu o marata.

— O que você quer dizer com isso? — perguntou Yanez, recuando dois ou três passos.

— O negrito é muito esperto, eu já disse a vocês, e vale tanto quanto um dos nossos melhores *sapwallah*. Parecia que ele conduzia um bando de perus para o pasto e, ao contrário, estava levando cobras tão monstruosas como eu nunca vi até hoje, nem mesmo nos *Sunderbunds* do Ganges.

— E onde nós estamos, afinal?

— Na caverna dos pítons, senhor Yanez. Oh!... Temos sentinelas que, quando se levantarem, vão escoicear aqueles malditos daiaques que estão querendo as nossas cabeças, e também aquele canalha do Teotokris!

14. O ataque

SE UMA GRANADA TIVESSE explodido nos pés dos dois filhotes de tigre de Mompracem e do velho caçador da Selva Negra, o efeito não teria sido tão grande quanto o causado por aquele nome, jogado ali quase despreocupadamente por Kammamuri.

Teotokris, o grego maldito, o antigo favorito do rajá do Assam, que dera tanto trabalho a eles, estava em Bornéu, à frente das hordas selvagens dos daiaques!...

Sandokan foi o primeiro a se recuperar do espanto enorme produzido por aquele nome.

— Isso mesmo, Teotokris está aqui, senhores — disse o indiano.

— Isso não é possível!... — exclamaram Sandokan, Tremal-Naik e Yanez ao mesmo tempo.

— É, sim. Teotokris está aqui!... — repetiu Kammamuri.

— Quem disse isso? — perguntou Yanez.

— Quem disse isso?... Ninguém precisou me dizer, pois eu o vi!...

— Você?...

— Eu mesmo, senhor Yanez. Foi ele que me capturou e matou o búfalo selvagem com cinco tiros de pistola, enquanto ele estava correndo pela floresta.

— Você não pode ter se enganado? — perguntou Sandokan. — Talvez fosse um dos dois filhos do rajá do lago de Kini Balù.

— Eu o conheço bem demais para me enganar, senhor — respondeu Kammamuri. — Era mesmo Teotokris, em carne e osso. Foi ele que mandou me prenderem na cabana aérea, onde encontrei esse bravo negrito.

— Você trouxe uma bela serpente com você, meu caro Yanez — disse Sandokan.

— Mas como é que aquele cachorro raivoso veio parar aqui? — perguntou o português a si mesmo.

— Certamente ele não vai nos dizer. Mas o fato é que ele está aqui e que esse homem me preocupa mais do que todos os daiaques juntos.

— Sandokan, acabei de pensar numa coisa.

— No quê, Yanez?

— Será que foi ele quem mandou explodir o meu iate?

— Eu não me espantaria nem um pouco. Mas, nesse caso, seria preciso que tivesse um cúmplice.

— Acho que eu sei quem é — disse Tremal-Naik.

— O *chitmudgar*, não é verdade, amigo? — disse Sandokan.

— É — respondeu o indiano.

— No entanto, ele parecia ser tão devotado a mim — disse Yanez.

— Bah!... Cuidado com os assameses!... — respondeu o Tigre da Malásia, sorrindo. — Eu confio muito pouco nos seus súditos. O iate, que explodiu misteriosamente, o seu *chitmudgar*, que desapareceu, o grego aqui!... Que bela traição.

— Mas eu vou arrancar o coração daqueles cachorros!... — berrou Yanez, furioso.

— Primeiro você precisa encontrar os corpos, e nem sequer sabemos onde eles estão neste momento. Ah!... Estou desconfiado de mais uma coisa.

— Diga.

— De que o grego conseguiu corromper até o canalha do Nasumbata e de que foi ele quem o levou embora. Agora o grupo está completo.

— Mas nós também estamos completos agora — disse Tremal-Naik.

— Mas eu queria que os meus malaios estivessem aqui comigo, e os assameses de Yanez também, para poder entrar numa batalha furiosa contra aquele miserável Teotokris, que vem atrapalhar os meus negócios também.

— Mais dia, menos dia ele vai cair nas nossas mãos, e então acabaremos com ele de verdade — respondeu o português. — E nós que pensávamos que ele tinha morrido!...

— Eu vi quando ele caiu em cima de um monte de cadáveres — disse Sandokan. — Devia ter levado vários tiros.

— E eis que o encontramos ainda de pé e mais vivo do que nunca. É verdade que na Europa os gregos têm a fama de ter a pele duríssima.

— E nós temos a prova viva disso aqui — disse Tremal-Naik.

Kammamuri, que se afastara novamente na direção da saída da caverna, estava voltando naquele instante.

— Mais alguma novidade? — perguntou Tremal-Naik.

— Os daiaques chegaram diante da caverna.

— São muitos? — perguntou Yanez.

— Não pude ver, porque estão escondidos no meio das plantas.

— Você viu o grego?

— Uh!... Aquele malandro vai tomar o maior cuidado para não aparecer.

— E o que o negrito está fazendo?

— Vigiando seus pítons.

— São muitos?

— Pelo menos umas dez dúzias, e todos gigantescos. Enquanto tivermos aquelas sentinelas assustadoras diante da caverna, não temos nada a temer.

— Mas não podemos excluir um ataque completo — disse Sandokan.

— Se eles nos mantiverem presos aqui dentro, não sei como as coisas vão acabar para nós. É verdade que, em último caso, podemos imolar um daqueles répteis gigantescos.

— Puah!... Ah, Sandokan!... — exclamou Yanez.

— Por acaso você não comeu gafanhotos fritos em Sarawak?

— Aqueles eram outros tempos — disse Yanez, estourando numa gargalhada.

— Pois é, naquela época você não era o príncipe consorte da bela rani do Assam!...

— É verdade, Sandokan.

— Ah!... Como os homens ficam mimados quando se aproximam de um trono.

— Vá para o diabo, irmãozinho!...

— Um irmãozinho de barba grisalha como eu — disse Tremal-Naik.

As notas agudas do *angilung* interromperam bruscamente aquela conversa.

O negrito pegara de novo o seu instrumento e recomeçara a tocar com muita força.

— Aquele homem vai nos trair — disse Sandokan. — Com aquele seu instrumento maldito está avisando os daiaques que nós estamos aqui, trancados como numa gaiola.

195

— Você está enganado, Tigre da Malásia — respondeu Kammamuri. — Aquele bravo homem está lançando a sua vanguarda para a entrada da caverna.

— Eu confio mais na minha carabina do que naqueles répteis.

— Vá então brincar com aqueles pítons — disse Tremal-Naik. — Eu não pretendo enfrentá-los de jeito nenhum. Quando aqueles répteis agarram uma presa, não soltam mais. Eu sei muito bem disso, pois passei a minha juventude nos *Sunderbunds* do Ganges. Todo mundo tem medo deles.

— Eu também os conheço muito bem — respondeu Sandokan. — Mas não vão ser capazes de impedir um ataque.

— Isso é verdade.

— Ainda mais que não temos nada para pôr no estômago — acrescentou Yanez. — Nem sequer os famosos gafanhotos fritos de Sarawak.

— Que agora, mesmo tendo se transformado em príncipe consorte, você devoraria sem fazer nem mesmo uma careta.

— É provável, amigo. Mas vamos parar com a brincadeira e ver o que esses daiaques estão fazendo. Estou começando a ficar entediado.

— Dá para perceber que eles fazem questão absoluta de conseguir as nossas cabeças — disse Tremal-Naik.

— Também acho!... Seria uma coleção magnífica!... Uma cabeça europeia, uma bornéu autêntica, uma bengalesa e uma marata. Nenhum chefe de *kotta* tem algo parecido.

Pegaram as carabinas e avançaram com cuidado para a saída da caverna, mas, depois de percorrerem quinze ou vinte metros, estacaram bruscamente, fazendo um gesto de nojo.

Um volume enorme de serpentes gigantescas jazia ali, tendo sobressaltos a cada nota que saía do *angilung* do negrito.

Quantas eram? Ninguém seria capaz de dizer, pois ainda reinava uma profunda escuridão na imensa caverna.

De vez em quando, aquela massa sacudia com brusquidão, como se fosse reanimada, e algumas cabeças se erguiam de repente, sibilando, para depois cair de uma vez.

— Por Júpiter!... — exclamou Yanez, recuando. — Quem teria coragem suficiente para atravessar essa barreira? Por mim, desisto imediatamente.

— É realmente um obstáculo intransponível e perigoso demais — acrescentou Sandokan. — Pelo menos por enquanto esses répteis valem mais do que duas dúzias de balistas. Enquanto estiverem ali, nenhum daiaque colocará os pés dentro desta caverna.

— É um espetáculo assustador — disse Tremal-Naik. — Nos *Sunderbunds* algumas vezes eu encontrei grupos de cobras, mas nunca tantas assim. Como será que se reuniram aqui?

— Vieram procurar um pouco de frescor e, ao encontrar, se aninharam aqui — respondeu Yanez. — Você deve saber que elas comem a intervalos muito longos e que dormem bastante. Não deve faltar caça na floresta ao lado, e isso deve ser suficiente para alimentar esses répteis colossais, que, além de tudo, não precisam de muita coisa para o estômago.

Um assobio quase imperceptível atravessou o ar naquele momento.

— Em guarda — disse Sandokan. — Os daiaques nos ouviram e estão se dando ao luxo de nos presentear com algumas flechas envenenadas.

Com um movimento fulminante, os quatro homens se atiraram contra a parede da direita, enquanto o negrito se deixava cair no chão, atrás da enorme massa de cobras, percebendo também que os inimigos tentavam derrubar, mesmo que ao acaso, alguns dos sitiados.

Ouviram um segundo e depois um terceiro assobio. As flechas estavam começando a chover, arremessadas pelos *sumpitans* dos caçadores de cabeças, mas sem obter nenhum resultado, pois nem mesmo os pítons podiam ser atingidas, já que eram protegidas por escamas resistentes.

— E se a gente disparasse alguns tiros com as carabinas? — perguntou Tremal-Naik.

— Para quê? — disse Sandokan. — Vamos poupar a nossa munição. Mais tarde podemos lamentá-la, apesar de os nossos homens terem várias caixas.

— Vamos deixar que acabem com as flechas — disse Yanez. — Não vão ter upas ao alcance para sempre. Ei, Kammamuri, o que o negrito está fazendo, que não toca mais?

— Está tomando conta das cobras dele, senhor — respondeu o indiano. — Não quer que elas fiquem estimuladas nem atiçadas demais, com receio de que saiam da caverna e não sirvam mais de obstáculo. Eu já disse que ele é esperto, embora seja tão pequenininho.

— É um selvagem e pronto — disse Tremal-Naik.

As flechas continuavam a entrar, se chocando contra as escamas dos pítons, sem que estas ligassem para aquela leve chuva de granizos. As pontas se quebravam nas escamas sem produzir nenhuma lesão.

Deitado atrás do enorme volume, o negrito não se mexia. Mas mantinha o seu instrumento na boca, pronto a despertar e irritar seus répteis colossais se os daiaques ousassem forçar a entrada.

Encostados na parede, com as carabinas armadas, Sandokan e seus companheiros esperavam que os inimigos se decidissem a atacar.

— Eles vão esperar o dia nascer — disse Yanez.

— E então vão recuar — respondeu o Tigre da Malásia. — Quando descobrirem a presença das cobras, perderão toda a esperança de entrar.

— E vão nos sitiar — acrescentou Tremal-Naik.

— É disso que eu tenho mais medo — respondeu Sandokan. — Eles devem ser muito numerosos, e não vai ser fácil para nós forçar a passagem com três carabinas apenas. Ah!... Se eu estivesse com os meus malaios aqui!... Que belo ataque eu faria!...

— Você acha que eles continuam na ilhota? — perguntou Tremal-Naik.

— Conheço muito bem os meus homens. Enquanto não me virem chegar, não vão abandonar sua posição.

— Devem estar bastante nervosos por não nos verem voltar.

— Eles conhecem muito bem os imprevistos da guerra e sabem esperar com paciência. Por outro lado, é bem possível que Sapagar tenha enviado homens para uma ou outra margem, para descobrir o que aconteceu com a nossa barcaça. Eu estou perfeitamente tranquilo em relação a eles. Nós vamos encontrá-los reunidos e prontos para retomar a marcha em direção a Kini Balù. Oh! O que está acontecendo agora? Kammamuri, vá perguntar ao seu amigo se os pítons estão cansados de tomar conta da saída da caverna sem esmagar ninguém entre as suas terríveis espirais.

O negrito recomeçara a tocar e era uma verdadeira fanfarra guerreira que saía do seu bambu, fazendo vibrar toda a imensa caverna. Os pítons despertaram rapidamente e, eletrizados por aquela estranha música, haviam recomeçado a rastejar, sibilando furiosamente.

— O negrito está dando uma ordem de ataque, pelo que parece — disse Yanez.

— Será que os daiaques estão tentando forçar a entrada na caverna? — perguntou Sandokan a si mesmo, avançando com a carabina em punho.

A fanfarra continuava, cada vez mais estridente, mais furiosa. Parecia formada de dez e não de uma só flauta.

De repente, um berro fortíssimo ecoou diante da entrada da caverna. Não era aquele urro selvagem que anuncia um ataque, mas um grito de espanto.

Os daiaques acabavam de descobrir a presença dos répteis aterrorizantes, provavelmente.

— Uma descarga, agora!... — gritou Sandokan.

Três raios romperam as trevas, seguidos de três detonações que o eco da caverna centuplicou. Parecia que três tiros de balistas haviam sido disparados.

Do lado de fora se ouviram clamores assustadores, que duraram alguns segundos, e depois o silêncio retornou. Até o *angilung* do negrito não estava mais tocando e os pítons haviam parado de sibilar.

— O que eles estavam tentando, afinal, Kammamuri? — perguntou Sandokan.

— Queriam nos surpreender, senhor — respondeu o marata, que estava bem atrás do negrito.

— E fugiram quando viram os pítons?

— Correndo como babirussas, senhor.

— Estou convencido. Ainda consegue vê-los?

— Eles se esconderam de novo no meio dos arbustos.

— Você viu o grego?

— Não.

— O safado não vai expor a sua pele com tanta facilidade — disse Yanez. — Os pescadores do arquipélago são espertos.

— Eu preferia que fossem uns patetas — disse Sandokan. — Quando menos esperarmos, esse patife vai aprontar alguma. Ei!... O que os nossos sitiadores estão fazendo?

Todos eles se puseram à escuta. Parecia haver pessoas caminhando sobre a abóbada da caverna, batendo na rocha com fortes golpes de *parangs* e *kampilangs*.

— Será que estão tentando abrir uma passagem pelo alto? — perguntou Sandokan a si mesmo, inquieto.

— Dá a impressão de que estão realizando algum tipo de trabalho misterioso — respondeu Yanez, sem parar de escutar atentamente. — Ei, Kammamuri, chame o negrito um pouco. As cobras dele podem dispensar a corneta por algum tempo.

— O que você quer perguntar a ele? — indagou Tremal-Naik.

— Espere um pouco. Estou tentando não acabar os meus dias aqui dentro como uma múmia egípcia, por Júpiter!...

Avisado por Kammamuri, o negrito deixou seus pítons, que haviam voltado a se acomodar perto da saída da caverna, e se apresentou, dizendo:

— Aqui estou, *orang*.

— As suas cobras não vão se mexer sem você? — perguntou Yanez.

— Enquanto não ouvirem o *angilung*, não vão sair daquela letargia.

— Então podemos conversar um pouco sem nos expor ao perigo de uma invasão inesperada por parte dos daiaques.

— Eles já viram os pítons e não vão se atrever a avançar.

— Ótimo, meu pequeno homem dos bosques. Você conhece esta caverna?

— Um dia me refugiei aqui com toda minha tribo, para escapar de uma perseguição furiosa por parte de uma grande coluna de caçadores de cabeças.

— Não tem nenhuma outra saída?

— Não, *orang*. Só tem a entrada.

— Você tem certeza absoluta disso?

— Eu a explorei todinha. No entanto, minha tribo conseguiu escapar também do cerco, sem deixar uma única cabeça nas mãos dos daiaques.

— Então existe outra passagem?

— Um buraco, *orang*, ou melhor, uma fenda.

— Pela qual nós também podemos passar.

O negrito sacudiu a cabeça.

— Não, *orang*, os *tuan uropa* são grandes demais.

— Mas você passou.

— É verdade.

— Onde fica esse buraco?

— No fundo da caverna.

Yanez virou para os seus companheiros e disse:

— Algum de vocês tem uma mecha?

— Eu tenho um pedaço de corda coberta de piche, mas deve estar bem molhada — disse Tremal-Naik. — Não vai pegar fogo.

— Você quer fogo, *orang*? — perguntou o negrito, esforçando-se para não perder uma sílaba do que era dito.

— Quero, pequeno homem.

— Vai ter, *orang*. Antes de se esconder aqui dentro, a minha tribo trouxe bastante lenha, e não foi tudo consumido.

— Mesmo assim vai ser impossível acendê-las — disse Tremal-Naik. — Os nossos estopins também estão molhados.

— Este homem não vai deixar por menos — respondeu Sandokan. — Basta que encontre dois pedaços de bambu e as chamas vão brilhar. Os selvagens de Bornéu ainda não conhecem mechas ou estopins, muito menos fósforos.

O negrito se afastara, acompanhando a parede da direita. A ausência dele não durou mais do que alguns minutos.

— Aqui está o fogo — disse ele.

Em seguida, virando para Kammamuri, acrescentou:

— Preciso do seu *parang*, meu *orang*.

Ele tinha nas mãos dois pedaços de bambu parcialmente consumidos pelo fogo. Pegou o pesado sabre do marata e, embora somente àquela hora estivesse começando a entrar um pouco de luz pela abertura da caverna, com o dia nascendo, quebrou primeiro um e depois o outro de duas maneiras diferentes.

— Está pronto — disse Sandokan a Tremal-Naik. — Daqui a pouco teremos fogo.

— Hum!... — fez o indiano. — Estou curioso para ver como isso vai acontecer.

— Trata-se de uma coisa muito simples, amigo. O negrito cortou os dois bambus no meio, no sentido vertical, de forma a ter duas bordas cortantes. Na superfície convexa de um, fez uma incisão, na qual passa rapidamente a lombada do outro. Se a lenha estiver bem seca, o pozinho produzido pelo atrito se incendeia facilmente e aí teremos uma fogueira. Está vendo?

O negrito estava apoiado na parede e esfregava com força os dois pedaços de bambu, deixando cair no chão uma verdadeira chuva de fagulhas.

Embaixo havia colocado fragmentos de lenha bem seca e folhas.

A fumaça estava começando a se levantar, espalhando-se lentamente.

De repente, uma chama brilhou e iluminou os cinco homens.

O negrito atirou os dois pedaços de bambu, foi buscar mais lenha e alimentou a fogueira, não sem produzir alguma agitação entre os pítons.

— Será que eles vão fugir? — perguntou Yanez, que preferia continuar protegido por aquela massa de répteis.

— Não se preocupe, *orang* — respondeu o negrito. — Com o meu *angilung* posso detê-los e até mesmo tranquilizá-los. Esses bravos animais são a nossa salvação.

— Mas parece que os daiaques não têm a menor intenção de ir embora. Estou ouvindo o barulho deles quebrando rocha sobre a nossa cabeça.

— Eu já descobri o que eles querem fazer, *orang*. Quando eu me escondi aqui dentro com a minha tribo, eles nos fecharam.

— Fecharam? Foi isso o que você disse? — perguntou Sandokan.

— Foi, *orang*. A abóbada da caverna é coberta de volumes enormes, que até mesmo crianças seriam capazes de rolar com facilidade se escavassem um pequeno canal. Se os daiaques estão trabalhando sobre as nossas cabeças, isso significa que estão se preparando para derrubar pedaços de rocha diante da entrada para nos fechar aqui dentro.

— Mas você disse que conhece outra saída.

— Mas acho que não vai servir para vocês, infelizmente.

— Não importa. Basta que um de nós consiga passar. Os tições estão acesos?

— Estão, *orang*.

— Mostre esse buraco pelo qual a sua tribo escapou.

— Venha, não fica muito longe.

O negrito começou a pôr fogo em dois galhos resinosos encontrados entre a lenha acumulada por sua tribo antes de se entrincheirar na imensa caverna, e se pôs a caminho, agitando-os continuamente em círculos a fim de manter a chama acesa. Avançou por cerca de duzentos passos, sempre acompanhando a parede da esquerda, e em seguida parou diante de um monte de rochas que se erguia quase até o teto.

— O buraco fica lá em cima — disse ele.

— Apague as tochas — disse Yanez.

O negrito bateu os dois galhos na parede e então se viu no alto um olho luminoso e bem arredondado.

O dia estava despontando, talvez até o sol já tivesse saído no horizonte, e aquela fenda semicircular estava muito visível.

— Foi por ali que a sua tribo escapou? — perguntou Sandokan.

— Foi, *orang*.

— Kammamuri, escale este monte de rochas e vá ver se é possível a gente sair por aquela abertura.

— Hum!... — fez Yanez. — Nós fizemos muito mal em engordar um pouco.

— Não é possível prever tudo — respondeu o Tigre da Malásia. — E depois, ainda não estamos barrigudos.

O marata já estava subindo pelas rochas, atraído por aquele buraco luminoso que prometia a liberdade, e o negrito o seguia.

— Tudo bem? — perguntou Tremal-Naik, que acompanhava atentamente os movimentos do seu servo fiel.

— Não, patrão — respondeu o marata com voz rouca. — Só um negrito seria capaz de passar, e se for bem magro. Maldição a Xiva, a Vixnu e a Brahma!...

— Ei, homem de pouca fé!... — gritou Yanez. — Vou denunciar você aos brâmanes do Assam!...

— Faça o que quiser, senhor, mas nem eu nem vocês vamos conseguir passar.

— Acredito, porque sou o mais gordo de todos — respondeu o português, que nunca perdia seu bom humor, nem sequer nas circunstâncias mais terríveis. — Foi um péssimo negócio virar rajá.

— O príncipe consorte de uma maravilhosa rani — acrescentou Sandokan.

— Raios do inferno!... Até parece que você está com inveja do meu poder, irmãozinho.

— Não tenho motivos para isso. Afinal você não está aqui, junto com Tremal-Naik, para me dar um reino dez vezes maior do que o seu? Do que eu poderia reclamar?

— De não ser magro como esse negrito para escapar daqueles cachorros dos daiaques.

— Ah!... Isso, sim, irmãozinho.

— E então, Kammamuri? — gritou Tremal-Naik.

— Não dá para passar, patrão.

— Nem mesmo deixando um pedaço da pele?

— Teríamos de deixar todas as costelas, patrão.

— E nós ainda não queremos perdê-las — disse Yanez. — Que bela figura nós faríamos diante dos sitiadores!... E o homem dos bosques, onde está ele?

— Já passou — respondeu Kammamuri.
— Como? Já está lá fora?
— Deslizou pelo buraco como um peixe.
— Feliz mortal. Será que vai embora?
— Não, senhor Yanez. É um homem de valor, vai voltar logo.

E de fato, assim que terminou de pronunciar aquelas palavras, o negrito começou a deslizar pelo buraco.

— Você viu os daiaques? — perguntou Sandokan no mesmo instante.
— Vi, *orang*. Estão a trezentos ou quatrocentos passos de nós.
— E eles não viram você?
— Oh, não, *orang*. A colina é coberta de arbustos espessos.
— O que eles estão fazendo?
— Trabalhando em volta da lagoa negra.
— Lagoa negra?... O que é isso?
— Eu também não sei, *orang*. É uma grande escavação cheia de um líquido viscoso que solta um cheiro insuportável.

Sandokan virou para Yanez, que havia passado a cabeça pelo buraco e parecia aspirar violentamente o ar.

— Você está entendendo alguma coisa, irmãozinho? — perguntou a ele.

O português retirou a cabeça e olhou para os seus companheiros com alguma preocupação.

Em vez de responder a Sandokan, ele perguntou:
— Vocês não repararam em nada, enquanto estávamos atravessando a grande caverna?
— Que as paredes são formadas de montes de pedras amarelas? — perguntou Tremal-Naik.
— Exatamente.
— E o que isso tem que ver? — perguntou Sandokan.
— Tem que ver que estamos dentro de uma solfatara.
— E daí? Isso não me dá a explicação para aquela bacia cheia de matéria negra, da qual acabou de falar esse negrito.
— Eu quero dizer que perto das solfataras não é difícil encontrar lagoas de nafta.
— Não sei exatamente do que se trata a nafta. Só ouvi falar que ela inflama com facilidade e que os daiaques às vezes a utilizam para fixar melhor as upas nas pontas das suas flechas.

— Então você já entendeu alguma coisa — disse Yanez. — Agora eu queria saber por que os sitiadores estão trabalhando naquele depósito de nafta.

Olhou para o negrito que estava de pé à sua frente e se pôs a ouvir atentamente.

— Você viu um *tuan uropa* entre os daiaques? — perguntou a ele.

— Vi, *orang*.

— O que ele estava fazendo?

— Estava marcando a terra com linhas, usando a ponta de um *kampilang*.

— Ah!... Grego miserável!... — gritou Yanez com uma explosão de raiva inesperada.

— O que foi agora? — perguntou Sandokan.

— Acabei de entender o plano infernal dele. Não temos um instante a perder se quisermos escapar de uma morte horrível.

— Você ficou louco, Yanez? — perguntou Sandokan.

Em vez de responder, o português vasculhou os bolsos, retirou um livrinho e um lápis, arrancou uma página com cuidado, pois o papel ainda estava meio molhado, e escreveu rapidamente algumas linhas.

Quando terminou, sem dizer nada aos seus companheiros, que olhavam para ele com um espanto cada vez maior, dobrou o papel e o colocou na mão do negrito, dizendo:

— Tente chegar ao rio depressa, suba-o a toda a velocidade até encontrar uma ilhota ocupada por uma tribo de homens armados de canos que cospem fogo e vestidos como nós. Quando chegar lá, atravesse o Marudu berrando com todas as forças: Tigre da Malásia! Yanez!... Não esqueça esses nomes ou correrá o risco de levar uma dúzia de peças de chumbo no meio do peito. Entregue esta carta ao primeiro que encontrar, mas é preciso que você faça isso logo. Se cumprir bem essa missão, vou lhe dar de presente um cano que cospe fogo e o ensinarei como usá-lo. Podemos contar com a sua amizade?

— Eu sou amigo dos *orangs* — respondeu o negrito com voz séria. — Vou fazer tudo o que pediu.

— Cuidado para não ser surpreendido pelos daiaques.

— Eles estão muito ocupados para se preocupar comigo.

— Vá, amigo, e não se esqueça dos nomes.

— Não, não, *orang*. Tigre da Malásia e Yanez.

Agarrou-se às duas bordas da fissura e desapareceu.

205

15. Entre o fogo e os pítons

YANEZ PÔS A CABEÇA PARA fora do buraco e estava escutando com a maior atenção, aspirando o ar com força de vez em quando.

Batidas sonoras, produzidas pelo choque violentíssimo dos pesados *parangs* e dos *kampilangs* contra as rochas que cobriam a imensa caverna, ecoavam com uma estranha regularidade.

Era o caso de pensar que os selvagens filhos dos bosques bornéus haviam se transformado de repente em experientes mineradores sob as ordens do maldito grego.

Sandokan, Tremal-Naik e Kammamuri, que talvez ainda não houvessem compreendido o terrível perigo que os ameaçava, esperavam pacientemente que o português terminasse a sua observação.

Depois de alguns minutos, Yanez retirou a cabeça. Estava com uma expressão tão sombria que Sandokan se assustou.

— O que está acontecendo, afinal? — perguntou ele. — Durante todos esses anos em que estivemos juntos, nunca o vi tão preocupado como agora. Explique o que é isso, irmãozinho.

— A coisa é muito mais grave do que vocês pensam — respondeu Yanez. — Aquele cachorro do grego é mais esperto do que todos os seus compatriotas juntos, e estou como medo que ele nos faça passar por uma prova terrível. Eu já sei o que ele pretende fazer.

— Talvez não seja tão terrível quanto você está pensando — disse Tremal-Naik.

— Acho que é pior. É o enxofre que cobre as paredes da caverna que me preocupa muito. Não estou ligando para a nafta, porque esse monte de rochas é bem alto. Os pítons é que vão ficar numa péssima situação.

— Afinal, do que você está com medo? — perguntou o Tigre da Malásia.

— Aquele canalha quer nos assar vivos.

— Ah!... Bah!...

— Venha comigo, Sandokan.

Yanez desceu rapidamente aquele monte de rochas, pegou os dois galhos resinosos que ainda estavam ardendo e os aproximou da parede, que estava coberta por uma fina camada de enxofre em estado granuloso.

— Veja por que eu estou assustado — disse ele a Sandokan. — Se isto pegar fogo, quem vai poder se salvar?

— E como você quer que isso pegue fogo? — perguntou o Tigre da Malásia. — Nós é que não vamos acender fogueiras ao longo das paredes.

— Teotokris vai se encarregar disso.

— Ele?... Mas ele está lá fora!... Ele que tente forçar a passagem pela fileira de pítons!

— Não vai ser preciso. Ele está contando com a nafta.

— E de que lado ele vai fazer com que ela entre?

— Venha, então, já que você ainda não acredita no terrível perigo que nos ameaça.

Avançaram depressa pelo meio da espaçosa caverna e pararam diante de um outro monte de rochas, também incrustadas de enxofre.

— Está ouvindo? — perguntou a Sandokan.

— Estou, eles estão batendo contra o lado de fora da abóbada com os *kampilangs* — respondeu o Tigre da Malásia.

— O que você acha que os daiaques estão fazendo?

— Não tenho ideia.

— Estão tentando abrir um buraco.

— Por quê?

— Para deixar escorrer a nafta incendiada por ele — respondeu Yanez.

— E pôr fogo no enxofre?

— Exatamente.

— Lamento muito por esses pobres pítons.

— E por nós, não? O enxofre vai produzir vapores tão asfixiantes que não conseguiremos suportar.

— Grego canalha!... — exclamou Tremal-Naik. — Será que ele está querendo mesmo nos sufocar aqui dentro?

— Talvez nos assar vivos — disse Yanez. — As paredes incrustadas de enxofre vão pegar fogo e esta caverna vai virar um inferno. Vamos ser cozidos alegremente.

— Não, nada alegremente, senhor Yanez — disse Kammamuri.

— E nós vamos deixar que o Teotokris continue com a sua tarefa sem lhe dar um pouco de trabalho? — perguntou Sandokan. — Você, que sempre foi um homem cheio de recursos infinitos, precisa encontrar um meio de mandar para os ares o plano sinistro do antigo favorito do rajá do Assam. Se ele estivesse nas minhas mãos, eu logo daria um jeito na coisa.

— Mas ele não está, e eu, por mais que quebre a cabeça, não consigo encontrar um jeito de fazer que ele caia na sua frente.

— Será que a sua imaginação extraordinária acabou?

— Acho que não. Ao contrário, ela está se arrebentando contra obstáculos intransponíveis.

— Será que dá para alargar o buraco? — perguntou Tremal-Naik.

— Com que ferramentas? — perguntou Sandokan em vez de responder.

— Com o *parang* do Kammamuri.

— Ele se quebraria contra a rocha, amigo, ou, no mínimo, depois de um quarto de hora ficaria totalmente inutilizado. Embaixo da camada de enxofre tem basalto. Tente furá-lo, se for capaz.

— Então só temos uma esperança: a chegada dos nossos homens.

— Toda a questão está aí — disse Yanez. — Mas eu me pergunto, não sem grande preocupação, se o negrito vai encontrá-los e se eles vão conseguir chegar a tempo.

— Eu conheço os selvagens das grandes florestas e sei o quanto são inteligentes, apesar da pequena estatura e da sua fisionomia bem pouco interessante de fato — disse Sandokan. — Se os nossos homens ainda estiverem na ilhota, o amigo do Kammamuri saberá como encontrá-los para entregar o bilhete. Você escreveu para Sapagar, não é verdade?

— É, Sandokan.

— Ele é um homem inteligente e corajoso como um tigre. Se ainda estiver vivo, vai lançar seus homens através do rio e virá nos libertar.

— E se ele foi morto? — perguntou Tremal-Naik.

— Você está querendo me deixar assustado, amigo? — perguntou Sandokan, em cuja fronte, contudo, se desenhou uma ruga profunda. — Não, é impossível que os meus homens, apoiados pelos assameses e contando com três ou quatro balistas, tenham cedido ao ímpeto das hordas daiaques. Os filhotes de tigre são verdadeiros demônios.

— E os meus assameses também são corajosos, porque foram escolhidos entre os montanheses — acrescentou Yanez.

Reinou um breve silêncio entre os quatro homens, interrompido apenas pelos golpes dos *kampilangs* e dos *parangs* dos daiaques.

Os terríveis caçadores de cabeças não haviam interrompido o trabalho. Tinha-se a impressão de que várias dúzias de espadões estavam tentando furar a abóbada da caverna para deixar a nafta escorrer e pôr fogo no enxofre incrustado nas paredes.

Pelo que parecia, o grego jurara fazer desaparecer para sempre o príncipe consorte da bela rani do Assam.

— Quanto tempo eles vão levar para furar a abóbada? — perguntou finalmente Sandokan a Yanez.

— Não sei qual é a espessura dela — respondeu o português. — Mas vão ter muito o que fazer, mesmo se forem vários homens. A rocha é muito resistente, e as armas deles estragam facilmente.

— E nós aqui, sem poder fazer nada! — exclamou Tremal-Naik.

— Quer tentar uma saída?

— E os pítons?

— É verdade, eu tinha me esquecido — respondeu Yanez. — O que será que aqueles répteis estão fazendo?

— Tirando uma soneca, senhor Yanez — respondeu Kammamuri.

— Mas que eternos dorminhocos!... Pode-se dizer que foram criados apenas para engolir e dormir!...

— E também para triturar o incauto que se deixar surpreender por eles — acrescentou Kammamuri. — Não sei como uma vez eu consegui escapar do apertão de um deles na Selva Negra.

Um gesto enérgico de Sandokan interrompeu a conversa.

— Quantos homens você acha que estão aí fora? — perguntou o pirata a Yanez.

— Muitos, certamente.

— Você acha que os daiaques conseguem acabar o trabalho antes de a noite cair?

— Não sei qual é a espessura da abóbada, amigo. O que você quer tentar?

— Queria provocá-los para saber se estão em bom número.

— Quem?

— Os daiaques.

— E tentar uma carga a fundo?

— Seria uma ideia — respondeu Sandokan. — Eu não consigo mais ficar parado aqui. Esse trabalho misterioso que os daiaques estão executando sob as ordens do grego está me deixando irritado.

— E como você pretende atravessar a barreira de pítons? O negrito não está mais aqui com o seu *angilung* para afastá-los, irmãozinho.

Uma imprecação surda escapou dos lábios do pirata de Mompracem.

— Canalhas!... — rugiu ele. — Se os meus homens chegarem a tempo, vou fazer todos eles em pedacinhos, aqueles daiaques patifes, e não terei misericórdia de ninguém. Eu tenho de matar esse grego antes de me lançar sobre Kini Balù!

— Você vai explodir, irmãozinho? — perguntou Yanez, que recuperara o sangue-frio.

— Estou com uma vontade furiosa de matar — respondeu Sandokan, com uma voz assustadora.

O Tigre da Malásia, ainda não domesticado pelos anos, aquele tigre terrível que um dia espalhara o terror por toda a costa ocidental de Bornéu e fizera tremer até mesmo o leopardo inglês aninhado em Labuan, lançou seu rugido de guerra.

Infelizmente, naquele momento ele estava de fato impotente, pois a barreira oposta pelos enormes volumes de pítons o deteve de imediato.

— Yanez — chamou ele com voz rouca —, isso é o fim?

— Para quem?

— Para nós.

— Por Júpiter!... Ainda não estamos mortos, irmãozinho, e não vejo motivo para você estar tão irado. Os daiaques ainda não perfuraram a abóbada, e a nafta ainda não está escorrendo nem incendiando essas malditas massas de enxofre. Você ainda é hidrófobo? Aqui não é Labuan, e não são os ingleses que estão diante de nós.

— É o grego que eu quero matar.

— Por Júpiter!... Eu não voltarei para junto de Surama sem levar comigo a carcaça desse canalha, e muito bem empalhada.

— Se conseguirmos sair vivos dessa enrascada... — disse Tremal-Naik.

— A palavra é sua, Yanez — disse Sandokan.

O português não respondeu imediatamente. Continuava escutando com raiva cada vez maior os golpes dos *parangs* que os daiaques davam contra a abóbada da caverna.

— Vamos tomar as nossas precauções — disse ele de repente. — Temos de garantir uma boa ventilação. Se todo esse enxofre pegar fogo aqui, será possível cozinhar calmamente até um elefante depois que ele morrer asfixiado. Venham, amigos.

— Aonde? — perguntou Sandokan, que estava com os olhos injetados de sangue.

— Para perto da abertura.

— Você quer tentar sair?

— Nós engordamos muito, meu caro, e a rocha é muito dura. Bah!... Quem viver verá!...

Uma luz vaga entrava através da ampla abertura da caverna, pois agora o sol já estava bastante alto no horizonte, fazendo com que os galhos resinosos se tornassem inúteis, além de já estarem apagados. Mas também era verdade que sobre a fogueira ainda havia tições, e não faltava lenha.

Yanez se aproximou das cobras adormecidas, juntou-as umas ao lado das outras, formando uma barreira monstruosa.

Não mais excitadas pelo *angilung* do filho dos bosques, haviam voltado a dormir, sempre opondo aos sitiadores, contudo, um obstáculo intransponível, pois ao primeiro ataque não deixariam de despertar e então, certamente, ninguém mais conseguiria dominá-las, talvez nem mesmo a flauta do negrito.

— O que você está pretendendo fazer, Yanez? — perguntou Sandokan. — Você teve alguma ideia?

— Tive. Eu queria provocar os daiaques para um ataque.

— Eles não seriam tão estúpidos para cair nessa. Agora já devem ter percebido que é impossível entrar aqui, mesmo com seus *parangs* e *kampilangs*.

— Vamos tentar irritá-los.

— E os pítons?

— Que saiam para dar uma volta e se joguem para cima daqueles canalhas. Se eu soubesse tocar o *tomril* ou qualquer outro instrumento parecido, já não estaria mais aqui e o grego estaria com pelo menos dez pítons enroladas em volta do corpo. Se eu conseguir voltar ao Assam, vou aprender aquela música com algum *sapwallah* famo...

— Se voltar.

— Agora é você que está se sentindo derrotado — respondeu Yanez, esforçando-se para sorrir. — Por Júpiter!... Ainda não estamos mortos e a nafta que aquele patife do grego quer derramar nas nossas cabeças ainda não encontrou uma passagem.

Ele se aproximou da massa de pítons, olhando atentamente pela ampla abertura.

— Tem sentinelas na entrada — disse ele. — Com isso podemos dar um belo golpe. Vamos ver se esses eternos dorminhocos vão retomar a marcha, mesmo sem o *tomril* ou o *angilung*.

O português se ajoelhou, armou a carabina, mirou durante alguns instantes e deixou o tiro partir.

Um urro respondeu à detonação, seguido de um horrível concerto de assobios.

Perturbados por aquele disparo que ecoou a uma distância tão curta, os pítons levantaram a cabeça, desenrolando os corpos ao mesmo tempo.

— Ah!... Como são feios!... — exclamou Yanez, saltando rapidamente para trás, enquanto sete ou oito flechas atravessavam a abertura.

Sandokan, que se deitara no chão no meio de dois volumes que lhe protegiam os flancos, deu por sua vez um tiro com a carabina, que também foi seguido de um grito agudíssimo. O daiaque que cometera a imprudência de se mostrar para poder lançar melhor o seu dardo envenenado deu um salto no ar, caindo inconsciente entre os arbustos onde até então se mantivera escondido.

— Dois a menos — disse Yanez.

— E já que começamos, agora é melhor continuar — disse Sandokan.

— E os pítons?

— Deixe que assobiem. Eles também têm o direito de se divertir um pouco. Sua vez, Tremal-Naik, mas cuidado com as flechas. Não se brinca com aquelas malditas upas.

O terceiro tiro de carabina ribombou.

Assustados com aqueles disparos, os pítons pareciam ter enlouquecido. Erguiam-se impetuosamente, tocando o teto da caverna com as cabeças, se soltavam, agitando as caudas com fúria, e se arremessavam para a direita e para a esquerda, tentando envolver entre suas poderosas espirais os perturbadores da sua tranquilidade.

A cada tiro que partia, se jogavam para o lado oposto, alongando-se em direção à saída da caverna, mas sem se decidir a sair do lugar.

— Não adianta — disse Yanez depois de haver consumido quatro ou cinco cartuchos. — Esses poltrões não estão com vontade de se mexer.

— E os daiaques perceberam que suas flechas não valem nada contra as nossas armas de fogo e se puseram em segurança — acrescentou Sandokan. — Vamos reservar nossa munição para uma hora mais favorável.

— Era isso que eu ia sugerir — disse Tremal-Naik. — Tem arbustos e árvores demais na nossa frente.

Naquele instante, uma chuva de pedras caiu do alto, a poucos passos de Kammamuri, que assistia àquele combate olhando melancolicamente para o seu sabre inútil.

— Abriram um buraco!... — gritou Yanez, recuando rapidamente. — Atenção!...

Todos eles se encostaram imediatamente nas paredes, olhando para cima.

De fato, os daiaques haviam conseguido furar a abóbada da caverna depois de três ou quatro horas de trabalho incansável.

— Será que vão derramar nafta aqui dentro ou vão se contentar em nos alvejar com suas flechas envenenadas? — perguntou Sandokan.

— Teotokris não vai ser tão estúpido assim — respondeu Yanez. — Para que serviriam os dardos, enquanto temos a possibilidade de evitá-los, nos escondendo no fundo da caverna?

— Então daqui a pouco um rio de fogo vai ser derramado aqui dentro?

— Para incendiar o enxofre.

— E nós?

— Só o que nos resta é irmos para perto da abertura que o negrito nos mostrou.

— Será que vamos resistir ou morreremos asfixiados?

— Eu me pergunto a mesma coisa — respondeu Yanez que, talvez pela primeira vez na vida, parecia bastante impressionado.

— Será que vamos acabar os nossos dias aqui dentro?

— Como eu disse pouco tempo atrás, ainda não estamos mortos.

— Mas que esperança você ainda tem?

— E o negrito? Esqueceu dele?

— E se ele foi morto?

— Então uma boa noite a todos, meu caro Sandokan. Nem sempre se tem vantagem na luta contra o destino.

— E eu terei sido o motivo da sua ruína!
— Pare com isso.
— Eu devia ter deixado você no Assam, sem chamá-lo até aqui para me ajudar a conquistar um trono do qual eu nem faço tanta questão. Se pelo menos fosse Mompracem!...
— Chega, Sandokan. Vamos bater em retirada, amigos!...
— E os pítons? — perguntou Kammamuri.
— Em meia hora estarão bem cozidos — respondeu Yanez.
— E então os daiaques poderão entrar — disse Kammamuri.
— De pés descalços no meio de um mar de fogo? Não seriam tão burros, amigo.

Recarregaram rapidamente as carabinas e bateram em retirada para a extremidade oposta da caverna, enquanto do pequeno buraco continuavam a cair pedaços de rocha e se ouviam os *parangs* e *kampilangs* batendo com uma raiva crescente.

Pelo que parecia, os daiaques estavam trabalhando obstinadamente para aumentar o buraco para que a nafta entrasse em grande abundância e transformasse o antro em uma cratera vulcânica.

Os quatro sitiados foram para o fundo da caverna, escalaram o monte de rochas e chegaram embaixo da abertura através da qual o negrito passara.

— Continua livre? — perguntou Sandokan a Yanez.
— Continua — respondeu o português. — O grego ainda não descobriu esta passagem.
— Se a gente conseguisse alargá-la para pegar os daiaques pelas costas!...
— Eu já disse que iríamos sacrificar o *parang* do Kammamuri inutilmente. A única coisa que nos resta a fazer é esperar a chegada dos nossos homens.
— Uma agonia atroz — disse Tremal-Naik.
— Só podemos contar com eles, amigo. Os nossos recursos estão completamente acabados. Venham todos para perto desta boca de ar, e encham bem os pulmões.

Um grito escapou do seu peito quase no mesmo instante.

Um raio iluminou a caverna, seguido de um rangido estranho que parecia produzido pela queda de um jato de água sobre um pavimento de pedra.

— A nafta ardente!... — acrescentou ele depressa. — Essa é a prova conclusiva!...

Raios se sucediam a raios. O rio de fogo caía pelo buraco aberto pelos *parangs* e *kampilangs* dos daiaques e se alargava, escorrendo na direção dos pítons por causa do declive do solo.

Um cheiro agudo e pestilento se difundia pelo antro.

— Ah!... Cachorro de grego!... — rugiu Sandokan. — E não poder ter esse infame nas minhas mãos!...

Perto da abertura da caverna, os pítons, experimentando as primeiras mordidas do fogo, se debatiam desesperadamente, sibilando de maneira assustadora. Os infelizes, surpreendidos no sono pelo líquido ardente, se erguiam e depois desabavam, agitando as caudas como loucos.

Alguns, mais sortudos, tiveram tempo de se libertar dos companheiros e se precipitavam para fora da caverna. Outros, ao contrário, fugiam para a rocha sobre a qual estavam reunidos Yanez, Tremal-Naik, Sandokan e Kammamuri. Muitos, no entanto, estavam sendo assados, expandindo em volta um cheiro nauseante de carne queimada.

— Estamos no inferno — disse Yanez, que ainda conservava uma calma maravilhosa. — Amigos, não deixem os pítons chegarem aqui!... Empunhem as carabinas!... Mirem na cabeça!...

Incitados pelo fogo que não parava de se alastrar, ameaçando fundir a massa de enxofre que incrustava as paredes, sete ou oito répteis gigantescos já haviam chegado diante da rocha e se esforçavam para escalá-la.

Deviam ter percebido que lá no alto existia uma passagem, mas certamente não convinha nem um pouco aos sitiados que fugissem por ali, para não alertar os daiaques e atrair a atenção do grego.

— Vamos fuzilá-los, amigos!... — gritou Yanez, percebendo o gravíssimo perigo antes dos outros.

Atirou no píton que estava rastejando na frente da fila e o derrubou no chão com o crânio quebrado.

Sandokan e Tremal-Naik rapidamente o imitaram, enquanto Kammamuri dava tremendos golpes com o sabre em todas as direções.

Disparos se seguiam a disparos, e os pobres répteis caíam um por um, rolando para baixo da rocha.

Enquanto isso, a luz ia aumentando na caverna. A nafta que escorria abundantemente, parecendo um rio de lava ou chumbo derretido, continuava a entrar e aos poucos ia consumindo o enxofre.

Vapores asfixiantes exalavam, empurrados pelo ar que entrava pela grande abertura.

Os sitiados tossiam furiosamente e seus olhos se enchiam de lágrimas.

— Yanez — disse Sandokan, enquanto o último píton, atingido por duas balas, caía sem vida —, é o nosso fim?

— Não sei o que dizer — respondeu o português com voz alterada. — Mas me parece que a coisa ficou muito feia e não sei por que estou pensando em Surama neste momento.

— Eu acabei com a sua vida, irmão — disse o Tigre da Malásia com voz emocionada.

— Não diga isso, amigo — respondeu Yanez entre uma tossida e outra. — O grego ainda não viu o nosso último suspiro.

— Não sei se vou sobreviver — disse Tremal-Naik naquele instante. — A morte está chegando.

— Encoste a cabeça no buraco.

— O ar não está mais entrando — disse Kammamuri.

Yanez deu uma olhada para a ampla caverna.

Estava tudo em chamas! As paredes se soltavam ao contato com a nafta ardente como se fossem de manteiga, e o fogo se propagava sem parar, avançando para a rocha sobre a qual estavam reunidos os quatro infelizes.

Daquele líquido chamejante se erguiam jatos de uma fumaça acre, sufocante, cada vez mais densa.

— E então, Yanez? — interrogou Sandokan ansiosamente.

O português balançou a cabeça e depois disse:

— Acho que isso é a morte. Bah!... A guerra sempre é perigosa.

Vasculhou os bolsos, tirou um maço de cigarros agora quase secos, pegou um e o colocou na boca, mordendo-o com raiva.

— Se ao menos eu pudesse acendê-lo — disse ele. — Vou esperar o fogo chegar mais perto.

16. A revanche dos malaios

ENQUANTO SANDOKAN E seus companheiros corriam o perigo de morrer queimados dentro da caverna fatal, ou pelo menos asfixiados, o negrito galopava desesperadamente através das florestas para chegar ao rio.

Deslizando com cuidado entre os arbustos que cobriam a colina, conseguiu escapar sem ser observado pelos daiaques que trabalhavam em volta da bacia de nafta e chegar à planície.

Como todos os homens primitivos, sabia se orientar depressa sem precisar de uma bússola. Mesmo com o céu coberto, teria conseguido encontrar a direção certa do mesmo jeito.

Chegando à floresta, correu com a velocidade de um cervo, mantendo bem seguro o pedaço de papel e repetindo os nomes de Yanez e do Tigre da Malásia, com medo de esquecer.

Sempre correndo a mais não poder, duas horas depois chegou ao Marudu.

O rio naquele local estava absolutamente deserto. Apenas bandos de pássaros voavam de uma margem para a outra, gritando a plenos pulmões, como para saudar o astro diurno que estava prestes a surgir acima das grandes florestas.

O negrito parou um instante, bebeu um gole de água, colheu uma banana e depois partiu correndo.

Estava subindo o rio pelo meio dos caniços para não se expor ao perigo de ser surpreendido ou de levar uma flechada envenenada nos flancos. Percebera que a salvação dos seus novos amigos dependia da sua prudência e das suas pernas.

Acostumado a viver no meio das grandes florestas, em contínua guerra com os daiaques, tomava muito cuidado e não lhe faltavam rapidez e resistência.

Já estava trotando havia uma boa meia hora quando chegou aos seus ouvidos uma detonação bem mais forte do que aquelas que ouvira ribombar na caverna.

— Esse tiro deve ter sido dado pelos *tuan uropas* — murmurou ele. — Os daiaques não devem estar longe, nem a ilha.

Saiu então dos caniços e entrou na floresta, imaginando que os daiaques houvessem se apoderado das duas margens do rio.

Depois de alguns minutos, ouviu uma segunda detonação, mais aguda do que a primeira. Será que eram os malaios de Sandokan e os assameses de Yanez que varriam a tiros de balista as margens do rio para manter longe seus inimigos implacáveis? Provavelmente.

O negrito agora estava avançando com extrema cautela, fazendo paradas frequentes para escutar.

Quando o silêncio se aprofundava, ele retomava a velocidade para parar de novo trezentos ou quatrocentos metros adiante.

Enquanto isso, os tiros de balista continuavam se sucedendo, cada vez mais distintos, a longos intervalos.

Agora estavam sendo disparados a uma distância muito pequena da orla da floresta.

O negrito aumentava suas precauções. Não se atrevia mais a correr, embora sentisse uma vontade enorme de fazê-lo quando pensava no perigo gravíssimo que seus amigos estavam correndo.

Redobrou as paradas, às vezes se punha a rastejar entre os arbustos e os amontoados de cipós e de pimenteiras-selvagens, receando se ver de um momento para outro diante de algum grupo de daiaques.

Percorreu assim quase mais meio quilômetro, quando desviou bruscamente e se embrenhou depressa no bosque fechado.

Havia visto homens emboscados na margem do rio, armados de *sumpitans* e *kampilangs*.

Eram os daiaques que vigiavam os malaios e assameses sempre aninhados na ilhota, esperando o retorno dos seus chefes.

Os tiros de balista ribombavam, repercutindo por um longo tempo sob a arcada infinita da floresta. Mas não se tratava de uma verdadeira batalha, pois as carabinas estavam quietas.

Os sitiados se divertiam em atormentar os sitiadores, varrendo os caniços com uma tempestade de pregos e chumbo grosso.

O negrito, que agora já registrara a posição da ilhota, assinalada por nuvens de fumaça produzidas pelas peças de artilharia, deu uma volta, se embrenhando cada vez mais na floresta. Depois, quando achou que já ultrapassara a zona ocupada pelos daiaques, voltou a virar na direção do rio, sempre avançando com extrema prudência.

Mesmo caminhando, não parava de repetir os dois nomes, Tigre da Malásia e Yanez.

Chegou ao canical sem ter encontrado ninguém, pôs o papelzinho entre os lábios, jogou a zarabatana a tiracolo, prendeu bem o feixe de flechas em cima da cabeça para que a água não arruinasse o veneno que embebia as pontas, pois as upas eram facilmente solúveis, e entrou no rio.

Os tiros de balista zuniam na direção do baixo curso, de forma que o selvagem filho dos bosques, um excelente nadador como todos os seus compatriotas, só precisava se deixar levar pela corrente e tomar cuidado para ficar bem longe das margens.

Felizmente, naquele local o Marudu tinha mais de trezentos metros de largura, e as flechas dos daiaques não podiam chegar até ele, pois o alcance dos *sumpitans* era de no máximo quarenta ou cinquenta metros. Abandonando o fundo, começou a nadar vigorosamente, sem pensar muito se poderia haver gaviais por ali.

A ilhota estava diante dele.

Grupos de homens vestidos como Yanez e Kammamuri iam e vinham entre os caniçais e os arbustos que a cobriam, sem se apressar demais.

De vez em quando, uma chama brilhava e uma nuvem de fumaça se levantava.

Era uma balista que continuava disparando a intervalos quase regulares contra a margem esquerda.

Nadando quase inteiramente submerso, o negrito estava a uma centena de passos da ilhota quando um malaio começou a berrar:

— Às armas!...

A resposta foi rápida.

— Tigre da Malásia!... Yanez!...

Ao ouvir aqueles dois nomes, os malaios e assameses se precipitaram para a margem segurando as carabinas.

— Quem é você? — gritou Sapagar, que foi o primeiro a chegar.

— Tigre da Malásia e Yanez, *orang!*... — repetiu o negrito, nadando vigorosamente.

Aquele *orang* foi uma revelação para Sapagar. Compreendeu no mesmo instante que o nadador falava uma língua daiaque e que talvez não compreendesse o malaio, conhecido apenas pelos habitantes da costa e principalmente pelos daiaques *laut*, ou seja, os daiaques do mar.

— Aproxime-se — disse a ele, não mais na língua malaia.

Tendo agora compreendido perfeitamente, com quatro braçadas o negrito alcançou a margem, enquanto uma das quatro balistas dispostas na frente do acampamento disparava uma tempestade de pregos e chumbo grosso contra os daiaques emboscados entre os caniços para desviar a atenção deles e mantê-los mais tranquilos.

— De onde você está vindo? — perguntou Sapagar, enquanto todos os outros rodeavam o nadador.

Em vez de responder, o negrito tirou dos lábios o papelzinho dado por Yanez e o estendeu. Sapagar o leu rapidamente, pois estava escrito na língua malaia, e depois deu o urro de uma fera ferida.

— Amigos!... — gritou ele. — Os nossos chefes estão encurralados dentro de uma caverna e correm o risco de morrer queimados vivos. Temos de atravessar o rio e derrubar as fileiras dos daiaques. Filhotes de tigre de Mompracem, vamos salvar o Tigre da Malásia e o Tigre Branco!...

Um velho malaio se adiantou. Era um dos sobreviventes daqueles terríveis piratas de Mompracem que haviam feito tremer o sultão de Varauni e os ingleses de Labuan.

— Quero que derrubem todas as árvores que existem nesta ilhota e, antes de tudo, que construam jangadas para transportar as balistas e a munição — disse ele. — Que vinte homens varram a margem enquanto os nadadores atravessam o rio.

— Bem pensado, Karol — disse Sapagar. — Você comanda como se fosse o próprio Tigre da Malásia. Depressa, amigos!... Vamos massacrar esses daiaques!...

Vinte malaios se lançaram para o meio da ilhota com os *parangs* em punho, abatendo furiosamente todas as árvores que estavam diante deles, enquanto outros decepavam uma enorme quantidade de cipós que poderiam servir muito bem de cordas.

Os assameses, por seu lado, se puseram em frente ao caniçal ocupado pelos daiaques e estavam disparando sem parar a fim de desentocá-los, para grande espanto do negrito, que nunca ouvira uma balbúrdia igual.

Em menos de quinze minutos, cerca de quarenta troncos foram acumulados na margem.

Sendo marinheiros muito hábeis, os malaios os jogavam na água, quatro ou cinco por vez, e os amarravam solidamente, construindo jangadas bastante resistentes para as quais transportavam, sem perda de tempo, as balistas e as caixas de munição.

Se os *prahos* haviam sido perdidos, tudo o que eles continham fora salvo, e os sitiados tinham, além de uma grande abundância de alimentos, também uma enorme quantidade de munição, capaz de fazer inveja ao rajá branco do lago.

Sapagar estava supervisionando o embarque, estimulando os malaios e assameses com gritos e blasfêmias, embora tanto os primeiros quanto os segundos estivessem trabalhando com energia total, sabendo agora que a vida de seus chefes dependia da sua rapidez.

Finalmente duas jangadas foram lançadas no rio. Estavam transportando as quatro balistas que os malaios não queriam de jeito nenhum abandonar na ilhota, uma dezena de caixas de munição e víveres para algumas semanas.

— Mantenham o fogo!... — gritou Sapagar aos assameses. — Vocês vão atravessar o rio depois de nós. Comigo, velhos tigres de Mompracem!... O grande chefe está esperando por nós!...

Àquele comando, trinta homens entraram no rio, mantendo as carabinas e a munição no alto para que não se molhassem, e começaram a nadar rapidamente para a margem do Marudu, enquanto os assameses, divididos em dois grupos, mantinham um fogo intenso.

Dez ou doze homens empurravam as jangadas, pois o lugar-tenente do Tigre da Malásia estava contando principalmente com elas para acabar com os daiaques.

A travessia do rio foi realizada sem maiores problemas. Alvejados pelas descargas incessantes dos assameses, os cortadores de cabeças haviam desocupado os caniços, escondendo-se nos bosques.

Agora haviam percebido que os *sumpitans*, embora carregados de flechas envenenadas, não seriam capazes de competir com aquelas armas de fogo que enviavam seus projéteis a mil e duzentos e até mil e quinhentos metros de distância.

Chegando à margem, os malaios desembarcaram as balistas, a munição e os víveres como um raio e, para fazer com que os daiaques entendessem que estavam decididos a entrar na luta, varreram com três ou quatro descargas a orla da floresta.

Seguros de que agora não seriam mais perturbados, os assameses também se atiraram na água. Acostumados a atravessar os rios gigantescos de seu país, não encontraram dificuldades para chegar à margem do Marudu, que fazia uma figura insignificante de um simples riacho em comparação com o Ganges e o Brahmaputra.

As jangadas agora haviam chegado e as quatro balistas, montadas em cavaletes, imediatamente foram postas em bateria para cobrir de metralha os atacantes, caso tentassem um contra-ataque.

Ninguém, porém, opôs resistência. As armas de fogo haviam vencido os *sumpitans* com flechas envenenadas, bem piores do que as balas de chumbo.

Sapagar interrogou o negrito, que chegou entre os primeiros.

— Onde fica a caverna? — perguntou com alguma brutalidade.

— Precisamos atravessar a grande floresta.

— E quando conseguiremos chegar lá?

— Antes que o sol tenha chegado à metade do seu curso.

— Sabe nos guiar?

— Sou um homem dos bosques.

— Marche atrás da primeira fileira dos meus homens.

Em seguida, levantando a voz, trovejou:

— Balistas nos ombros! Varram a floresta!... Os malaios à frente e os outros na retaguarda!... Carga!... Ao ataque!...

Estavam começando a chegar as flechas, porém sem atingir a grande vanguarda dos malaios.

Impotentes, os daiaques se retiravam, mas não sem antes tentar impedir a passagem.

Quatro descargas, disparadas por vinte homens, varreram a orla da floresta, causando, sem dúvida, grandes vazios entre os ferozes caçadores de cabeças, e em seguida os malaios que formavam a vanguarda se lançaram ao ataque com os *parangs* em punho.

Foi um ataque absolutamente inútil. Surpreendidos por aquela carga furiosa e assustados pelos efeitos mortíferos das balistas e carabinas, os daiaques fugiam em todas as direções, correndo de um arbusto para o outro.

Alguns grupos, solidamente apoiados contra as matas, tentavam de vez em quando opor resistência ao avanço dos malaios que continuavam à frente da coluna, mas às primeiras descargas se desfaziam com a rapidez de um raio.

De fato, as lebres e os coelhos deixavam a desejar em termos de velocidade.

Enquanto isso, a coluna continuava avançando em passo acelerado. O negrito ia ensinando o caminho e nunca se enganava de direção.

— Em frente, *orang* — ele não parava de dizer a Sapagar. — Os seus amigos estão em perigo.

E o lugar-tenente do Tigre da Malásia gritava sem parar aos seus homens:

— Fogo!... Fogo!... Liberem o bosque!... Os chefes estão esperando por nós!

Os daiaques não estavam mais resistindo. Continuavam a fugir pelo meio da selva, berrando assustadoramente, mas sem fazer nenhuma parada para não serem dizimados pelas carabinas.

Além disso, os malaios não faziam economia de munição, como também os assameses. Quando o terreno permitia, os bravos súditos do rajá do Assam punham as balistas em bateria e cobriam a floresta de pregos e chumbo grosso, desentocando os daiaques que tentavam fazer uma emboscada.

Aquela corrida furiosa guiada pelo negrito, que agora parecia ter se acostumado com o estrondo infernal das armas de fogo, durou cerca de duas horas e depois foi bruscamente detida.

A coluna chegara diante de uma colina coberta de arbustos fechados, sobre os quais ondulavam nuvens pesadas de vapor.

— Eles estão lá dentro!... — disse o negrito a Sapagar, que estava ao seu lado.

— Quem? O Tigre da Malásia e Yanez?

— É, *orang*.

— Então estão sendo queimados?

— Não sei — respondeu o negrito.

Naquele instante uma bordada de flechas caiu sobre os malaios que se mantinham à frente, mas foi muito curta para atingi-los.

Uma multidão de homens seminus descia a colina, empunhando *kampilangs* e *parangs*.

Sapagar deu um grito:

— Atenção ao ataque!...

E depois acrescentou depressa:

— Os nossos chefes estão ali dentro, e talvez estejam sendo queimados!... Em frente, filhotes de tigre de Mompracem, pelo Tigre da Malásia, e assameses, pelo senhor Yanez!... Balistas em bateria!... Carga!...

Duzentos ou trezentos daiaques estavam descendo a colina com os *parangs* e *kampilangs* erguidos, achando que iriam dominar facilmente aquele grupo de homens.

Quatro tiros de metralha disparados pelas balistas, que haviam sido colocadas em bateria com uma velocidade fantástica, detiveram aquele ataque. Eram pregos e chumbo grosso que entravam na pele, produzindo feridas se não mortais, ao menos muito dolorosas.

As primeiras fileiras vacilaram e pararam por um momento. Em seguida se dispersaram à direita e à esquerda, escondendo-se nos arbustos.

— Agora as carabinas!... — urrou Sapagar, vendo que o grosso continuava correndo. — Fogo à vontade!... Deem duro e se preparem para a carga. Vamos matar esses canalhas e salvar nossos chefes!...

Uma descarga terrível pegou os daiaques no sentido do comprimento, derrubando várias dúzias deles.

Houve uma nova parada entre os atacantes. Eles já haviam chegado ao pé da colina, quase diante da entrada da caverna, mas não ousavam mais se lançar ao ataque.

Aquelas duas fileiras de homens, sólidos como barras de ferro, que fuzilavam com uma tranquilidade espantosa sem dar um passo atrás e sem se incomodar com os clamores horríveis, os haviam impressionado.

Mas a segunda parada foi fatal, porque os homens encarregados das balistas haviam tido tempo de recarregar as grandes armas.

Outra bordada de metralha despencou quase à queima-roupa sobre os atacantes, desbaratando a segunda frente e fazendo cair outras dúzias de homens.

— *Parangs* em punho!... — gritou Sapagar. — Vamos, amigos!...

Os sessenta homens se lançaram como um só à carga, dando gritos assustadores.

Os malaios empunhavam os pesados sabres bornéus, enquanto os assameses seguravam os curtos e afiadíssimos *tarwars* do seu país, mais leves, mas não menos terríveis em um combate corpo a corpo.

Foi uma carga espantosa, terrível, irresistível. Os sessenta homens entraram como uma cunha de ferro no meio daquela massa de daiaques, dando golpes para todos os lados, enquanto as quatro balistas, operadas por apenas quatro artilheiros, abatiam com um último tiro as alas laterais.

Os ferozes caçadores de cabeças, sem condições para resistir a um ataque daqueles, se esfacelaram completamente, fugindo em todas as direções.

Não estavam opondo mais nenhuma resistência, ao contrário, se jogavam no meio dos arbustos ou para dentro da floresta, dispersando-se em pequenos grupos.

A derrota fora completa.

— Onde estão os *orangs*? — perguntou Sapagar ao negrito, enquanto os malaios e assameses recomeçavam a atirar com as carabinas e balistas para evitar um retorno ofensivo.

— Na caverna — respondeu o filho dos bosques.

— Mas o fogo está se alastrando terrivelmente lá.

— E os *orangs* estão lá dentro.

— Ah!... Pobres coitados!... Como vamos tirá-los daquele mar de fogo?

— Tem uma passagem no alto da colina, mas vamos ter de alargá-la com golpes de *kampilangs*.

— Leve-nos até lá depressa!... Talvez a gente chegue a tempo!... Vinte homens comigo!... Os outros, deem duro. Vamos salvar os chefes.

Vinte malaios se reuniram em volta dele enquanto os outros, vigorosamente apoiados pelos assameses, faziam chover uma tempestade de balas nos arbustos.

Embora poderosamente derrotados, os daiaques ainda não haviam renunciado de todo à luta e estavam tentando se reorganizar, na certa encorajados pelo grego, por Nasumbata e pelo antigo *chitmudgar* de Yanez.

Mas os tiros das balistas rompiam suas fileiras com grande facilidade.

Cada vez que um grupo forte se apresentava, uma bordada de pregos e chumbo grosso investia e os dispersava.

Protegidos pelo fogo intenso dos seus companheiros, Sapagar, o negrito e os vinte homens escalaram rapidamente a rocha.

A bacia de nafta estava queimando e continuava a derramar torrentes do líquido ardente pelo buraco aberto na abóbada.

Sob a orientação do maldito grego, os daiaques haviam escavado um canal, e a matéria ardente se precipitava por aquela passagem.

Densas massas de vapores pestilentos envolviam o alto da colina.

Os malaios atravessaram aquelas cortinas asfixiantes como um raio, tampando o nariz e prendendo a respiração, e chegaram diante da abertura pela qual o negrito escapara.

Uma voz fraca foi logo ouvida:

— Conosco, tigres de Mompracem!...

Sapagar deu um grito de alegria.

— O capitão!...

Uma cabeça saiu pelo buraco. Era Sandokan, que se esforçava para passar, mas sem conseguir.

— Ah!... Senhor!... — gritou Sapagar.

— Rápido, amigo!... — disse o Tigre da Malásia. — O fogo está chegando até aqui, e os meus companheiros desmaiaram.

— Saia daí, senhor. Resista mais alguns minutos!... Companheiros, vamos alargar este buraco.

Vinte *parangs* energicamente manejados atacaram a rocha, fazendo saltar para o ar turbilhões de pedras.

O medo de ver morrer o chefe que amavam como a uma divindade do mar centuplicava as forças dos vinte homens.

Dois minutos foram suficientes para os pesados sabres conseguirem alargar bastante o buraco.

Sapagar introduziu os braços e puxou Sandokan para fora, já meio asfixiado.

— Os outros agora — disse o pirata, depois de ter aspirado longamente o ar puro.

Um a um, quatro malaios passaram pelo buraco, saltando para a rocha.

Yanez, Tremal-Naik e Kammamuri jaziam um sobre o outro, já desmaiados.

Toda a caverna estava em chamas. Relâmpagos azulados a iluminavam de uma extremidade à outra e jatos de fumaça asfixiante se levantavam para a abóbada, tornando o ar irrespirável.

A nafta atingira as paredes e o enxofre estava derretendo como se fosse manteiga.

As rochas crepitavam e calcinavam, produzindo um calor assustador, que aumentava de um instante para o outro.

A grande caverna se transformara em uma espécie de vulcão onde enxofre, nafta e pedras se fundiam juntos.

Os quatro malaios puxaram primeiro Yanez para cima, depois Tremal-Naik e finalmente Kammamuri. Em seguida se apressaram a escapar por sua vez, pois a mistura ardente já chegara à base da rocha.

Sapagar mandou pôr os três homens sobre uma camada de mato, tirou de um malaio um frasquinho que ainda continha alguns goles de *bram*, um licor fortíssimo extraído da fermentação do arroz e misturado com açúcar e suco de algumas palmeiras viníferas, e entornou algumas gotas na garganta deles.

O efeito foi imediato. Yanez foi o primeiro a tossir estrondosamente. Depois ele espirrou e arregalou os olhos, dizendo:

— Por Júpiter!... Vocês estão querendo me sufocar?

— Estamos querendo salvá-lo, Yanez — disse Sandokan, que já se levantara.

— Caramba!... Achei que eu já estava morto!... De onde surgiram esses malaios?

— São os meus homens.

— E os meus assameses?

— Estão lutando diante da colina, senhor Yanez — respondeu Sapagar.

— Sem mim?

— Deixe comigo, Yanez — disse Sandokan, recolhendo a carabina e desembainhando a cimitarra. — Descanse um pouco. Estou pensando em dar uma lição aos daiaques. Quero que dez homens fiquem guardando os meus amigos. Comigo, Sapagar!... Estou enxergando tudo vermelho!...

Uma ira terrível transparecia nas feições alteradas do chefe dos tigres de Mompracem. Os daiaques teriam bem pouco para rir se aquele homem se lançasse ao ataque.

O combate ainda não acabara. Embora acertados continuamente e agora já mais do que dizimados, os daiaques continuavam a resistir, com uma obstinação inacreditável, em meio aos arbustos fechados que circundavam a caverna flamejante.

É verdade que aqueles guerreiros são os mais corajosos de todos os que habitam as grandes ilhas da Malásia e que têm um desprezo absoluto pela vida.

Assim que as descargas paravam, se atiravam para fora dos esconderijos para tentar contra-ataques furiosos que, contudo, abortavam sob as bordadas de metralha das balistas e o fogo das carabinas.

Seguido por Sapagar e uma dezena de malaios, Sandokan desabou colina abaixo, gritando para os assameses:

— Carga, meus bravos!... Varram esses canalhas!...

Enquanto as balistas não cessavam de trovejar, ele formou rapidamente duas colunas de assalto e as arrastou para o meio dos arbustos.

Foi uma carga ainda mais assustadora do que a primeira.

Vendo os inimigos se precipitando para cima deles, os daiaques não rechaçaram o ataque e pela terceira ou quarta vez se dispersaram como um bando de cervos, colocando-se a salvo na profundidade da imensa floresta.

Sandokan estava prestes a se lançar atrás deles, quando, ao atravessar um arbusto, tropeçou sobre uma espécie de maca feita de galhos, sobre a qual jazia um homem.

Um grito de fúria escapou do seu peito:

— Nasumbata!... Ah!... Cachorro!...

Ergueu a cimitarra para despedaçar o crânio do traidor que olhava para ele com um terror indescritível e os olhos muito dilatados, mas não desferiu o golpe.

— Não — disse ele. — A morte seria muito suave para você.

Virou então para Sapagar, que estava chegando à frente de um grupo de assameses, e disse:

— Prenda este homem e ordene que seja transportado para o alto da colina. Mas antes de jogá-lo na bacia de nafta, tenho algumas palavras a dizer para este patife. Amigos, bater em retirada!... Vamos tomar posição sobre a caverna...

17. A aldeia dos negritos

O COMBATE JÁ TERMINARA e com toda probabilidade não deveria ser recomeçado.

Completamente desbaratados pelos tiros das balistas, pelas descargas incessantes das carabinas e pela última carga comandada por Sandokan, os daiaques já haviam renunciado a tentar contra-ataques contra os demônios de Mompracem e os montanheses que Yanez trouxera da Índia, uma gente tão forte quanto os primeiros, apesar da extrema magreza e da aparência não muito guerreira.

Depois de se assegurarem que não havia nada além de cadáveres entre os arbustos, as duas colunas bateram rapidamente em retirada para ajudar os homens incumbidos das balistas.

A subida da colina aconteceu sem que nenhuma flecha envenenada partisse da orla da imensa floresta. Pelo menos por enquanto, os daiaques deviam ter abandonado a ação muito superior às suas forças e à sua coragem.

Quando Sandokan chegou ao buraco pelo qual saíam agora densas nuvens de fumaça pesada, encontrou Yanez de pé sobre uma rocha alta, com as mãos enfiadas nos bolsos e o cigarro na boca.

— Que bela execução!... — disse o português, depois de soprar no ar um jato de fumaça. — Eu me diverti bastante vendo aqueles patifes dos daiaques fugindo. Os meus assameses também lutam maravilhosamente bem, e têm todas as condições de competir com os seus malaios. Surama vai ficar contente quando eu disser que os súditos dela fizeram furor também nos bosques de Bornéu.

— Homem dos demônios — respondeu Sandokan, rindo. — Você mal escapou da morte e já está pronto para brincadeiras!...

— Nem me lembro mais de ter ficado dentro daquela confusão infernal, meu irmãozinho. A fumaça deste excelente cigarro, perfeitamente seco por aquele calor espantoso, me fez esquecer todo o resto. E afinal, será que os daiaques foram embora mesmo?

— Acho que por enquanto eles não têm a menor intenção de retornar. Tem mais de cinquenta mortos entre os arbustos, todos eles lotados de pregos e chumbo grosso. Com as nossas quatro balistas poderemos fazer maravilhas nas margens do Kini Balù.

— E o grego?

— Ninguém o viu.

— No entanto, ele devia estar por perto.

— Logo vamos descobrir isso. Tem uma pessoa aqui que vai nos dizer.

— Quem?

— Nasumbata.

— O traidor que desapareceu com o meu *chitmudgar*? — perguntou Yanez com um espanto profundo. — Ele não saltou pelos ares junto com o meu iate?

— Parece que não, já que eu o pesquei vivo do meio de um arbusto — respondeu Sandokan.

— Ah!... Maldito patife!... Ele está aqui?...

— Chega daqui a pouco.

— Ainda está com a perna quebrada?

— Se estivesse boa, não teria ficado para trás para ser preso. Está chegando!... Agora vamos nos divertir um pouco!...

Os malaios e assameses já haviam ocupado a colina, pondo em bateria as quatro balistas e enviando pequenas vanguardas ao longo dos flancos da caverna ardente.

Mas a primeira providência deles foi a de obstruir o canal que ia da bacia de nafta ao buraco aberto pelos daiaques, a fim de que a abóbada da grande caverna não ficasse totalmente calcinada e acabasse desmoronando sob seus pés. Em seguida, os malaios, mestres em construções pequenas e leves, ergueram com folhas, ramos e bastões uma dúzia de *attaps* confortáveis para proteger seus companheiros de armas e chefes dos implacáveis raios de sol.

Enquanto isso, quatro homens transportaram Nasumbata, depois de tê-lo amarrado solidamente, porque, mesmo com a perna quebrada, não confiavam nem um pouco naquele patife.

— Ah!... O nosso amigo chegou!... — disse Yanez ao vê-lo. — Como vai a sua perna, velho malandro?

O traidor não respondeu. Estava com as feições transtornadas por um terror impossível de ser descrito, os olhos dilatados e os cabelos arrepiados.

De vez em quando um tremor fortíssimo sacudia seus membros, fazendo balançar as cordas vegetais que o amarravam.

Tremal-Naik e Kammamuri também se aproximaram.

— Devemos a este canalha nosso quase cozimento — disse o primeiro.

— Em compensação, vamos cozinhá-lo completamente — disse o segundo. — Faço questão de jogá-lo no enxofre fervente. Vai dar um assado fantástico.

Nasumbata olhou com espanto para o marata feroz e rangeu os dentes. Sandokan virou para os quatro malaios que haviam transportado a maca para cima e disse:

— Vamos para baixo de um *attap*. Nós já tivemos calor suficiente hoje para ficar aqui sendo torrados pelo sol.

— Na verdade — disse Yanez — eu preferia uma banheira cheia de água gelada. Uma pena que eu não esteja no meu palácio de rajá.

Os malaios pegaram novamente a maca e transportaram o traidor para baixo de uma ampla e arejada cabana, improvisada com alguns bastões e um bom número de imensas folhas de bambu que não mediam menos de seis metros de comprimento por um de largura.

Sandokan e os seus companheiros os seguiram e sentaram em volta da maca, sobre uma compacta camada de folhas fresquíssimas e perfumadas.

— Agora, amigo, vamos conversar, já que tivemos a sorte de nos encontrar de novo — disse ele a Nasumbata. — Há muito tempo que eu queria trocar umas quatro palavrinhas com você.

Retirou da faixa o magnífico *cibuc*, verificou com a maior calma se o tabaco estava bem seco, o encheu e aspirou algumas tragadas de fumaça, sem perder de vista um só instante o rosto emaciado do traidor, como se sentisse uma alegria imensa em ver o seu terror indescritível.

Yanez o imitou no mesmo instante, acendendo o seu segundo cigarro.

— Escute bem, Nasumbata — disse Sandokan. — Talvez você ainda consiga salvar a sua pele, mas terá de responder a todas as minhas perguntas. Se hesitar um instante e eu perceber que ainda está tentando me enganar, mando jogar você dentro da caverna ardente, e garanto que não vai sair vivo de lá.

— Depois que eu falar, você vai me matar do mesmo jeito — disse o daiaque. — Além disso, não quero lhe negar esse direito.

231

— Canalha!... — berrou Sandokan. — Quando é que o Tigre da Malásia mentiu?

— Pode me interrogar.

— Quem estava orientando os daiaques?

— Um homem branco.

— Você sabe o nome dele?

— Ouvi que o chamavam de Teo... Teo...

— Teotokris, não é?

— É.

— Quem?

— Um indiano que estava a bordo do iate.

— O meu *chitmudgar*!... — gritou Yanez.

— Não sei o que quer dizer com isso, senhor, só sei que aqueles dois homens, o indiano e o branco, eram amigos e se entendiam muito bem.

Sandokan olhou para Yanez, que parecia ter sido fulminado por aquela revelação inesperada.

— Eh, eh!... Meu irmãozinho — disse a ele, com uma pequena ponta de ironia. — Parece que você tem súditos pouco fiéis.

— Por Júpiter!... Vou arrancar a pele dele!...

— Ele deve estar correndo bastante.

— Um dia eu o alcanço, garanto a você.

— Como é que justo você, que sempre foi tão esperto e prudente, foi escolher para ser seu *chitmudgar* um amigo do grego ou do antigo rajá do Assam? Isso muito me espanta.

— Nós só conhecemos a fundo dois indianos — respondeu Yanez. — Tremal-Naik e o fidelíssimo Kammamuri.

— Obrigado pela sua boa opinião — disse o antigo caçador da Selva Negra, rindo.

— Vamos voltar à nossa interessantíssima conversa — disse Sandokan, voltando a olhar para Nasumbata. — Então era o homem branco que estava comandando os daiaques.

— Era.

— E como ele não foi visto?

— Estava sempre na retaguarda.

— Por quê?

— Estava com medo de vocês, muito medo.

— Ah!... Canalha!... Não teve coragem de nos enfrentar cara a cara. E foi ele que mandou acender aquela bacia?

— Foi.

— E abrir o buraco?

— Também.

— Queria mesmo acabar com a gente.

— Queimados dentro da caverna.

— Animal — disse Yanez. — Esses gregos são malignos na sua vingança. Mas tem uma coisa que você ainda não esclareceu, meu bravíssimo manco. Como foi que você escapou e o meu iate saltou pelos ares?

— Foi o homem branco que fez o iate explodir como uma bomba.

— Mas onde estava aquele patife? Como ele chegou até aqui?

— No seu iate.

— Ele estava no meu iate?... — gritou Yanez.

— Estava escondido embaixo do quadro de popa.

— Por Júpiter!... Quem disse isso?

— O homem branco e também o indiano amigo dele.

— Você estava em ótima companhia, Yanez — disse Sandokan. — Eu, no lugar de Teotokris, teria posto fogo na pólvora e teria feito o iate saltar antes que chegasse à baía.

— Dá para perceber que os gregos são mais espertos do que você, irmãozinho — respondeu o português. — Ele sabia que não era suficientemente forte para resistir a uma explosão. Se eu saltasse, ele saltaria comigo, e mais alto do que eu, pois estava mais perto do depósito de pólvora.

— É verdade — respondeu Sandokan.

— Agora me diga uma coisa, Nasumbata, onde foi parar o meu *chitmudgar*, quer dizer, o indiano que estava acompanhando o homem branco?

— Foi para perto do rajá do lago, acompanhado de um grande chefe daiaque.

— Para fazer o quê? — perguntou Sandokan.

— Para avisá-lo de que um homem branco assumiu o comando das suas tropas de combate na fronteira.

— Ah!... Miserável!... E você não o viu mais?

— Não, o lago fica muito longe.

— Mas os daiaques obedecem ao homem branco?

— Os homens que têm o rosto pálido exercem sempre uma grande influência sobre os homens de cor — respondeu Nasumbata.
— E os daiaques logo o nomearam como seu chefe?
— Logo.
— Você já esteve outras vezes no lago. Não negue.
— Não vou negar.
— O rajá tem muitos guerreiros?
— Pelo menos é o que dizem.
— Tem muitas armas de fogo?
— Muitos *kampilangs* e muitos *sumpitans*.
— E *mirins* ou *lilàs*?
— Nunca vi uma dessas armas de fogo grandes.
— Ah!... Então veremos — respondeu Sandokan.
Aspirou três ou quatro tragadas e depois disse:
— Acho, Nasumbata, que você realmente nasceu com uma boa estrela. Qualquer outro homem no seu lugar, preso entre as minhas mãos, não estaria mais vivo. Eu já tinha decidido que iria mandar jogá-lo no meio do enxofre que está consumindo a caverna, mas agora resolvi poupar a sua vida. Mas tome muito cuidado, Nasumbata, porque eu não sou homem de fazer isso duas vezes, e você sabe disso. Às vezes o Tigre da Malásia desperdiçou vidas humanas quando os seus homens não mereciam viver. Você esteve com o rajá?
— Estive, há seis meses.
— Um bom daiaque nunca se engana sobre o caminho a seguir, não é verdade?
— Acho que sim.
— Você vai me levar ao lago. Só assim vou deixar você viver. Se recusar, mando atirá-lo na caverna e dentro de um minuto não sobrará nenhum osso intacto da sua carcaça.
— Vou fazer o que quer, senhor. Errei em me deixar iludir pelas promessas daqueles dois homens brancos e do indiano.
— Isso basta. Você acha que os daiaques estão preparando outra armadilha para nós?
— Sei que o rajá do lago deu ordem a todos os seus guerreiros de empunhar as armas e impedir sua passagem, dando a entender que você é o mais famoso caçador de cabeças que existe em toda a ilha. Certamente você vai encontrar surpresas nada agradáveis durante seu avanço.

— Deixe que eu me encarrego disso — respondeu Sandokan.

Dirigindo o olhar para um canto do *attap*, avistou o negrito, que assistira à conversa, completamente esquecido.

— Avance, bravo homem — disse a ele. — Onde fica a sua aldeia?

— No caminho que vai para o lago, *orang* — respondeu o pigmeu.

— Disseram que você é um chefe.

— Eu comandava uma pequena tribo.

— Fica longe daqui?

O negrito pensou por um instante, olhou para os dedos, contou e recontou, e depois fez um gesto de impaciência.

— Não sei — disse ele em seguida. — Mas vamos chegar lá rápido.

— Você sabe o caminho?

— Nós sempre sabemos aonde ir.

— Vai nos levar à sua aldeia?

— Vou, *orang*.

Yanez chamou um dos quatro malaios que haviam trazido Nasumbata até o *attap* e que estavam de guarda do lado de fora.

— Vocês salvaram o estoque de armas? — perguntou a eles.

— Salvamos, capitão. Temos duas caixas de armas de fogo.

— Ótimo. Passe a sua carabina.

Quando a recebeu, Yanez a estendeu ao negrito, dizendo:

— Esta arma vale mais do que todos os *sumpitans* dos daiaques, porque mata a longa distância. Meus homens vão ensinar a usá-la. Você é um homem de valor, e quem diz isso é um *tuan uropa*.

— Você é um grande *orang* — respondeu o negrito, com voz emocionada. — Quando quiser cortar a minha cabeça, não vou opor nenhuma resistência.

— Não tenho a menor ideia do que eu iria fazer com a sua cabeça — disse Yanez, explodindo em uma gargalhada. — Não sou um colecionador irado como aqueles patifes dos daiaques. Conserve-a sobre o pescoço o máximo que puder.

Era meio-dia, hora da refeição.

Sapagar, que conhecia muito bem os hábitos do seu temível patrão, enviara alguns malaios à floresta vizinha, cobertos por uma forte escolta de assameses, e mandara fazer uma grande coleta de frutas, pois àquela hora quente do dia era impossível encontrar alguma caça.

Sandokan, Yanez e os seus dois companheiros, por natureza já muito moderados, ficaram contentes com os duriões, laranjas, bananas e mangas. Depois de trocarem algumas palavras e recomendarem aos malaios do quarto de vigia para que não perdessem Nasumbata de vista nem por um instante, se estenderam sobre as camadas macias e perfumadas de folhas, tendo decidido que só se poriam em marcha depois do pôr do sol, inclusive para ter certeza de que não haveria um retorno ofensivo por parte dos daiaques, o que não era improvável, já que estavam sob o comando do vingativo grego.

Mas, ao contrário, o dia passou sem o menor alarme.

Os selvagens caçadores de cabeças, totalmente derrotados, deviam ter ido embora, talvez para preparar uma nova armadilha na floresta sem fim.

Assim que o sol se pôs, malaios e assameses deixaram a colina para começar o avanço em direção ao lago.

A grande caverna ainda estava queimando com fúria assustadora, murchando rapidamente o mato e as plantas que cresciam na colina.

Dos dois buracos e da abertura que servia de entrada escapavam grandes massas de vapores pestilentos, sibilando sinistramente.

No interior se ouviam de vez em quando estrondos terríveis, como se as paredes calcinadas pelo enxofre estivessem se precipitando.

Sapagar organizou uma forte vanguarda formada de cerca de vinte homens entre malaios e assameses, armada com duas balistas, agora tremendamente temidas pelos daiaques graças às tempestades de pregos e chumbo grosso que arremessavam.

O negrito, que garantira conhecer perfeitamente a grande floresta, estava com eles.

Os outros seguiam em duas filas indianas, carregando a munição, as armas sobressalentes, as duas outras balistas e Nasumbata, cuja perna ainda não estava boa.

Sandokan e os seus amigos precediam as duas colunas, atrás da vanguarda, fumando tranquilamente e tagarelando alegremente.

Acostumados a todas as aventuras, já haviam esquecido o momento terrível passado na caverna em chamas.

A floresta era muito fechada e muito intricada. Eram principalmente os cipós e as outras plantas parasitas que, unidas às raízes gigantescas que saíam do solo, tornavam a caminhada dificílima.

Os vinte *parangs* da vanguarda não ficaram inativos um único instante e cortavam raivosamente todos aqueles obstáculos, que poderiam também oferecer magníficos locais de emboscada aos daiaques, mais habituados a eles do que ao combate em campo aberto.

À meia-noite, quando a lua já iluminava majestosamente a grande floresta, a coluna fez uma parada no meio de uma pequena clareira, depois de enviar sentinelas em várias direções para se garantir contra um ataque inesperado.

Mas o descanso não foi perturbado nem por parte dos inimigos nem por parte das feras, embora fossem ouvidos a uma distância não muito grande os impressionantes *há-hug* dos tigres malaios, tão perigosos e astutos quanto os indianos, e os roucos resmungos de alguma pantera-negra.

— Essa calma me preocupa mais do que uma descarga de carabinas — disse Yanez a Sandokan no momento em que a coluna estava se reorganizando para retomar a marcha. — Não acho possível que o grego tenha renunciado tão rápido ao desejo de nos atormentar e que os daiaques, sempre loucos por uma emboscada, tenham abandonado definitivamente a grande floresta.

— Eu tenho certeza absoluta de que estão nos seguindo — respondeu o Tigre da Malásia. — Você vai ver que mais cedo ou mais tarde vamos nos encontrar com eles. O rajá do lago tem todo o interesse em nos deter antes de chegarmos à fronteira do seu reino. Pode ser que nem todas as tribos sejam fiéis a ele, e uma ou mais podem se lembrar do meu pai, o velho rajá deles, e de mim.

— Você acha que vai haver uma insurreição?

— Por enquanto eu só estou contando com os nossos homens e as nossas armas, e não confio em mais ninguém. Mas vamos ver o que vai acontecer quando eu gritar na cara dos daiaques do lago: "Venham lutar com o filho de Kaidagan, se tiverem coragem". Espero que não tenham esquecido o nome do meu pai.

— Será que vai acontecer a mesma coisa que aconteceu no Assam?

— Espero que sim — respondeu Sandokan com voz surda. — Mas eu não vou ser tão generoso quanto você e Surama, porque não deixarei o homem que destruiu a minha família e roubou o meu reino com a cabeça presa no pescoço.

— Eu não queria estar na pele daquele pobre rajá.

237

— Você sabe que aqui as vinganças são terríveis.

— Não tenho a menor dúvida!... Estamos no país dos cortadores de cabeças.

A coluna se pôs a caminho, abrindo um sulco profundo através da interminável floresta.

Continuava andando sempre na mesma ordem: vinte homens à frente, cobertos por duas balistas, e os outros depois, em duas filas, com as carabinas empunhadas, prontos para responder a qualquer ataque e para metralhar homens e árvores ao mesmo tempo.

A floresta parecia ter acordado inesperadamente. Milhares de barulhos estranhos se propagavam sob a abóbada de plantas.

Animais que não podiam ser muito bem distinguidos, pois não havia mais luz, fugiam depressa diante da vanguarda, quebrando galhos ruidosamente. A distância, sapos e rãs cantavam a plenos pulmões ou ecoavam os lúgubres e amedrontadores *ha-hug* dos tigres em busca de presas ou os assobios estridentes dos rinocerontes.

Mas a coluna continuava sua marcha tranquilamente, sem se impressionar com a presença de todos aqueles animais.

Apenas os daiaques causavam alguma impressão, porque podiam ter preparado alguma armadilha para detê-la. De resto, aqueles temores não eram infundados. Estava caminhando havia duas horas, sempre abatendo as plantas, quando o negrito que a guiava parou bruscamente, gritando:

— Parem todos!... Que ninguém dê um passo à frente!...

Ao ver a vanguarda parar, Yanez e Sandokan correram até ela.

— O que está acontecendo, afinal? — perguntou o primeiro.

— Os daiaques passaram por aqui e cavaram uma armadilha — respondeu o filho das florestas.

— Uma armadilha?...

— Não ponha o pé neste pedaço do terreno, *orang*. Tem um buraco embaixo.

— Como você sabe?

Em vez de responder, o negrito pegou um galho grosso que estava ao seu lado, provavelmente arrancado por alguma ventania mais forte, e o atirou no chão.

Logo apareceu um rasgão no solo e o galho desapareceu em uma escavação profunda.

— Viu, *orang*? — perguntou o negrito com um sorriso de triunfo.

— Era uma boca de lobo — disse Yanez. — Você acha que ela foi cavada para nós ou para pegar algum búfalo ou rinoceronte?

O negrito se inclinou, arrancou alguns caniços que haviam sido jogados sobre a boca para mascarar a armadilha e mordeu um deles, sem sequer limpar a terra que o envolvia parcialmente.

— Caniço verde — disse ele depois. — Esta armadilha foi preparada há pouco tempo. E, certamente, foi armada pelos daiaques.

— Será que aqueles patifes adivinharam a direção que iríamos seguir? — perguntou Sandokan a si mesmo, parecendo bastante preocupado.

— Tem certeza absoluta de que esta armadilha foi preparada pelos daiaques para nos fazer cair dentro dela, amigo? — perguntou Yanez.

— Eu preciso de uma tocha para garantir — respondeu o negrito.

— Sapagar!... — gritou Sandokan. — Procure alguns galhos resinosos e acenda. Estamos precisando de luz.

O lugar-tenente enviou dez ou doze homens para a direita e para a esquerda e depois de alguns minutos acorreu, carregando uma tocha vegetal que queimava talvez até melhor do que uma a vento.

— Aqui está, capitão — disse ele.

O negrito a pegou, rastejou com cuidado até a borda da armadilha, testando o terreno com a mão, com receio de que houvesse pontas de flechas envenenadas com upas ou *cetting* escondidas ali, e depois observou o fundo.

— E então? — perguntou Yanez.

— Só tem uma estaca enfiada — respondeu o negrito.

— E o que quer dizer isso?

— Que esta é uma armadilha preparada para caça de animais de grande porte, e não para homens. Não devem ter sido os daiaques que a cavaram.

— Mas quem pode ter sido?

— Talvez os meus compatriotas — disse o negrito. — Agora a distância até a aldeia é pequena.

— Então podemos ir — disse Sandokan.

— Podemos, *orang*.

— Quando vamos chegar à sua aldeia?

O negrito olhou para as estrelas, pensou durante alguns instantes e depois respondeu:

— Antes de o sol nascer.

— Avançar!... — comandou o Tigre da Malásia aos seus homens, que estavam vigiando atentamente as duas orlas da floresta com um dedo no gatilho das carabinas.

Pela terceira vez a coluna voltou a se movimentar, sempre na mesma ordem.

Dessa vez, porém, Sandokan e Yanez haviam se colocado à frente da coluna, apesar das ardentes reclamações de Sapagar, que temia ver cair sobre os dois chefes uma saraivada de flechas envenenadas.

Mas havia o negrito para vigiar, um homem que, por estar acostumado a viver nas florestas e sempre alerta, valia mais do que um cão de guarda.

No céu começavam a se difundir os primeiros reflexos do amanhecer quando o filho das florestas parou bruscamente, pôs na boca o *angilung* que não abandonara mais e lançou no espaço algumas notas agudíssimas.

— O que você está fazendo? — perguntou Yanez, sempre desconfiado.

— Chegamos à minha aldeia, *orang* — respondeu o homenzinho. — E eu estou acordando os meus súditos. Olhe ali, naquelas árvores. Está vendo?

18. Os sargentos de instrução

O S NEGRITOS DE BORNÉU, da mesma forma que os das Filipinas, das Célebes, de Palawan e das outras grandes ilhas do mar sino-malaio, reconhecendo que eram muito fracos para opor uma resistência eficiente aos seus inimigos, que pareciam experimentar uma alegria verdadeira e feroz em destruí-los como se fossem espíritos do mal, não constroem suas aldeias no chão.

Com o propósito de se preservar de ataques e massacres inesperados, preferem, e não sem razão, construir sólidas plataformas nas árvores mais altas e erguer em cima delas abrigos que não podem nem mesmo ser chamados de cabanas, pois não passam de simples telhados abertos aos ventos e às chuvas furiosas que de vez em quando desabam naquelas regiões equatoriais e intertropicais, se bem que a intervalos muito longos.

É possível perceber que aquelas curiosas construções, que estranhamente podem ser encontradas também às margens do Orenoco, um dos rios gigantes da América do Sul, não os protegem totalmente das surpresas desagradáveis, pois de tempos em tempos os ferozes colecionadores de cabeças humanas abatem ou incendeiam a floresta, não restando então nenhuma aldeia aérea.

Mas os crânios dos pobres-coitados, mais ou menos maltratados, sempre podem ser encontrados, e os daiaques não pedem mais do que isso, pois eles não são como os neozelandeses, que tomavam um cuidado extremo para conservar também as feições dos inimigos derrotados.

A aldeia aérea do negrito era composta de uma meia dúzia de plataformas imensas e de cerca de cinquenta telhados construídos com galhos entrelaçados e gigantescas folhas de bananeiras ou palmeiras-de-leque.

Ao ouvir as notas estridentes do *angilung*, diversos homens de pele muito negra e cabelos crespos surgiram nas bordas das plataformas, empunhando lanças curtas e zarabatanas, prontos para se defender.

Quando viram o seu chefe, que já davam como perdido, deram um grito de alegria que repercutiu sob os telhados.

— Subam, *orangs* — disse o filho das florestas virando para Yanez e Sandokan. — Eu devo a vida a um dos seus homens e tudo o que os meus súditos possuem na aldeia está à sua disposição.

Uma espécie de escada construída com cipós muito resistentes foi atirada do alto das plataformas.

O negrito foi o primeiro a subir por ela com a agilidade de um macaco, logo seguido por Sandokan, Yanez e Tremal-Naik.

Os malaios e assameses, por sua vez, para não encher demais a aldeia, imediatamente improvisaram um pequeno acampamento na base das enormes árvores que sustentavam as plataformas, colocando antes de tudo todas as balistas nos quatro cantos da mata que circundavam a aldeia.

— Eu preferia uma cabana no chão — disse Yanez a Sandokan, que o precedia. — Não sei como vamos ficar lá em cima.

— Não vai ser muito confortável, é verdade — respondeu o Tigre da Malásia. — Eu conheço as aldeias dos negritos e, principalmente, o piso das suas cabanas. Tome cuidado para não quebrar as pernas. Nós estamos de botas, enquanto esses filhos dos bosques nunca usaram uma e são ágeis como os macacos.

Sandokan estava dizendo a verdade, pois quando Yanez pôs os pés na primeira plataforma se deteve na mesma hora, bastante perplexo, atirando quatro ou cinco maldições ao seu Júpiter.

As plataformas não eram realmente cobertas de tábuas, como pareciam. As estruturas eram muito resistentes e estavam bem apoiadas em sólidos galhos, mas o piso era feito de bambus colocados a distância de meio pé, talvez até mais, uns dos outros.

— Por Júpiter!... — exclamou Yanez. — Isso é uma verdadeira armadilha. Aqui se corre o risco de quebrar as duas pernas, como você avisou. Então, quando esses selvagens resolvem passear, são obrigados a fazer uma ginástica endiabrada.

— Estão acostumados — respondeu o Tigre da Malásia.

— Mas se usassem sapatos!... Infelizmente os calçados não são conhecidos neste país.

— Não fariam o menor sucesso.

— Tenho certeza absoluta.

— E então, vamos?

— Vamos, sim — respondeu Yanez, que havia alguns instantes farejava com alguma volúpia o perfume delicioso que vinha de uma das cabanas, lotada de mulheres atarefadas.

Estava prestes a iniciar a sua ginástica quando viu diversos negritos chegando com grandes tábuas. Sem dúvida haviam percebido a dificuldade de seus hóspedes e se apressavam a jogar pontes para tornar o avanço através da vasta plataforma um pouco mais fácil.

— Caramba!... Como esses selvagens são gentis!...

— Então não os chame de selvagens — disse Tremal-Naik, rindo.

— Tem razão, amigo.

Atravessaram as pontes e chegaram a uma das primeiras cabanas, onde se encontrava o negrito cercado de alguns homens de baixa estatura, quase totalmente nus, com estranhas tatuagens nos corpos. Eram os notáveis, ou os mais famosos guerreiros da pequena tribo.

Esteiras grossas, feitas com nervuras de palmeiras-de-leque, cobriam as travessas de bambu para não expor os aventureiros a um tombo desagradável.

Antes de tudo, o negrito ofereceu aos seus novos amigos, em copos vermelhos de argila queimada, a *kalapa*, uma bebida refrescante que se encontra dentro do coco, depois quatro mulheres trouxeram um porco selvagem, assado inteiro, enquanto crianças transportavam vasilhames cheios de *laron*, as larvas dos cupins, e de *ud-ang*, aquela mixórdia repugnante composta de pequenos crustáceos secos e reduzidos a pó, junto com peixes deixados antes ao sol para fermentar e deteriorar, que também é muito apreciada pelos gastrônomos de Bornéu, sejam eles malaios, daiaques ou negritos.

— *Orangs*, a minha tribo está oferecendo o que tem de melhor no momento — disse o negrito.

— E os nossos homens? — perguntou Yanez.

— Mandei assar para eles duas babirussas que foram capturadas ontem de manhã — respondeu o chefe. — Não passamos fome.

— E a sua tribo?

— Hoje pode se contentar com as frutas da floresta. Não se preocupe, *orang*, e coma.

Os três aventureiros, que estavam em jejum havia trinta horas, não precisaram ouvir o convite outra vez e fizeram as honras adequadas ao porco selvagem assado, regando-o com vários copos do excelente *bram*, aquela bebida fortíssima extraída do arroz fermentado e do suco de certas palmeiras, que se parece um pouco com o *sam-siu* dos chineses.

Os notáveis, ou guerreiros famosos que fossem, ao contrário, atacaram as larvas de cupins e as vasilhas de *ud-ang* que Yanez, Sandokan e Tremal-Naik logo descartaram.

Assim que a refeição terminou e os cachimbos e cigarros começaram a enfumaçar a cabana, Yanez, que já havia alguns instantes parecia atormentado por um pensamento, bateu com força na testa, dizendo:

— Tive uma ideia!...

Sandokan e Tremal-Naik viraram para ele, interrogando-o com o olhar.

— Isso mesmo, uma ideia! — repetiu o português.

— Se nasceu no seu cérebro, só pode ser ótima — disse o Tigre da Malásia. — Ele sempre foi muito fértil para ter ideias extraordinárias. Fale.

Em vez de responder, Yanez virou para o negrito, perguntando:

— De quantos guerreiros dispões a sua tribo?

— De uns quarenta, *orang*. A minha tribo foi dizimada cruelmente no ano passado pelos caçadores de cabeças.

— Pelo menos são homens de valor?

— São, sempre guerrearam muito bem.

— Você acha que está em segurança aqui, enquanto os daiaques estiverem dando batidas na floresta?

— Na verdade, *orang*, acredito que vou ver a minha tribo ser destruída de um momento para o outro. Quando vocês, que têm tantos canos que cospem fogo, tiverem partido, com toda certeza os caçadores de cabeças vão cair sobre nós para se vingar da minha ajuda como seu guia. Eu os conheço bem demais.

— Quer vir conosco ao lago? Nós nos encarregaremos de proteger você, os seus homens, as suas mulheres e as crianças.

Um lampejo de alegria brilhou nos olhos muito escuros do filho das selvas.

— Você faria isso, *orang*? — perguntou ele com voz emocionada.

— E também ensinaria os seus homens a usar os canos que cospem fogo. Temos duas caixas de carabinas, não é verdade, Sandokan?

— O suficiente para armar todos esses homens — respondeu o Tigre da Malásia.

— Aprova a minha ideia?

— Plenamente, Yanez. Eu já tinha dito que ela devia ser ótima. Quarenta bocas de fogo, bem ou mal disparadas, não podem ser recusadas neste momento. O único problema são as mulheres e crianças, que vão nos atrapalhar.

— Elas podem servir de portadoras e carregadoras de víveres — respondeu Yanez.

— Você tem resposta para tudo — disse Sandokan. — Que diabo de homem!...

— Que diabo, eu não sou um rajá indiano agora? — disse o português, brincando.

— Mas quem vai treinar esses selvagens que nunca pegaram um fuzil nas mãos? — perguntou Tremal-Naik.

— Quem? Eu e o Kammamuri — respondeu Yanez. — Sandokan não está com a menor pressa de pôr a coroa de rajá de Kini Balù na cabeça, uma coroa que provavelmente não conseguirá encontrar nem sequer no fundo do lago, portanto podemos ficar algumas semanas aqui e instruir esses negritos. Eu tenho a esperança de fazer deles ótimos soldados, capazes de combater tão bem quanto os soldados portugueses ou holandeses. Um... dois... perfilar... avançar... correndo... carga... apontar... fogo à vontade! Por Júpiter!... Eu serei um ótimo sargento de instrução.

— Um grande general — disse Tremal-Naik. — Até parece que estou ouvindo sir John Dukley comandando a manobra dos sipais na maravilhosa esplanada do Forte William.

— Isso é que é um grande homem — disse Sandokan, estourando na risada. — Você vai ver, meu caro Tremal-Naik, que ele vai descobrir nesses selvagens soldados mais bem disciplinados do que os meus malaios ou os assameses dele. Uma pena que tenha se transformado num rajá!...

Aquele primeiro dia passado na aldeia aérea dos negritos transcorreu alegremente, regado com grande abundância de *bram* e *kalapa*.

Também os malaios e assameses acampados em torno das árvores gigantescas não tinham nada a reclamar da hospitalidade daqueles pobres negritos.

À noite, nas plataformas, foi dada até mesmo uma festa, da qual recusaram participar os chefes da pirataria e os assameses que usavam botas, para não correr o risco de quebrarem as pernas.

Mas Sandokan não descuidou de tomar as maiores precauções logo depois que o sol desapareceu para evitar alguma surpresa por parte dos daiaques, dos quais não haviam tido mais nenhuma notícia.

Desconfiava muito do grego, e agora sabia o quanto ele era vingativo. Felizmente, tinha à sua disposição os quarenta guerreiros do negrito, que enviou como sentinelas avançadas e espertíssimas através da grande floresta para proteger totalmente os seus malaios e os assameses de Yanez contra um ataque fulminante.

Por outro lado, as quatro balistas, carregadas até a boca de pregos de cobre e de cacos de vidro, estavam prontas para fazer uma terrível acolhida aos ferozes caçadores de cabeças.

Aquelas precauções, no entanto, foram totalmente inúteis, porque a noite transcorreu na maior calma e todos puderam desfrutar de um bom sono, do qual tinham grande necessidade.

Algumas horas depois do nascer do sol, Yanez estava em pleno exercício de suas funções de sargento de instrução.

A sua voz ecoava como uma trombeta sob a abóbada das grandes árvores, fazendo frequentemente explodir em gargalhadas Sandokan e Tremal-Naik, que do alto das plataformas assistiam ao espetáculo junto com as mulheres.

— Um... dois... perfilar à direita... virar à esquerda... carga... apontar... fogo... atacar... urra para o Tigre da Malásia!...

E o bravo português não estava brincando em serviço. Quando um guerreiro não se movimentava na hora, eram umas belas pancadas que caíam nas costas do desajeitado, o que era plenamente aprovado pelo chefe da tribo.

Apesar da boa vontade daqueles pobres selvagens em se tornarem guerreiros dignos do *tuan uropa*, eles tinham uma cabeça muito dura, porque depois de umas duas horas estavam sabendo menos do que antes, e ainda não eram capazes de marchar em colunas. Talvez não estivessem entendendo totalmente as ordens que o português dava ao som de pancadas e de comandos altíssimos e retumbantes.

— Pelo Júpiter dos trovões!... — exclamou em determinado momento Yanez, que já havia duas horas estava torrando sob o sol ardente. — Será que a minha ótima ideia vai dar certo?

Olhou então para as plataformas.

Sandokan e Tremal-Naik, estendidos à sombra das grandes árvores, na borda da aldeia aérea, com os cachimbos na boca, estavam olhando para ele e sorrindo malignamente.

— Parece que estão se divertindo com os meus esforços quase inúteis — disse ele. — Kammamuri, comigo!...

O marata, que também assistia ao insólito espetáculo à sombra de um magnífico pândano, segurando a custo o riso, cuspiu a noz-de-areca que estava mastigando e avançou, dizendo:

— Presente, general.

— Pela morte de Júpiter!... — gritou Yanez meio exasperado. — Parece que todos vocês estão adorando rir de mim.

— Nada disso, senhor Yanez.

— Mas eu não estou vendo você me ajudando a manobrar os meus súditos.

— É verdade, senhor Yanez.

— Então pode começar a instruir esses selvagens, que parecem ter o cérebro meio turvo. Eu já estou cheio.

— É preciso um bom bambu para enfiar nas cabeças deles as manobras dos sipais.

— O chefe permite.

— Então pode deixar comigo. Garanto, senhor Yanez, que em oito dias esses homens estarão manobrando como o primeiro regimento dos fuzileiros de Bengala.

— Que o diabo os leve!... — gritou Yanez. — Se não conseguir, vou tirar o seu cargo de instrutor dos regimentos assameses, palavra de honra.

Agarrou a escada feita de cipó e subiu até a aldeia aérea, enquanto Kammamuri berrava a plenos pulmões para os selvagens espantados:

— Marchem... alto... formem o quadrado, pela morte de Xiva, de Vixnu, de Brahma e de todos os *cateros* da Índia!... Avançar!... Alto... de joelhos... fogo... carregar... romper fileiras... em coluna... ao ataque... massacre, general... acabem com os daiaques.

19. O ataque dos rinocerontes

OITO DIAS DEPOIS, os malaios, assameses e negritos abandonaram a aldeia aérea e o acampamento para retomar a marcha rumo a Kini Balù.

A coluna estava maravilhosamente organizada, pois, coisa inacreditável, à custa de gritos e bastonadas, Kammamuri conseguira transformar os quarenta guerreiros do chefe em verdadeiros soldados, que não fariam feio diante do primeiro regimento dos fuzileiros de Bengala, para grande espanto de Yanez, Sandokan e Tremal-Naik.

Decididamente aquele fidelíssimo servo do antigo caçador da Selva Negra nascera com um dom para ser general dos estados maratas ou, pelo menos, um excelente sargento de instrução.

Cerca de trinta mulheres e quase o mesmo número de crianças seguiam a coluna, transportando corajosamente as provisões para os estômagos e para a guerra, bem protegidas por uma forte retaguarda comandada por Sapagar.

Dos daiaques não havia notícias. No entanto, eles sentiam instintivamente que aqueles ferozes caçadores de cabeças não deviam ter saído da grande floresta, e estariam vigiando de longe.

Várias vezes os negritos que ficavam de guarda durante a noite em volta do acampamento haviam observado sombras humanas deslizando no meio das grandes árvores e cipós, que desapareciam com uma rapidez fulminante quase sem deixar rastros. O vingativo grego certamente não abandonara a sua vigília.

A coluna formada de quase uma centena de bocas de fogo e apoiada por quatro balistas, ao menos por enquanto, tinha, porém, bem pouco a recear, embora os negritos não passassem de meros recrutas pouco treinados, que ainda fechavam os olhos todas as vezes que disparavam as carabinas.

Durante quatro dias, a coluna continuou sua marcha tranquilamente, fazendo as paradas sem ser perturbada e se permitindo inclusive o luxo de dar algumas batidas para se abastecer com caça. Mas próximo ao pôr do sol do quinto dia, quando a distância, no horizonte abrasado, já começavam a se delinear com nitidez os cumes altos do Kaidangan, uma cadeia de montanhas que fica quase na metade da distância entre a baía de Malludu e Kini Balù, um acontecimento não de todo inesperado deteve a coluna bruscamente.

Ela estava prestes a acampar no meio de uma pequena clareira, aberta talvez por uma manada de elefantes, pois havia no solo inúmeros troncos de árvores que pareciam ter sido arrancados com violência, quando o negrito que continuava guiando a vanguarda se aproximou de Kammamuri, pelo qual manifestava uma afeição especial, e disse com sua voz gutural:

— O inimigo!...

— Onde? — perguntou o marata espantado, pois até então não observara nada de alarmante.

— Descendo o Kaidangan.

— Por acaso você tem dois telescópios fixados diante dos seus olhos? Eu não estou vendo nada.

— Não sei que animais são esses — respondeu ingenuamente o filho das selvas.

— Neste momento não preciso explicar que tipo de animais são eles. Vamos deixar para outra vez. Onde está esse inimigo que não consigo ver?

— Descendo a montanha, eu já disse, *orang*.

— De que lado?

— Você não está vendo aqueles pontos luminosos ali, correndo nos flancos do Kaidangan?

— São vaga-lumes.

— Você está enganado, *orang*.

— O que você acha que é aquilo, então?

— Animais grandes.

— Que transportam tochas?

O selvagem fez um gesto de impaciência.

— Não brinque, *orang* — disse ele com voz grave. — Em pouco tempo estarão aqui e vão varrer o nosso acampamento. Os cortadores de cabeças estão atrás daqueles animais grandes.

— Quero que Xiva me afogue no mar de leite das grandes serpentes se eu for capaz de entender este homem — disse Kammamuri. — Talvez o

Tigre da Malásia, que conhece este país melhor do que eu e entende bem a língua desses homens, possa descobrir alguma coisa.

Mandou o negrito, que continuava olhando com alguma ansiedade para as encostas arborizadas do Kaidangan, ficar esperando ali e foi informar os chefes da expedição sobre o que havia escutado. Sandokan, Yanez e Tremal-Naik, que marchavam com o grosso da coluna, naquele momento estavam chegando à planície, em meio à qual os malaios, auxiliados pelos assameses da vanguarda, haviam construído rapidamente diversos *attaps* para se proteger da umidade da noite que muitas vezes provoca a chamada febre dos bosques, ou febre negra, capaz de enviar para o outro mundo, em vinte e quatro horas ou menos, até mesmo os homens mais robustos.

— Se o negrito não está tranquilo, isso quer dizer que estamos ameaçados por algum perigo — falou Sandokan, depois de ouvir atentamente o que Kammamuri tinha a dizer. — Conheço bem esses filhos das selvas e sei que seus instintos nunca se enganam. Onde estão esses fogos?

— Descendo as montanhas.

— E você acha que são vaga-lumes?

— Pelo menos é o que parecem.

— Estamos a cerca de três quilômetros do sopé do Kaidangan. Como é que você poderia distinguir um inseto fosforescente a uma distância tão longa, meu caro Kammamuri?

— Será que de repente os seus olhos se transformaram em lunetas da marinha? — perguntou Yanez. — É verdade que Brahma, Xiva e Vixnu às vezes produzem milagres espantosos.

— Nos quais eu nunca acreditei — acrescentou Tremal-Naik.

— Vamos ver esses fogos misteriosos — concluiu Sandokan.

O negrito estava em cima de um bétele que lançava seu tronco delgado a quinze ou vinte metros de altura e, agarrado às suas longas folhas, perscrutava atentamente a planície que se estendia até o outro lado da floresta, chegando ao sopé da montanha.

— O que você está vendo, afinal? — perguntou Sandokan.

— Sempre os mesmos fogos.

— E do que se trata?

— Ainda não sei, *orang* — respondeu o filho das selvas. — Agora estão correndo pela planície, a uma velocidade inacreditável.

— Não são vaga-lumes?
— Não, *orang*, são animais grandes.
— Eu nunca vi animais grandes luminosos.
— Espere, *orang*.
— Você está entendendo alguma coisa de toda essa história, Yanez? — perguntou Sandokan, virando-se para o português, que estava comendo tranquilamente uma bela banana, oferecida por Sapagar.
— Absolutamente nada, irmãozinho.
— No entanto, esse negrito não pode estar enganado.
— Provavelmente não.
— Parece que você está mais interessado na banana do que no perigo que estamos correndo — disse Sandokan.
— No momento, sim. Está realmente deliciosa. Nunca comi uma tão gostosa assim, nem mesmo quando estava na corte de Surama.
— Chegou a alguma conclusão?
— Vamos esperar.
— Mas o que podem ser aqueles fogos?
— Estrelas cadentes, talvez.
Naquele instante ribombou um disparo, logo seguido de um grito.
— Sapagar, quem atirou? — gritou Sandokan.
Diversos malaios e assameses se precipitaram para um arbusto fechado que se alargava na direção de um dos quatro cantos do acampamento.
Havia vozes ecoando entre as trevas.
— Belo tiro!...
— Uma bala bem na testa!...
— Os canalhas nos cercaram!...
— Não, era um espião!...
— Bem feito.
Sandokan, Yanez e Tremal-Naik correram por sua vez até o arbusto.
— O que vocês mataram, afinal? — perguntou o primeiro, abrindo espaço.
— Um daqueles malditos daiaques, patrão — respondeu Sapagar, que foi um dos primeiros a chegar ali. — Aquele cachorro estava nos espionando e, talvez, esperando o momento ideal para nos atirar algumas dúzias de flechas envenenadas.
— Jogue-o para os tigres ou panteras.
— Às armas!... — gritou naquele mesmo instante o negrito.

— Caramba!... — exclamou Yanez. — Esta noite não vai dar para dormir, nem fumar um cigarrinho. É verdade que as nossas carabinas estavam quase enferrujando. Ei, Kammamuri, você, que foi o sargento de instrução desses selvagens, mande formarem um quadrado mais ou menos regular. Eu me encarrego dos meus assameses.

— Não!... — gritou Sandokan. — Eu já descobri o que está acontecendo. É um velho truque dos daiaques desta região. Depressa!... Subam nos galhos mais grossos e fiquem preparados para atirar. Mulheres e crianças em primeiro lugar.

— Mas afinal o que é que aqueles canalhas estão planejando para nós? — perguntou Yanez, que conservava sua calma habitual e não parecia estar muito aflito para se pôr a salvo.

— Não perca tempo, irmãozinho — respondeu o Tigre da Malásia. — Venha comigo para o alto dos galhos desta laranjeira enorme. Ela vai resistir aos choques.

— Que choques? Agora você resolveu fazer mistério?

Em vez de responder, Sandokan se lançou para a árvore gigantesca, agarrou os cipós e nepentes e se içou rapidamente, logo seguido por Tremal-Naik e Sapagar, que ajudava Nasumbata.

Todos os outros também subiam precipitadamente nas árvores mais fortes, entre os gritos das mulheres e o choro das crianças.

Ao ver que estava sozinho, Yanez achou oportuno imitar aquela manobra simiesca e rapidamente alcançou Sandokan.

— Agora você vai me explicar que tipo de cataclismo está para desabar sobre nós — disse ele ao pirata depois de se acomodar na bifurcação de um galho muito grosso.

— Não está ouvindo?

— Estou, um estrondo distante que parece ser produzido pelo galope desenfreado de um número considerável de animais pesados, e que nós já ouvimos antes, quando assistimos à migração dos búfalos.

— Mas dessa vez não se trata de animais chifrudos, mas, ao contrário, de animais bem narigudos.

— Narigudos?... — exclamou o português, encarando-o com espanto. — Será que são elefantes?

— Não, rinocerontes, e tenho certeza absoluta de que não estou errado.

— Os daiaques do seu país são criadores desses animais? Isso é uma coisa de que eu nunca ouvi falar até agora.

— Eles os utilizam para a guerra, e todos os que são capturados nas armadilhas servem para ser arremessados contra os inimigos. Você vai perceber muito bem, Yanez, que é impossível resistir a uma carga dessas, principalmente quando ela acontece numa planície.

— E como eles fazem para instigá-los e guiá-los?

— Usam o fogo. Daqui a pouco você vai ver os condutores desses animais em ação. Os rinocerontes já entraram na floresta e estão vindo para cima de nós.

— Eu não ligo para eles.

— Certamente, porque está seguro aqui em cima de uma árvore que resistiria até mesmo ao choque de dez elefantes.

— Pode ser, Sandokan — respondeu Yanez.

A uma pequena distância se ouviam choques tremendos e bramidos agudos, que soavam como fortíssimos *niff-niff*.

Os rinocerontes corriam como loucos, enfurecidos por causa dos homens que os guiavam.

— Preparem as armas!... — gritou Sandokan aos seus homens, que haviam trepado em uma confusão engraçada pelo meio dos grossos galhos das árvores altas.

— E, principalmente, não se esqueçam de providenciar uma bela refeição para nós — acrescentou Yanez. — A carne dos rinocerontes não é tão ruim quanto dizem, afinal.

De momento a momento o estrondo ficava cada vez mais forte, aumentando impressionantemente. Embaixo das árvores parecia haver fileiras de fogo se cruzando, dispersando e se reunindo de novo.

— Ei, Sandokan — disse Yanez, que nunca ficava quieto por mais de dez minutos —, pelo que eu entendi, você conhece o jeito de guerrear desses malditos caçadores de cabeças. Dá para me explicar a presença desses fogos?

— São exatamente eles que deixam os rinocerontes terríveis, meu amigo.

— Mas como?

— Todas essas feras estão com um feixe de bambus secos espetado nos chifres.

— Já entendi. Quando eles correm, a chama é reavivada e os pobres animais queimam o nariz e a testa.

— E ficam cegos.

— Esses selvagens são espertos.

— Mas nós estamos prontos para recebê-los.

Os rinocerontes já haviam chegado a uma distância muito pequena dali e se precipitavam pela floresta com um ímpeto irresistível, unidos entre si por resistentes correntes de aço natural.

Os pobres animais tinham feixes de lenha embebida em resina espetados nos chifres e eram seguidos e flanqueados por cerca de cinquenta daiaques, que os espicaçavam cruelmente com lanças compridas para dirigi-los.

As árvores jovens e os arbustos, ceifados pelas correntes que os prendiam, caíam aos montes. Mas quando a manada topava com uma árvore grande, que nem sequer os elefantes seriam capazes de derrubar, os animais caíam de pernas para o ar, dando gritos ensurdecedores, porque aquelas quedas provocavam nuvens de fagulhas que provavelmente produziam queimaduras muito dolorosas.

Aquele era o momento mais difícil para os daiaques. No entanto, com golpes de lanças, aqueles patifes conseguiam pôr os pesados animais no caminho certo de novo e obrigá-los a seguir a rota que desejavam.

A tropa que estava prestes a varrer a planície se compunha de apenas uns quinze rinocerontes. Mas ai dos malaios, assameses e negritos embaixo dos *attaps* se aquelas massas os tivessem surpreendido! Do jeito que estavam furiosos, teriam passado por cima dos corpos deles e provavelmente um bom número de homens teria sido destripado ou arremessado para ao ar.

Felizmente o negrito dera o alarme a tempo e Sandokan logo adivinhara o perigo.

Depois de dar outra cambalhota diante de um grupo de duriões e de casuarinas, cujos troncos fortíssimos não haviam cedido nem aos volumes, nem às correntes, os rinocerontes se lançaram como loucos pelo acampamento, varrendo para longe de uma só vez as leves cabanas construídas pelos malaios, mas acabaram se chocando contra outro grupo de grandes árvores.

Ocorreu então um espetáculo assustador. Os pobres animais, que agora já deviam ter perdido a visão por causa da chuva ininterrupta de fagulhas que caía dos feixes de bambus enfiados em seus longos chifres e que ainda não haviam apagado, detidos bruscamente naquela corrida desenfreada, empinaram como se tivessem ficado loucos de repente e depois desabaram uns sobre os outros em uma confusão indescritível, queimando-se reciprocamente.

Os daiaques encarregados de guiá-lo estavam prestes a ir até eles para obrigá-los a correr de novo, quando a voz penetrante e metálica de Sandokan ecoou, cobrindo por um instante o barulho assustador dos colossos.

— Atirem nos homens!...

Uma descarga, depois uma segunda e finalmente uma terceira ribombaram.

Malaios, assameses e negritos estavam disparando furiosamente.

Assustados com aquele ribombar contínuo e com o zunido dos projéteis, os daiaques deixaram que os rinocerontes saíssem daquela situação sozinhos e fugiram com uma velocidade fulminante, deixando no terreno uma dezena de cadáveres.

— Lembrem-se da refeição!... — gritou Yanez, que nem sequer se dignara a desperdiçar uma bala.

Os rinocerontes finalmente se levantaram e ficaram quase todos livres depois de quebrarem as correntes que os prendiam naquele último e tremendo choque.

Um deles, contudo, ficou estendido embaixo do tronco colossal de um durião. Durante a carga desesperada, seu crânio fora despedaçado e seu nariz estava queimando, exalando em volta um odor nauseante de carne queimada.

Bastaram alguns tiros de fuzil para pôr os outros em fuga e liberar o acampamento, agora reduzido a péssimas condições, pois não restava nem sequer um *attap* de pé.

— Acabou a festa — disse Yanez, pedindo um cigarro a Tremal-Naik. — Eu queria ver a cara do grego agora. Com certeza ele não está muito feliz com o péssimo resultado desse último ataque, tão original. Podemos descer, Sandokan?

— Acho que agora não vamos mais ter problemas. É pouco provável que os daiaques tenham outro bando de rinocerontes à disposição. Por enquanto, vão nos deixar tranquilos, embora eu ainda esteja esperando mais surpresas da parte deles. O rajá do lago vai disputar acirradamente o terreno.

Agarraram então os cálamos e cipós e deslizaram até o solo. Os malaios, assameses e negritos os haviam precedido e se lançado para o rinoceronte com os *parangs* em punho e agora estavam trabalhando sem parar para cortá-lo, uma empresa muito mais difícil do que se pode imaginar, pois esses animais têm um couro tão resistente que desafiam impunemente as balas dos antigos fuzis, e costelas tão sólidas que colocam à prova os sabres mais fortes.

Alguns malaios, porém, se ocuparam imediatamente da reconstrução dos *attaps*, um trabalho muito mais fácil do que o esquartejamento do colosso.

— Ei, Sandokan — disse Yanez, sempre de bom humor. — Será que os rinocerontes não vão voltar? Se estiverem cegos, é bem possível que voltem pelo mesmo caminho.

— Não estou excluindo esse risco — respondeu o Tigre da Malásia. — Mas tomara que tenham fugido para bem longe e não venham mais nos perturbar.

— Por outro lado, estaremos preparados para recebê-los — acrescentou Tremal-Naik, que se estendera tranquilamente embaixo do primeiro *attap* reconstruído.

— Só espero que nos deixem em paz para comermos a nossa refeição — disse Yanez. — Caramba! E os daiaques?

— Não se preocupe com eles — respondeu Sandokan. — Devem estar com um medo dos diabos de nós e, por enquanto, vendo como foram inúteis as tentativas de nos destruir, vão nos deixar tranquilos. Só vamos encontrar com eles mais adiante. Ei, Sapagar, tome conta da comida. Não vai ser muito refinada, mas vamos desfrutar do mesmo jeito. Estamos acostumados à caça de grande porte.

Ajudados pelas mulheres, os negritos já haviam recolhido uma grande quantidade de lenha e acendido sete ou oito fogueiras, o suficiente para assar uma dúzia de búfalos selvagens.

Enormes pedaços de carne arrancados da carcaça do pobre rinoceronte já estavam sendo assados, crepitando vivamente.

Embora ainda pudesse haver daiaques na redondeza, as crianças estavam colhendo mangas, frutas-de-pombos, bananas e duriões, trepando nas árvores mais altas com a agilidade de macacos.

Sapagar, por sua vez, estava ocupado em assar para os patrões grossas fatias de frutas-pão que, se no gosto não se pareciam com o miolo da mistura de trigo que lhe dá o nome, podiam muito bem passar por fatias de abóbora cozida no forno com um leve sabor de alcachofra.

A noite se anunciava magnífica. A lua saíra e estava inundando de raios azuis a planície, e das montanhas distantes desciam de tempos em tempos ligeiras rajadas de vento fresco e perfumado. Na grande floresta reinava um silêncio profundo, rompido apenas pelo leve murmúrio das folhagens.

— Que noite deliciosa. Ela faz lembrar as noites mornas e perfumadas do Assam, não é verdade, Tremal-Naik? — disse Yanez.

— Na realidade, eu estou mais ocupado em sentir o perfume do assado — respondeu o indiano. — Vi muitas noites assim na Selva Negra e, normalmente, quanto mais bonitas, mais perigosas elas eram.

— Você está virando uma ave de mau agouro — disse o português. — Quando esses indianos ficam muito tempo sem ver o Ganges, eles acabam ficando sinistros.

— O sol ainda não despontou.

— Se eu pudesse, mandaria um mensageiro para pedir que só aparecesse depois das nove. Ah!... Aí vem Sapagar!... Quem diria que a carne do rinoceronte seria capaz de exalar um cheiro tão apetitoso?

— Eu, que já comi muitas vezes quando era criança — disse Sandokan.

— Naquela época você era meio selvagem e ainda não tinha capacidade de julgar direito. Mas agora temos aqui um homem civilizado, um *tuan uropa*, como os malaios nos chamam, os europeus, e só eu sou capaz de fazer um julgamento exato. Por Júpiter!... Será que os rinocerontes são suculentos mesmo? Se isso for verdade, vou mandar os meus grandes caçadores do Assam capturarem pelo menos um por semana e pedir ao meu cozinheiro que o asse inteiro e com perfeição, se quiser continuar por muito tempo na corte de Surama, a mulher do príncipe consorte.

— E meio rajá — disse Tremal-Naik.

— Marajá também — acrescentou Sandokan.

Acompanhado de quatro ou cinco mulheres negritas, Sapagar entrou no *attap* carregando triunfantemente sobre uma folha de bananeira um assado colossal, capaz de alimentar vinte pessoas, enquanto suas ajudantes traziam, também em folhas de bananeiras, grossas fatias de fruta-pão bem assadas e pirâmides de frutas-de-pombos e bananas.

— Mas isso é um verdadeiro banquete — disse Yanez. — Senhor mordomo ou mestre-cuca, seria possível termos também um pouco de vinho para acompanhar?

— Descobrimos uma palmeira-de-leque e os meus homens estão extraindo, senhor.

— Se um dia você decidir ir ao Assam, eu vou fazer que seja nomeado o primeiro cozinheiro da corte.

— Prefiro trabalhar com o *parang*, senhor — respondeu o malaio, rindo. — É muito mais emocionante.

— Carrasco e bandido!... Está rejeitando uma posição honrada para se manter como pirata.

— Como se você nunca tivesse sido — disse Sandokan, brincando.

— Mas naquela época a gente estava defendendo Mompracem contra os leopardos ingleses que queriam devorá-la.

Ao ouvir falar na sua ilha, uma sombra ofuscou a fronte de Sandokan.

— Ficou emocionado — disse Yanez, ao perceber.

— Sabe que eu trocaria um pedaço apenas daquela terra por todo o reino dos meus ancestrais?

— Por enquanto pense apenas em conquistá-lo.

— Certo, mas só por enquanto.

— E em dar uma bela dentada neste assado. Sempre vai sobrar tempo para falar de novo nisso, uma coisa que também continua no meu coração.

Pediu o *tarwar* a Tremal-Naik e começou a cortar o pedaço de rinoceronte em fatias grossas.

Começaram a comer com grande apetite, acompanhando a carne, meio parecida com o couro, é verdade, mas muito gostosa, com frutas-pão e algumas bananas, quando um bramido estridente ecoou a uma pequena distância do *attap*, seguido de um desabamento ruidoso de galhos e árvores.

— Os rinocerontes estão voltando!... — gritou Yanez, pulando para a sua carabina. — Que desperdício de comida!...

20. Cargas furiosas

OS MALAIOS, ASSAMESES e negritos que estavam se empanturrando de carne de rinoceronte em volta das gigantescas fogueiras se levantaram precipitadamente, atirando-se para os feixes de carabinas, pois a eles também não escapara aquele ameaçador *niff-niff*.

Se fosse apenas um animal, talvez nem tivessem ficado inquietos, mas como sabiam que havia muitos outros vagando pela floresta, completamente cegos, não havia motivo para rir.

Irritados com as queimaduras, aqueles colossos podiam de um momento para o outro voltar instintivamente e pisotear o acampamento e os acampados sem que nenhuma força humana fosse capaz de deter aquele ímpeto poderoso e assustador.

Mas era verdade que as árvores continuavam lá, oferecendo um abrigo seguro.

Se não muitos, certamente pelo menos um daqueles pobres animais estava rondando os arredores do acampamento, desafogando sua raiva e suas dores contra os arbustos e as árvores de tronco não muito grosso.

Ouviam-se atritos cada vez mais barulhentos e também batidas de correntes contra os troncos.

— Acho — disse Yanez — que esses animais vão nos dar mais trabalho agora do que quando estavam se movimentando para atacar o nosso acampamento. Se não nos virem, vão poder se guiar pelo faro, e os caçadores me disseram que o dos rinocerontes é ótimo.

— É verdade — confirmou Tremal-Naik.

— E é exatamente por isso que eu estou decidido a acabar com essas feras perigosas se tiver oportunidade — disse Sandokan. — Sapagar, mande as mulheres e crianças se abrigarem nas árvores e, enquanto isso, vamos nos preparar para entrar em combate contra esse animal que está por aí se divertindo em massacrar as plantas. De qualquer jeito, vai ser um a menos a se lançar contra a coluna quando retomarmos a marcha.

Esperou até que a ordem fosse executada e depois se movimentou intrepidamente na direção da floresta, seguido por Yanez, Tremal-Naik e meia dúzia de malaios, escolhidos entre os melhores atiradores, enquanto os outros se dispunham em uma fileira dupla sob o comando de Sapagar e Kammamuri para impedir a passagem do animal e fulminá-lo antes que conseguisse atravessar a clareira.

O estrondo continuava no meio de uma mata fechada de sagu e arecas, completa e fortemente envolvida por verdadeiros amontoados de cálamos grossos e muito resistentes.

Parecia que o animal se aprisionara sozinho e que, não conseguindo mais encontrar a saída por ter perdido a visão, estava tentando abrir uma passagem com chifradas.

— Podemos pegá-lo de surpresa lá dentro — disse Sandokan, avançando com precaução.

Estava prestes a agarrar os cálamos, pois nem sequer ele encontrara uma abertura, quando ouviu o rinoceronte dar uma espécie de urro seguido logo depois por outro mais rouco e bem menos sonoro.

— O que está acontecendo, Sandokan? — perguntou Yanez, enquanto ouvia árvores e arbustos sendo esmagados no interior da mata. — Parece que está havendo uma luta medonha embaixo dessas folhas gigantescas.

— O rinoceronte deve ter sido atacado — respondeu o Tigre da Malásia.

— Por quem?

— Por alguma pantera que estava emboscada ali. Não se aproximem da mata. Apontem os fuzis e se preparem para atirar.

O rinoceronte dava gritos assustadores, intercalados por assobios muito agudos, aos quais respondiam rugidos roucos que não se pareciam nem um pouco com os terríveis e impressionantes *ha-hug* dos tigres bornéus, menores do que os indianos, mas nem por isso menos sanguinários.

Os troncos de sagu e areca oscilavam de forma assustadora, como se a cabeça de uma catapulta os estivesse atingindo com um ímpeto irresistível, e as folhas gigantescas se contorciam tempestuosamente, como se um furacão houvesse irrompido de repente.

Ao perceber que nenhum dos combatentes conseguia abrir passagem, e apesar dos sábios conselhos de Yanez e Tremal-Naik, Sandokan, com sua temeridade costumeira, pela segunda vez agarrou os cálamos, colocando a correia da carabina entre os dentes para poder carregá-la.

Subiu três ou quatro metros e depois desceu depressa.

— E então? — perguntaram Yanez e Tremal-Naik.

— Eu não estava errado. O rinoceronte foi atacado por uma pantera-negra — respondeu o Tigre da Malásia.

— Pobre-diabo! — exclamou o português. — Primeiro perdeu a visão e agora está experimentando as unhas duras como aço daquele felino. Ele está tentando abrir uma passagem?

— Está se esforçando terrivelmente para escapar daquela armadilha. Entrou em uma verdadeira rede de lianas e vai ter muito trabalho para derrubá-la. Tomem cuidado para que não invista e derrube vocês. O animal vai estar meio louco de raiva e de dor.

— Meio, não, totalmente — disse Yanez. — Mas, na minha opinião, temos que nos preocupar mais com a pantera do que com o rinoceronte. Vou apontar e disparar contra ela e...

Um barulho assustador interrompeu o que ele estava dizendo.

Com uma última e poderosa carga, o rinoceronte conseguiu derrubar sua prisão vegetal e se arremessou para a planície, levando bem agarrada no seu enorme dorso uma magnífica pantera-negra, que não parava de trabalhar ferozmente com os dentes e garras na pele dura do seu adversário.

Sandokan, Yanez, Tremal-Naik e os seis malaios se jogaram depressa para um lado para não correr o risco de serem pisoteados pelo gigantesco animal atacado pela pantera, que, naquele instante, poderia ficar ainda mais furiosa do que o pobre cego.

A voz do português ecoou sonora sob as árvores:

— A pantera-negra é minha! Vocês ficam com o rinoceronte!

Em seguida uma descarga ribombou, despertando ecos na grande floresta e se propagando a grandes distâncias.

Provavelmente atingido por várias balas, o rinoceronte empinou de repente, mostrando o focinho já meio consumido pelo fogo, e depois desabou de uma vez no chão, agitando desesperadamente suas pernas maciças.

261

Mais ágil, a pantera se jogou para um lado e fixou os caçadores com os olhos fosforescentes.

— Ela é minha — disse Yanez, que reservara dois tiros. — Não quero ninguém competindo comigo.

Apontou a carabina.

Talvez surpresa por se encontrar no meio de tantos homens, a fera se encolheu, choramingando surdamente, mas preparada para tentar um ataque desesperado.

Tranquilo como se tivesse diante de si um alvo qualquer, Yanez mirou.

Ribombou uma detonação seca e, logo depois, outra.

A pantera deu duas cambalhotas no chão, choramingando, e depois, embora estivesse perdendo sangue abundantemente pelo nariz e pelo ombro direito, com um movimento fulminante ficou de pé e, recolhendo suas últimas forças, se lançou sobre o grupo de caçadores que, naquele instante, estava ocupado recarregando as armas.

Conhecendo a vitalidade extraordinária daquelas feras, Sandokan ficara em guarda, embora tivesse plena confiança na habilidade do português.

Desembainhar a cimitarra e impedir a passagem da fera foi coisa de um instante. A arma brilhou e desceu com muita força, cortando a cabeça do animal enfurecido.

— Por Júpiter!... — exclamou Yanez com algum espanto. — Será que a gente precisa de um canhão para matar essa pantera? Tenho certeza de que não errei os tiros!

— Estava esperando por isso — respondeu Sandokan. — Conheço muito bem a vitalidade incrível dessas feras.

— Parecem ser capazes de competir com os peixes-cães.

— É isso mesmo, Yanez.

— Que pena não estar frio.

— Por quê?

— Aquela bela pele poderia servir para me aquecer.

— Mas ela é sua. Vou mandar tirá-la e ela vai servir para protegê-lo da umidade do terreno durante a noite. Quanto mais avançarmos, mais terras pantanosas vamos encontrar, e você vai achar muito bom estar com ela. Podemos fazer isso amanhã de manhã. Acho que agora temos o direito de descansar um pouco, depois de tantos acontecimentos.

— Ainda não comemos as frutas.

— Ah! Yanez! Quando é que você vai deixar de ser tão despreocupado? — perguntou Tremal-Naik.

— Quando tiver cem anos — respondeu o português. — Por Júpiter!... Ainda não estou decrépito. Bah! Está certo, podemos comer as frutas na refeição de amanhã.

Voltaram ao acampamento, onde malaios, assameses e negritos continuavam esperando a carga dos rinocerontes, mandaram as mulheres e crianças descerem das árvores, colocaram sentinelas duplas nos cantos da floresta e, depois de trocar quatro palavras com o chefe dos negritos e com Nasumbata, se jogaram em cima das folhas frescas, sem se esquecer de pôr ao lado as carabinas e armas brancas.

Também aquela noite, como por milagre, foi muito tranquila.

Os rinocerontes deviam ter se afastado bastante e, depois de receberem uma bela lição, percebendo agora que tinham diante de si uma coluna muito resistente formada de homens decididos a se defender até o fim, os daiaques deviam ter desistido, ao menos por enquanto, de uma ofensiva eficaz.

Aos primeiros raios de sol, seguro de que havia impressionado os guerreiros do rajá branco depois do ataque inútil dos rinocerontes, Sandokan deu o sinal de partida e a coluna retomou a marcha para chegar às encostas do Kaidangan, onde pensava em descansar durante alguns dias antes de ir para as montanhas de Kini Balù e descer então ao lago de mesmo nome.

É preciso dizer, no entanto, que ninguém tinha certeza de que seria possível realizar aquela marcha sem que nada de extraordinário acontecesse.

Especialmente Sandokan, Yanez e Tremal-Naik esperavam a cada passo topar com alguma terrível surpresa por parte do grego ou dos rinocerontes que corriam como loucos pelas florestas.

De fato, a coluna estava marchando havia umas duas horas por uma floresta constituída quase exclusivamente de bananeiras silvestres, cujas folhas imensas projetavam uma semiescuridão, quando a grande vanguarda formada de malaios e negritos se deteve mais uma vez com brusquidão e se dispôs em um pequeno quadrado mais ou menos regular, como dizia Yanez.

— Que bela marcha de emboscadas — disse Tremal-Naik. — Por quantos dias isso ainda vai continuar assim?

— Até chegarmos à margem do lago — respondeu Yanez.

Sandokan correu para se encontrar com a vanguarda, que era comandada por Kammamuri.

— O que você está esperando, amigo? — perguntou a ele. — Dcerto não foi para nos dar uma prova da sua habilidade como sargento de instrução que você fez os nossos exploradores pararem, imagino. Não seria o momento ideal.

— Não, senhor — respondeu o marata. — Essas manobras são feitas em épocas de paz, e não de guerra. Vi um movimento na floresta.

— Mas não está soprando nenhuma brisa neste momento.

— Mesmo assim a floresta não está tranquila.

— Será que os daiaques estão avançando?

— Acho que, ao contrário, capitão, são aqueles malditos rinocerontes sem saber direito para onde ir, se é verdade que eles perderam a visão.

— Eu é que não queria ter os olhos deles agora, amigo. Devem estar completamente cegos.

— Está ouvindo, senhor?

Enquanto o pequeno quadrado conservava uma imobilidade absoluta, mantendo as carabinas apontadas para todos os lados, até mesmo contra o grosso da coluna, já que o famoso instrutor das tropas assamesas ensinara aos negritos que o mais importante era se colocar nas quatro linhas, Sandokan se pôs à escuta, encostando a mão na orelha para poder ouvir melhor até mesmo os ruídos mais leves.

— Caramba — murmurou ele finalmente, se endireitando. — Você ouviu muito bem, meu caro Kammamuri. É verdade que você viveu muitos anos nos *Sunderbunds* com seu patrão e por isso sabe identificar os vários ruídos da floresta. Tem animais correndo na floresta.

— São aqueles simpaticíssimos rinocerontes — disse Yanez enquanto se aproximava deles. — Que animais graciosos!...

— Acho que você realmente adivinhou, meu irmão — respondeu Sandokan.

— Bem que eu falei que a gente devia acabar com eles antes de dar o comando de avançar.

— E por que você não foi pegá-los pelo chifre?

— Por Júpiter!... E você ainda me pergunta por quê? Se os feixes de lenha que ganharam dos daiaques, contra a vontade deles, certamente, os queimaram, como você queria que eu os pegasse?

— Pela cauda — disse Tremal-Naik, que também se aproximara da vanguarda.

— E você, grande caçador dos *Sunderbunds*, por que não foi pegá-los pelo focinho?

— Porque o fogo deve tê-los queimado.

— É verdade, amigo — disse Yanez com seriedade —, ao passo que a cauda estava muito longe do chifre nasal. Vamos ter de deixar para uma outra vez, quando eu renascer com a força do Sansão.

— Quem é esse? — perguntou Tremal-Naik.

— Um personagem que os hindus não conhecem. Você não é cristão, nunca deve ter lido a História Sagrada.

Quem sabe o que o indiano iria responder quando foi interrompido, naquela estranha disputa, por um grito, ou melhor, um comando seco dado por Kammamuri, o famoso instrutor dos guerreiros dos bosques.

— Frente, avançar!...

— Mas esse general nasceu para comandar pregos?... — exclamou Yanez. — Que raio de comando é esse? Pobres tropas assamesas! E os maratas ainda se gabam de ser os primeiros guerreiros da Índia!...

Mas, para seu espanto, viu a vanguarda romper o quadrado com uma precisão e rapidez extraordinárias e se dispor em duas fileiras, a primeira de joelhos, a outra de pé, em posição de atirar, apresentando uma frente magnífica e resistente.

— Poxa, agora mesmo eu estava caluniando o meu sargento de instrução — disse ele entre cômico e sério a Sandokan e Tremal-Naik —, e agora sou obrigado a engolir os meus comentários ofensivos para um homem de armas. Kammamuri!... — gritou ele depois. — Você está nomeado coronel de campo de batalha das tropas da rani do Assam. Você vai acabar os seus dias como um grande marechal.

— Prefiro viver muito tempo como sargento de instrução — respondeu o marata.

— Coronel, eu já disse.

— Está certo, Alteza, coronel.

Uma explosão de risos acompanhou essa resposta engraçada. Aqueles homens extraordinários se divertiam alegremente diante de um perigo que podia ser muito sério.

Enquanto isso, no meio da floresta compacta, os estrondos continuavam. Parecia até que animais enlouquecidos estavam se arremessando em todas as direções, ávidos por massacres e destruição.

Era possível pensar que os rinocerontes estavam sendo lançados com carga total pelos daiaques, pois de vez em quando se ouviam seus urros assustadores, dados somente quando estão furiosos, porque os gritos normais, como foi dito, não passam de uma espécie de *niff-niff* meio estridente, mas nada além disso.

— Parece que tem umas vinte catapultas no meio dessas árvores — murmurou Yanez. — Mas os daiaques nunca souberam fabricar essas armas antiquíssimas, por isso, por esse lado, estou perfeitamente tranquilo.

Naquele momento explodiram urros atrás deles, seguidos de diversos tiros de carabina.

O grosso da coluna fugia, mesmo enquanto disparava, precedido pelas mulheres e crianças que berravam desesperadamente.

Sandokan, Yanez e Tremal-Naik se arremessaram à frente, enquanto Kammamuri ordenava outra mudança a sua vanguarda.

Três rinocerontes com os focinhos meio consumidos pelo fogo e trazendo pedaços de correntes em volta das patas posteriores, guiados por seus instintos, surgiram no meio das árvores, e depois de uma breve hesitação correram para cima da coluna, atacando a fundo.

Não deviam, porém, ser os únicos, porque se ouviam mais estrondos na floresta.

Um rinoceronte logo caiu sob a primeira descarga. Os outros dois, embora devessem ter levado muitas balas, continuaram correndo.

A coluna foi por água abaixo. Finalmente, até mesmo os malaios, o grande núcleo da expedição, fugiram, colocando-se a salvo atrás dos troncos das árvores para não serem estripados pelos chifres terríveis dos enormes animais.

Sandokan e seus dois companheiros enfrentaram decididamente e com firmeza um dos dois sobreviventes, enquanto Kammamuri ordenava que fossem disparadas uma dezena de fuziladas contra o terceiro.

— Mirem os olhos — gritou o Tigre da Malásia — e a junção das espáduas.

Seis tiros de carabina partiram, formando quase que uma única detonação, e o segundo rinoceronte também caiu.

O terceiro, ao contrário, passou em uma corrida desenfreada diante da vanguarda, resistindo à descarga, e entrou novamente na floresta, deixando atrás de si enormes manchas de sangue.

— Caramba!... — exclamou Yanez, recarregando tranquilamente a sua carabina. — Parece que esses animais resolveram se aliar aos daiaques. No entanto, não deviam ser tão gratos assim, porque ficaram cegos graças a eles. Não dá mais para entender este mundo.

— Mas eu entendo uma coisa — disse Sandokan.

— O quê?

— Que a coisa ainda não acabou, porque tem mais feras na mata e elas estão tentando abrir passagem para chegar até nós.

— Nem parece que estão cegos.

— Mas você vai ver que mesmo assim vão nos alcançar. É absolutamente necessário exterminá-los. Se não matarmos todos, não nos darão um minuto de paz.

— Então deixe comigo — respondeu Yanez. — Coronel Kammamuri!...

— Presente, Alteza — respondeu o marata, que depois da sua promoção parecia finalmente ter se lembrado de que o bravo português merecia aquele título pomposo.

— Assuma o comando da coluna toda e mande formar outro quadrado, com as mulheres e crianças no meio. Nós vamos combater na primeira fileira e queremos os postos mais perigosos.

— Pois não, Alteza.

— Isso é uma comédia sob fogo cerrado — disse Sandokan a Tremal-Naik. — Esse Yanez nunca vai mudar, nem mesmo depois que a morte o levar ele vai ser capaz.

Enquanto isso, Kammamuri trovejava suas ordens à direita e à esquerda, e o quadrado foi formado, encerrando no centro as negritas e suas crianças. Como um bravo estrategista, o marata teve o cuidado de reforçar especialmente a frente que vigiava a orla da floresta varrida pelos rinocerontes. Yanez e seus amigos se posicionaram na primeira fileira, de pé, na pose clássica dos caçadores à espera da presa, enquanto todos os malaios se ajoelharam depois de cruzar diante deles os *parangs* e os cris de pontas envenenadas.

O ataque dos inoportunos animais não devia demorar. Parecia que tinham, se não visto, ao menos farejado o inimigo. A verdade é que, se em vez dos malaios, assameses e negritos, estivessem com os daiaques diante deles, também não hesitariam em atacar.

O primeiro a se arremessar para fora da floresta foi um rinoceronte colossal, cujo focinho estava assustadoramente tostado. Do seu chifre não sobrara mais do que um pedaço de apenas quinze centímetros de comprimento, ao passo que deveria atingir no mínimo um metro.

Uma descarga dos homens da primeira fileira, que estavam de joelhos, bastou para colocá-lo imediatamente fora de combate.

O animal, que já devia estar em péssimas condições de saúde, empinou sob aquela tempestade de balas que furava seu couro espesso e caiu de lado para não se levantar mais.

Talvez atraídos pelas detonações, mais dois colossos, que certamente haviam conseguido encontrar a passagem aberta pelo primeiro, se lançaram por sua vez contra o quadrado, dando seus altíssimos gritos de guerra, mas não tiveram melhor sorte.

A segunda fileira os fuzilou antes mesmo que tivessem percorrido metade da distância, fazendo-os desabar um ao lado do outro.

— Por Júpiter! — exclamou Yanez. — Esses homens combatem como verdadeiros heróis. Certamente, quando chegarmos às margens do Kini Balù, vamos conseguir fazer alguma coisa com os nossos guerreiros.

— Você acha, irmãozinho? — perguntou Sandokan, que estava ao seu lado.

— Contamos com homens muito resistentes, meu caro, capazes de resistir maravilhosamente bem às mais tremendas cargas.

— Veremos.

— Você duvida?

— Oh, não!

Uma forte fuzilada encobriu suas vozes. Descobrindo a passagem, outros rinocerontes se lançaram ao ataque, três ou quatro por vez, mas o quadrado se mantinha firme e continuava fulminando-os.

Quando um animal, mesmo gravemente ferido, com um último esforço tentava atingir as primeiras fileiras, os malaios se lançavam por sua vez, com os *parangs* em punho, dando golpes terríveis e dilacerando o couro duríssimo dos colossos.

Yanez, Sandokan e Tremal-Naik, os mais habilidosos atiradores da coluna, não deixavam, contudo, de intervir a tempo, com tiros que sempre atingiam o alvo.

A batalha durou uma boa meia hora. A cada cinco ou dez minutos, dois ou três atacavam juntos e caíam antes de chegar ao quadrado.

Agora uma montanha de carne se erguia diante dos valorosos que enfrentavam corajosamente a morte para salvar as mulheres e crianças encerradas dentro do quadrado.

— Parece que essa batalha finalmente acabou e podemos retomar nossa marcha para o Kaidangan — disse Yanez. — Não estou mais ouvindo *niff-niffs* no meio da mata. E agora esses dez ou doze corpanzis aí na frente vão fazer a festa dos tigres e das panteras, sejam elas manchadas ou negras. Mas que belo banquete para esses animais, e conseguido sem o menor esforço. E então, Sandokan, quer recomeçar o nosso passeio? Estou começando a achá-lo muito divertido.

— Se você quiser.

— Kammamuri!... — trovejou o português. — Mande desmanchar as fileiras, reorganize a coluna e dê quatro ou cinco dos seus famosos comandos. Vamos caçar as cacatuas do Kaidangan. Sandokan garante que são muito grandes e saborosas. Vamos ver quem tem razão, ele ou eu!...

21. O ataque ao Kaidangan

OS PREVIDENTES MALAIOS e os negritos, que conheciam Bornéu muito melhor do que os assameses, bem como suas florestas e planícies intermináveis, cortaram umas vinte pernas gigantescas dos rinocerontes, que até certo ponto poderiam passar por enormes presuntos se fossem defumadas. Em seguida, aos comandos lançados por Sapagar e Kammamuri, retomaram a marcha, ansiosos para descansar quando estivessem completamente a salvo nas encostas ou no cume do Kaidangan, agora muito próximo.

Finalmente livres daqueles rinocerontes irritantes, agora poderiam prosseguir tranquilos, tendo a temer apenas um ataque por parte dos daiaques conduzidos pelo grego, ataque muito problemático ao menos por enquanto, segundo a opinião de Sandokan e Yanez.

Foi somente perto do pôr do sol que a tropa chegou ao sopé do Kaidangan.

Embora chamado de cadeia, o Kaidangan não passa de um pico isolado, de enormes dimensões, mas que certamente não chega a mil metros de altura, com os largos flancos cobertos de florestas magníficas.

Era a parada que Sandokan, profundo conhecedor da região, fixara para o longo descanso, desejando oferecer à coluna um merecido intervalo depois de tantas peripécias. Durante a sua juventude escalara várias vezes aquela montanha, por isso encontrou com facilidade uma espécie de depressão, por onde conduziu a coluna.

A subida foi longa, mas não difícil, e perto das duas horas da madrugada os malaios que formavam a vanguarda chegaram ao cume, onde se estendia um pequeno planalto que parecia ter sido feito de propósito para proporcionar um confortável acampamento.

Já munidos de galhos de árvores e de folhas imensas, pois o último trecho da montanha era privado de florestas, os negritos se apressaram a construir os *attaps*, ajudados pelos malaios, enquanto Yanez e Sandokan subiram em uma rocha alta e começaram a examinar atentamente a planície abaixo.

Ao sul, na direção do lago, não havia mais bosques. O terreno formava grandes ondulações cobertas, pelo que parecia, de um mato muito alto, interrompido apenas por alguns grupos de bambus e de outras árvores bem frondosas.

— É a grande baixada — disse Sandokan — e vamos ter de percorrê-la durante muitos dias antes de chegar ao lago. Certamente é lá embaixo que os daiaques estão esperando por nós.

— No meio daquele mato alto? — perguntou Yanez com sua fleuma habitual, acendendo de novo o cigarro apagado.

— Tenho certeza absoluta.

— Será que vai acontecer algo parecido com o que houve nas selvas do Assam? Você se lembra, Sandokan? Faltou muito pouco para sermos assados vivos.

— Não esqueci aquela aventura nada agradável — respondeu o Tigre da Malásia. — E embora aquele mato não esteja tão seco quanto o das planícies indianas, decerto não vamos conseguir atravessar a baixada sem uma bela surpresa. Já estou contando com isso.

— E para onde foram aqueles malditos daiaques? Será que desistiram da gente por enquanto? Acho impossível.

Sandokan sorriu.

— Desistir! — disse ele depois. — Quem é que iria acreditar nisso? Eu, não, garanto. Quando menos esperarmos, vão cair em cima de nós. Você sabe que o povo daiaque só conhece a guerrilha de emboscadas, e quando estivermos às voltas com aquele mato alto, eles não vão fazer economia de flechas envenenadas. Por enquanto, vamos deixar os nossos homens descansarem uns dois dias, pois quero que estejam repousados e preparados para qualquer surpresa. Enquanto isso, Kammamuri pode aproveitar para treinar melhor os negritos dele.

— O meu coronel vai fazer milagres — respondeu Yanez, rindo. — Virou um famoso instrutor de recrutas, mesmo que sejam negros e selvagens.

Desceram da rocha e chegaram ao *attap* reservado para eles por Sapagar, mais alto e mais espaçoso do que os outros, e se estenderam em uma cama de folhas, depois de recomendar a Kammamuri que enviasse sentinelas até a metade da montanha, perto da orla da floresta.

A noite foi muito tranquila, sem o menor alarme. Não houve nenhum sinal dos daiaques.

Será que eles haviam se retirado definitivamente para o lago, a fim de concentrar a defesa em volta das grandes cidades do rajá branco, ou estariam esperando a oportunidade ideal para entrar decididamente em combate? Era isso que se perguntavam, não sem alguma inquietação, Sandokan, Yanez e Tremal-Naik. O dia também passou sem incidentes. Nenhum pelotão foi assinalado na planície abaixo e nenhum daiaque foi descoberto nos bosques que cobriam as encostas da montanha.

Kammamuri, porém, não desperdiçou seu tempo. Enquanto os malaios e assameses vadiavam, ele retomou suas funções de sargento de instrução, ensinando aos negritos sabe-se lá que novas manobras extraordinárias.

Mais dois dias transcorreram assim. Embora tivesse um enorme desejo de se lançar decididamente para o lago, Sandokan preferiu esperar para conduzir sua coluna através da planície. Queria antes ter alguma notícia do inimigo.

Inutilmente enviou pelotões às planícies intermináveis para verificar se estavam sendo preparadas emboscadas no meio do mato altíssimo. Todos eles voltaram sem ter encontrado nenhum daiaque.

Instintivamente, no entanto, ele sentia a proximidade do inimigo, da mesma forma que Yanez. Mais vinte e quatro horas transcorreram em uma espera ansiosa. As provisões já haviam terminado. Nas florestas não havia mais frutas para colher, as pernas gigantescas dos rinocerontes já haviam desaparecido e o cume do Kaidangan não oferecia nenhum recurso.

— Vamos partir — disse Yanez na noite do quarto dia. — Não estou com a menor vontade de morrer de fome enquanto estou vendo antas, babirussas e búfalos selvagens passeando ali, no meio do mato alto.

— Vamos esperar até amanhã — respondeu Sandokan, que parecia muito nervoso. — Vou enviar uns vinte caçadores para bater as florestas. A noite vai ser bem escura, porque não vai ter lua. Vai dar para eles pegarem bastante coisa.

— Estou começando a ficar entediado.

— Eu também.

— A minha carabina está reclamando de estar ociosa por tanto tempo.

— A minha resmunga tanto quanto a sua.
— Será que os daiaques estão com medo de nos atacar?
— Só vamos saber isso mais tarde — respondeu Sandokan. — Vamos comer alguma coisa.
— Só tem um cesto de bananas.
— Por enquanto, basta. A gente já sobreviveu com menos do que isso outras vezes. Mande Kammamuri escolher os caçadores.
— Acho que vão fazer uma caça muito magra.
— Quem sabe a outra caça não seja abundante.
— O que você quer dizer com isso?
— Vamos esperar — respondeu Sandokan.

Naquela noite a refeição foi realmente magra, principalmente para os homens que formavam a coluna, e também foi meio triste. O bom humor dos dias anteriores parecia ter desaparecido. Até mesmo Yanez, aquele homem admirável, capaz de brincar diante dos perigos mais graves, parecia preocupado.

— Você está muito sério — disse Sandokan a ele depois que as bananas desapareceram e os caçadores foram enviados às encostas arborizadas da montanha.

— Deve ser o tempo — respondeu o português.

— Ou você também está sentindo que alguma coisa de grave está prestes a acontecer? — perguntou Tremal-Naik.

— Mas que caras horríveis as de vocês! Estão parecendo o cortejo de um morto. Isso não vai durar muito tempo. Detesto pessoas melancólicas.

Acendeu um cigarro e saiu, indo para a rocha que servia de observatório. Escalou-a lentamente e sentou na extremidade, lançando para o ar pequenas espirais de fumaça com uma lentidão estudada.

O tempo estava prestes a mudar. Nuvens muito negras, inchadas de chuva, se elevavam na direção do grande lago, avançando com alguma rapidez. Uma grande calma reinava na planície sem fim, mas era uma calma que irritava os homens e, talvez, até mesmo os animais. O ar estava saturado de eletricidade e deixava todo mundo nervoso.

Yanez olhou para o céu, depois para a planície já escura e finalmente para o acampamento.

Malaios, assameses e negritos estavam sentados em volta das fogueiras, junto com as mulheres e crianças, conversando e fumando.

Alguns tiros de fuzil ribombavam de vez em quando ao longo das encostas do Kaidangan. Os caçadores estavam matando toda a caça que aparecia pela frente.

— Vamos ter uma noite horrível — resmungou ele, lançando no ar uma última espiral de fumaça. — Tempestade e preocupações. Por Júpiter!... O que será que vai acontecer? Contudo, Sandokan nunca foi homem de se deixar impressionar facilmente. Será que o globo terrestre está prestes a ser destruído?

Uma descarga fez que ele ficasse em pé de um salto.

Gritos chegavam de baixo.

— Às armas!... Às armas!...

Jogou o cigarro fora e se precipitou para baixo da rocha, gritando:

— Sandokan!... Sandokan!...

A voz de Kammamuri estava trovejando com força no meio da escuridão que envolvera a montanha:

— Depressa, negritos!... Avançar vanguarda!... Prontos para a carga!... Vinte homens à direita!... Vinte à esquerda!... Apontar!...

Os tiros continuavam ecoando ao longo das encostas da montanha e ficavam cada vez mais distintos. Parecia que os caçadores estavam batendo rapidamente em retirada, não sem opor de vez em quando uma resistência eficiente. Malaios e assameses correram para as carabinas, desatando os feixes, enquanto outros abriam rapidamente algumas caixas de munição colocadas a salvo embaixo de um *attap* quase impermeável.

— Ei, Sandokan — disse Yanez ao se aproximar do famoso pirata, que dava ordens à direita e à esquerda. — O mundo vai acabar?

— Parece que a montanha vai acabar — respondeu o Tigre da Malásia.

— Será que são os gigantes que se empenharam nessa tarefa nada fácil?

— São os daiaques, que estão chegando como enxames.

— Se forem mesmo eles, vou acender o meu cigarrinho de novo.

— Não brinque, Yanez. Se aquele bandido do grego se atreveu a nos atacar é porque deve estar muito confiante nos seus cálculos. Vai derramar centenas de homens em cima da gente.

— Ou melhor, vai mandar subir.

— Como você preferir.

— E não vai ser nada fácil, irmãozinho.

Os tiros continuavam sendo disparados nas encostas daquele cone gigantesco. As detonações repercutiam durante muito tempo pelo meio das depressões arborizadas.

Por todo lado, parecia que estavam explodindo granadas.

Sandokan assumiu o comando da coluna.

— Balistas a postos!... — gritou ele. — Abram as caixas de metralha!... Não atirem enquanto os caçadores não tiverem chegado ao planalto!... Kammamuri!... Mande os seus homens se colocarem nos quatro cantos!... Mulheres e crianças, para baixo dos *attaps*!...

Os disparos ficavam cada vez mais fortes e estrondosos. Os caçadores estavam batendo em retirada rapidamente, sem parar de atirar.

De vez em quando, na profunda escuridão, ecoavam gritos ensurdecedores, aos quais faziam ecos os primeiros trovões da tempestade.

Relampejava e trovejava na direção do grande lago, e as nuvens continuavam a subir, empurradas pelo sopro forte do vento quentíssimo.

Os malaios, assameses e negritos que haviam ficado no acampamento foram divididos em quatro grupos. Cada um deles tinha à frente uma balista operada por quatro artilheiros dos *prahos*.

As mulheres e crianças estavam abrigadas embaixo dos telhados, esperando ansiosamente o sucesso da batalha, que prometia ser terrível e provavelmente sangrenta.

Sandokan, Yanez e Tremal-Naik percorriam sem parar as frentes de combate, muito mais furiosos, por ainda não poderem lançar o ataque, do que preocupados.

Não eram homens de tremer nem sequer diante dos maiores perigos. Haviam enfrentado muitas tropas durante suas vidas de aventuras para ficarem impressionados com aquele ataque noturno, que provavelmente não seria o último.

— Por Júpiter!... — exclamou Yanez num certo instante, prestando atenção aos disparos que continuavam ribombando nas depressões. — O que será que os nossos caçadores estão fazendo? Fuzilando centenas de babirussas e antas ou de daiaques? Será que esta região é o paraíso dos fiéis sequazes de São Humberto?

— Não sei quem é esse — respondeu Sandokan. — Mas posso dizer que não são animais que estão caindo sob os tiros dessas carabinas, mas, sim, homens.

— Então eles estão se retirando!...

— Vão tentar empurrá-los para as florestas. Você sabe que os meus malaios só vão ceder no último momento.

— Mas eu estou com os nervos agitados.

— Eles não têm como saber disso, Yanez. Por outro lado, os meus também não estão completamente tranquilos.

Naquele instante, um homem correu para a esplanada, gritando:

— Não atirem!...

Era Sapagar, que havia guiado o pelotão de caçadores.

— O que os seus homens estão massacrando? — perguntou Yanez, correndo até ele. — Pássaros ou macacos?

— Animais de duas patas, senhor — respondeu o lugar-tenente do Tigre da Malásia, arquejando. — Estão subindo para atacar o Kaidangan.

— Oh!... — fez o português. — Então os daiaques ficaram loucos?

— Não parece, senhor. Nem mesmo o chumbo os detém.

— Os pregos das balistas vão fazer isso — disse Sandokan. — São muitos?

— Não sei, capitão. Saem aos bandos dos bosques e garanto que não fazem economia de flechas envenenadas. Felizmente, as nossas balas chegam muito mais longe, e por isso é possível combater de uma longa distância sem muito perigo.

— Os seus homens estão recuando?

— Estão no máximo a duzentos passos abaixo de nós, disputando o terreno palmo a palmo.

Sandokan pôs na boca o apito de ouro que trazia sob a faixa vermelha e deu três assobios estridentes.

Era o toque de recolher.

Quase no mesmo instante os disparos cessaram e alguns minutos depois apareceram os trinta caçadores. A batida, apesar da surpresa preparada pelos daiaques, não fora infrutífera, pois estavam voltando com quatro babirussas e sete ou oito daqueles horríveis macacos chamados narigudos, porque têm realmente um nariz monstruoso e, além de tudo, asqueroso, por ser vermelho e enrugado. Era uma reserva muito valiosa naquele momento, pois permitiria que a coluna resistisse alguns dias, mesmo sitiada, sem sofrer demais com a fome.

A falta de água não era motivo de preocupação, pois quase no meio do planalto havia uma espécie de lagoa, provavelmente formada pelas chuvas, em cuja água Yanez, que a explorara, vira nadando até mesmo diversas lagartas semiaquáticas, de quase um metro de comprimento, que os malaios chamam de *bewak* ou *selira*. Elas também poderiam servir de alimento, ao menos para os negritos e suas famílias, em caso de necessidade.

Sandokan distribuiu os caçadores entre os quatro grupos, recomendando que não fizessem um desperdício excessivo de munição, disparando apenas quando tivessem certeza. Em seguida puxou Sapagar de lado e fez sinal para que Yanez e Tremal-Naik os seguissem.

— Já que temos um momento de pausa e que o ataque ao Kaidangan não começou ainda, vamos trocar duas palavras. Você não sabe o tamanho das forças dos daiaques, pelo que me falou.

— Não, capitão.

— Se estão tendo a ousadia de nos atacar mesmo aqui em cima, depois das duras lições que lhes infligimos, sem dúvida devem estar muito fortes. Ainda mais porque já sabem que dispomos de uma bela quantidade de bocas de fogo, tanto pequenas quanto grandes.

— É o que eu também acho — disse Yanez, que não perdia uma sílaba do que estava sendo dito.

— O ataque completo ao Kaidangan só não aconteceu ainda porque o sopé dele é muito grande — continuou Sandokan. — Mas estou preocupado com uma coisa: que o maldito grego, mancomunado com os filhos do rajá do lago, tente um golpe desesperado aqui para interromper o nosso avanço.

— Lançando as hordas de daiaques ao ataque da montanha? — perguntou Tremal-Naik.

— Não, nos sitiando.

— Mas ainda estamos em bom número para romper as fileiras dos sitiadores — disse Yanez.

— Não digo que não, mas imagine o desperdício de munição e as perdas que vamos sofrer? Como vamos substituir tudo isso?

— A que conclusão você chegou, meu irmão?

— Que é absolutamente necessário que alguém vá até a baía e diga a Sambigliong para avançar em marcha forçada com seus homens, com a maior carga possível de munição. Se nós chegássemos à margem do lago sem uma carga de metralha e sem uma bala, o que aconteceria? Os nossos *parangs* e cris não seriam suficientes para impressionar a população das aldeias.

O varano.

— Quer que eu vá procurá-lo e o traga para cá, capitão? — perguntou Sapagar.

— Era o que ia propor — respondeu Sandokan. — Dois homens experientes, rápidos e prudentes poderiam atravessar as fileiras dos daiaques, ainda mais nesta noite de tempestade.

— Por que dois?

— Quero que você leve um guia fiel e seguro que conhece bem este país. O chefe dos negritos.

— Dê as suas últimas instruções e eu vou embora — respondeu o corajoso lugar-tenente dos velhos tigres de Mompracem.

— Você se lembra de uma pequena colina isolada ao norte?

— Lembro, capitão.

— A que distância você acha que ela está daqui?

— Cinco quilômetros no máximo.

— Então você pode chegar lá entre as duas e três horas da madrugada.

— Até antes, espero — respondeu Sapagar.

— A primeira coisa que você deve fazer é ir até lá e acender uma fogueira.

— Por quê?

— Para termos certeza absoluta de que ultrapassou as fileiras dos sitiadores. Nós vamos resistir até vermos esse sinal. Depois, por nosso lado, vamos tentar descer a montanha sem sermos observados. Se conseguirmos descer até a planície, vou encontrar com você no cume do monte Kini Balù, não se esqueça disso, Sapagar. Vai ser naquele local que esperaremos Sambigliong, seus homens e a munição. Agora vá, amigo. O chefe dos negritos está pronto para guiá-lo.

— Que os bons gênios protejam os meus chefes — disse o lugar-tenente. — Estou indo.

Jogou a carabina a tiracolo, desembainhou o *parang*, pôs o cris serpenteante entre os lábios e desapareceu nas trevas.

Estava começando a chover naquele instante. Grossas gotas caíam com um ruído estranho, batendo com força contra as rochas e, a distância, o trovão aumentava de intensidade, ressoando sinistramente.

Mas uma coisa estranha estava acontecendo: nenhum raio brilhava.

Yanez, Sandokan e Tremal-Naik haviam voltado aos postos avançados em que estavam as baterias de carabinas protegidas debaixo dos casacos.

Malaios, assameses e negritos continuavam em suas posições, esperando intrepidamente o ataque das hordas de daiaques, prontos para explodir tempestades de metralha sobre eles.

Sobre as quatro balistas, haviam construído pequenos *attaps*, desmanchando alguns outros, porque não tinham mais material suficiente.

Todos estavam à escuta, mas nenhum ruído traía a marcha dos inimigos. Só o trovão ribombava, repercutindo longamente entre as nuvens tempestuosas que um vento cada vez mais quente empurrava em uma corrida desenfreada.

As grossas gotas continuavam a cair com um barulho monótono, e a escuridão parecia estar aumentando sem parar.

As nuvens estavam descendo sobre o cume do Kaidangan, envolvendo-o pouco a pouco em uma neblina leve.

De repente, quando a chuva estava começando a desabar, ecoou um grito:

— Às armas!... O inimigo!...

Em seguida ressoou um disparo. Uma sentinela avançada recuou precipitadamente para o planalto.

Formas humanas, confusas no meio da neblina, estavam escalando silenciosamente as encostas da montanha, lançando as primeiras bordadas de flechas.

— Que cada um de nós assuma o comando de um grupo — comandou friamente Sandokan, virando para Yanez, Tremal-Naik e Kammamuri. — Temos de aguentar firme até ver o sinal.

Em seguida, levantando a voz, acrescentou:

— Se for possível, poupem as balas, mas não façam economia de pregos. Preparem-se para atirar!...

Dois tiros de balistas ecoaram, provocando gritos assustadores, Os malaios, aos quais cabia o serviço daquelas longas bocas de fogo, começaram a metralhar as hordas que subiam para o ataque ao Kaidangan, provavelmente impelidas pelo grego e pelos dois filhos do rajá do lago.

Houve um breve silêncio e depois as carabinas entraram em ação. Descargas se sucediam a descargas, competindo com a poderosa voz da tempestade, e se alternavam com tiros de balistas.

Os quatro grupos formados de malaios, assameses e negritos, cada um deles comandado por um chefe, entraram fortemente em combate, bem decididos a vender caro a vida.

Protegidos pelas enormes rochas que cobriam o planalto e formavam trincheiras quase inexpugnáveis, ao menos por enquanto não tinham muito a temer pelas flechas envenenadas, que quase sempre eram atiradas na vertical por causa da inclinação muito íngreme das encostas do Kaidangan.

Durante um quarto de hora houve um ribombar contínuo, ensurdecedor. Por duas vezes, grandes bandos de daiaques apareceram na beira do planalto, tentando uma carga com golpes de *kampilangs*, mas foram rechaçados pelas chuvas de pregos atiradas pelas quatro balistas, sendo obrigados a bater em uma retirada mais do que precipitada.

E não eram apenas os malaios, assameses e negritos que estavam combatendo. As mulheres selvagens, junto com os filhos maiores, também tomavam parte da luta, atirando na cabeça dos atacantes uma verdadeira tempestade de pedras, maiores ou menores, e tão perigosas quanto as balas de carabinas.

Acostumadas a defender suas aldeias aéreas e a combater ao lado dos maridos e filhos, aquelas corajosas mulheres desafiavam as flechas envenenadas e a tempestade para cumprir seu dever.

Os daiaques, que deviam ter sofrido enormes perdas, depois de uma última tentativa, que foi saudada por quatro tiros de balistas, disparadas quase ao mesmo tempo, e por cerca de quarenta tiros de fuzil, se retiraram às pressas para as florestas que cobriam as encostas do Kaidangan, percebendo a impossibilidade de conquistar o cume com ataques de armas brancas. Do lado deles vieram pouquíssimos tiros de armas de fogo, provavelmente disparados pelo grego e pelos filhos do rajá do lago.

— Parece que tiveram o suficiente — disse Yanez, aproximando-se de Sandokan, que comandava um dos grupos mais próximos. — Tenho certeza de que não vão voltar a atacar esta noite.

— E amanhã? — perguntou o Tigre da Malásia.

— Vamos empurrá-los novamente para as encostas do Kaidangan.

— E depois de amanhã?

— Vamos fazer a mesma coisa, por Júpiter!...

— E a munição? Não vai durar eternamente.

— Sei muito bem que esse é o nosso maior problema. O que você está pretendendo fazer?

— Esperar o sinal e depois ir embora.

— Já faz uma hora que Sapagar partiu.

— Não vai chegar à colina antes das três da madrugada.

— Então vamos esperar. Mas você acha que vamos conseguir escapar dos daiaques?

— Tenho certeza que sim.

— Mas aquele poltrão do Nasumbata vai nos atrapalhar. Quem vai carregá-lo?

— Vamos deixá-lo aqui. Ele que se entenda com o seu *chitmudgar* e com o grego, amigo dele. Eu não saberia o que fazer com ele. O que eu queria saber, já sei, e não temos tempo para nos ocupar com os inválidos.

— Tomara que os daiaques o confundam com um dos nossos e cortem a cabeça dele — disse Yanez. — Ela agora está muito pesada para os ombros, e há muito tempo devia estar em uma daquelas coleções de crânios.

Seguiu então Sandokan até a rocha que servia de observatório.

A chuva continuava caindo e uma profunda escuridão envolvia a planície abaixo. Um ponto luminoso que aparecesse ao norte seria logo avistado.

As sentinelas avançadas, destacadas pelos quatro grupos após a retirada dos daiaques, continuavam disparando alguns tiros de carabina de vez em quando, para dar a entender ao inimigo que a vigilância não diminuíra no pequeno planalto.

Sandokan e Yanez começaram a observar. A colina não era mais visível, pois a escuridão, como foi dito, envolvera tudo o que havia em volta.

Transcorreu uma hora sem que os daiaques renovassem o ataque, e depois a voz das sentinelas voltou a ecoar:

— Às armas!...

22. A retirada para o Kini Balù

SANDOKAN E YANEZ SE lançaram para baixo da rocha, decididos a opor a resistência mais desesperada enquanto esperavam pelo sinal, não querendo tentar a descida antes de saber se Sapagar e o chefe dos negritos estavam a salvo.

O sucesso da expedição agora estava nas mãos daqueles dois homens. Um reforço de vinte malaios, com experiência em todo tipo de batalha em terra e no mar e, além disso, carregados de munição, não era de se desprezar em uma luta que parecia preparar surpresas desagradáveis e gravíssimas nas margens do misterioso lago.

Ao ouvir o alarme dado pelas sentinelas, os quatro grupos imediatamente responderam com quatro sonoros tiros de balista, cobrindo de pregos as encostas do Kaidangan.

Os daiaques deviam ter provado o efeito daqueles jatos abundantes de pregos, pois as descargas foram seguidas de gritos agudos de dor.

Pela segunda vez as carabinas não demoraram a entrar em ação. Descargas se sucediam a descargas, enquanto as balistas eram recarregadas.

O planalto parecia ter se transformado em uma cratera. O que mais espantava Sandokan e Yanez era o comportamento dos negritos.

Aqueles homenzinhos, quinze dias antes ainda selvagens e totalmente ignorantes no uso de armas de fogo, combatiam de maneira fantástica, rivalizando com os malaios e assameses.

Cerrados em duas fileiras, esperavam que os daiaques, seus inimigos mortais, aparecessem diante das rochas, para então fulminá-los quase à queima-roupa. Certamente estavam tendo a oportunidade de se vingar, fortalecidos pela superioridade das armas e pelo apoio de seus terríveis companheiros.

Enquanto isso, as espingardas trovejavam sem parar, confundindo suas detonações com os trovões que crepitavam entre as nuvens, abrindo grandes brechas entre os atacantes, que nem sempre podiam ser fechadas.

Apesar das enormes perdas que sofriam, os daiaques não paravam de tentar novos ataques. Rechaçados, voltavam à carga, mais furiosos do que nunca, tentando combater com armas brancas, o que nem os malaios desejavam de fato, pois estavam em número muito inferior para se pôr à prova em um encontro tão terrível.

As descargas já duravam meia hora, com grande desperdício de munição, quando na metade da montanha se ouviram vários gongos tocados com um estrépito ruidoso.

— O que significa isso? — perguntou Yanez a si mesmo, enquanto manejava uma das quatro balistas. — Isso é um sinal.

Naquele momento, ouviu Sandokan gritando:

— A fogueira!... A fogueira de Sapagar!... Varram esses canalhas!... Carga!...

Os quatro grupos estavam prestes a se precipitar em frente com os *parangs* em punho, quando as vociferações dos daiaques cessaram bruscamente.

— Ei, Sandokan! — gritou Yanez, que estava à frente do seu grupo. — Contra quem você pretende lançar a carga? Contra as rochas do Kaidangan?

— Contra os daiaques, caramba!

— Estão em plena retirada!

— Fugiram?

— E mais depressa do que as babirussas. Acho que tiveram o suficiente e no momento não se sentem mais capazes de aguentar as chuvas de pregos. Já devem estar com uma bela quantidade embaixo da pele.

— Então está na hora de levantar acampamento — disse o Tigre da Malásia. — Mesmo assim vamos tentar enganá-los. O ataque sempre foi lançado nesta frente. Isso quer dizer que amanhã vão tentar um último esforço deste lado, por isso é principalmente aqui que precisamos vigiar.

— Certo — disse Yanez.

— Mande desmancharem os *attaps* e acenderem fogueiras a alguma distância umas das outras. Os daiaques vão pensar que fizemos o nosso acampamento aqui e, enquanto isso, escaparemos pelo lado oposto. Vamos descer em uma única fila, um a um, e não mais do que isso. Os negritos devem ir na frente com Kammamuri, pois são muito mais rápidos e hábeis do que nós. Em seguida vão os malaios com as balistas, guiados por mim, e você assumirá o comando dos assameses junto com Tremal-Naik. Está bom assim?

— Aprovo plenamente.

— Recomende que façam o mais profundo silêncio. O grego pode ter posto sentinelas também ao longo das encostas ocidentais, e são elas que devemos evitar acima de tudo.

— E se descobrirem a nossa retirada?

— Vamos atacar as fileiras daiaques com ímpeto desesperado e abrir passagem com os *parangs*. Nossos homens são valentes e tenho total confiança neles.

— Eu também, Sandokan — respondeu Yanez.

— Faça o que eu disse. Enquanto isso, vou dar duas palavrinhas com Nasumbata.

— Quer mesmo deixá-lo aqui?

— Esse homem iria estorvar muito mais do que seria útil.

Foi então até o *attap* onde estava deitado o traidor, sempre com os braços amarrados e a perna ferida enfaixada.

— Vou poupar a sua vida — disse Sandokan a ele —, mesmo tendo o direito de matá-lo. Acontece que os anos acalmaram a ferocidade do Tigre da Malásia.

— Obrigado, capitão.

— Vamos embora, e você vai ficar aqui, pois não podemos perder tempo com os feridos. Não estão sobrando braços.

— Como quiser, capitão.

— Uma última pergunta.

— Estou ouvindo, capitão.

— Posso contar com a sua sinceridade?

— Eu lhe devo a vida.

— O rajá do lago tem muitas armas?

— Só tem uma dúzia de carabinas e um *lilà*.

— Está certo. Agora vou amordaçar você. Sou obrigado a tomar as minhas precauções.

— Faça como quiser, capitão.

Sandokan desamarrou a longa faixa de seda vermelha que tinha no quadril, rasgou um pedaço dela e amordaçou com força o traidor, deixando o nariz livre para que não corresse o risco de morrer sufocado.

— Adeus — disse ele depois com brusquidão. — E cuidado para que eu não encontre você no meio dos meus inimigos, porque da próxima vez não vou ter piedade.

Quando saiu do *attap*, sete ou oito fogueiras estavam acesas nas rochas que circundavam o planalto, e a coluna, disposta em fila indiana, estava pronta para tentar a descida do Kaidangan.

Como ordenara, os negritos estavam à frente, pois aqueles homenzinhos estavam acostumados com a marcha noturna através das florestas e, além disso, eram dotados de um ouvido agudíssimo que lhes permitia perceber o mais leve ruído, mesmo a grandes distâncias. Atrás vinham os malaios, transportando as balistas desmontadas e, finalmente, os assameses, com as últimas caixas de munição e algumas cabeças de caça, pois não queriam deixá-las para os daiaques.

Sandokan passou rapidamente em revista a coluna e comandou:
— Avançar!...

A tempestade desabava agora com enorme violência, retumbando sombriamente. A chuva estava mais forte e o vento ululava em volta dos picos mais altos do Kaidangan. De vez em quando, um raio brilhava entre as nuvens escuras e depois a treva voltava a cair ainda mais densa do que antes. A longa coluna parou por um instante na borda ocidental do planalto e, em seguida, os negritos, guiados pelo subchefe da pequena tribo e por Kammamuri, começaram a descer.

Daquele lado, a montanha era muito íngreme e as florestas, mais altas do que as das outras partes.

A descida era realizada com muita organização entre o aguaceiro da chuva e o barulho prolongado e ensurdecedor dos trovões. Todas as vezes que um raio rompia a treva, todos os homens, mulheres e crianças se atiravam imediatamente no chão para não serem avistados pelas sentinelas daiaques que podiam estar vigiando ao longo da orla da floresta, e depois retomavam sua marcha silenciosa, com os ouvidos aguçados e os olhos bem abertos.

No alto do Kaidangan, alimentadas pelo vento impetuoso, as fogueiras continuavam ardendo com um brilho sangrento.

A distância, na escuridão, a fogueira acesa por Sapagar e pelo chefe dos negritos ainda estava acesa também.

Às duas horas da madrugada, a coluna que descia ao longo das encostas do pico como uma serpente monstruosa chegou sem incidentes às primeiras árvores. Nenhum alarme foi dado. Provavelmente os daiaques, enganados pelas fogueiras e temendo um contra-ataque inesperado por parte dos sitiados, haviam recolhido todos os seus pelotões e se dispersado pelos bosques para poder resistir melhor ao choque.

— Parece que tudo vai bem — disse Yanez, se aproximando de Sandokan, que ordenara uma breve parada para enviar alguns exploradores.

— Tenho esperança de ter enganado direitinho aquele cachorro do grego — respondeu o Tigre da Malásia.

— Você acha que não tem sentinelas aqui?

— Se tiver algum, acabaremos com ele com golpes de *parangs*. Diga aos seus homens que ninguém deve atirar com as armas de fogo, aconteça o que acontecer. Quero chegar à planície sem chamar a atenção do grosso dos daiaques. A inclinação é muito íngreme para podermos armar as balistas, que são a nossa maior força.

Naquele momento, os quatro negritos enviados para explorar os arredores voltaram.

— Nada? — perguntou Sandokan a Kammamuri, que havia conversado rapidamente com os homenzinhos da floresta.

— Não tem nenhum daiaque por lá, senhor — respondeu o marata.

— Eles têm certeza?

— Dificilmente esses selvagens se enganam — disse Yanez. — Você sabe disso melhor do que eu.

— Avançar! — comandou Sandokan.

A coluna entrou decididamente nos bosques que cobriam as encostas do Kaidangan. Continuava chovendo a rodo e o vento engolfava sob a imensa abóbada de vegetação, torcendo galhos e folhas e ululando com mais força.

Raios se sucediam a raios, seguidos de trovões assustadores, mas agora os fugitivos não estavam realmente preocupados. Pelo contrário, ficavam contentes com aqueles raios de luz inesperados que permitiriam que descobrissem as sentinelas daiaques, caso houvesse alguma escondida no meio dos arbustos. Haviam ultrapassado a zona aberta e não receavam mais ser avistados com facilidade.

A descida continuou por mais uma hora, com a coluna deslizando entre as plantas gigantescas, cujos troncos maciços não tremiam nem mesmo sob o choque poderoso das rajadas de vento.

Os fugitivos estavam agora a menos de trezentos ou quatrocentos metros da planície, quando uma palavra passou de boca em boca, sendo rapidamente transmitida até o último homem que vinha na cauda.

— Alto!...

Yanez deixou os assameses e se aproximou de Sandokan.

— Cortaram a nossa retirada? — perguntou ele.

— Acho que não — respondeu o Tigre da Malásia.

— Então por que esta parada, bem agora que a descida quase acabou?

— Vamos esperar o Kammamuri. Ele está na vanguarda com os negritos e deve vir nos dizer alguma coisa. Mantenha os seus homens reunidos.

— Tremal-Naik está com eles, e eu confio totalmente nele. Vale tanto quanto um general.

— Podemos ter de lançar algumas seções à carga. Já estamos longe, e, com todo esse barulho produzido pelos trovões e as rajadas, ninguém conseguiria distinguir uma descarga de fuzis. Aí está o Kammamuri, se não me engano. Vamos descobrir por que nos fez parar.

O marata, de fato, estava subindo rapidamente a montanha para falar com os chefes, enquanto ordenava aos homens que formavam a coluna para preparar as armas.

— Afinal, quais são as novidades, Kammamuri? — perguntou Sandokan.

— Tem uma pequena guarda de daiaques de emboscada no sopé da montanha, no meio do mato alto.

— Eles nos viram?

— Não. Ao contrário, foram os negritos que os descobriram sob a claridade de um raio.

— Pequena, você disse? — perguntou Yanez.

— Apenas alguns homens.

— Deixe comigo, Yanez — disse Sandokan.

Virou então para os seus malaios e ordenou:

— Ponham as balistas no chão e venham comigo. Nenhum tiro de fuzil, não se esqueçam. Vamos atacar com os *parangs* e os cris. Você, Yanez, mantenha os assameses preparados para atenderem ao meu chamado. Mas acho que não vou precisar deles. Comigo, tigres de Mompracem!...

Os malaios já estavam prontos para segui-lo. Haviam deposto as balistas e os cavaletes de sustentação, jogado os fuzis a tiracolo e desembainhado os pesados e brilhantes sabres.

Sandokan se colocou à frente deles, enquanto os negritos se acocoravam e formavam um grupo cerrado sob as imensas folhas de uma bananeira, para se proteger da chuva que não parava de desabar com um ímpeto irresistível. Os assameses, por sua vez, ficaram de pé para poder correr mais depressa, caso houvesse necessidade dos seus *tarwars*. Mas Yanez estava tão confiante de que não precisariam intervir que até acendeu um cigarro. Antes mesmo de sair do pico, mandara abrir o seu caixote particular e guardar ali milhares de cigarros, para não ficar entediado demais durante a descida da montanha.

Enquanto isso, Sandokan e seus malaios estavam deslizando em silêncio, como sombras passando pelo meio das árvores, parando atrás dos enormes troncos quando um raio rasgava as nuvens.

Queriam pegar os daiaques de surpresa e acabar com eles na mesma hora, antes que tivessem tempo de dar um grito.

Certamente, por causa daquela chuva torrencial, os selvagens não deviam estar esperando um ataque, ainda mais porque achavam que os adversários continuavam sitiados no alto do pico. Passando de tronco em tronco, o pelotão não demorou a chegar à planície. À luz dos raios, Sandokan e seus homens já haviam descoberto exatamente o local em que a pequena guarda estava de emboscada.

— Atenção! — disse ele aos seus malaios, que o seguiam de perto, impacientes para entrar em luta. — São sete ou oito no máximo, e não podemos deixar nenhum deles escapar.

Entraram no mato altíssimo, rastejando como serpentes, e chegaram sem ser notados a poucos passos da guarda. Os daiaques estavam encolhidos uns contra os outros para se abrigar melhor da chuva, que continuava a cair furiosamente.

Sandokan aguardou alguns minutos, dando tempo para que seus homens se reunissem, e depois se lançou adiante com a cimitarra levantada, gritando:

— Atacar, tigres de Mompracem!...

Ao ouvir aquele comando, os daiaques se levantaram imediatamente para rechaçar o ataque fulminante, mas já era tarde demais.

Houve um terrível combate de ambas as partes, pois aqueles terríveis caçadores de cabeças eram guerreiros muito valentes.

Mas os trinta malaios venceram com facilidade aquele pequeno pelotão. Dois minutos depois, a pequena guarda jazia imóvel no mato alto, misturando o seu sangue com a chuva torrencial.

Sandokan retirou o apito de ouro e deu uma nota aguda.

Logo os negritos e assameses desceram correndo o último trecho do Kaidangan e se reuniram na orla da imensa planície.

— Acabou? — perguntou Yanez.

— Caíram todos — respondeu Sandokan.

— Mas não me agrada matá-los assim.

— Era preciso, Yanez. Por outro lado, se fossem eles que tivessem nos surpreendido, daqui a quinze dias as nossas cabeças estariam fazendo uma figura muito pouco agradável na cabana de algum chefe.

— Isso é verdade, e eu realmente não estou com a menor vontade de perder a minha cabeça. A rani do Assam iria chorar demais se perdesse o seu príncipe consorte.

— Você pensa muito em Surama?

— Por Júpiter! Ela é minha mulher! Vamos em frente, irmãozinho?

— E pernas para que te quero. Onde estão as balistas?

— Os meus assameses estão trazendo.

— Vamos correr, Yanez, e muito. Amanhã o grego vai lançar um novo ataque ao cume do Kaidangan e quando perceber a nossa fuga, vai iniciar uma caçada implacável por estas imensas planícies. Não vamos estar a salvo enquanto não tivermos escalado a montanha do Kini Balù.

— Uma marcha longa?

— Cerca de uns cem quilômetros.

— Aho!... Três dias de marcha, no mínimo, com este mato danado.

— Vamos tentar diminuir para dois. A coluna está formada?

— Estão todos prontos.

— Os negritos na vanguarda!

— Já estão à frente.

— Então força nas pernas!... Marcha forçada!...

Começaram a caminhar pelo meio daquele mato altíssimo que causava enormes transtornos, a ponto de obrigar Sandokan a enviar uma dezena de assameses à frente da coluna para que abrissem uma espécie de sulco com seus *tarwars* afiados, que se prestavam muito melhor para isso do que os pesados *parangs*.

As mulheres negritas puseram as crianças nos ombros para que não se perdessem, o que seria facílimo com a escuridão e aquele caos de vegetação.

A chuva cessara, mas o vendaval ainda não se acalmara. Os trovões continuavam ribombando, sempre com estrondos assustadores, e rajadas fortíssimas se abatiam de vez em quando na planície interminável, dobrando o mato gigantesco.

Todos os homens estavam apressando o passo ao máximo, até mesmo os malaios, que transportavam as longas e pesadas balistas e as caixas de munição.

Era absolutamente necessário que abrissem uma boa distância antes que os daiaques descobrissem a fuga miraculosa do inimigo e organizassem a perseguição.

Uma batalha em campo aberto não era nem um pouco desejada por Sandokan, que conhecia muito bem o valor e o ímpeto selvagem dos seus adversários.

A aurora os surpreendeu a cerca de vinte quilômetros do Kaidangan, pois o último trecho fora feito quase correndo, pondo à dura prova as pernas das mulheres, embora aquelas pequenas selvagens estivessem acostumadas com marchas muito longas para escapar das armadilhas dos caçadores de cabeças.

Sandokan ordenou uma breve parada, pois não queria deixar a coluna extenuada.

Enquanto seus homens acampavam da melhor forma que podiam junto dos assameses e negritos e esquartejavam uma babirussa para devorá-la crua, já que era absolutamente proibido acender uma fogueira para não assinalar sua posição e também para evitar o perigo de incendiar o mato alto que já estava parcialmente seco, Yanez, Sandokan e Tremal-Naik refizeram o caminho por quatrocentos ou quinhentos metros, chegando a uma pequena ondulação no solo.

De lá podiam observar melhor o Kaidangan e talvez até descobrir os movimentos do inimigo, caso estivessem marchando em grandes colunas.

O gigantesco pico se erguia majestosamente, com o cume dourado pelos primeiros raios de sol.

As fogueiras agora não estavam mais acesas. A chuva torrencial que caíra durante a noite devia tê-las apagado havia várias horas.

Fracas colunas de fumaça se erguiam, mas perto da orla das florestas que cobriam as encostas da montanha colossal.

— Os nossos inimigos ainda estão acampados — disse Sandokan, que tinha uma vista muito aguda, apesar da idade avançada. — Pelo que parece, ainda não perceberam nada e estão achando que estamos no cume do Kaidangan.

— E já temos uma bela vantagem — acrescentou Yanez.

— Que aos poucos vai desaparecer, irmãozinho. Os daiaques são corredores rapidíssimos, a única carga que transportam são as armas e a cesta para pôr a cabeça do primeiro inimigo que conseguirem matar, enquanto nós temos mulheres, crianças, caixas de munição e as balistas.

— Isso é verdade, Sandokan. Mas eles ainda não atacaram o cume, por isso ainda vão ter de iniciar a perseguição. Quem sabe não esperarão esta noite para tentar fazer uma surpresa?

— Para nós, seria uma sorte muito grande — disse Tremal-Naik.

— Tomara mesmo — respondeu o Tigre da Malásia. — Eu já queria estar agora no alto do Kini Balù, com o reforço do Sambigliong e seus homens. Bah! Veremos. Ainda não estamos mortos.

Voltaram ao acampamento e fizeram a refeição com algumas fatias de toucinho cortado do ventre da babirussa, que foram reservadas para eles. Não havendo nada melhor, fizeram as devidas honras àquela magra provisão, sem fazer nenhuma careta.

Certamente prefeririam um bom assado, mas, como foi dito, a prudência aconselhara Sandokan a proibir terminantemente o fogo.

Uma hora depois, a coluna retomou a sua marcha para o sul a fim de chegar ao segundo pico o mais rápido possível.

A tempestade terminara, e o sol derramava torrentes de fogo sobre a vasta planície, absorvendo rapidamente a umidade.

Uma leve neblina ondulava sobre o mato alto, dispersando-se depois em grandes cortinas que o vento matutino não demorava a desmanchar.

Ao meio-dia o Kaidangan não estava mais visível. Será que os daiaques já haviam iniciado a perseguição ou ainda estariam acampados nas encostas, esperando a noite cair para tentar um novo ataque? Era isso que Sandokan, Yanez, Tremal-Naik e Kammamuri se perguntavam com alguma ansiedade.

Como descobrir?

Mas todos sentiam instintivamente que as hordas sanguinárias estavam em seus calcanhares, ansiosas para esmagar a pequena coluna na planície.

À noite, mais de cinquenta quilômetros haviam sido percorridos, mas estavam todos exaustos, principalmente as mulheres, que não haviam posto as crianças no chão, e os carregadores das balistas.

Um longo repouso era necessário, pois na noite anterior ninguém pôde fechar os olhos.

Sandokan mandou cortar o mato em um amplo trecho e improvisar um acampamento, colocando as quatro balistas nos cantos como precaução.

A vigilância foi confiada aos negritos, que pareciam menos cansados, junto com alguns malaios.

Os outros, depois de devorar os restos da babirussa esquartejada de manhã, se esticaram nos feixes de mato, colocando as carabinas ao lado. Yanez, Sandokan e Tremal-Naik, por sua vez, se puseram atrás das caixas de munição, que estavam suspensas, para se proteger do vento noturno, e depois de dar umas baforadas e trocar algumas palavras, não demoraram a cair no sono, embora atormentados pela dúvida de estarem ou não cercados pelas hordas daiaques.

Os acampados estavam dormindo havia várias horas quando os malaios que vigiavam junto com os negritos despertaram Sandokan.

— Chefe — disse um deles —, vimos colunas de fumaça vindo pela planície.

O Tigre da Malásia, que dormia com um olho aberto, esperando um ataque de um momento para o outro, se levantou e sacudiu Yanez e Tremal-Naik, que estavam roncando tranquilamente.

— Parece que o grego chegou bem perto de nós — disse a eles.

— Que Belzebu o leve para o inferno — respondeu o português, que parecia de mau humor, ao contrário do habitual. — Eu sonhei que estava na corte do Assam, na minha cama dourada, com os quatro pavões embalsamados com as asas e as caudas abertas de pé nos quatro cantos dela. O que esse chato do pescador de esponjas quer de nós agora?

— Já disse que ele está quase nos alcançando — disse Sandokan.

— Ele está começando a nos encher demais. Temos de enfiar uns vinte gramas de chumbo na cabeça dele.

— Imagine!... Cem gramas no mínimo!... — exclamou Tremal-Naik.

— Uma descarga de metralha!...

— Então vá você disparar nele, Yanez — respondeu Sandokan.

— No momento não estou com a menor vontade — disse o português, esticando os braços. — Aho! Mas que cansativo!...

— Ei, irmãozinho, você ainda está dormindo?

— Eu ficaria muito feliz se pudesse continuar o meu sonho. A corte, a minha cama dourada, os quatro pavões...

— E a sua cabeça fazendo uma careta horrorosa no palco de alguma cabana daiaque — disse Sandokan.

— Por Júpiter! Isso não! E a Surama? Como aquela pobre menina ia chorar se não visse mais o seu *sahib* branco voltar!

— Então saia desse monte de mato e vamos recomeçar a andar.

— Por Júpiter! Nós estamos ficando parecidos com hebreus nômades!...

— Não sei quem são esses — respondeu Sandokan muito sério. — Sei que temos de caminhar, ou melhor, correr, para subir o Kini Balù antes que os daiaques nos alcancem.

— Entendeu, Tremal-Naik? — perguntou o português, levantando-se e pegando a carabina. — Caminhar sem parar, dia e noite. É assim que Sandokan conquista os reinos. Mas quando eu derrubei a velha dinastia do Assam, não precisei andar tanto. Você se lembra?

— Mas tivemos mais aventuras — respondeu o antigo caçador da Selva Negra.

— É, e um pouco mais brilhantes — disse Yanez. — Mas a Índia não é Bornéu.

— Um país maravilhoso — disse Sandokan. — Mas venham ver as fogueiras brilhando no horizonte distante.

— Por Júpiter!... Será que é lenha ou mato seco que está queimando?...

— Mas aceso pelos daiaques.

— Bem que eu disse que eles estão começando a me encher a paciência.

— E vão vir buscar a sua cabeça também, irmãozinho.

— Oh!... Não tão rápido.

— Venha ver.

Yanez se levantou, não sem algum desânimo, e avançou pelo mato cortado a trinta centímetros do solo.

Colunas de fumaça avermelhada se elevavam a uma grande distância, dobrando-se de vez em quando sob o sopro da brisa noturna.

Havia dez, quinze, vinte. Certamente um grande acampamento se estendia por trás daquelas fogueiras.

— Está vendo, Yanez? — perguntou Sandokan.
— Por Júpiter! Não sou cego.
— Nem eu — disse Tremal-Naik.
— Saíram do Kaidangan e acamparam na planície.
— Opa!... Começou a caça — respondeu o português, com a sua calma habitual. — O que será que vai acontecer? O que você pretende fazer?
— Retomar a marcha.
— Será que os nossos homens vão aguentar?
— Se quiserem salvar a pele, terão de caminhar.
— O argumento é interessante.
— Não brinque, Yanez.
— Sabe que é muito difícil eu ficar sério, embora no Assam eu tenha representado um inglês.
— Um inglês que ameaçava matar até o dono do albergue — disse Tremal-Naik.
— Tem razão. Eu tinha esquecido — respondeu Yanez, explodindo em uma gargalhada sonora.
— Você ainda tem um pouco de força nas pernas? — perguntou Sandokan.
— Ainda não fiquei totalmente manco — respondeu o português.
— Eu também não — acrescentou Tremal-Naik.
— Então vamos levantar acampamento.

Retornaram apressadamente e deram ordem às sentinelas para que acordassem todo mundo.

Não haviam transcorrido nem cinco minutos e a coluna já estava pronta para se pôr em marcha de novo. Apenas os meninos e meninas estavam reclamando, embora suas mães tentassem explicar a gravidade da situação.

— Ânimo, só mais um último esforço — disse Sandokan aos seus homens. — Amanhã à noite vamos acampar no Kini Balù, e talvez de lá de cima a gente possa ver o lago dos meus ancestrais. Os negritos continuam indo na frente?

— Continuam, Tigre da Malásia — respondeu Kammamuri. — E eu estou mantendo o meu punho de ferro sobre eles.

— Dê o aviso, coronel — disse Yanez. — Você já se esqueceu de que é um grande líder?

— Não, alteza.

— Então, em marcha.

23. No Kini Balù

EMBORA COM AS FORÇAS esgotadas, a coluna se pôs novamente a caminho através daquela interminável planície relvosa, que lembrava as imensas estepes do Turquistão.

Um calor pesado, sufocante, precursor de alguma outra tempestade, reinava sobre a baixada que descia para o grande lado do Bornéu setentrional.

Não havia, entretanto, nenhuma nuvem vagando pelo céu transparente, constelado por miríades e miríades de astros fulgurantes.

A distância coaxavam os enormes sapos dos pântanos e de vez em quando ecoava o *ha-hug* de algum tigre faminto, enraivecido por não ter encontrado ainda a refeição.

Às vezes um sopro de ar quentíssimo vindo das regiões meridionais passava sobre a planície, cortando a respiração e curvando o mato alto com um sussurro que não tinha nada de desagradável, mas que deixava os negritos alarmados, esperando a todo instante ver surgir os caçadores de cabeças do meio daquelas plantas.

Aquela segunda marcha, mais rápida do que a primeira, durou até o amanhecer, e depois os negritos, assameses e malaios se deixaram cair no chão. Nem mesmo Sandokan, Yanez e Tremal-Naik estavam mais aguentando.

Diante deles, porém, a cerca de sessenta quilômetros, se delineava um pico isolado contra o fundo puríssimo do céu apenas levemente tingido de azul. Era o Kini Balù, uma montanha enorme que tem o mesmo nome do lago, embora esteja a mais de trezentos quilômetros dele.

— Por enquanto vamos nos contentar em vê-lo — disse Yanez a Sandokan, que o observava atentamente, com as mãos esticadas sobre os olhos para protegê-los dos primeiros raios de sol.

— A nossa salvação está lá — respondeu o Tigre da Malásia.

— Contanto que não nos ataquem de novo.

— Teremos tempo para nos abastecer de novo. Quando tivermos chegado, daremos uma batida na planície que, como você viu, é muito rica em caça, e ficaremos esperando os reforços.

— Será que Sambigliong vai conseguir chegar até a gente?

— Daquele cume poderemos vê-lo de longe — respondeu Sandokan. — Vamos ver se os daiaques vão conseguir resistir quando estiverem presos entre dois fogos. Sambigliong também tem quatro balistas colocadas nos cantos da *kotta* e não vai ser burro de deixá-las para trás. Ele está velho, esse bravo homem, mas continua esperto como um verdadeiro malaio. Estou contando com aquelas bocas de fogo que espalham tão bem pregos e sucata de ferro. Para mim, são muito melhores do que os *lilàs* e os *mirims*.

— E realmente nós fizemos os ingleses de Labuan suarem bastante quando tentaram atacar os nossos *prahos* de Mompracem — respondeu Yanez.

— Vamos descansar um pouco, irmãozinho. Nós fizemos por merecer.

— Se eu pudesse, dormiria vinte e quatro horas.

— E acordaria com a cabeça dentro de uma cesta daiaque — respondeu Sandokan. — Trate de se contentar com três horas, não mais do que isso. Estou com pressa de chegar ao Kini Balù.

Refizeram devagar o caminho e chegaram ao acampamento. Estavam todos roncando sonoramente, com exceção das oito ou dez sentinelas, que deviam mudar de hora em hora, vigiando as quatro balistas já montadas e colocadas nos quatro cantos da clareira.

Kammamuri já mandara preparar para eles uma cama macia, feita com uma alta camada de plantas frescas.

Mas nenhum *attap* foi montado, pois naquela planície não havia nenhuma planta de tronco alto e folhas grandes.

Assim que os três chefes da coluna deitaram, começaram a roncar no mesmo instante, e bem alto, com a certeza de que não seriam perturbados.

Ao meio-dia, sempre vigilante e incansável, Kammamuri mandou seus negritos se levantarem com uma série de comandos fantásticos.

Despertados por aqueles gritos, os malaios e assameses não demoraram a imitar os pequenos selvagens das florestas bornéus.

As balistas logo foram desmontadas, a coluna se reorganizou rapidamente e retomou a marcha, apressando o passo.

Todos sentiam instintivamente que as hordas daiaques já deviam ter se lançado através da planície, com a esperança de surpreendê-los antes que chegassem ao Kini Balù.

Mas se eles tinham ótimas pernas. Os negritos, malaios e assameses não deixavam por menos também.

As colunas de fumaça avistadas aos primeiros raios da manhã já haviam desaparecido, portanto era fácil concluir que os terríveis caçadores de cabeças já tinham levantado acampamento para retomar a perseguição.

— Estão nos nossos calcanhares — disse Sandokan, que virava para trás com muita frequência. — Eu posso sentir isso.

— Mas ainda devem estar longe.

— Aqueles malditos devem estar correndo.

— Nós também estamos correndo e temos uma bela vantagem.

— Mas eles estão mais descansados. Passaram a noite na encosta do Kaidangan, enquanto nós, ao contrário, estávamos andando.

— Essas quatro ou cinco horas de descanso nos restituíram as forças. Olhe como as mulheres negritas marcham, mesmo carregando os filhos nos ombros.

— Vamos ver se vão resistir até chegarmos ao Kini Balù — respondeu Sandokan, sacudindo a cabeça.

— Nós podemos ajudar. A munição ainda não acabou, e os nossos homens estão sempre prontos para metralhar os daiaques.

— Você é um eterno otimista.

— E como você pode ver, com esse meu otimismo eu conquistei um reino, me tornei um rajá e casei com a mais bela rani da Índia.

— Tem razão, Yanez, e eu desisto de discutir com você — respondeu o Tigre da Malásia, rindo. — Você é mesmo um homem incrível.

— Da mesma forma como você é o mais terrível dos homens. Mas não vamos desperdiçar o nosso fôlego em conversas inúteis, irmãozinho. Precisamos reservar o máximo para as nossas pernas. Como esse maldito Kini Balù ainda parece longe!

— Só vamos chegar lá depois do pôr do sol.

— E depois ainda temos a subida para fazer.

A coluna continuava sua marcha rapidíssima. Era uma verdadeira corrida, que extenuava principalmente as mulheres, que carregavam os filhos, e os portadores das balistas.

Mas ninguém estava reclamando. Todos faziam esforços sobre-humanos para chegar à montanha, que parecia se distanciar cada vez mais, em vez de se aproximar.

Às três horas da tarde, Sandokan comandou uma breve parada e, como fizera de manhã, retornou com Yanez e Tremal-Naik para subir em outra ondulação do solo que se delineava a poucas centenas de metros do acampamento.

Mas aquela exploração não teve nenhum resultado.

Ao menos aparentemente, a grande planície parecia estar deserta, e nenhuma coluna de fumaça manchava o horizonte luminoso.

— Será que desistiram de nos perseguir? — perguntou Yanez.

— Eles são teimosos demais e estão muito interessados em nos deter antes de chegarmos à margem do lago — respondeu Sandokan.

— Você não me parece tranquilo, irmãozinho — disse o português.

— É verdade, Yanez. O meu receio é sermos sitiados nesta planície.

— Não somos apenas três.

— Mas não sabemos com que forças o grego pode contar. Esse é o ponto negro da questão.

— Que vai ficar branco depois de chegarmos ao Kini Balù. De lá poderemos finalmente saber quantos homens o rajá do lago lançou atrás de nós.

— Contanto que a gente consiga alcançá-lo antes que caiam em cima de nós. Os nossos homens não conseguiriam resistir indefinidamente a uma marcha como esta.

— Os indianos são ótimos corredores, e eu me responsabilizo plenamente pelos meus assameses. Não está vendo como eles são enxutos e musculosos? Foram escolhidos com o maior cuidado.

— Os malaios também não são nada covardes, e você sabe bem disso, pois os conhece tanto quanto eu.

— Então vai dar tudo certo — concluiu Yanez, que não duvidava de mais nada.

A parada durou apenas meia hora. Embora estivessem esgotados pelo cansaço e pelo jejum, pois desde a noite anterior não tinham mais provisões, todos, até mesmo as pobres negritas, estavam prontos para recomeçar a marcha forçada.

Mas alguma inquietação já estava se infiltrando no ânimo de todos, embora os três chefes e Kammamuri conservassem uma calma absoluta, se bem que mais aparente do que real.

— Avançar, hebreus errantes — disse Yanez, que talvez fosse o único a conservar seu eterno bom humor. — Quem estiver com fome, aperte bem o cinto e concentre toda a energia nas pernas. As retiradas na guerra nunca foram agradáveis, mas nós teremos a nossa vingança depois de chegarmos ao Kini Balù.

A coluna partiu de novo, sempre precedida pelos negritos, que pareciam realmente infatigáveis.

A travessia daquele último trecho de planície demandou mais de quatro horas de marcha rapidíssima e foi realizada em condições bastante boas, sem que os daiaques causassem nenhum tipo de problema.

O Kini Balù agora já se erguia diante da coluna, com suas encostas maciças cobertas de florestas densas e verdejantes, certamente frequentadas por uma grande quantidade de animais de caça.

Grossas torrentes rumorejantes e saltitantes descem e se dividiam em milhares de pequenas cascatas que corriam sob o alto mato da planície.

Da mesma forma que o Kaidangan, o Kini Balù não passa de um gigantesco pico de mil e duzentos ou mil e trezentos metros de altura, absolutamente isolado.

Somente ao sul do lago as cadeias começam a ser formadas, ligando-se à grande cadeia de montanhas do Cristallo, que forma a estrutura principal da grande ilha.

A parte setentrional tem apenas alguns picos isolados, a maioria de origem vulcânica, sem nenhuma continuação.

A coluna parou no sopé da montanha, sem se sentir em condições de empreender a subida imediatamente, depois de uma marcha tão longa. Por outro lado, não havia nenhuma urgência. Pelo que parecia, os daiaques haviam ficado para trás e a floresta fechada estava ali, pronta a oferecer um ótimo esconderijo a Sandokan e seus homens.

— Finalmente vamos poder recuperar o fôlego e fumar um cigarrinho em paz — disse Yanez ao Tigre da Malásia e a Tremal-Naik. — Essa fuga vai ser inesquecível.

— Fuga, não — disse Sandokan. — Vamos chamar de marcha.

— Marcha estratégica. Sem nenhum problema.

— E realizada maravilhosamente bem — acrescentou Tremal-Naik.

— Graças à força das nossas pernas — respondeu o português, que estava fumando como uma chaminé. — E será que não dá para jantar? Coronel Kammamuri, pergunte ao sargento encarregado dos víveres o que ele tem para nos oferecer esta noite para comer. No exército assamês sempre tem alguém que, se não se preocupa com os soldados, pelo menos pensa no estômago dos chefes.

O marata, que estava deitado beatamente a poucos passos de distância, aspirando a plenos pulmões o ar fresco da montanha, ficou em pé de um salto, dizendo:

— Estou desolado, alteza, mas o sargento encarregado dos víveres desapareceu de forma misteriosa, sem deixar sequer uma cacatua para nós.

— Se ele aparecer, vai ser fuzilado.

— Está certo, alteza.

— Que magro consolo! — exclamou Tremal-Naik. — Isso certamente não vai compensar a falta de comida.

— Vamos mandar alguns homens procurar frutas — disse Sandokan. — Espere um minuto até essa pobre gente descansar um pouco mais. Não podemos esgotá-los completamente.

— E, enquanto isso, vamos pôr uns palitos nos olhos para que não fechem de repente — acrescentou Yanez. — Nem mesmo os cigarros estão conseguindo me manter acordado. Será que aqueles cachorros dos daiaques descobriram o segredo para não dormir? No devido tempo, vou fazer que me ensinem se...

Não conseguiu acabar a frase. Deitou-se e um instante depois estava roncando.

— Vamos deixá-lo dormir — disse Sandokan a Tremal-Naik, que bocejava sem parar. — E, se você quiser, pode fazer a mesma coisa. Eu fico de guarda com o Kammamuri e os negritos. Por enquanto, acho que não estamos correndo perigo. Os daiaques também devem estar exaustos e, além disso, a floresta e a montanha estão atrás de nós.

Sentou-se em uma rocha que caíra do pico, colocou sua fantástica carabina entre os joelhos, encheu o cachimbo e começou a fumar, mantendo os olhos fixos na planície escura.

Junto com dez negritos, Kammamuri vigiava uma centena de passos mais à frente, perto das quatro balistas já colocadas em um pequeno rochedo que se alongava na forma de um filhote de baleia.

Na planície, nenhum sinal de vida. Não se ouviam nem as feras urrando nem os sapos coaxando. Nenhuma nuvem de fumaça se erguia no horizonte fosco, sinal evidente de que os daiaques não haviam acampado.

Mas mesmo aquele silêncio por parte dos animais e batráquios era um prova de que grandes batalhões de pessoas estavam avançando através do mato alto.

Haviam transcorrido três ou quatro horas quando Sandokan viu Kammamuri recuar depressa e se aproximar dele.

— Os daiaques? — perguntou o Tigre da Malásia, ficando de pé.

— Avistamos alguns pontos luminosos brilhando no meio do mato, capitão — respondeu o marata.

— Longe?

— É.

— Você deu ordens para que os negritos retirassem as balistas?

— Já estão trazendo.

— Acorde todo mundo. Temos de subir o Kini Balù. Quando estivermos no topo, poderemos esperar tranquilamente Sambigliong. Recomendo a você, principalmente, as caixas de munição.

— Eu me responsabilizo por elas, Tigre da Malásia.

Nem dois minutos haviam transcorrido e a coluna já estava novamente organizada, movendo-se para cima pelas encostas acidentadas e arborizadas do Kini Balù.

Só uma pessoa protestou contra aquela partida inesperada: Yanez, que calculara poder dormir vinte e quatro horas seguidas, mesmo sob os olhos dos daiaques.

Florestas se sucediam a florestas e uma grande quantidade de líderes de manadas saltava para fora dos arbustos fechadíssimos. Certamente nenhum caçador havia ido ainda até as encostas daquela montanha.

Sandokan, que agora não receava mais uma surpresa por parte dos seus inimigos, lançara os seus malaios à direita e à esquerda com a ordem de fuzilar os animais que estivessem ao alcance.

Se queria garantir uma ótima posição, precisava também de uma abundante provisão de víveres para conseguir resistir até a chegada dos reforços, que poderiam demorar por motivos alheios à sua vontade.

Dessa forma, os tiros aumentavam e muitos animais e pássaros grandes, como os *argus*, os tucanos gigantes e os *buceros*, caíam em bom número diante dos malaios, que eram todos ótimos atiradores.

Enquanto isso, o grosso da coluna continuava a subida cansativa, escalando de vez em quando enormes rochas que formavam magníficos bastiões naturais, facílimos de serem defendidos.

Depois de cinco horas, os negritos e assameses chegaram ao cume da montanha, que, como o Kaidangan, terminava em um pequeno planalto também cercado de enormes penhascos. Um único desfiladeiro, muito escarpado e percorrido por uma corrente de água enorme e muito forte, descoberto por acaso pelos negritos, levava até lá.

Os outros lados pareciam ser quase inacessíveis.

— Isso é um verdadeiro fortim — disse Sandokan, que com uma única olhada abrangeu o cume da montanha. — Depois que tivermos colocado as nossas balistas de frente para a garganta, vamos varar as hordas daiaques com tiros de metralha.

— Esta posição é mesmo perfeita — respondeu Yanez. — Uma posição realmente estratégica, como dizem os generais europeus.

— Depois poderemos descansar à vontade.

— Quando vou poder dormir, espero, vinte e quatro horas sem parar.

— Você está ficando um preguiçoso, Yanez.

— A corte do Assam estragou o antigo pirata, meu caro. Lá eu costumava dormir doze horas seguidas na minha cama dourada incrustada de madrepérola e rubis. De acordo com a etiqueta, um rajá é obrigado a fazer repousos muito longos para se recuperar das grandes preocupações causadas pelo governo do estado.

— Ah!... E você tem muitas! — disse Sandokan, brincando.

— Eu era o conselheiro da rani, da minha mulher — respondeu o português, com uma seriedade cômica.

Os malaios estavam começando a chegar, trazendo nos ombros robustos cervos, babirussas, pássaros e até macacos.

Quase todos eles haviam abatido um chefe de bando, maior ou menor, garantindo assim à coluna víveres para vários dias, contanto que descobrissem uma maneira de conservá-los contra os tórridos raios solares.

Depois de inspecionar os outros flancos da montanha para se prevenir de alguma surpresa desagradável e de se certificar de que uma invasão, como já foi dito, só poderia acontecer pelo lado do despenhadeiro, Sandokan, Tremal-Naik e Yanez mandaram colocar as balistas de frente para a embocadura, enviaram alguns homens às margens do rio para acampar e depois concederam aos outros plena liberdade, já que não havia nada a temer no momento.

A fome venceu o cansaço e o sono. As mulheres negritas, sempre incansáveis, já haviam catado uma boa quantidade de lenha mais ou menos seca e acendido diversas fogueiras atrás do penhasco, para que os daiaques não pudessem vê-las.

Duas babirussas foram estripadas e logo um perfume delicioso de carne assada se espalhou pelo ar, pondo todos de bom humor.

Kammamuri, coronel, cozinheiro, *chitmudgar*, despenseiro etc., por sua vez, começou a assar para seus patrões dois *argus* magníficos, que prometiam não deixar nada a dever para os faisões.

Depois que a ceia foi devorada, porém, malaios, assameses e negritos caíram uns ao lado dos outros, completamente vencidos pelo esforço gigantesco realizado nos dias anteriores.

Mesmo os chefes não conseguiram resistir e não demoraram a imitá-los. Apenas a pequena vanguarda que estava acampada na margem do rio vigiava pela segurança de todos, fazendo, contudo, esforços prodigiosos para manter os olhos abertos.

Aquela grande calma só era interrompida pelo murmúrio da água que se precipitava pelo despenhadeiro. Nenhum tiro de arma de fogo foi disparado, nem na montanha, nem na planície.

No dia seguinte, os assameses, malaios e negritos puderam continuar descansando e assim recuperar completamente as forças.

O ataque que estavam esperando não aconteceu. Parecia que os daiaques não estavam com a menor pressa de se embrenhar naquele despenhadeiro, que talvez já conhecessem e soubessem não ser de acesso muito fácil, principalmente quando defendido por aquelas temidas grandes bocas de fogo que já haviam experimentado diversas vezes. No entanto, já estavam acampados na planície, quase no sopé da montanha. Os exploradores enviados por Sandokan conseguiram avistá-los, embora estivessem escondidos no mato alto e não houvessem mais acendido fogueiras.

— Estão nos sitiando de novo — disse Yanez, que descera quase até a metade da montanha, acompanhado de Tremal-Naik e uma pequena escolta. — Aquele patife do grego prefere nos fazer morrer de fome em vez de sacrificar mais homens. Será que vai conseguir?

— Os nossos caçadores não param de dar batidas na floresta e trazer caça, e as mulheres continuam a cortar e secar uma enorme quantidade de carne. Estou mais preocupado com o avanço do Sambigliong. Se os daiaques descobrirem, vão destruir o pelotão com facilidade.

— Sapagar recebeu instruções sobre isso. Quando virmos três fogueiras acesas a distância, ou percebermos três colunas de fumaça se levantando, vamos descer a montanha e abrir o caminho para eles.

— Mas não devem chegar muito rápido.

— Certo, porque será preciso avançar com as devidas precauções, meu caro Tremal-Naik.

— Será que os daiaques deixaram para trás algumas colunas para proteger a retaguarda?

— Aqueles senhores não têm generais e só conhecem uma regra: andar sempre em frente. Vamos subir. Podemos cair em alguma emboscada.

O terceiro dia não foi diferente dos outros. Nenhum ataque, com exceção de algumas flechas atiradas contra os caçadores que incansavelmente batiam as encostas da montanha para aumentar as provisões, contra-atacadas com alguns tiros de carabina.

Os daiaques, contudo, estavam começando a se revelar. Suas hordas, seis ou sete vezes mais numerosas do que a coluna de Sandokan, aos poucos foram divididas, formando cinco ou seis acampamentos em torno do sopé da montanha.

Não queriam ser enganados outra vez e ver os sitiados desaparecerem quase sem deixar vestígios. Decididamente o grego era um entusiasta do sítio e preferia se manter longe para não levar um tiro de fuzil. Afinal de contas, não estava errado, pois agora sabia muito bem que os três chefes da coluna eram atiradores capazes de mandar sempre suas balas para o alvo desejado.

Sandokan não deixava de manter, dia e noite, numerosas sentinelas nos cumes mais altos da montanha, para que avisassem a tempo a aproximação de Sambigliong, embora achasse quase impossível que o reforço esperado chegasse tão depressa.

Mais três dias transcorreram. Escaramuças eram empenhadas de vez em quando na orla da floresta, pois os daiaques deviam estar muito entediados com aquele repouso prolongado demais, que não lhes proporcionava nenhuma cabeça para colocar nas suas cestas, sempre preparadas para receber uma, fosse da raça que fosse.

Nos postos avançados, às vezes havia trocas de flechas envenenadas e balas de chumbo e, como se pode imaginar, não eram as zarabatanas que levavam a melhor sobre as carabinas, pois os assameses, malaios e negritos evitavam ao máximo se aproximar demais dos acampamentos adversários. Mas aquela falta de combates violentos não agradava, de fato, nem Sandokan nem Yanez nem Tremal-Naik.

Os três homens estavam começando a ficar entediados com aquele sítio, que não dava nenhum resultado, a não ser o de esgotar depressa demais as provisões. Assustados com os tiros de fuzis e com a obstinação dos caçadores, os animais e pássaros começavam a ficar muito raros, porque mesmo os daiaques capturavam a sua parte, já que também eram obrigados a viver da caça.

Próximo ao pôr do sol do sétimo dia, enquanto os acampados estavam devorando a ceia pouco abundante, Sandokan viu os exploradores subindo depressa pelo despenhadeiro. Pareciam dominados por uma espécie de pânico.

— Parece que vamos ter novidades — disse Yanez, levantando-se rapidamente, logo imitado por Tremal-Naik e Kammamuri, que, na qualidade de coronel nomeado no campo de batalha, agora almoçava e jantava com os chefes.

Sandokan, que estava observando a planície de pé na embocadura do despenhadeiro, chegou depressa.

— Estão se movimentando? — perguntou a eles.

— Você não está ouvindo?

Tiros de fuzil ecoavam na planície.

— É Sambigliong? — perguntou ele, empalidecendo.

— É, ele está chegando.

— E os sinais?

— Não deve ter tido tempo de fazer. E agora?

— Vamos atacar — respondeu o Tigre da Malásia.

Em seguida, levantando a voz, gritou:

— As mulheres e crianças ficam no acampamento!... Formem duas colunas de assalto e desçam as balistas pelo despenhadeiro. Chegou o momento de garantir a nossa marcha até o lago. Agora é vencer ou morrer!...

Em um instante as duas colunas de ataque, formadas por uma mistura de malaios, assameses e negritos, estavam prontas e começaram a descer pelo despenhadeiro, acompanhando as duas margens do rio.

As balistas não foram esquecidas.

Na planície, agora invadida pela escuridão, parecia se desenrolar uma verdadeira batalha. A fuzilaria ressoava sem parar, coberta de vez em quando pelo fragor de diversas balistas.

Agora todos tinham certeza de que se tratava de Sambigliong.

Sandokan, Yanez e Tremal-Naik desciam a montanha em disparada, impacientes para tomar parte no combate, enquanto as mulheres negritas, segundo as instruções que lhes couberam, acendiam várias fogueiras nas rochas mais altas para assinalar a Sapagar o local em que estava o acampamento.

Um bando de daiaques, relativamente pouco numeroso, estava subindo pelo despenhadeiro, talvez mais com a intenção de deter a coluna de Sandokan, até que seus companheiros tivessem rechaçado a de Sambigliong na planície, do que para combater ou se lançar ao ataque no cume do Kini Balù.

Mas calcularam muito mal suas forças.

Fortes descargas de carabina foram suficientes para dispersá-los, sem que tivessem sequer tentado opor alguma resistência.

— Kammamuri!... — gritou Sandokan, enquanto os atacantes fugiam numa correria desabalada. — Mande colocarem as balistas nos bastiões naturais para que cubram toda a planície. Todos os outros, comigo!... Yanez, Tremal-Naik, vão à frente dos assameses e dos negritos. Vamos pegar esses canalhas pelas costas!...

Enquanto o marata, levando consigo dez ou doze homens, procurava os locais mais favoráveis para colocar as grandes bocas de fogo, a coluna recomeçou a correr, disparando de vez em quando sobre os daiaques que fugiam diante dela.

Na planície um combate feroz estava sendo travado. O que espantava bastante Sandokan e Yanez era a quantidade de tiros de armas de fogo disparados.

Parecia que a pequena coluna de Sambigliong tinha aumentado extraordinariamente, como num passe de mágica.

Naquele momento, porém, os dois chefes não tinham tempo para fazer suposições a respeito.

Só tinham uma única preocupação, a de não chegar tarde demais para ajudar o velho lugar-tenente. Por isso aumentaram a velocidade, guiando seus homens com um ímpeto admirável e fuzilando sem parar os daiaques, que não conseguiam encontrar uma oportunidade para se reorganizar e tentar um contra-ataque.

Chegando à planície, a coluna se lançou adiante, enquanto os malaios berravam a plenos pulmões:

— Mompracem!... Mompracem!...

Várias centenas de homens corriam como loucos em volta de um grande grupo armado, que mantinha um fogo intenso, provocando, a cada descarga, enormes vazios entre os atacantes.

Ao ouvir aqueles gritos de "Mompracem!... Mompracem!...", o grosso do grupo se precipitou contra as colunas que o cercavam, gritando:

— Avançar, velhos tigres!...

Para não ferir os amigos, haviam suspendido o fogo e estavam atacando com os *parangs*.

Quando se viram presos no meio dos dois grupos, os daiaques correram para a direita e para a esquerda, urrando assustadoramente.

Nenhum obstáculo se opunha mais à união das duas colunas.

Enquanto a retaguarda recomeçava a atirar, Sambigliong se arremessou para Sandokan, seguido por Sapagar e pelo chefe dos negritos.

— Meu capitão!... — gritou ele. — Senhor Yanez!...

— Meu bravo velho — respondeu o Tigre da Malásia, enquanto os seus homens fuzilavam os daiaques fugitivos e as balistas colocadas nos bastiões naturais varriam a planície com uma tempestade de pregos e chumbo grosso.

— Mas o que você está me trazendo? Reforços? De vinte, vocês agora são pelo menos duzentos.

— Vamos deixar as explicações para mais tarde, capitão.

— Tem razão.

Em seguida, erguendo a voz, trovejou:

— Retirar, meus bravos!... O Kini Balù está esperando por nós!...

24. Outra armadilha do grego

AS DUAS COLUNAS AGORA reunidas retomaram a corrida para as florestas da montanha, protegidas pelas balistas manobradas por Kammamuri e seus dez homens.

Sempre corajosos, os daiaques não demoraram a se reorganizar da melhor forma possível e estavam tentando voltar novamente ao combate para destruir os terríveis adversários, antes que estes conseguissem encontrar um abrigo seguro no cume do Kini Balù.

Mas tudo aquilo não passou de um esforço inútil, pois em poucos minutos as duas colunas já estavam no meio das árvores.

As quatro balistas de Sambigliong também foram imediatamente colocadas para atirar ao lado daquelas de Kammamuri e estavam começando a abrir fogo, apoiadas por mais trezentas carabinas.

O ímpeto dos daiaques foi, assim, logo detido, e aqueles selvagens, agora convencidos de que haviam perdido o dia, recuavam em total desordem diante daquela tempestade de chumbo e ferro que fazia verdadeiros massacres.

— Acho que a luta acabou — disse Sandokan, que dominava a situação do alto de uma rocha junto com o inseparável Yanez. — Por algum tempo os caçadores de cabeças e o grego vão nos deixar tranquilos, espero. Mande Kammamuri trazer as balistas até a entrada do despenhadeiro e vamos para cima.

— Não temos mais nada para fazer aqui — respondeu o português, que, naquele momento, estava mais preocupado em observar o seu chapéu atravessado por uma flecha, provavelmente envenenada, do que os daiaques, mas sem manifestar a menor emoção pelo perigo de que se safara. — E Sambigliong?

— Estou aqui, senhor Yanez — respondeu o velho malaio, que estava prestes a escalar a rocha.

— De onde você desencavou todos esses homens? — perguntou Sandokan. — Eu deixei vinte homens com você e agora são uns cento e cinquenta ou duzentos.

— Exatamente cento e sessenta e dois agora, capitão — respondeu o malaio. — Uma dúzia desses bravos ficou no campo de batalha.

— Quem são eles? Daiaques?

— Os da *kotta*, capitão. Eu estava ficando entediado, e depois pensei que talvez de um dia para o outro vocês poderiam precisar de reforços, por isso eu os alistei a soldo e os instruí muito bem. Garanto que agora sabem usar as carabinas melhor do que os *sumpitans*.

— Nós vimos quando eles foram postos à prova — disse Yanez. — Você está ficando tão valioso quanto Kammamuri. Aquele demônio de marata teve a mesma ideia e transformou os miseráveis negritos em guerreiros corajosos.

— Sapagar me contou — respondeu Sambigliong. — Espero que fiquem contentes com o acréscimo do meu modesto pelotão.

— Com trezentos homens na mão, guiados pelos meus malaios, sinto que sou capaz de conquistar meio Bornéu — respondeu Sandokan. — Agora estou bem mais tranquilo do que antes, e só tenho um desejo, o de chegar o mais rápido possível à margem do lago, de vingar o massacre da minha família e tomar posse do trono dos meus ancestrais.

— E eu, de mandar para o inferno o senhor Teotokris e, dessa vez, para sempre — disse Yanez. — Mas antes vou ver se ele está mesmo bem morto. Não quero que ressuscite de novo. Ele seria bem capaz de causar problemas à minha mulher e fazer uma confusão no Assam.

— Basta que ele não escape de você, Yanez — disse Sandokan. — Esse homem é um espertalhão daqueles.

— Se não fosse esperto, não seria um grego. Mas vamos lá. Temos de voltar ao acampamento e dar a esse bravo velho e a seus homens um pouco de descanso. A marcha foi longa, não é verdade, Sambigliong?

— Uma única corrida, senhor Yanez.

— E quais são as novidades do litoral? — perguntou Sandokan.

— Está tudo tranquilo na baía de Malludu.

— E o meu pobre iate? — perguntou Yanez.

— Afundou completamente na areia e não se vê mais nada dele.

O português deu de ombros.

— A rani é rica — disse ele depois, rindo.

— E você, tão rico quanto ela — acrescentou Sandokan.

A retirada para o cume do Kini Balù começou sob a orientação de Tremal-Naik e Kammamuri, embora nenhum perigo estivesse mais ameaçando as duas colunas, pois os daiaques, depois daquela solene derrota, haviam desaparecido.

À meia-noite os trezentos e tantos homens chegaram sem obstáculos ao cume e acamparam entre as numerosas caixas de munição que os homens de Sambigliong haviam trazido e que não abandonaram nem sequer durante o combate encarniçado.

Todos os víveres disponíveis, meio escassos, é verdade, foram postos à disposição dos homens de Sambigliong, que tinham mais direito a eles depois de uma marcha tão cansativa, realizada durante quatro dias e quatro noites, quase sem interrupção.

Depois de verificarem que uma forte vanguarda estava de vigia na metade do despenhadeiro, apoiada pelas oito balistas, e depois de comer um pouco, Sandokan, Yanez, Tremal-Naik e o velho malaio se reuniram embaixo de um *attap* para realizar um verdadeiro conselho de guerra.

Apesar da derrota sofrida pelas hordas daiaques, ainda não se podia afirmar que a campanha terminara. Mais de trezentos quilômetros ainda separavam os conquistadores do lago, e provavelmente outras surpresas terríveis deviam esperar por eles na segunda e maior planície relvosa que só acabaria na margem da gigantesca baía.

Yanez, sempre de bom humor, foi o primeiro a pedir a palavra.

— Nós somos o estado-maior da coluna — disse ele, cômico como sempre. — Por isso só cabe a nós assumir a responsabilidade por esta campanha. Pelo menos é assim que falam os generais dos exércitos europeus.

— Está parecendo que você também foi um general europeu — disse Sandokan.

— O meu avô era. Os Gomera sempre foram homens de armas dedicados à defesa ferrenha das fronteiras de Portugal contra as invasões espanholas. E você sabe que eu sou um Gomera.

— Sei, Yanez. No meu lugar, o que você faria?

— Perseguiria os daiaques na retirada e cairia sobre a margem do lago para não dar tempo ao rajá de organizar a resistência.

— Mas nem sabemos se aqueles malditos caçadores de cabeças decidiram ir embora.

— E o que você quer que a gente faça aqui? Tentar o ataque ao Kini Balù? Esse grego que está no comando dos daiaques não vai ser tão estúpido de se aventurar outra vez contra nós, agora que temos em mãos uma coluna assustadora e dobramos o número das nossas armas de fogo de longo alcance. Aposto a minha coroa de rajá do Assam contra um cris qualquer como antes de amanhecer vamos ver colunas de fumaça subindo nos acampamentos daiaques, mas no sul, talvez muito mais no sul.

— Bem pensado — disse Tremal-Naik, tragando lentamente a fumaça do seu cachimbo.

— Vamos esperar por elas — disse Sandokan. — Não sairemos daqui antes de termos certeza absoluta de que os daiaques estão batendo em retirada para o lago.

— E você faz muito bem — respondeu Yanez. — Depois que tivermos chegado à grande baía, se conseguirmos atravessar a segunda planície, vamos realizar um novo conselho de guerra.

Sandokan levantou a cabeça e estava fixando o português com aqueles olhos muito negros que pareciam ainda lançar chamas vivíssimas, apesar da idade.

— Parece que você está preocupado com outra surpresa na segunda planície, que chega até a margem do lago.

— Não tenho como negar.

— Mas estamos em bom número agora.

— E se esse maldito grego, lembrando do que aconteceu na selva do Assam, repetir a jogada? Quem escaparia vivo de um braseiro tão monstruoso? O mato da planície é alto e está quase seco.

— Espere um momento — disse Sandokan.

Saiu então do *attap*, molhou o dedo da mão direita e o levantou.

— Vento oeste — disse ele depois, entrando novamente. — Isso é ótimo, não esperava ter tanta sorte.

Virou para Kammamuri, que estava acocorado ao lado de Tremal-Naik, e disse:

— Reúna cem homens e mande pôr fogo no mato da planície. Não seremos nós que vamos cair asfixiados ou queimados, mas os daiaques, se não tiverem pernas muito rápidas. É assim que se pode evitar o perigo de morrer assado como uma babirussa ou um pernil de rinoceronte...

— Que boa lembrança — interrompeu Yanez. — E assim o conselho de guerra está encerrado, pelo menos por esta noite. Vamos ter uma noite magnífica.

— Só se você não quiser aproveitar para ver um espetáculo maravilhoso — disse Tremal-Naik. — Um mar de plantas pegando fogo não é uma diversão que se possa ter todos os dias.

— Então podemos acender outro cigarro, e vocês podem encher de novo os cachimbos. Que pena não termos um gole de alguma bebida, mesmo que fosse destilada pelo compadre Belzebu!

— É aí que você se engana, senhor Yanez — disse Sambigliong, que, como Kammamuri, ainda não estava acostumado a chamá-lo de alteza. — Minha garrafa ainda está quase cheia de *bram*, e do melhor, eu garanto.

— Aí está um homem prevenido. Se um dia você for comigo para o Assam, vai ser nomeado o grande *sommelier* da corte.

— Prefiro a Malásia, senhor Yanez, embora a Índia seja um país maravilhoso — respondeu o velho pirata de Mompracem, oferecendo uma garrafa grande.

— Então você vai ser o grande *sommelier* do rajá bronzeado do lago, não é verdade, Sandokan? Você não vai me recusar esse prazer.

— Se quiser, posso nomeá-lo coronel também, como o Kammamuri, respondeu Sandokan.

Naquele instante, colunas de fumaça começaram a subir de baixo, passando rente às copas altas das árvores que cobriam as encostas do Kini Balù. Kammamuri e seus homens haviam incendiado o mato alto da planície, e as chamas, alimentadas pelo vento oeste que tendia a aumentar, se propagavam com uma rapidez prodigiosa.

— Ei, Sandokan — disse Yanez —, não corremos o risco de sermos assados juntos? E se as florestas do Kini Balù pegarem fogo também?

— O solo em que elas crescem é úmido demais e, além disso, as chamas logo vão se distanciar de nós.

Todos haviam se levantado, até mesmo os malaios de Sambigliong e os daiaques da *kotta*, para assistir àquele espetáculo extraordinário.

Clarões avermelhados atravessavam as nuvens de fumaça, que aumentavam a olhos vistos. Parecia haver um vulcão em plena erupção debaixo delas.

Essas nuvens subiam cada vez mais para o alto e depois se desfaziam de repente, ondulando de forma estranha.

Mas o vento rapidamente as empurrou para o leste e então, aos olhos dos espectadores, surgiu um verdadeiro mar de fogo.

O mato altíssimo e agora quase seco estava queimando como se fosse palitos de fósforo, retorcendo e crepitando.

Chamas imensas, em forma de cortinas, se erguiam e desabavam, iluminando sinistramente a noite, enquanto no ar voavam nuvens de fagulhas que, ao cair mais adiante, provocavam novos incêndios.

Animais de todas as espécies fugiam como loucos através da planície, arrancados bruscamente do sono por aquele clarão insólito.

Uma grande manada de elefantes galopava desesperadamente para o sul, dando barridos assustadores, misturados a vários rinocerontes que, por enquanto, nem pensavam em usar seus terríveis chifres contra os inimigos mortais.

O céu ficou sangrento, como se estivesse iluminado por uma aurora boreal.

O fogo continuava se espalhando e indo para longe do Kini Balù, emitindo um calor tão intenso que os espectadores, embora situados a uma altura tão grande, eram obrigados a proteger os olhos com as mãos.

— O inferno é isso — disse Yanez —, mas é o inferno dos daiaques. Bem que eu gostaria de poder ver o grego trotando atrás das suas hordas neste momento. Se as chamas o alcançassem, isso nos pouparia de muitos esforços e perigos.

— Vai ser difícil — respondeu Sandokan. — A essa hora devem estar fugindo mais depressa do que babirussas.

— Mas foi uma bela jogada contra o nosso amável Teotokris.

— E contra o seu *chitmudgar* também.

— O que afasta o perigo de sermos assados. Tenho certeza de que o grego tentaria usar de novo o mesmo golpe, porque faltou muito pouco para que ele fosse bem-sucedido na selva do Assam.

— E era com isso que eu estava preocupado, Yanez, agora posso confessar. Todo esse mato seco estava me dando uma grande dor de cabeça.

— Podemos deixar que queime enquanto vamos dormir. Esse espetáculo vai durar muito tempo, e prefiro fechar os olhos em cima de uma boa camada de folhas frescas e perfumadas.

Muitos deles, principalmente os malaios e daiaques de Sambigliong, já os haviam precedido e roncavam como verdadeiros tubos de órgãos.

Os dois chefes seguiram o seu conselho e deitaram embaixo do *attap*, enquanto o incêndio continuava avançando com uma fúria crescente para o leste, ou seja, na direção do grande lago.

Foi uma verdadeira chuva de cinzas durante a noite inteira. Talvez mais acima outra corrente de vento soprasse na direção oposta e trouxesse de volta os resíduos do fogo, para o desprazer dos homens acampados.

No dia seguinte, o incêndio ainda continuava ardendo, agora a uma longa distância. No horizonte, subiam grandes colunas de fumaça, sinal evidente de que o fogo não cessara a sua marcha desastrosa.

Um calor fortíssimo subia da imensa planície ainda coberta de brasas. Ai da coluna se ela tivesse se atrevido a descer para o meio daquela fornalha! Felizmente, Sandokan não tinha nenhuma pressa de reconquistar o trono dos seus pais e, depois, não queria retomar a marcha antes que os reforços recém-chegados se recuperassem completamente dos esforços feitos.

Por outro lado, a vida estava muito confortável lá em cima. Os caçadores batiam sem parar as florestas da montanha, onde uma grande quantidade de caça procurara abrigo depois do incêndio nos prados, e as mulheres negritas extraíam o doce vinho branco das palmeiras-de-leque, plantas abundantes naquelas encostas, e nem tabaco e cigarros faltavam, pois Sambigliong não se esquecera de trazer uma grande quantidade junto com as caixas de munição.

Foram necessários três dias inteiros para que o solo esfriasse e permitisse que os pés descalços dos malaios, daiaques e negritos enfrentassem impunemente as cinzas, pois somente os assameses usavam sapatos.

Com toda a probabilidade, o incêndio devia estar avançando para a margem do lago.

Finalmente, certa manhã, o sinal de partida foi dado e a longa coluna desceu as encostas do Kini Balù para retomar a marcha em direção ao lago e jogar a última e talvez mais perigosa cartada contra o rajá branco.

Aquela marcha, no entanto, não deveria ser das mais fáceis, pois a alta camada de cinzas que cobria a planície infindável cegava e quase sufocava os aventureiros.

O primeiro e o segundo dia transcorreram sem incidentes. Nenhum daiaque foi visto, nem longe, nem perto.

Na manhã do terceiro dia, a coluna estava descendo para uma baixada que parecia ter sido antigamente o fundo de alguma grande bacia, talvez unida ao grande lago, quando a vanguarda formada de negritos e daiaques parou bruscamente ao comando de Sambigliong e Kammamuri, para grande surpresa de Sandokan e Yanez, que até então não haviam observado nada de extraordinário.

— Será que descobriram selvagens escondidos debaixo das cinzas? — perguntou o português. — Se for isso, eles escolheram uma péssima cama para descansar.

— Estou com medo de que seja uma coisa muito diferente — respondeu Sandokan, cuja fronte se anuviara. — Vamos ver.

Enquanto o grosso da coluna parava, os dois chefes alcançaram rapidamente os homens da vanguarda, que pareciam ocupados em observar com toda atenção a camada de cinzas que cobria o solo ali também.

— O que está acontecendo, afinal, Sambigliong? — perguntou Sandokan. — Outra surpresa?

— Acontece, senhor, que embaixo da camada de cinzas tem água correndo.

— Água?... — exclamou Yanez. — Como isso é possível, se a tempestade de fogo passou por cima desta planície?

— Não sei, senhor Yanez.

— Será que passa uma corrente aqui embaixo? — perguntou Sandokan.

— Não, capitão. É como um espelho de água que se estende por toda parte. Olhem aqui.

Sambigliong deu alguns passos e parou diante de vários buraquinhos que já tinham se enchido lentamente de água.

— De onde você acha que ela vem? — perguntou Yanez a Sandokan.

— Do lago — respondeu o Tigre da Malásia sem hesitar. — Nós estamos em uma depressão profunda do solo, e nesta estação as águas do Kini Balù normalmente ficam altíssimas por causa das grandes chuvas que já devem estar caindo no interior.

— Será que ele transbordou?

— Ou será que os daiaques ou o grego abriram o canal para tentar nos afogar nesta planície? — perguntou Sandokan em vez de responder.

— Por Júpiter!... Você está querendo me assustar, irmãozinho?

— É apenas uma suposição minha.

— Será que aquele grego dos infernos agora tem uma verdadeira paixão pelos canais? Ele já mandou escavar um para nos prender naquela mina de enxofre! Será que agora está querendo nos afogar como ratos? Tenho de matá-lo.

— Você diz isso sempre, mas nunca faz — disse Sandokan, brincando.

— Entregue o homem nas minhas mãos e vai ver como vou dar um jeito nele.

— Esse é o ponto da questão, meu caro. Eu também, se conseguisse prendê-lo, não o deixaria mais escapar. No entanto, ainda não perdi a esperança de capturá-lo na margem do lago.

— É a segunda vez que você diz isso, e mesmo assim aquele canalha ainda está voando livre como um passarinho.

— Você também tem razão, Yanez — respondeu Sandokan, sorrindo.

— Agora vamos, temos de tomar uma decisão: ou desviamos para o leste ou continuamos em frente.

— Desviar significaria prolongar a marcha por algumas centenas de quilômetros, suponho.

— Isso mesmo, Yanez, porque esta planície parece não ter fim. E talvez o fogo não tenha se apagado por lá.

— Então eu prefiro ir em frente, aconteça o que acontecer. E depois, todos nós somos pequenos peixes-cães. Aqui não deve ter ninguém que não saiba nadar.

— Se é assim, vamos avançar — concluiu Sandokan. — Ei, Kammamuri, dê a ordem de retomar a marcha.

A vanguarda logo começou a se movimentar e o grosso da coluna que escoltava as mulheres e crianças negritas imediatamente a imitou.

A cada passo que davam, porém, a umidade do solo ia aumentando, transformando as cinzas em uma verdadeira lama, muito resistente, que exauria demais os homens e as mulheres.

Seria possível dizer que a água estava transpirando do subsolo por milhares e milhares de poros invisíveis, como se um grande lago subterrâneo se estendesse por baixo da cinza.

Uma grande ansiedade tomou conta de todos. Especialmente Sandokan, que conhecia a região melhor do que qualquer outro, parecia ser o mais preocupado de todos.

Naquela noite não foi possível montar um acampamento. Não havia nem árvores, nem folhas, nem mato, pois a tempestade de fogo destruíra tudo na sua corrida vertiginosa, e o terreno estava lamacento.

Apenas os chefes receberam uma coberta cada um, sobre a qual se deitaram, sem poder se proteger direito da umidade. Alguns outros se acomodaram da melhor forma possível em cima das caixas de munição, mas os felizardos eram muito poucos. A maioria deles deitou no meio da lama, mantendo ao lado as carabinas e os *parangs*.

No dia seguinte, a marcha ficou muito mais difícil. A água transbordava em maior quantidade, e em alguns lugares cobria a camada de cinzas por várias polegadas.

— Trate de me explicar esse mistério — disse Yanez a Sandokan, enquanto estavam atravessando uma baixada inteiramente coberta de água.

— Eu repito que aqui tem a mão de Teotokris — respondeu o Tigre da Malásia. — Foi ele que mandou inundar esta planície.

— Seria um péssimo negócio se os daiaques caíssem em cima de nós bem agora. As balistas afundariam e não seriam de nenhuma utilidade.

— Nem eles estariam em condições de nos combater — respondeu Sandokan. — Trezentas carabinas significam alguma coisa, Yanez, e por enquanto não receio nenhum ataque. Sinto que já tenho nas mãos o trono dos meus pais e a vida do assassino que destruiu toda a minha família. Os nossos homens são destemidos e não vão deixar que destruam suas fileiras nem com as flechas dos *sumpitans*, nem com os *parangs* e nem com os *kampilangs* dos daiaques. A única coisa de que eu tenho medo são as surpresas.

— E esta é uma delas.

— É, Yanez, e que vai nos causar uma grande chateação.

— Mas nós vamos acabar nos transformando em verdadeiros gaviais! A lama e água não param de aumentar.

— Esta baixada não chega até a costa meridional de Bornéu — respondeu Sandokan. — A oeste do lago começa a cadeia de montanhas do Cristallo, e lá em cima a água não vai nos alcançar, certamente. E se for mesmo necessário, a gente ainda pode desviar. Por enquanto, vamos continuar andando.

Aquela marcha estava fazendo os malaios, assameses, negritos e daiaques do litoral suarem profusamente.

A espessura da lama continuava aumentando e a água não parava de verter. Os homens estavam afundando até os joelhos e as crianças e mulheres, quase até o umbigo.

Felizmente não se tratava de areia movediça, pois sob a camada de cinzas o terreno era duro e compacto.

O espelho de água continuava se estendendo e aumentando de hora em hora. Mais adiante, a planície devia estar completamente alagada.

O grande problema continuava sendo o acampamento.

Como poderiam descansar se não havia árvores e folhas para levantar abrigos, especialmente para as caixas de munição? Aquela era a grande preocupação de todos.

Mas uma boa estrela devia estar protegendo os velhos piratas de Mompracem, pois a coluna estava marchando sem parar havia seis horas quando no horizonte longínquo, todo cintilante de uma luz intensa, foram avistadas formas vagas que pareciam ser árvores.

— Uma floresta!... — exclamou Yanez imediatamente, enquanto a vanguarda explodia em gritos de alegria.

— Parece — respondeu laconicamente Sandokan.

— Como será que ela escapou do terrível incêndio que devastou a planície?

— Quem pode saber? Vamos esperar até chegar lá para descobrir.

A esperança de finalmente acampar embaixo de árvores, em um terreno seco, incutiu novas forças à coluna.

Todos estavam marchando com grande fúria, impacientes para chegar àquela espécie de oásis perdido no meio daquele mar de lama.

Realmente tratava-se de árvores, não muitas, mas sempre árvores, embora não mostrassem suas imensas folhas plumadas ou serrilhadas. Pareciam mais troncos carbonizados que haviam permanecido de pé por um verdadeiro milagre.

Agora os homens já estavam com água até os quadris, pois ela não parara de subir, sem dar trégua. O fundo, mesmo estando muito lamacento, ainda era sólido e não havia vestígios de areia movediça.

Às seis horas da tarde, completamente extenuados, sem forças e famintos como peixes-cães, pois ainda não haviam tido tempo de pôr as mãos nas poucas provisões que restavam, os aventureiros chegaram a uma pequena elevação, sobre a qual se mantinham eretos cerca de quarenta troncos de árvores meio carbonizados pela tempestade de fogo e totalmente privados de folhas.

Mas, por enquanto, aquilo foi a salvação.

25. Nas pontas das flechas envenenadas

NA REALIDADE, NÃO SE tratava de uma verdadeira elevação, mas de uma simples ondulação do solo, com apenas algumas centenas de metros de comprimento e não mais de doze de largura, que emergia da lama e da água por um pouco mais de três metros, nada mais.

As árvores, quase todas de troncos grossos, haviam resistido ao incêndio, mesmo perdendo todas as folhas, a casca e provavelmente os cipós e cálamos que as envolviam e que talvez tivessem sido os responsáveis por preservá-las da destruição total.

Uma quantidade extraordinária de cacatuas, *argus* e tucanos-grandes havia se refugiado nos galhos semicarbonizados. Aqueles pássaros ainda pareciam paralisados por causa do medo e nem se mexeram quando viram a coluna chegar.

A comida estava garantida. E, de fato, os malaios e assameses, que eram os melhores atiradores, não deixaram escapar a ocasião para consegui-la.

Enquanto os negritos, ajudados por suas mulheres e pelos daiaques, preparavam o acampamento, descargas assustadoras ribombavam sobre toda a linha da elevação, derrubando uma verdadeira nuvem de pássaros.

Sandokan, Yanez e Tremal-Naik foram ao outro lado da pequena ondulação para dar uma olhada na vasta planície.

Daquele lado, a água se estendia a perder de vista, cobrindo a camada de cinzas por algumas polegadas.

— Então é uma verdadeira inundação, não é, Sandokan? — perguntou Tremal-Naik.

— Como você pode ver — respondeu o Tigre da Malásia.

— Que não para de aumentar — acrescentou Yanez. — Mas tem uma coisa que me assusta, porque não consigo entender.

— O quê? — perguntou Sandokan.

— Eu fico me perguntando por que essa água está subindo tão devagar. Estamos andando há quase dois dias, e a essa hora ela já devia ter atingido um nível muito mais alto.

— A única pessoa que pode explicar esse mistério é Teotokris, embora eu desconfie que atrás de tudo isso se esconde mais uma traição.

— E qual?

— Não sei dizer. No entanto, sinto instintivamente que não é a água que vai nos causar mais problemas.

— Parece que estamos andando às cegas.

— A situação não era muito melhor no Assam — respondeu Sandokan. — No entanto, fomos plenamente bem-sucedidos nas nossas intenções.

— É verdade, guerra é guerra.

A refeição foi anunciada pelo cheiro de assado. Bem ou mal, cacatuas, *argus* e tucanos estavam sendo assados, enfiados nas varetas das carabinas, sendo girados constantemente pelas crianças da pequena tribo negrita.

Mas aquele churrasco foi muito mal empurrado goela abaixo pela água lamacenta, para grande tristeza de Yanez, já acostumado com os vinhos selecionados das adegas do Assam.

Uma parada de vinte e quatro horas naquele terreno bem seco, onde homens, mulheres e crianças puderam dormir à vontade, sem medo de uma surpresa, deixou a coluna totalmente recuperada.

— Durmam o máximo possível — ordenara Sandokan, que duvidava bastante que seriam capazes de chegar à terra alta antes de trinta ou quarenta horas.

E todos obedeceram, roncando como *tupaias glis*, da manhã até a noite, e da noite daquele dia até a manhã seguinte, acordando apenas com o mordiscar das asas de alguma cacatua ou do bico de algum tucano.

Durante aquela parada, não tiveram a menor notícia nem dos daiaques nem do grego nem do *chitmudgar* de Yanez e muito menos do rajá do lago.

Parecia que todos aqueles bandidos haviam desaparecido definitivamente, talvez para organizar uma última resistência na margem do Kini Balù. A água, contudo, ainda que muito devagar, continuava subindo sem parar, cobrindo toda a enorme planície por uns trinta centímetros.

— Antes que suba ainda mais, vamos embora daqui — disse Sandokan a Yanez e Tremal-Naik. — Se ficarmos, acabaremos sendo obrigados a devorar as crianças negritas, agora que todos os pássaros já foram mortos. Temos muitas bocas para alimentar.

A coluna foi formada e desceu para a baixada inundada, marchando, contudo, sempre muito devagar por causa da lama resistente.

Como explorador, ia à frente o subchefe dos negritos, armado com um bastão para verificar se o fundo oferecia firmeza. Estavam marchando havia apenas um quarto de hora quando o negrito que precedia a vanguarda por uns vinte metros deu um grito agudíssimo e recuou um passo.

Alguns dos seus compatriotas estavam prestes a correr até ele, quando o ouviram gritar:

— Não... parem.... as flechas envenenadas!...

Sandokan e Yanez foram rapidamente para a frente, enquanto a vanguarda parava imediatamente, dando sinais de um grande terror. O negrito levantara o pé esquerdo e estava fixando com olhos arregalados algumas gotas de sangue que pingavam do seu calcanhar.

Vendo que os dois chefes estavam chegando, disse com voz angustiada:

— Não avancem mais, *orangs*!...

— Por quê? — perguntou Sandokan.

— Os daiaques fincaram flechas, provavelmente envenenadas. Já estou sentindo a morte chegar.

— Nós não temos nada a temer — respondeu Sandokan, se aproximando do infeliz. — Estamos usando botas.

Pegou o negrito nos braços e o carregou para o meio da vanguarda.

O chefe da tribo acorreu prontamente e fez um gesto de desânimo.

— Você não conhece nenhum antídoto? — perguntou Sandokan.

— O *anciar* (ou upas) é sempre mortal, e não se conhece antídoto para ele, *orang* — respondeu ele. — Este homem está perdido.

— Se tivéssemos bebidas alcoólicas, poderíamos tentar salvá-lo — disse Sandokan. — Algumas vezes eu consegui arrancar das garras da morte homens feridos com flechas envenenadas. Você se lembra, Yanez?

— Lembro — respondeu o português. — Mas aquelas feridas eram superficiais, e depois não temos nem mesmo um golinho de *tafia*. Pobre homem!...

Dois malaios haviam enrolado o infeliz em uma coberta para carregá-lo. A morte estava chegando depressa.

O ferido já perdera os sentidos e estava tremendo como se tivesse sido atacado por uma febre repentina. De vez em quando, era dominado por espasmos e a sua boca se abria como se quisesse vomitar.

Era uma questão de poucos minutos. O terrível veneno que os daiaques extraem das plantas chamadas upas, e que normalmente misturam com o suco de *gambir* para torná-lo mais potente, ataca rapidamente o sistema circulatório e o sistema nervoso, provocando convulsões tetânicas. Como acontece no caso do curare, o terrível veneno adotado pelos selvagens brasileiros para que suas flechas sejam mortais, também não se conhece ainda nenhum antídoto contra os upas e o *gambir*.

Parece que o princípio venenoso destas duas últimas plantas sinistras consiste em um alcaloide vegetal unido a um ácido ainda não muito bem determinado e uma substância colorante.

Todos os homens da coluna, mudos e tristes, se reuniram em torno do moribundo, que não parava de vomitar e ter espasmos. Um sibilo rouco saía a intervalos curtos do seu peito, e a respiração estava cada vez mais difícil.

— Pobre homem — repetiu Yanez, assistindo impotente àquela agonia.

De repente o moribundo teve um sobressalto, abriu assustadoramente a boca, fazendo o maxilar estalar, revirou os olhos e se abandonou nos braços dos dois malaios que o carregavam.

— Está morto — disse Sandokan, suspirando. — Eu preferia que essa desgraça tivesse atingido um dos meus homens, que há muito tempo estão preparados para os perigos da guerra.

Virou então para o chefe dos negritos, que, talvez mais acostumado que os homens de Sandokan com aquele tipo de desgraça, não parecia comovido demais, e disse:

— Escolha seis homens, leve o cadáver para a ilhota e enterre-o bem fundo para que os tigres ou panteras não o devorem.

— Certo, *orang* — respondeu o chefe.

— Por enquanto, nós paramos aqui.

— O que vamos fazer agora? — perguntou Yanez, quando o pelotão fúnebre se afastou. — Se o fundo estiver cheio de pontas de flechas envenenadas, só nós e os meus assameses poderemos avançar. Todos os outros estão descalços.

— E é exatamente isso que o grego deve ter calculado para dizimar a nossa coluna.

— E se a gente tentasse desviar?

— Você sabe qual a extensão em que foram plantadas as flechas envenenadas? — perguntou Sandokan. — Como é que vamos descobrir embaixo desta camada de lama?

— Seria impossível — disse Tremal-Naik, que assistia ao diálogo.

— Então só nos resta voltar e esperar que as águas baixem ou evaporem com o calor do sol — disse Yanez.

— E para onde vamos nos retirar?

— Para aquela espécie de ilhota.

— E morrer de fome lá?

— Tem razão, Sandokan.

— Eu tenho outra ideia.

— Qual?

— Mandarmos cortar oito ou dez troncos de árvores e construir pontes móveis para jogar sobre essas camadas de flechas. Já fizemos isso outras vezes.

— O nosso avanço vai ficar bem lento.

— Poderemos acelerar quando chegarmos às terras altas — respondeu Sandokan. — Por outro lado, já disse que não tenho pressa de me tornar rajá. Basta que eu consiga realizar meu desejo de vingar meu pai, minha mãe e meus irmãos.

— Vai conseguir.

— Não duvido — respondeu Sandokan, cujos olhos foram iluminados por um lampejo sinistro. — Estou esperando por esse momento terrível há muitos anos.

— Eu não queria estar na pele do rajá do lago — disse Tremal-Naik.

— Então faça do jeito que preferir — concluiu o português. — Eu também não estou com pressa de voltar ao Assam. Surama é uma mulher paciente e deixa que o seu *sahib* branco se divirta um pouco e ajude os velhos amigos. Afinal eu não sou o príncipe consorte?... Diabos!... Por Júpiter!... Eu continuo sendo o rajá do Assam!

Dez minutos depois, a coluna estava voltando pelo caminho percorrido durante a manhã, pois não era possível acampar sobre aquela lama coberta por uma camada tão alta de água, principalmente por causa das caixas de munição, das balistas e respectivos cavaletes.

Quando chegaram à ilhota, que agora podia ser chamada assim, já que aquele trecho de terra estava todo rodeado de água, o pobre subchefe dos negritos foi sepultado e seus companheiros exterminaram os últimos tucanos e cacatuas para garantir à coluna ao menos um pouco de comida, já que os pássaros não eram muito abundantes.

Sob as ordens de Kammamuri e Sapagar, duzentos homens atacaram as árvores a golpes de *parangs* e *kampilangs* para construir as pontes móveis, enquanto os outros se apressavam a preparar grandes jangadas, amarrando os troncos com suas faixas.

Não foi uma coisa muito fácil. No entanto, antes do pôr do sol, a coluna já contava com quatro pontilhões de cerca de dez metros de comprimento e quatro a cinco metros de largura, sobre os quais os homens descalços poderiam passar muito bem, movimentando-se cada vez mais à frente sobre as camadas de flechas envenenadas, sem correr perigo algum.

Às nove horas da noite, com uma lua magnífica, a coluna saiu da ilhota e avançou cuidadosamente pela planície inundada.

Os daiaques e malaios estavam transportando as pontes móveis, para não cansar demais os assameses, aos quais caberia o trabalho mais duro, ou seja, o de levá-los para cima das pontes, pois, como foi dito, eram os únicos que estavam calçados.

Chegando ao local em que o pobre subchefe dos negritos fora ferido, as pontes foram lançadas em cima da camada de lama, pois, pelo menos por enquanto, não havia água suficiente para que elas flutuassem.

A terrível marcha estava começando. Malaios, daiaques e negritos passavam, se reuniam na ponte da frente e esperavam até que os assameses transportassem à frente as outras a fim de abrir caminho para eles. O avanço era lentíssimo e muito cansativo, principalmente para os indianos, embora estes, de tempos em tempos, emprestassem seus calçados aos malaios ou aos daiaques para descansar um pouco.

Yanez, Sandokan e Tremal-Naik, que usavam altas e fortíssimas botas navais, impenetráveis para as pontas de flechas, formavam a vanguarda. Mas nenhum perigo os ameaçava, pois a planície se estendia à frente deles, toda coberta por algumas polegadas de água e completamente deserta. Com a luz da lua, um homem seria logo descoberto e com certamente não conseguiria escapar do tiro daquelas três carabinas, que dificilmente erravam o alvo.

Parecia que os daiaques haviam coberto o solo com uma quantidade extraordinária de flechas, pois a cada passo que davam, os três chefes sentiam os dardos envenenados estalando sob a sola grossa das botas.

— Que patifes! — disse Yanez. — Queriam mesmo acabar com a gente.

— É assim que os daiaques fazem a guerra — respondeu Sandokan.

— Se as nossas solas não fossem tão fortes, estaríamos fritos!...

— As suas estão em bom estado, pelo menos?

— São de pele de rinoceronte, meu caro, com três dedos de espessura.

— Mande uma dúzia delas para mim quando chegar ao Assam.

— Três!... Uma só é suficiente para você e os seus homens — disse Tremal-Naik. — Assim, pelo menos não correrão mais perigo.

— Duvido que eles consigam se acostumar — respondeu o Tigre da Malásia. — Vão acabar dando de presente para os macacos da floresta.

Brincando assim os três valentes aventureiros continuavam sua marcha, enquanto seus homens transportavam as pontes móveis.

Ao amanhecer, exaurida pelos esforços, a coluna descansou sobre as jangadas estendidas no meio da lama, pois a água continuava muito baixa para que elas flutuassem.

A refeição foi muito magra, embora Yanez e Tremal-Naik houvessem fuzilado um pequeno número de pássaros aquáticos.

A jornada transcorreu tranquilamente. Nenhum pelotão de inimigos foi sinalizado em nenhuma direção.

Provavelmente o grego estava contando com a eficiência indiscutível das flechas envenenadas e não achou que seria preciso se incomodar, acreditando que nenhum homem da coluna sairia vivo daquela armadilha.

Perto do anoitecer, a exaustiva marcha com pontes móveis foi reiniciada, enquanto Yanez, Sandokan e Tremal-Naik faziam uma ação de reconhecimento, com a esperança de descobrir algum pelotão de inimigos.

A noite foi muito cansativa para todos. De vez em quando, os assameses emprestavam seus sapatos para que os malaios e daiaques continuassem o avanço das pontes.

Nem sequer naquela noite o inimigo deu sinal de vida, para grande aborrecimento de Yanez, que estava começando a ficar entediado.

— Será que eu deixei a minha bela rani e a corte do Assam só para fazer uma marcha forçada na água e nos pântanos, sem disparar tiros de carabina? Que coisa mais chata! Você não acha, Sandokan?

O Tigre da Malásia não respondeu e continuou andando, olhando para longe.

Ele estava tentando descobrir as altas terras que surgiam em volta do grande lago, pois era sobre aquelas terras que deveria ser decidida a sorte daquela campanha dura e exaustiva.

Durante mais três dias, a coluna marchou quase sem parar através da imensa planície, lançando à frente as pontes móveis, e depois finalmente chegou, exaurida, àquelas terras altas pelas quais tanto ansiavam.

A grande baixada, apesar dos golpes traiçoeiros ordenados pelo grego, fora vencida com a perda de um só homem, o pobre subchefe da tribo dos negritos. Bosques imensos, ricos de folhas e de sombra, se estendiam diante dos aventureiros, cortados por correntes murmurantes e decerto habitados por uma caça abundante.

— Isso é o paraíso na terra — disse Yanez, enquanto os malaios e daiaques construíam apressadamente os *attaps* e os negritos, ajudados pelas mulheres e pelos assameses, que cercavam o local do acampamento escolhido por Sandokan com montes de galhos espinhosos para impedir qualquer surpresa. — Eu confesso, meu caro, que não estava aguentando mais e já ia mandar para o diabo o trono dos seus ancestrais.

— Você sabe muito bem que Bornéu não é a Índia — respondeu Sandokan. — Além disso, quando quisemos conquistar o trono da sua bela rani, passamos por umas boas também. Já se esqueceu de tudo?

— O amor faz a gente esquecer muitas coisas — disse Tremal--Naik. — Você não percebeu, Sandokan, que o nosso português não para de lamentar por não estar na corte do Assam?

— É o que eu acho, ainda mais com todos aqueles cozinheiros, *sommeliers*, valetes, com aqueles guardas barbudos que parecem bandidos, aquelas salas maravilhosas, aquele monte de *bajaderas* dançando todas as noites nos pátios do palácio!... Ah, Yanez!... O Assam e o poder acabaram estragando você.

— Por Júpiter!... — gritou Yanez depois de uma gargalhada ruidosa. — Será que eu não consegui provar até agora que tenho duas pernas de ferro, que continuo sendo um atirador temido e que sou capaz de almoçar ou jantar apertando o cinto? Vocês estão querendo me humilhar! Ponham uma tribo de daiaques na minha frente e vão ver como vou cozinhá-los com um belo molho branco, rosa ou verde.

— Sabemos disso — disse Tremal-Naik, rindo. — Você continua sendo o terrível companheiro do Tigre da Malásia.

— Mesmo sendo o príncipe consorte da bela rani do Assam?

— Mesmo assim, Yanez — respondeu Sandokan. — A única coisa é que você ficou meio rabugento.

— Porque na corte do Assam, em voz baixa ou alta, todo mundo está sempre resmungando — disse Yanez. — Agora vamos parar com as brincadeiras e fazer um plano de batalha. A que distância estamos do lago, na sua opinião?

— Não mais do que três dias de marcha — respondeu Sandokan.

— Onde mora o rajá?

— Em uma aldeia apoiada em palafitas que entra pelo lago por várias centenas de braças.

— É lá que vamos atacar, se os daiaques não nos detiverem?

— É, porque desejo dar um golpe direto no coração do assassino do meu pai. Não faltam grandes barcos no lago, e é por lá que vamos atacar, e não por terra, porque seria difícil demais. E depois, seriam necessárias pontes móveis muito compridas, coisa que não temos.

Eu já recolhi todas as informações necessárias e hoje mesmo vou mandar um bom número de negritos e daiaques fabricarem zarabatanas e recolher resina.

— Para fazer o quê? — perguntaram Yanez e Tremal-Naik ao mesmo tempo.

— Para incendiar a capital do rajá do lago — respondeu Sandokan. — Nessa hora, as flechas incendiárias vão obter mais resultado do que as balas das nossas carabinas e a metralha das nossas balistas. Há muito tempo venho pensando na melhor maneira de reduzir aquele miserável rapidamente à impotência e obrigá-lo a se render, pois quero capturá-lo vivo.

— Hum!... Tenho minhas dúvidas — respondeu Yanez. — Quando esse homem perceber que está perdido, não vai esperar até o seu cris alcançá-lo.

— Vamos ver se ele vai conseguir escapar.

Diversos tiros de fuzil interromperam aquela conversa. Os malaios e assameses haviam entrado na floresta e estavam fazendo uma boa caça, a julgar pelos disparos que continuavam sem interrupção.

As mulheres negritas, prevendo uma refeição muito farta, haviam recolhido galhos secos e já estavam acendendo diversas fogueiras e colocando ao lado forquilhas de madeira para apoiar os assados enfiados nas varetas de aço das carabinas.

Os caçadores não se fizeram esperar muito. E todos chegaram carregados de caça de pelo e penas.

Haviam feito um verdadeiro massacre de babirussas, antas, macacos, cacatuas e outros pássaros diferentes.

Foi uma enorme alegria no acampamento, é fácil compreender por quê, já que fazia dois dias que todos aqueles bravos guerreiros não faziam outra coisa a não ser apertar o cinto.

Depois de meia hora, homens, mulheres e crianças estavam devorando à tripa forra enormes pedaços de carne ainda malpassada, enquanto Sandokan, Yanez, Tremal-Naik e Kammamuri trabalhavam com os facões em torno de dois magníficos tucanos-grandes, habilmente assados sob a vigilância de Sapagar, nomeado grande cozinheiro dos chefes nos momentos de calma.

Saciada a fome feroz que fazia quarenta e oito horas atormentava o estômago daqueles intrépidos guerreiros, Sandokan enviou para o sul vinte exploradores com a responsabilidade de se aproximar o máximo possível do lago. Depois, dispôs diversas sentinelas em volta do acampamento, embora tivesse certeza absoluta de que poderiam dormir tranquilamente.

— Agora já estão esperando por nós na margem do Kini Balù — disse Sandokan a Yanez, que estava bocejando como um urso e já apagara o cigarro.

— Eles que esperem onde bem entenderem, não tenho nada a ver com isso — respondeu o português. — Contanto que me deixem dormir por enquanto.

— É exatamente o que eu peço também — acrescentou Tremal-Naik.

— Durmam, então — respondeu Sandokan. — Ninguém virá perturbar o seu descanso. Eu me responsabilizo por isso pessoalmente.

Poucos minutos depois todos os acampados, com exceção das sentinelas, estavam profundamente adormecidos.

26. O lago misterioso

DURANTE QUATRO DIAS, os homens da expedição descansaram na orla da baixada, comendo fartamente e dormindo à vontade.

De tempos em tempos, algum explorador chegava, mas sem trazer notícias importantes sobre os misteriosos movimentos dos inimigos.

Alguns haviam ido até a margem do grande lago sem ter encontrado as hordas dos daiaques. Apenas uns poucos pelotões que faziam a patrulha foram avistados a oeste do Kini Balù.

Onde estaria afinal o grosso das tropas do rajá branco? Era isso que Sandokan se perguntava, não sem alguma preocupação, durante aquela longa parada.

No quinto dia, depois de um rápido conselho de guerra realizado pelos chefes e subchefes, a decisão de avançar foi tomada. Já que os daiaques não se sentiam suficientemente fortes para deter os conquistadores, não havia outra coisa a fazer se não ir procurá-los e atacar decididamente a capital.

— Vamos acabar logo com isso — disse Yanez, enquanto as colunas se organizavam. — Estou com pressa, quero fazer a próxima refeição na cidade principal daquele canalha do rajá. Vamos ver se o palácio real dele vale tanto quanto o meu.

Os conquistadores estavam prestes a se pôr em marcha quando chegaram ao acampamento dois negritos, dos quais Sandokan não tivera mais notícias e já estava considerando perdidos.

— Os últimos a chegar são sempre os mais sortudos — disse Yanez, enquanto o chefe da tribo chegava depressa para servir de intérprete. — Esses homenzinhos devem estar trazendo notícias inacreditáveis.

— Notícias boas ou ruins? — perguntou Sandokan ao chefe, que já interrogara seus súditos.

— Eles me contaram que os daiaques estão se reunindo diante da capital do rajá para defender as pontes — respondeu o negrito.

— São muitos?

— Estão batendo o gongo por toda a margem do lago para convocar os guerreiros.

— Viram muitos barcos?

— Viram, *orang*.

— Vamos precisar deles.

— Será que conseguiremos capturá-los? — perguntou Yanez.

— Conheço um lugar onde é possível surpreender a flotilha do rajá — respondeu Sandokan. — A antiga estação não mudou, pelo que me disseram, e não vamos precisar fazer muitos esforços para tomar de assalto a *kotta* de defesa. As nossas balistas vão fazer verdadeiros milagres. Mais alguma notícia?

— Não, *orang* — respondeu o chefe da tribo.

— Assuma o comando dos seus homens e avancem em marcha forçada. Não podemos deixar que o grego tenha tempo de se fortificar na margem do lago, não é verdade, Yanez?

— É uma boa estratégia — respondeu o português. — Mas o meu coronel Kammamuri pode ter uma opinião melhor do que a minha.

— Aqui não é o Assam — disse Tremal-Naik. — O meu marata só é bom naquele país.

— Vai morrer como general, eu garanto — concluiu Yanez.

Dividida por raças, as colunas se puseram animadamente a caminho, mantendo no meio as mulheres, que transportavam os víveres, e as crianças.

Florestas se sucediam a florestas, cada vez mais fechadas e mais magníficas. Mas de vez em quando os conquistadores tinham a sorte de encontrar trilhas, decerto abertas pelos indígenas para chegar à margem do lago, e era principalmente naqueles locais que encontravam esqueletos humanos, limpos com perfeição pelos cupins e todos eles sem as cabeças.

Os ferozes caçadores de cabeças deviam ter passado por ali.

À noite, receando um ataque furioso de um momento para o outro, Sandokan mandou reforçar o acampamento com enormes montes de galhos espinhosos e com um fosso bastante profundo, também cheio de espinhos.

O lago agora estava muito próximo, como também o inimigo. Era preciso ficar preparado para algum tipo de surpresa noturna.

333

As sentinelas, portanto, foram redobradas e uma pequena vanguarda acampou fora da cerca com uma balista, pronta para responder imediatamente ao ataque e acorrer em ajuda dos companheiros vigilantes sob as árvores seculares.

Foram, porém, precauções totalmente inúteis, porque os daiaques não deram sinal de vida.

Na manhã seguinte, ainda antes que o sol despontasse, as quatro colunas partiram novamente a passo acelerado. Sandokan incentivava a marcha para que conseguissem chegar à margem do lago quando a noite caísse. Iria precisar da escuridão para pôr em execução o seu plano, que consistia em um golpe inesperado para privar o rajá de sua flotilha e impedir assim que ele escapasse.

Foi uma marcha realmente furiosa, uma verdadeira corrida, que pôs à dura prova principalmente as pernas das mulheres e crianças.

Ao pôr do sol, o lago ainda não estava à vista, mas era possível perceber que não devia estar longe. A mata ia escasseando rapidamente, o terreno descia, a umidade aumentava e uma brisa fresca vinha do sul. O Kini Balù, o grande lago de Bornéu, praticamente desconhecido pelos exploradores europeus, estava quase ao alcance das mãos.

Por volta da meia-noite, os exploradores negritos, que eram os mais ligeiros e mais incansáveis, recuaram até onde as colunas haviam parado para descansar um pouco.

O pequeno chefe da tribo correu até Sandokan, dizendo:

— O lago está atrás da *kotta*.

— Vocês descobriram a aldeia que eu indiquei?

— Descobrimos, *orang*.

— Viram barcos?

— Muitos.

— A *kotta* é muito grande?

— Não, mas tem três fossos em volta.

— Onde está Kammamuri?

— Presente, capitão — respondeu o marata, que estava a poucos passos dali.

— Mande construir umas dez pontes móveis. Sapagar!...

— Estou aqui, chefe — respondeu o malaio.

— Quero que os seus homens se ocupem só das balistas. Para o ataque, nós somos suficientes.

— E eu, o que devo fazer? — perguntou Yanez. — Acender outro cigarrinho?

— Você vai chefiar os seus assameses.

— Para isso, basta o meu coronel — respondeu o português. — Eu vou me juntar à reserva, com Tremal-Naik.

— Está certo, se é que você vai conseguir ficar parado quando a metralha começar a cascatear.

— Então vamos para a vanguarda.

Os malaios e daiaques, ajudados pelos negritos, derrubaram a golpes de *kampilangs* e *parangs* cerca de cinquenta troncos delgados de árvores e uma grande quantidade de galhos e cipós, e em menos de meia hora construíram as pontes para jogarem sobre os fossos e camadas de flechas envenenadas, pois os daiaques tinham o costume de cravar diversas em volta das paliçadas de suas aldeias.

À uma hora da madrugada, os aventureiros deixaram para trás as mulheres e crianças, sob a guarda de uma pequena escolta, e se movimentaram decididamente e no mais profundo silêncio para a *kotta* que servia de estação naval para o rajá branco, decididos a expugná-la.

Ao contrário do que dissera, Yanez logo passou para a vanguarda para conduzir os seus assameses, que, como foi dito, usavam sapatos e podiam prescindir das pontes móveis e até passar por cima dos espinhos amontoados nos fossos, um lugar bom para deter os descalços.

— Avançar, meus bravos — disse ele. — Mostrem a esses valentes malaios que os montanheses do Assam também não têm medo da morte.

Um quarto de hora mais tarde, a *kotta* estava cercada dos três lados, sendo o quarto lado banhado pelas águas do lago.

Tratava-se de uma pequena fortaleza que não devia encerrar mais do que uma centena de cabanas, mas defendida por uma alta e sólida paliçada dupla, pois os daiaques tinham tomado algum cuidado na construção de suas aldeias para evitar as terríveis surpresas que acabariam com a destruição total dos habitantes, sem dar trégua nem sequer às crianças, salvo em casos excepcionais.

Parecia que ninguém havia se dado conta da aproximação dos aventureiros. Depois de dar uma rápida olhada na fortaleza, Sandokan chamou Sapagar.

— Escolha dez homens entre os melhores nadadores — disse. — Atravesse a bacia onde deve estar reunida a flotilha do rajá, ocupe o maior barco maior que encontrar, queime pólvora sem parar e gritem por cinquenta.

— Está certo, capitão — respondeu o bravo malaio.

— Vou deixar para você a honra de disparar o primeiro tiro de carabina.

— E vou fazer o possível para abater alguém com ele.

— Agora vá, e seja rápido. Nós estamos preparados para partir para o ataque.

Enquanto o corajoso malaio se apressava para executar aquela ação perigosíssima, Sandokan, Yanez e Tremal-Naik tomavam as últimas providências para o ataque.

Os assameses já haviam atravessado o primeiro fosso e se deitado no chão, espalhados ao acaso a sessenta passos da paliçada para se manter fora de alcance dos tiros das zarabatanas. Os outros haviam jogado as pontes e posto em bateria as oito balistas a uma distância de trinta metros umas das outras, para poderem varrer melhor o solo caso os sitiados tentassem uma saída em diversos pontos.

Um silêncio profundo reinava na pequena fortaleza. Parecia que até mesmo os homens encarregados da guarda nas paliçadas estavam dormindo.

Provavelmente, sabendo que as tropas do rajá estavam dando batidas nos campos, os habitantes se sentiam perfeitamente seguros contra qualquer surpresa.

Mas de repente o ladrar de um cachorro, seguido por um latido furioso, os preveniu de que alguma coisa de grave os ameaçava.

Se as sentinelas estavam dormindo, os cachorros, que os daiaques sempre mantêm em grande quantidade nas suas aldeias, estavam vigiando e haviam farejado o inimigo.

— Ninguém atira — disse Sandokan. — Kammamuri, vá comunicar essa ordem depressa aos outros grupos. Temos de dar tempo para que Sapagar alcance a flotilha.

Vozes começaram a ecoar na escuridão. As sentinelas deviam ter acordado e se interrogavam mutuamente, andando para a frente e para trás nos terracinhos das paliçadas.

Finalmente algumas tochas foram acesas, mas elas não eram suficientes para iluminar até o terceiro fosso, em cujas bordas estavam os assameses. Sempre impaciente, Yanez estava prestes a ordenar que seus homens atravessassem o segundo fosso também, quando vários tiros de carabina ribombaram na direção do lago.

Sapagar abrira fogo do centro da flotilha, pegando a *kotta* pelas costas, a fim de impedir que os habitantes tomassem as barcas.

A voz metálica de Sandokan ecoou:

— Abram fogo vocês também!...

As balistas foram as primeiras, despejando no alto das paliçadas tempestades de metralha para impressionar de súbito os habitantes da aldeia com aquele estrondo.

Foram seguidas por potentes descargas da fuzilaria, logo depois as pontes móveis foram atiradas através dos fossos e as quatro colunas se movimentaram decididamente para o ataque, com o ímpeto habitual.

Iriam, porém, enfrentar uma gente muito decidida a resistir, pois, apesar das bordadas de metralha, os terracinhos das paliçadas foram ocupados pelos defensores, que acolheram com valentia o inimigo com uma tempestade de pedras e flechas. Muito contra a vontade, as quatro colunas foram obrigadas a parar e recomeçar a atirar para dispersar um pouco as fileiras dos daiaques.

— Ei, Sandokan — disse Yanez, aproximando-se do amigo —, parece que esse osso vai ser meio difícil de roer. Se não derrubarmos a paliçada, vão nos manter sob vigilância e, para nós, isso seria uma enorme imprudência. Não podemos esquecer que as hordas do rajá branco estão dando batidas na margem do lago.

— Daqui a dez minutos teremos uma brecha — respondeu o Tigre da Malásia.

Reuniu então uma dúzia dos seus malaios e disse:

— Levantem uma ponte móvel, escondam-se debaixo dela e se atirem contra a cerca. Cuidado para não serem amassados. Nós vamos tratar de nos defender.

Em seguida, se aproximou de Kammamuri, que fora encarregado da chefia da pequena artilharia.

— Mande concentrarem aqui todas as balistas — disse a ele — e atirem no castelinho que está à nossa frente. A entrada da aldeia é ali. Mande dispararem para o alto, enquanto os meus homens estiverem abrindo uma passagem para nós.

Os malaios haviam erguido a ponte maior e mais forte, apoiando-a nas cabeças, e já estavam avançando.

As flechas e as pedras choviam em grande quantidade sobre eles, mas sem causar danos. Aquela chuva de projéteis durou somente alguns instantes, pois as oito balistas, rapidamente reunidas, logo obrigaram os defensores do castelo a bater em retirada às pressas para não serem completamente exterminados.

A metralha era despejada sobre os troncos e terracinhos, impedindo a todos que dessem apoio aos malaios que, com fortes golpes de *kampilangs* e *parangs*, estavam abrindo a primeira brecha.

Nos outros pontos, a luta se enfurecia com muita animação de ambos os lados, mas com os sitiados levando a pior, pois não tinham condições de competir com o fogo intenso das carabinas. Também do lado do lago as fuziladas continuavam com grande intensidade. Sapagar e seus homens disparavam como loucos, gritando como possessos para fazer que acreditassem que estavam em grande número.

Aquele combate, desastroso para os caçadores de cabeças do rajá do lago, durou um bom quarto de hora, derrubando fileiras inteiras de defensores e, em seguida, as quatro pequenas colunas se comprimiram para irromper na praça.

Os malaios já haviam aberto uma fenda na cerca, grande o bastante para deixar passar quatro homens de frente, e depois se retiraram depressa para deixar para as balistas a responsabilidade de atacar os defensores aglomerados atrás da abertura para impedir a passagem dos invasores com as armas brancas.

Kammamuri, que durante o combate recebeu as devidas instruções de Sandokan, mandou carregar as balistas com balas e lançou uma primeira bordada de projéteis de quase quatrocentos gramas através da abertura.

O efeito daquela descarga, feita em um espaço tão restrito e lotado de homens, foi terrível.

Percebendo que não podiam opor resistência sob o castelinho, os daiaques voltaram para os terraços, enquanto os assameses passavam pela abertura, disparando e avançando através dos montes de cadáveres.

Os daiaques do litoral a soldo de Sambigliong seguiram depressa, de forma que em menos de cinco minutos mais de cento e cinquenta homens estavam dentro da aldeia, prontos para deter qualquer tentativa de fuga.

A resistência dos sitiados enfraquecia rapidamente, pois nos terracinhos estavam impossibilitados de se manter firmes, já que as balistas haviam recomeçado a abatê-los com tiros de metralha.

— Para o lago! — gritou Sandokan, colocando-se à frente das colunas.

Enquanto os malaios e negritos também avançavam, por sua vez, sem parar de disparar, os assameses e os alistados por Sambigliong derramaram-se como um rio através das ruas das aldeias, dizimando os grupos que tentavam impedir seu avanço.

Podia-se dizer que agora a luta terminara, pois os guerreiros do rajá estavam começando a depor as armas e a pedir misericórdia, que logo foi concedida.

Na margem do lago, porém, a coluna chefiada por Sandokan teve de enfrentar um último combate contra uns cinquenta guerreiros, que tentavam se pôr a salvo nos barcos, apesar do fogo constante de Sapagar e seus homens.

Bastou uma descarga chefiada por Yanez e Tremal-Naik para que eles também decidissem jogar as armas, depois de uma rapidíssima resistência.

Enquanto isso, Sandokan e cerca de vinte homens munidos de tochas vegetais caíram sobre o porto, gritando para que Sapagar suspendesse o fogo.

Toda a flotilha do rajá do lago estava ali, ancorada nas estacas robustas que sustentavam longos pontilhões.

Havia no mínimo trinta grandes barcas equipadas com pontes que, pela forma como eram construídas, se pareciam mais com os *giongs* do que com os *prahos*. Apenas uma delas continha um pequeno *mirim*, um daqueles canhões de latão que os daiaques do mar utilizam. Provavelmente era a nave almirante.

Todas as outras tinham a bordo apenas arpões, zarabatanas e *kampilangs* apoiados ao longo das amuradas.

Enquanto Kammamuri, Sambigliong e Tremal-Naik estavam ocupados em desarmar e amarrar os prisioneiros, Yanez alcançou Sandokan na nave almirante.

— Não acreditei que você conseguiria dominar o lago tão depressa — disse a ele.

— E essa é realmente a palavra certa — respondeu o Tigre da Malásia. — Agora não temos mais nada a temer.

— E o que vamos fazer com todos esses prisioneiros? Espero que você não queira decapitá-los.

— Eu estaria no meu direito, mas como se trata dos meus futuros súditos, vou tentar convencê-los a abraçar a minha causa e pô-los a meu soldo. Certamente entre eles devem existir alguns velhos que se lembrarão do meu pai e talvez até de mim.

— Quero dar um conselho.

— Você sabe que eu estou sempre pronto para escutá-los Yanez — respondeu Sandokan.

— Apresse as coisas. O grego pode ter ouvido o estrondo das nossas balistas e talvez venha aqui para reconquistar a *kotta*.

— Mas não vai conseguir dominar a flotilha. Ele que venha atrás de nós no lago se for capaz. Acho que podemos esperar o sol nascer sem que ele apareça. Enquanto isso, mande fecharem a brecha e instalarem as balistas nos terracinhos das paliçadas. Se ele chegar antes de termos combinado todas as nossas ações, vamos metralhá-lo de novo. Nesse meio-tempo, vou me ocupar da flotilha.

Ninguém dormiu naquela noite. Enquanto as mulheres negritas que haviam sido trazidas para dentro da cerca preparavam a refeição para os vencedores, saqueando sem pena as cabanas da *kotta*, e acendiam na praça central fogueiras gigantescas, malaios e assameses reconstruíam a paliçada destruída e içavam as balistas para que estivessem preparadas para a resistência.

Os outros, por sua vez, se ocuparam dos prisioneiros, que eram muito numerosos, apesar das graves perdas sofridas. De fato, os terraços estavam abarrotados de montes de cadáveres, e também havia muitos outros entre as duas cercas, já que os troncos não eram suficientemente unidos em algumas partes para impedir a passagem das pequenas balas de carabinas.

Chamando os chefes da aldeia, quase todos velhos guerreiros, Sandokan não demorou a se fazer reconhecer como o filho do antigo rajá e não foi difícil obter a completa submissão deles e a promessa de ajudá-lo contra o assassino da sua família.

Agora só precisavam embarcar e se movimentar para a capital. Estavam em cinquenta e dispunham de uma flotilha bastante numerosa, pois as barcas eram de grande porte e solidamente construídas, embora os daiaques nunca tivessem sido hábeis carpinteiros.

Sem dúvida o rajá do lago, que provavelmente foi marinheiro durante algum tempo, conduzira os trabalhos.

Muitos víveres foram embarcados e os guerreiros, por sua vez, estavam prestes a tomar posição na flotilha quando ouviram os malaios que estavam de guarda nos terracinhos da cerca gritar a plenos pulmões:

— O inimigo!... Às armas!...

Naquele momento, os assameses estavam retirando as balistas para armar as oito barcas maiores.

— O grego está chegando — disse Yanez, correndo junto com Sandokan para o castelinho que fora logo consertado.

Correram para o terracinho que se elevava acima da trincheira. Trezentos ou quatrocentos guerreiros corriam como loucos pela planície iluminada pelos primeiros raios de sol, que estava acabando de sair.

— Tarde demais, meus caros — disse Sandokan com voz tranquila. — Quando vocês chegarem aqui, a fortaleza não existirá mais.

Levantou a voz, dominando o tumulto causado pelo aparecimento inesperado daquele inimigo sempre terrível, mesmo quando em número inferior como agora.

— Todos a bordo!... E agora venha, Yanez...

Na praça central ainda estavam acesas as fogueiras que haviam servido para fazer o café da manhã.

— Ajude-me até que os nossos homens estejam protegidos a bordo da flotilha — disse ele.

Pegou um par de tições e os atirou no telhado de folhas secas de uma cabana.

— Vamos destruir tudo? — perguntou Yanez.

— Não quero deixar atrás de nós uma fortaleza que depois precisarei expugnar de novo. Na hora certa, mandarei reconstruir tudo.

— Então vamos queimar.

Pegou dois tições e os arremessou. Os malaios de guarda, que estavam recuando, imitaram os dois chefes.

Imediatamente as chamas se elevaram, reavivadas pela brisa que soprava do lago. As cabanas começaram a queimar com uma rapidez espantosa, como se fossem gravetos, cobrindo-se de fumaça e fagulhas.

Sandokan, Yanez e os seus homens correram para o porto e embarcaram na nave almirante, na qual, além do *mirim*, Kammamuri mandara colocar as balistas.

— Para os remos!... — trovejou Sandokan.

As trinta barcas logo se puseram ao largo, enquanto o fogo, depois de devorar as habitações, atacava as paliçadas, opondo entre os daiaques do rajá branco e os fugitivos uma barreira chamejante insuperável.

— Pobre Teotokris — disse Yanez, que montara a cavalo no pequeno canhão, com a ajuda da carabina. — Já que a morte não quis saber dele, teria feito melhor se tivesse voltado para o Arquipélago e recomeçado a sua profissão de pescador de esponjas. Paciência! Nem todo mundo pode ter a mesma sorte neste mundo cão.

— Ele ainda tem uma carta na manga — disse Sandokan, que estava ao seu lado, sentado em uma balista.

— Não vou deixar que ele jogue.

— Ah!... Mas eu também não, Yanez.

— Certamente ele pretende jogá-la na capital.

— Agora não tem mais nada a fazer nas florestas.

Ao ver a *kotta* pegando fogo, as hordas daiaques se detiveram a distância, de forma a ficar fora do alcance das carabinas dos conquistadores. Em seguida, depois de enviar alguns pelotões de exploradores, lentamente recuaram para as florestas.

As barcas agora já estavam longe da margem e se afastavam cada vez mais, pois Sandokan não queria que os inimigos adivinhassem sua rota com exatidão.

O lago estava muito tranquilo e apenas sua superfície se enrugava sob a leve brisa quente que soprava das regiões ardentes do centro da grande ilha.

O Kini Balù, mais do que um verdadeiro lago, pode ser considerado um gigantesco reservatório de água, sem muita profundidade.

É o mais vasto de Bornéu, mas nem mesmo hoje se conhece a sua extensão exata, por causa da hostilidade sempre demonstrada pelos daiaques em relação aos viajantes europeus que tentam explorar o interior da ilha.

Não se sabe sequer quais os rios que o alimentam, mas parece que são dois grandes cursos de água, um que desce do sul e outro do leste.

Seja como for, o fato é que as duas margens são densamente habitadas pelos daiaques e negritos, duas raças sempre em guerra, e sabe-se que lá existem aldeias em franco desenvolvimento.

As trinta barcas, precedidas pela nave almirante, que tinha o dobro da tonelagem das outras e era equipada com um mastro munido de uma grande vela triangular feita de vime entrelaçado, continuavam seu caminho dispostas em duas longas colunas.

Todos aqueles guerreiros haviam se transformado em valorosos remadores, até mesmo os assameses, também acostumados a percorrer os rios gigantescos da Índia setentrional.

Somente quando o sol começava a se pôr, no momento em que as margens quase não estavam mais visíveis, é que Sandokan decidiu mudar a rota.

Agora nenhum olho humano poderia mais acompanhar a direção da flotilha.

— Para o leste! — comandou ele.

A ordem foi repetida de barca em barca e a flotilha, com uma harmonia admirável, seguiu a nave almirante, como a chamava Yanez pomposamente, na nova direção.

Verificando que todos o haviam seguido, Sandokan mandou chamar o chefe da *kotta*, um velho daiaque que tinha o corpo cheio de cicatrizes, e disse:

— Agora confio a você a direção da esquadrilha. Mas cuidado porque, se me trair, vai pagar com a sua cabeça.

— Você jurou, *orang*, que é filho de Kaidagan, o velho rajá que antigamente reinava neste país e que eu conheci bem — respondeu o daiaque. — Eu serei o seu súdito mais fiel, e posso provar na hora que você quiser.

— Você conhece a capital do rajá branco?

— Tanto quanto a *kotta* que você tomou de assalto.

— Ela se estende até o lago, pelo que me disseram.

— Todas as casas foram construídas em palafitas, e somente em terra firme tem uma fortaleza formada de duas *kottas*, unidas por pontes imensas.

— Então se a população for atacada pelo lado do lago, não poderá opor uma resistência muito longa.

— Não, porque você pode incendiar facilmente as habitações.

— Já tenho comigo o necessário para cobri-las de fogo.

— Então a partir de agora, *orang*, você pode se considerar o rajá de Kini Balù.

27. A tomada da capital

DURANTE A NOITE INTEIRA a flotilha navegou lentamente no lago, com as tripulações reduzidas, pois Sandokan não estava com a menor pressa de atacar a capital.

Queria dar tempo para que o grego e os filhos do rajá levassem o grosso das hordas daiaques, para surpreender todos juntos e acabar de uma vez com a campanha.

Mas o rajá, por sua vez, devia estar se preparando para uma defesa extrema e reunindo reforços. E de fato, quando virou para o norte, o vento trouxe aos ouvidos dos conquistadores os sons estrondosos dos gongos.

Em todas as aldeias costeiras era dado o alarme, talvez convocando os guerreiros para conduzi-los à capital gravemente ameaçada, agora que Sandokan dominara a flotilha de surpresa.

Antes do amanhecer, as trinta barcas se afastaram novamente da margem para não serem avistadas. Por sorte, o lago continuava tranquilo e nenhuma nuvem aparecia no céu límpido, de forma que não havia nenhuma tempestade a temer, ao menos por enquanto, e os conquistadores podiam se manter afastados de todos os portos de proteção.

Na segunda noite, porém, a flotilha tomou decididamente o curso oeste, sob a orientação do chefe da *kotta*, que agora parecia ter se afeiçoado bastante ao filho de Kaidagan, ou seja, ao Tigre da Malásia.

A capital do rajá do lago agora estava apenas a cerca de quarenta milhas, e Sandokan, seguro de que o grego e seus bandos já tinham chegado, decidiu atacá-la de surpresa ao despontar do dia.

— Vamos dar um golpe terrível e fecharemos aqueles canalhas entre dois fogos — disse ele a Yanez. — Atacaremos pelo lado da terra e pelo lago para impedir que o rajá e Teotokris consigam sair. Eles devem terminar os seus dias lá mesmo.

— Eu me encarrego do grego — respondeu Yanez.

— E eu, do rajá.

— Então estamos de acordo. Só precisamos tomar cuidado para que não escapem.

— Eu me responsabilizo por isso.

Por volta das duas horas da manhã, os pilotos da flotilha, que não parara de avançar na direção indicada pelo chefe da *kotta*, assinalaram diversas fogueiras ardendo a leste.

Sandokan e Yanez, que estavam descansando um pouco sob a ponte, junto com Tremal-Naik, foram avisados imediatamente e correram para a coberta.

— Um acampamento? — perguntou o primeiro ao chefe da *kotta*.

— Não, *orang* — respondeu o daiaque. — Estão de vigia na capital do rajá do lago. Olhe como aquelas fogueiras estão no alto, sobre as águas. Foram acesas nas plataformas mais altas.

— Será que a flotilha foi vista? — perguntou o português.

— Isso não é possível — respondeu o Tigre da Malásia. — Tomamos o cuidado de navegar sempre longe da margem, e não acendemos os faróis nem uma vez. É mais provável que estejam esperando um ataque de um momento para o outro.

— Continuamos na mesma rota?

— E por que não? O grego teve todo o tempo para chegar à capital e não vejo nenhum motivo para adiar mais o choque fatal que vai derrubar para sempre o rajá do lago. Acho que agora somos donos da situação, pois só depende de aceitarmos ou recusarmos a batalha.

— Isso é verdade — respondeu Yanez.

— Que horas são?

— Faltam vinte para as três.

— O sol só vai despontar depois das quatro, por isso temos tempo de sobra para atacar a capital como eu pretendo.

Olhou para o chefe da *kotta*, que parecia estar esperando pelas ordens.

— A que distância você acha que a cidade fica do lago? — perguntou a ele.

— Não mais do que três quilômetros.

— Dobre os remadores e conduza a flotilha a grande velocidade.

— Como quiser, *orang*.

A ordem foi gritada também para as outras barcas e poucos minutos depois a pequena esquadra avançava a toda a velocidade, mantendo as proas apontadas para aqueles pontos luminosos que continuavam brilhando a leste, bem como vários outros faróis.

A profunda escuridão que reinava no lago protegia os conquistadores. Antes do amanhecer, um vapor denso invadiu o céu, cobrindo os astros e interceptando completamente os raios da lua.

Em todas as barcas fervia uma ocupação febril. As balistas eram carregadas, as caixas de munição estavam sendo abertas, as carabinas e zarabatanas foram dispostas ao longo das amuradas para poderem ser usadas com mais rapidez.

Os negritos, por sua vez, traziam para a coberta grandes vasos transbordando de material resinoso e enormes feixes de flechas muito compridas, que, perto da ponta, tinham grandes flocos daquela espécie de algodão produzido pelas palmeiras-de-leque, já bem ensopados naquele líquido facilmente inflamável, para lançá-las contra as cabanas da capital e provocar incêndios espantosos.

A distância, os gongos não paravam de tocar.

— Kammamuri!... — gritou Sandokan.

O marata veio depressa.

— Estou aqui, capitão.

— Você, meu coronel sem galões por enquanto, porque só vai recebê-los quando voltar ao Assam, vai escolher trezentos homens e atacar a cidade por terra. Sapagar vai ajudá-lo. Vocês vão encontrar duas *kottas*, ataquem de frente ou de lado, tanto faz. O mais importante é que mantenham um fogo ininterrupto. Vou deixar com você uma parte dos seus negritos, os daiaques da costa e os do chefe da *kotta*, que agora são completamente leais a nós. Se houver um encontro de armas brancas, os *parangs* deles farão verdadeiros milagres.

— E se você conseguir impedir que o grego, o rajá e os seus filhos fujam, será nomeado general — comentou Yanez.

— O cargo de coronel já é bem pesado, alteza — respondeu o marata.

— Mas a recompensa não vai ser nada pesada — acrescentou Yanez.

— Você entendeu bem? — perguntou Sandokan.

— Entendi, capitão.

— Assim que as barcas se aproximarem da margem, forme as suas colunas. Vá combinar tudo com Sapagar e Sambigliong.

As fogueiras estavam crescendo a olhos vistos, refletindo-se vivamente nas águas escuras do lago. Certamente foram acesas em fogareiros feitos com lastros de pedra e pedregulhos colocados nas amplas plataformas da aldeia.

Coisa estranha, que dá um pouco o que pensar. Os malaios, os daiaques e até mesmo os papuas da Nova Guiné, da mesma forma que os caribenhos do lago Maracaibo da Venezuela, têm o hábito de construir suas aldeias sobre a água quando estão perto de uma bacia salgada ao abrigo do vento, ou então de uma lagoa mais ou menos grande.

Como os índios da América do Sul, fincam na lama um número infinito de palafitas, constroem com bambus robustos terraços espaçosos e erguem em cima deles cabanas gigantescas que servem de abrigo a muitas famílias.

Dessa forma, ficam protegidos das surpresas por parte dos animais ferozes que habitam as florestas e também dos seus inimigos de terra firme.

Algumas vezes, essas aldeias têm extensões consideráveis e podem servir de moradia para várias centenas de habitantes.

A capital do rajá do lago era construída assim. Mas do lado de terra também era defendida por duas cercas construídas com estacas robustas para poderem resistir melhor a um ataque.

As trinta barcas, sempre guiadas pela nave almirante, meia hora antes que a luz se difundisse no céu, abordaram silenciosamente a mil passos da capital, sem serem vistas, pois haviam tomado o cuidado de se manter bem longe da claridade projetada pelas fogueiras.

A cidade estava bem visível, com várias fogueiras acesas em muitos locais. Era toda construída sobre o lago, em cima de palafitas altíssimas que, sem dúvida, se prolongavam por várias centenas de braças através dos baixios.

Plataformas imensas se estendiam por cima, cobertas de gigantescas cabanas construídas com lenha e folhas.

Uma daquelas habitações logo chamou a atenção de Sandokan. Estava situada mais no alto, sobre uma plataforma de dimensões gigantescas, sustentada por um número infinito de enormes bambus que deviam ter quinze ou vinte metros de comprimento.

— Será que é o palácio do assassino da minha família? — perguntou ele a si mesmo.

Chamou o chefe da *kotta* que, junto com Kammamuri e Sapagar, estava empenhado em desembarcar a coluna que deveria atacar as duas pequenas fortalezas erguidas na margem do lago para defender a aldeia por aquele lado.

— O que é aquilo? — perguntou ele, indicando a casa. — Uma loja de víveres ou uma habitação?

— É a casa do rajá do lago — respondeu o daiaque.

— Está armada com peças de guerra?

— Um dia eu vi dois *lilàs* nela.

— Isso me basta. O desembarque acabou?

— Dentro de alguns minutos trezentos homens estarão em terra, *orang*.

— Apressem-se. Daqui a pouco o sol vai aparecer.

Não havia realmente necessidade de apressar os guerreiros da ousada expedição.

Os trezentos homens já estavam na praia com quatro balistas e se preparavam para fechar a passagem aos habitantes da capital, caso tentassem escapar para as florestas.

— Estão todos prontos? — perguntou Sandokan a Yanez, que, junto com Tremal-Naik, organizara o desembarque.

— Estamos, amigo — respondeu o português.

— Então nós também podemos começar a nos movimentar.

— Antes disso, uma palavrinha.

— Fale, Yanez.

— Você viu bem onde fica a casa do rajá?

— No meio da plataforma.

— Então vamos nos lançar para a terra, impedindo assim que ele se esconda nas *kottas*, e destruir depressa as duas pontes.

— Já tinha pensado nisso. Vamos encurralá-lo em um círculo de fogo. E também é preciso que a gente se separe. Você vai assumir o comando de umas dez barcas e atacar a aldeia pelo leste, do outro lado das pontes.

— E você?

— Com outras dez barcas, vou varrer as plataformas do oeste, além da grande cabana real.

— E as outras?

— Vão ficar sob o comando de Tremal-Naik para investirem contra a frente da aldeia que dá para o lago. É possível que tenha chalupas escondidas no meio daquela selva de palafitas, e o rajá, os seus filhos e o grego podem aproveitar para fugir, o que eu não quero que aconteça de jeito nenhum, está entendendo, Yanez?...

— Por Júpiter!... Ainda não estou surdo — respondeu o português, sempre brincalhão.

— Transmita as minhas ordens.

— Dentro de um minuto você vai ser atendido, irmãozinho. Não quero voltar para o Assam sem antes ver você como rajá.

Um instante depois, comandos se sucediam a comandos a bordo da flotilha. As barcas se deslocaram rapidamente e formaram três colunas.

— Força nos remos!... — gritou finalmente Sandokan, que, da amurada de popa da nave almirante, supervisionava com atenção toda aquela movimentação. — Todos aos postos de combate!

As três pequenas divisões, já organizadas, se afastaram da praia, movendo-se rapidamente para a capital do rajá.

As trevas estavam começando a desaparecer, dissipando-se sob a invasão das primeiras luzes da aurora.

A água do lago, negra como nanquim um pouco antes, já se tingia de cores indefiníveis. No leste já apareciam alguns raios.

Imensos bandos de pássaros aquáticos saudavam a aurora e o retorno do astro diurno com gritos festivos e passavam rápidos como raios sobre a flotilha, como se quisessem lhe desejar a vitória.

Nas gigantescas plataformas da aldeia, as fogueiras estavam se apagando aos poucos, lançando no ar as últimas fagulhas.

Também no terraço, onde se erguia a grande cabana do rajá, o fogo ia se extinguindo.

Inclinado na proa, com os braços apoiados no pequeno gurupés, Sandokan olhava ferozmente para a casa real com os olhos injetados de sangue. Mesmo envelhecido, continuava sendo o terrível Tigre da Malásia, que das margens de Mompracem fizera tremer todos os povos litorâneos do selvagem Bornéu com seus *prahos* e seus filhotes.

Seria possível afirmar que, com a força do seu olhar de águia, ele estava tentando atrair o usurpador do seu reino e assassino da sua família para fora de casa.

Um tiro de balista disparado perto da costa provocou-lhe um sobressalto.

Eram Kammamuri e Sapagar, que já estavam atacando as duas *kottas* construídas para defender as pontes.

Ele ficou em pé de um salto, aguçando os ouvidos.

Um segundo tiro ribombou, saudando quase sozinho o sol que naquele momento subia radiante no horizonte.

— As minhas balistas!... — gritou ele. — Força nos remos!... Depressa!... Depressa!...

As três esquadrilhas agora já haviam se separado, tomando direções diferentes.

A de Yanez, mais ligeira, já passara diante da última plataforma da aldeia, enquanto a de Tremal-Naik se deteve na frente dela, pronta para metralhar os fugitivos.

Urros assustadores ecoavam nos amplos terraços e ondas de guerreiros passavam pelas pontes, agitando loucamente os *parangs* e *kampilangs* muito brilhantes.

Nuvens de flechas já estavam caindo em todas as direções, sem atingir ninguém, pois as barcas ainda não estavam ao seu alcance.

Subitamente, a alta plataforma que sustentava a cabana real também ficou coberta de defensores e vários tiros de fuzil ecoaram.

Era a guarda do rajá que fazia fogo contra as esquadrilhas de Sandokan e de Yanez, já que ambos estavam mais perto.

Mas não passavam de uns vinte fuzis em péssimo estado, que trovejavam causando mais barulho do que prejuízo.

Mas o rajá ainda dispunha de coisa melhor. E de fato, logo depois das primeiras descargas, uma grande nuvem de fumaça se ergueu sobre a plataforma e pouco depois se ouviu ribombar a voz grossa do canhão.

Era um *lilà*, uma peça de artilharia de latão que normalmente arremessa balas de setecentos gramas a um quilo, que abrira fogo contra a nave almirante, destruindo duas cavernas a apenas um metro acima da linha de imersão.

A voz do Tigre da Malásia, aquela voz que eletrizava os filhotes de tigre de Mompracem até o delírio, ecoou forte entre o estrépito da fuzilaria.

— Quero que as balistas varram os terraços e o *mirim* atire na cabana do rajá e responda a cada tiro que derem! E que as carabinas façam o seu dever!...

A batalha estava assumindo proporções gigantescas. A flotilha comandada por Yanez se enfurecia a leste, a de Sandokan, a oeste, e a de Tremal-Naik combatia poderosamente a frente da aldeia que se estendia sobre o lago para poder chegar mais perto e permitir que os negritos lançassem suas flechas incendiárias.

Também na costa se combatia acirradamente, pois se ouviam as balistas ribombando e as descargas secas das carabinas. Kammamuri, Sambigliong e Sapagar certamente estavam conduzindo os seus trezentos homens ao ataque das *kottas*.

A batalha já durava um quarto de hora, cada vez mais feroz, quando uma coluna de daiaques se arremessou numa corrida furiosa pelo terraço, saltando de trave em trave, pois aquelas construções eram feitas como grades, com largas aberturas a intervalos regulares para permitir que os habitantes descessem para as canoas amarradas nas palafitas.

Eram conduzidos por dois homens vestidos com roupas indianas.

Um grito escapou da garganta de Sandokan, que, naquele exato momento, acabara de recarregar sua magnífica carabina de dois tiros.

— O grego e o *chitmudgar* do Yanez!... Morram!...

Apontou a arma e deu dois tiros.

O grego parou por um momento, abrindo os braços, e em seguida passou por uma das aberturas, caindo no lago. Logo depois, o *chitmudgar* se precipitou do mesmo jeito, erguendo um altíssimo jato de espuma.

— Quem tem uma balista carregada? — gritou Sandokan, jogando a carabina.

— Eu tenho, Tigre da Malásia — respondeu um malaio.

Sandokan pulou para a boca de fogo, baixou-a até a superfície da água e explodiu um turbilhão de metralha no local onde o grego e o mordomo do português haviam caído.

— Espero que dessa vez esse cachorro do Teotokris não ressuscite de novo — disse ele depois. — E agora, ao ataque!...

A flotilha estava se aproximando lentamente da aldeia aquática, disparando furiosamente. Atingidos pelas balas das carabinas ou massacrados pela metralha, grupos de daiaques caíam no lago sem parar, para não voltar mais à superfície. As esquadrilhas de Tremal-Naik e de Yanez continuavam se aproximando para encurralar a capital do rajá do lago em um círculo de ferro e fogo.

Mas os daiaques ainda opunham uma resistência desesperada.

O *lilà* não parava de atirar, maltratando ora as barcas de Sandokan, ora as de seus companheiros. Algumas delas já haviam sido atingidas na linha de imersão, afundando em seguida.

Provavelmente era o próprio rajá ou seus filhos que estavam atirando, a julgar pela precisão dos tiros, já que de uma forma geral os daiaques são péssimos atiradores quando não estão usando suas zarabatanas.

Sem poder usar as balistas por causa da enorme altura da plataforma, os malaios da nave almirante, contudo, respondiam a cada golpe com o *mirim* e não erravam o alvo, pois a mira deles era excelente.

Todas as vezes que a peça de artilharia ribombava, homens caíam de ponta-cabeça, arrebentando-se nas pontes situadas abaixo, ou então um pedaço da grande cabana caía junto com uma trave.

A resistência dos daiaques não poderia durar muito tempo mais. Já haviam sofrido enormes perdas, e nos terraços que ficavam de frente para o lago havia verdadeiras montanhas de cadáveres.

Na água, numerosos corpos humanos flutuavam e rolavam junto com a ressaca.

Mais uma vez a carabina venceu a flecha envenenada, pois esta não tinha o alcance dos projéteis de chumbo.

A batalha, no entanto, continuava acirrada, e Sandokan, impaciente para acabar com ela, estava prestes a dar o comando de expugnar a aldeia com o uso da força, quando começaram a brilhar chamas sobre as cabanas que se erguiam nas últimas plataformas sobre o lago.

Após rechaçar os defensores com terríveis descargas de fuzil, as barcas de Tremal-Naik haviam chegado a uma boa distância, e os negritos lançaram as primeiras flechas incendiárias nos tetos facilmente inflamáveis das habitações.

A agonia da capital do rajá do lago estava começando.

Alimentadas pelo vento que soprava do oeste, as chamas aumentavam rapidamente, propagando-se de cabana em cabana, e se comunicavam com as plataformas.

Agora enormes colunas de fumaça envolviam toda a aldeia, escondendo às vezes até mesmo o alto terraço onde a guarda do rajá continuava a fazer fogo com seus velhos arcabuzes e o *lilà*.

As três flotilhas apertavam o cerco, ferozmente, implacavelmente, varrendo as pontes com verdadeiras tempestades de projéteis. Eram, sobretudo, as balistas que faziam enormes massacres. Pregos e chumbo grosso atravessavam grupos de homens a cada descarga.

Enquanto isso, as chamas estavam avançando. Os negritos não paravam de disparar flechas incendiárias, provocando novos incêndios a oeste e a leste da aldeia.

Tremal-Naik conduzia maravilhosamente bem a sua esquadra e aos poucos se aproximava de Sandokan e de Yanez, continuando a realizar sua obra de destruição.

Agora tudo estava em chamas. Dizimados pelas carabinas e balistas, cegos pela fumaça, atingidos pelo fogo, os daiaques se atiravam às dúzias no lago, renunciando agora a qualquer resistência.

Somente a guarda do rajá ainda enfrentava os conquistadores, disparando furiosamente contra as três esquadras que demoliam inexoravelmente as suas plataformas e derrubavam aos poucos a cabana real.

Enquanto isso, o incêndio se alastrava com uma fúria inacreditável. Cabanas, terraços, pontes, palafitas, tudo se precipitava no lago com sibilos estridentes.

No alto, contudo, envolvida em turbilhões de fumaça, a cabana real continuava resistindo e o *lilà* não parava de trovejar, numa velocidade que aumentava assustadoramente.

De repente, uma voz bem conhecida, vibrante como uma trombeta de guerra, ecoou entre todos aqueles tiros de fuzil.

— Cessar fogo!...

Era Sandokan.

Fez um megafone com as mãos e gritou:

— Renda-se, rajá do lago! Você está perdido, assassino da minha família!...

Entre as nuvens de fumaça e as chamas que agora envolviam a cabana real, uma voz rouca respondeu:

— Aqui está a resposta!...

Houve um instante de silêncio angustiante para todos, em seguida uma labareda gigantesca rasgou o ar com um estrondo ensurdecedor que repercutiu por muito tempo sobre o lago.

O rajá pusera fogo na pólvora e saltara pelos ares junto com seus filhos e sua guarda!...

E a aldeia queimava, queimava!... A capital ia desaparecendo a olhos vistos!...

Conclusão

DEZESSEIS DIAS DEPOIS, Sandokan era completamente senhor daquele imenso território que se estendia das costas setentrionais de Bornéu até a margem meridional do Kini Balù.

Ao saber que o novo conquistador era o filho de Kaidagan, o velho rajá, as hordas daiaques se submeteram no mesmo instante, sem opor a mínima resistência, e abriram as portas de suas *kottas* aos mensageiros do novo príncipe.

A conquista agora estava garantida. Os dois terríveis piratas de Mompracem haviam se tornado rajás. Um da Índia e o outro de Bornéu.

Nem um nem outro, porém, pareciam felizes por terem se tornado tão poderosos, pois uma bela manhã, quando Yanez estava se preparando para voltar à costa e partir para rever a sua belíssima rani, que havia três meses não via, ele disse a Sandokan com uma voz melancólica:

— Você está contente por ter se transformado num príncipe?

— Não — respondeu Sandokan.

— O que você quer, afinal?

— A minha Mompracem. Eu trocaria este imenso território e todas estas hordas selvagens por aquela ilha!

Yanez pôs a mão no seu ombro, olhando fixamente para ele, e disse:

— Quantas vezes eu sonho com ela!... Se eu pudesse ficar com a minha doce Surama em Mompracem, seria muito mais feliz do que na corte do Assam.

Nos olhos muito negros de Sandokan brilhou um lampejo ardente.

— A minha Mompracem!... — disse ele com uma entonação intraduzível. — O meu coração ficou naquela ilha!...

Seguiu-se um breve silêncio. Ambos estavam profundamente comovidos.

— Quando você quiser, virei da Índia com os meus montanheses, atravessarei o oceano e acrescentaremos ao seu trono mais uma pérola. O que acha disso, irmãozinho?

— Obrigado, Yanez — respondeu Sandokan com uma voz ainda mais alterada. — Quero rever os lugares em que amei a minha mulher.

Emílio Salgari
uma cronologia

1878-1879 — Frequenta como ouvinte o primeiro Curso Náutico no Regio Istituto Tecnico di Marina Mercantile de Veneza.

1879-1880 — Frequenta, com sucesso, o primeiro ano do Curso para Capitães de Longo Curso.

1880-1881 — Frequenta o segundo ano do Curso para Capitães, mas é reprovado e não repete os exames. Enquanto isso, escreve contos e poesia, e desenha cenas exóticas de navios, batalhas, selvas e mares.

1883 — Aos vinte anos, publica em quatro capítulos o seu primeiro conto, "I selvaggi della Papuasia", no *Valigia*, um periódico de Milão. No mesmo ano, publica no jornal veronês *La Nuova Arena*, como folhetim, o seu primeiro romance curto, *Tay-See*, uma história de amor oriental, que é ampliada em 1897 e se torna *La Rosa del Dong-Giang*, romance de aventuras para crianças.

1883-1884 — O segundo romance, uma história muito original de piratas dos mares de Bornéu, *La Tigre della Malesia*, é publicado como folhetim no *Nuova Arena*; a nova elaboração desse romance, com modificações oportunas e com o título de *Le Tigri di Mompracem*, será publicada em 1900 e acaba sendo um dos seus romances mais famosos.

1884 — É contratado como redator/cronista no *Arena* de Verona.

1885 — Em setembro vence um duelo de sabres, mas passa seis dias preso.

1887 — A importante editora milanesa de viagens, Guigone, publica o primeiro romance em volume de Salgari, *La Favorita del Mahdi*, que já fora publicado como folhetim no *Nuova Arena* em 1884: aos 25 anos, a obra de Salgari sai dos confins da província. *Gli strangolatori del Gange*, que em 1895 se tornará *Os mistérios da Selva Negra*, é publicado como folhetim, em Livorno.

1888 — Sai seu primeiro romance remodelado sobre a obra fantástica de Júlio Verne, *Duemila leghe sotto l'America*.

1889 — O pai de Salgari, que sofre de depressão, se suicida.

1891 — Virginia Tedeschi Treves (aliás, Cordelia), diretora do *Giornale dei Fanciulli* (Jornal dos Jovens), de Verona, da grande editora Treves, publica como folhetim *La Scimitarra di Budda*, primeiro conto adequadamente concebido para crianças. No ano seguinte, ele será publicado em volume pela mesma editora.

1892 — Casa-se com Ida Peruzzi (Aida).

1893 — *Il Giornale dei Fanciulli* publica como folhetim um romance do mar, *Il pescatori di balene*, que sairá em volume no ano seguinte, sempre pela Treves.

1894 — Estabelecido em Turim com a família, dedica-se integralmente a escrever. Saem os primeiros volumes editados nessa cidade: pela Paravia, *Il continente misterioso*, ambientado na Austrália, e pela Speirani, *Il tesoro del Presidente del Paraguay*, e uma coleção de contos do mar, *Le novelle marinaresche di Mastro Catrame*. Inicia-se então uma importante colaboração com a Speirani, que publica as obras de Salgari, curtas ou longas, em seus vários periódicos destinados aos jovens ou à leitura amena para o grande público.

Nesse mesmo ano ele adquire o hábito de enviar uma cópia dos seus romances à Rainha Margherita.

1895 — Ano crucial para Salgari: pelas duas editoras que serão fundamentais na história editorial dos seus romances, a Donath de Gênova e a Bemporad de Florença, saem respectivamente os volumes *Os mistérios da Selva Negra* e *Un dramma nell'Oceano Pacifico*. Este último é o primeiro romance salgariano a ter uma heroína não tradicional, enérgica e independente.

Sai também o seu primeiro romance histórico, *Il Re della Montagna*, ambientado na Pérsia dos anos 700.

Além disso, o seu primeiro romance de fantasia futurista, *Al Polo Australe in velocipede*, antecipa a descoberta do Polo Sul.

A família Salgari se muda para o interior, ao norte de Turim, na região de Cuorgnè, perto das montanhas do Parque Nacional Gran Paradiso.

1897 — Em abril, o Rei Umberto I lhe confere o título honorário de "Cavaleiro da Coroa da Itália". Até o final desse ano, já terá publicado 21 romances.

1898 — Entre o final de 1897 e o início de 1898, firma o seu primeiro contrato de exclusividade com Antonio Donath, "editor livreiro" de Gênova. Muda-se com a família para Sanpierdarena, no litoral liguriano, perto de Gênova.

Depois de *I pirati della Malesia* (1896), inicia um novo ciclo sobre piratas, dessa vez ocidentais, com *Il Corsaro Nero*.

Il tesoro del Presidente del Paraguay (1894) é traduzido para o alemão; publicado pela Alphonsus, de Münster, Westphalia.

1899 — Pela Donath saem os primeiros romances publicados sob um pseudônimo, assinados por "E. Bertolini": *Avventure straordinarie d'un marinaio in Africa* e *Le caverne dei diamanti*, este último adaptado de uma tradução francesa do grande sucesso *As minas do rei Salomão*, de H. Rider Haggard.

Os mistérios da Selva Negra e *I Robinson italiani* são traduzidos para o francês, pela Montgrédien, Paris.

1900 — Salgari e a família voltam a Turim e ficam na cidade ou nos arredores até 1911. Sai em volume *Le Tigri di Mompracem*. Apesar da enorme estima da família real, ele corre o risco de ser processado depois de publicar as suas "notícias" sobre a viagem de exploração do Ártico do Duque de Abruzzi. Consegue evitar o processo mudando o título no ano seguinte para *La "Stella Polare" e il suo viaggio avventuroso*.

1900-1901 — Começa a passar por dificuldades econômicas, mas um novo contrato de exclusividade com a Donath, assinado em maio de 1901, dobra os seus ganhos, que chegam a três mil liras anuais por três romances originais a cada ano, durante três anos (1902/1904). Fica estipulado que Salgari está proibido de usar pseudônimos, mas ele continua a fazer isso em outras editoras. No final de 1901 começa a publicar os seus romances também na Argentina.

1903 — No verão, Aida tem de deixar a família para se tratar.

1904 — Em fevereiro sai o primeiro número do semanário fundado pela Donath, *Per Terre e Per Mare*. Jornal de aventuras e de viagens, dirigido pelo Capitão Cavaleiro Emilio Salgari, para o qual ele escrevia uma parte substancial (artigos divulgadores, novelas e romances em capítulos). Lido por milhares de crianças, o periódico não era endereçado exclusivamente a elas: no segundo ano de publicação (Ano II), de fato o subtítulo foi mudado para *Avventure e viaggi illustrati. Scienza popolare e letture amene. Giornale per tutti*.

1905 — Em julho, na revista da Donath, são mencionados os inúmeros plágios cometidos em prejuízo de Salgari.

1905-1906 — Ambientou dois romances no mundo antigo: *Le figlie dei Faraoni* e *Cartagine en fiamme*.

1906 — Firma um contrato de exclusividade para quatro romances ao ano com Enrico Bemporad, de Florença, que, no mês de junho, lança *Il Giornalino della Domenica*, com contribuições de todos os milhares de escritores da época: esse será um dos periódicos infantis mais felizes já publicados. Em julho, cessa a publicação de *Per Terre e Per Mare*. Desse momento em diante, quase todas as novidades salgarianas saem pela Bemporad, e Salgari não fará mais uso de pseudônimos.

1908 — A família Salgari se muda do centro de Turim para a periferia, perto da Madonna del Pilone, a uma pequena distância da "colina" de Turim.

1909 — Sente-se oprimido pelo trabalho e procura cuidados médicos. Publica o único livro que não fala de aventuras, *La Bohème italiana*, baseado mais no romance francês de Murger do que na ópera lírica de Puccini; uma série de anedotas humorísticas contidas nesse livro reflete alguns aspectos da sua mocidade.

1910 — Declínio da saúde de Aida e de Salgari também, que recebe o diagnóstico de uma neurastenia; primeira tentativa de suicídio.

1911 — Em abril desse ano, poucos dias depois da internação de Aida em um manicômio, Salgari se suicida na colina de Turim. Estava com 48 anos.

1912 — Em fevereiro, o corpo de Emilio Salgari faz sua última viagem, de Turim para Verona, e é definitivamente sepultado na sua cidade natal.

Emilio Salgari aos 35 anos de idade.

Coleção Piratas da Malásia

Os tigres de Mompracem

Os mistérios da Selva Negra

Os piratas da Malásia

Os dois tigres

O rei do mar

A conquista de um império

A revanche de Sandokan

A reconquista de Mompracem

O falso brâmane

A queda de um império

A revanche de Yanez

Coleção Corsários das Antilhas

O Corsário Negro

A Rainha dos Caraíbas

Iolanda, a filha do Corsário Negro

O filho do Corsário Vermelho

Os últimos flibusteiros

Coleção Aventuras na Índia

O Capitão da Djumna

A Montanha de Luz

A Pérola Sangrenta

CADASTRO
ILUMINURAS

Para receber informações
sobre nossos lançamentos e
promoções envie e-mail para:

cadastro@iluminuras.com.br

Este livro foi composto em Goudy Old Style e
Poetica Chancery pela *Iluminuras* e terminou de
ser impresso em dezembro de 2014 nas oficinas
da *Meta Gráfica*, em São Paulo, SP, em papel
offwhite 70 g.

Capa de Giusette Gamba (1896).

Este livro foi composto em Goudy Old Style e Poetica Chancery pela *Iluminuras* e terminou de ser impresso no dia 27 de outubro de 2009 nas oficinas da *Prol Gráfica*, em Tamboré, SP, em papel Polen Soft 80 g.